Jeanne Bourin

Les amours
blessées

La Table Ronde

Née à Paris, Jeanne Bourin a fait ses études au lycée Victor-Duruy, puis a préparé une licence de lettres et une licence d'histoire à la Sorbonne. Mariée à vingt ans à André Bourin, journaliste, critique littéraire, producteur radio et T.V., elle s'est consacrée à l'éducation de ses trois enfants avant de reprendre ses travaux.

Romancière et historienne, son premier livre, *Le Bonheur est une femme* (Casterman 1963), évoque les amours de deux poètes du XVI⁰ siècle, Pierre de Ronsard et Agrippa d'Aubigné, pour Cassandre et Diane Salviati.

Elle publie ensuite *Très sage Heloïse* (Hachette 1966, La Table Ronde 1980, Le Livre de poche 1987), où revit celle qui fut aimée d'Abélard et demeure une des plus grandes figures féminines de tous les temps. L'ouvrage, plusieurs fois traduit, a été couronné par l'Académie française.

Suit une biographie « animée », mais composée sur des bases rigoureusement historiques, d'Agnès Sorel, *La Dame de Beauté* (Presses de la Cité 1970, La Table Ronde 1982, Le Livre de poche 1987).

Jeanne Bourin consacre ensuite sept années à la documentation et à la rédaction de *La Chambre des Dames* (La Table Ronde 1979, Le Livre de poche 1986), roman préfacé par Régine Pernoud et qui met en scène des marchands et des artisans dans leur vie quotidienne à Paris, au temps du roi Saint Louis. Grand Prix des lectrices de *Elle* et prix des Maisons de la Presse, ce livre a reçu un accueil enthousiaste de la critique et du public. Traduit en sept langues, il en est à son trente-deuxième tirage.

La suite de *La Chambre des Dames*, parue sous le titre *Le Jeu de la Tentation* (La Table Ronde 1981, Le Livre de poche 1986), s'imposa à son tour comme un grand succès de librairie.

Ces deux romans ont fait en 1983 l'objet d'une adaptation télévisée en dix épisodes, diffusée par TF1 (23 décembre 1983-24 février 1984). Réalisateur : Yanick Andréi ; principaux interprètes : Marina Vlady, Henri Virlojeux, Sophie Barjac.

Pour répondre aux demandes d'informations qui lui sont alors adressées, Jeanne Bourin compose, en collaboration avec Jeanine Thomassin, un livre de cuisine médiévale « pour tables d'aujourd'hui » : *Les Recettes de Mathilde Brunel* (Flammarion 1983), accueilli lui aussi avec le plus chaleureux intérêt.

Vient ensuite *Le Grand Feu* (La Table Ronde 1985), qui se situe dans la vallée du Loir, à Fréteval, et à Blois, à la charnière du XIᵉ et du XIIᵉ siècle. Ce roman met en scène un maître verrier, originaire de Normandie, et une brodeuse travaillant à la cour d'Adèle de Bois, fille de Guillaume le Conquérant. *Le Grand Feu* a obtenu le Grand Prix littéraire 1985 de la Société amicale du Loir-et-Cher à Paris et le Grand Prix catholique de littérature 1986.

Mars 1987, Jeanne Bourin publie un roman situé au XVIᵉ siècle, *Les Amours blessées* (La Table Ronde), qui traite de l'intrigue amoureuse unissant durant quarante ans le poète Pierre de Ronsard à Cassandre Salviati.

En septembre de cette même année, elle fait paraître un conte pour enfants de huit à douze ans, *Le Sanglier blanc* (Grasset), qui unit le merveilleux à l'observation quotidienne de la vie de Paris au XIIIᵉ siècle.

Membre de la Société des Gens de Lettres de France et du Pen Club, Jeanne Bourin est aussi conférencière. Elle a participé maintes fois à des émissions de radio et de télévision tant en France qu'à l'étranger, notamment en Suisse, en Belgique et au Québec. Elle publie des articles dans divers quotidiens, revues et magazines. Elle a écrit des préfaces pour plusieurs ouvrages, parmi lesquels *Les Plus Belles Pages de la Poésie française* (Éditions du Reader's Digest 1982) et *Cour d'amour* (Éditions Michel Archimbaud/Seghers 1986).

L'ensemble de son œuvre a reçu le Grand Prix littéraire des Yvelines en 1981.

Jeanne Bourin fait partie des jurys du prix de la Ville de Paris, du prix Chateaubriand, du prix Alexandre Dumas et du prix Richelieu. Elle-même a fondé en 1987 le Grand Prix littéraire de la Femme, destiné à couronner un auteur féminin pour un ouvrage (roman, essai ou histoire) dont le personnage principal est une femme.

Elle travaille maintenant à un nouveau roman dans l'Histoire, situé au XIᵉ siècle, hors de France.

Le roman historique est ainsi, à tout moment, le témoin et le créateur de l'intelligibilité de l'histoire.

Jean MOLINO.

PROLOGUE

29 décembre 1585

Du cygne vendômois le cœur est à Cassandre,
L'heureux renom partout, l'âme au ciel, ci la cendre.

Tombeau de Ronsard par JEAN GODARD, 1586.

Pierre est mort hier, en son prieuré de Saint-Cosme, près de Tours, sur les deux heures après minuit.

Peu de temps avant de s'en aller, il avait demandé à son ami Jean Galland, qui l'a assisté jusqu'au bout tout au long du combat livré contre la douleur destructrice, de venir en personne m'aviser de sa fin.

Cet homme loyal n'y a pas manqué. Je l'ai vu arriver chez moi juste avant ma collation. Sans se soucier du temps humide et glacé que nous réserve cette fin d'un mois de décembre cruel à tant de titres, il n'a mis qu'une demi-journée pour franchir les quinze lieues séparant Tours de Blois. Trempé, crotté, le principal du collège parisien de Boncourt conservait, même en ce piteux état, la dignité affable dont il ne se départit jamais. Marqué par la fatigue et le chagrin, son long visage n'en demeurait pas moins empreint d'urbanité.

— Ronsard a cessé de vivre, m'a-t-il dit après m'avoir saluée. Je puis vous assurer, madame, que vous aurez, en secret, occupé ses pensées jusqu'au seuil de l'au-delà !

Pierre n'est plus ! Je me sens dépouillée. Je frissonne comme si on venait de m'arracher mon manteau le

13

plus chaud. Un désarroi inconnu, une peine lancinante me poignent.

Depuis des mois je le savais malade, cet homme qui a troublé toute mon existence. Troublé et éclairé à la fois... Mais, justement, il y avait si longtemps que nos vies, telles deux flammes allumées l'une après l'autre devant le même autel, se consumaient, proches et pourtant séparées, si longtemps que je m'étais habituée à un éloignement inévitable mais point destructeur, à la survie d'un attachement vainqueur de chaque épreuve, que j'avais sans doute fini par croire que rien, jamais, ne parviendrait à nous séparer. Rien. Que la mort, elle non plus...

Pierre !

Voici quarante ans que nos destins se sont conjugués presque malgré nous. Au début, je n'ai pas cru à la solidité de cet étrange lien qui nous unissait en nous meurtrissant. Il était pourtant si fort qu'il a pénétré nos chairs pour se fondre en elles et devenir partie intégrante de nous-mêmes.

En dépit de tant de traverses, de fausses apparences, d'obstacles, de séparations, de douleurs, de trahisons, d'ardeurs inavouées, de déceptions, de ruptures, de larmes, d'absences ; en dépit de la gloire pour Pierre et des obligations qu'elle entraîne, en dépit du devoir, parfois si lourd, en dépit de quatre rois qu'il fallait servir et ne pas décevoir ; en dépit de Dieu, enfin, qu'il nous est arrivé d'offenser, personne n'est parvenu à empêcher, avant qu'il ne s'en aille, mon poète de songer à moi plus qu'à aucune autre !

Je le dis sans orgueil et sans vanité. Devant une telle constatation, je me sens en vérité fort modeste. Je l'ai si mal compris au commencement de notre longue histoire... tellement méconnu et pendant tant d'années !

Pierre avait chargé Jean Galland de me parler à sa place, de m'expliquer ce que je n'avais pu ni comprendre ni admettre autrefois dans sa conduite, de me garantir avant tout sa fidélité infidèle... son constant souci de discrétion à travers les innombrables retouches qu'il n'avait cessé d'apporter à son œuvre...

Son messager et moi sommes demeurés des heures, devant la haute cheminée de ma salle, à évoquer celui qui avait eu, de son vivant, une perception si aiguë de notre précarité, qui n'avait jamais cessé d'être obsédé par la fuite des jours, et qui était en train de découvrir, ailleurs, l'ultime révélation...

En écoutant l'émissaire d'outre-tombe qu'était pour moi le compagnon des derniers instants de Ronsard, je pleurais doucement sur le gâchis sans remède auquel se résumaient soudain nos destinées. L'aiguille du temps s'était à jamais arrêtée. Notre union, si solide mais pourtant si incertaine, s'interrompait au seuil de la chambre mortuaire où repose à présent celui qui, aux yeux du monde, ne m'a jamais rien été...

Je suis passée auprès de quelque chose d'immense que je n'ai pas su discerner au premier abord et qui m'a effrayée par la suite... Le sentier de crête que m'offrait mon poète était sans doute trop vertigineux pour moi...

Jusqu'à la venue de Jean Galland, jusqu'à la délivrance du message dont Pierre l'avait chargé à mon intention, je pouvais me trouver des excuses. Je ne le puis plus. Je connais à présent le secret de Ronsard. Il aura fallu sa mort pour que les écailles me tombent enfin des yeux, pour que je mesure à sa juste valeur l'ampleur du désastre...

Après un souper durant lequel je n'ai pu goûter à rien, nous avons repris notre conversation.

Quand Jean Galland m'a quittée, il n'était pas loin de minuit. L'heure du couvre-feu était depuis long-temps passée. Mon visiteur était descendu chez des amis blésois habitant comme moi paroisse Saint-Honoré. Il n'avait heureusement que peu de chemin à faire pour regagner leur hôtel.

Je me suis alors couchée par habitude et n'ai presque pas dormi. Je ne dors toujours pas. Un chagrin sans violence mais lésant néanmoins les fibres les plus intimes de mon être m'habite. C'est comme une eau noire et calme qui recouvrirait des abîmes.

A présent, je réfléchis. Je me remémore tout ce que vient de me confier Jean Galland. Il m'a permis d'accéder à l'envers du miroir. Pour la première fois, je peux envisager le cheminement de la vie de Pierre et de la mienne sous un jour qui ne m'est plus uniquement personnel.

Je recherche en même temps les témoignages de ma mémoire pour procéder à des rapprochements. Le voile se déchire... Je découvre de manière inexorable et alors qu'il est trop tard, le véritable sens de bien des événements qui me semblaient jusqu'ici désordonnés. De la confusion qui n'a pas cessé de présider à nos destins tourmentés, émerge enfin, grâce au testament oral de Pierre, un ensemble cohérent. Aussi doulou-reux, d'ailleurs, que cohérent. Aussi déchirant qu'irré-cusable...

Je suis tirée du mauvais sommeil qui m'a vaincue malgré tout par les jappements de mon petit chien.

16

Afin d'attirer mon attention, il s'est dressé sur ses pattes de derrière et griffe mes draps.

Un bruit inhabituel de voix monte en effet du rez-de-chaussée. Mes servantes semblent s'agiter davantage et plus tôt qu'à l'ordinaire.

Je m'assieds sur ma couche. Je prends Turquet entre mes bras et caresse avec application son pelage soyeux.

La lumière paisible du mortier rempli de cire blanche que j'ai coutume de tenir allumé chaque nuit dans la ruelle de mon lit, éclaire l'intérieur de mes courtines en tapisserie fermées sur ma solitude. Les draps de toile fine, la couverture de gorge de renard, le livre d'heures posé sur une sellette à mon chevet, la boule de poils lustrés qui se blottit entre mes bras, tout évoque la paix que je me suis efforcée d'établir autour de moi depuis que je suis séparée de mon mari. Bien avant qu'il ne meure...

En m'atteignant au plus secret, la souffrance née du nouveau deuil dont je viens d'être informée a dissipé l'illusion de ma fausse quiétude...

Pour regarder l'heure à mon horloge de table, j'entrebâille les tentures en points de Hongrie qui me protègent des courants d'air.

Le cliquetis des anneaux de bois, joint aux jappements de Turquet, réveillent Guillemine, ma chambrière, qui dort sur la couchette dressée chaque soir au pied de mon lit.

Elle a le même âge que moi. Nous vieillissons ensemble et il est hélas certain que, la cinquantaine passée, on ne repose plus comme durant les années de jeunesse.

— Entends-tu ? Il n'est pourtant que six heures.

Guillemine se lève, enfile une chemise de chanvre, une jupe à larges plis, un caraco serré à la taille et s'enveloppe dans l'épais fichu de laine dont elle couvre ses épaules au saut du lit. Puis elle renoue d'un tour de main le chignon gris qu'elle défait au coucher et se coiffe de sa cornette de lin.

Le cœur endeuillé, je regarde machinalement cette grande femme maigre, aux prunelles d'un vert presque transparent, avec laquelle j'ai été élevée et que je connais si bien. Elle parle peu mais agit toujours avec diligence et efficacité. Je songe, qu'en définitive, j'ai passé davantage de temps en sa compagnie qu'en celle des êtres que j'ai le plus aimés...

— Je vais voir de quoi il retourne, dit-elle avant de sortir.

Je sens la fatigue de la nuit blanche s'insinuer dans mes os, mes traits se tirer et une tristesse grelottante suinter du fond de mon cœur comme une source glacée.

Guillemine revient, la mine soucieuse.

— Un chevaucheur nous est arrivé de Pray, dit-elle. Votre fille l'a envoyé en pleine nuit pour vous mander de vous rendre sans tarder auprès d'elle. Elle a besoin de vous. Il est arrivé malheur au petit François. Sa nourrice l'a laissé tomber dans un cuveau d'eau brûlante. On craint pour sa vie.

Dieu ! Après Pierre, mon petit-fils ! Non. Pas lui ! Pas celui-là ! Pas cet enfant qui n'aura trois mois que dans quelques jours ! Il nous est né au début d'octobre, fruit tant attendu de l'union tardive de ma chère fille. Fruit d'autant plus précieux !

Je pose Turquet sur la couverture et sors de mon lit

sans me préoccuper du froid qui étreint soudain ma peau nue.

— Passe-moi mon manteau de nuit. Celui qui est fourré. Mes bas-de-chausses les plus épais, mon fichu de tête. Je vais aller voir ce messager.

Je chausse en me hâtant mes mules de velours, revêts l'ample vêtement que me tend Guillemine et m'élance, mon chien sur les talons, vers la grande salle du rez-de-chaussée. Je tremble non de froid mais de peur.

L'homme me confirme les dires de ma chambrière. Le petit François est gravement brûlé et son état semble inquiétant au médecin de Vendôme que ma fille a appelé.

Je connais bien ce docteur Cartereau qui prodigue ses soins depuis des années et avec beaucoup de dévouement, en dépit de résultats inégaux, à la belle-famille de Cassandrette. Je crois qu'on peut lui faire confiance, mais, dans un cas comme celui-ci, j'aurais préféré qu'on eût fait venir une guérisseuse...

De mon côté, j'ai souvent soigné les enfants de mon frère, ceux de nos paysans et ma propre fille. Je tiens de ma mère des pratiques médicales éprouvées que j'utilise pour moi-même et mes gens. Dans nos familles, les femmes apprennent dès l'enfance à soulager les maux de leurs proches.

— Je pars, dis-je. Je peux être utile là-bas. Vous, Basile, buvez du vin chaud à la cuisine, mangez ce que vous voudrez et retournez à franc étrier vers Pray. Annoncez à votre maîtresse mon arrivée très prochaine. Je vais me préparer au plus vite pour me rendre chez elle avant la fin du jour.

Il y a un peu plus de cinq lieues de Blois au château

19

de Pray où habitent depuis leur mariage ma fille et son époux, Guillaume de Musset. Je leur ai laissé ce domaine qui me venait de mon défunt mari et où je n'avais pas que de bons souvenirs.

Par beau temps, les mulets de ma litière mettent entre quatre et cinq heures pour m'y conduire. La neige fondue qui tombe depuis plusieurs jours et les risques de verglas retarderont certainement leur marche. La route sera lente et difficile.

Peu importe. Depuis la naissance de Cassandrette, l'amour maternel tient dans ma vie la première place. Mon mari s'en plaignait jadis. Ronsard en a souffert, lui aussi...

Quoi qu'il en soit, ce ressort-là demeure pour moi le plus puissant de tous. Un appel de ma fille me précipiterait au bout du monde. Ce n'est pas un mauvais chemin qui me retiendra.

Autant la mort de Pierre m'a frappée de stupeur, engourdie de chagrin, repliée sur l'exploration désolée de mon âme, autant le danger couru par mon petit-fils me pousse à réagir, à lutter pour tenter de l'arracher à une fin que tout en moi repousse avec révolte.

Je m'élance vers le cabinet attenant à ma chambre pour y prendre le sac de maroquin où je range les fioles qui contiennent des élixirs divers, pommades bienfaisantes, onguents, pansements, charpie, et aussi certaines poudres qui font dormir ou soulagent la douleur. Je m'assure que rien n'y manque et y rajoute deux burettes d'huile de millepertuis, souveraine contre les brûlures.

Durant ce temps, une grande effervescence s'est emparée de ma maison. Valets et servantes s'affairent. Mes deux coffres de voyage en cuir clouté, mon nécessaire de toilette en tapisserie sont remplis pendant que je m'habille après une toilette rapide. Guillemine m'aide. Elle me force, puisque je ne veux pas manger, à avaler une tasse de lait chaud miellé et insiste pour que nous emportions des provisions de bouche. Elle ne cesse de grommeler que c'est folie de partir ainsi, sur des routes rendues dangereuses par les intempéries et infestées de loups, quand ce n'est pas de huguenots !

Sans vouloir l'écouter, je fais mes recommandations habituelles à l'intendante de notre logis, Louise Cantepye, à laquelle je laisse le soin de gérer choses et gens durant mes absences, puis je gagne la cour.

Nos préparatifs ont pris peu de temps. Un jour opaque succède péniblement à la nuit quand je monte dans ma litière attelée de deux forts mulets gris.

Guillemine, que j'emmène avec moi à chacun de mes déplacements, m'accompagne bon gré mal gré, ainsi que Turquet dont je ne me sépare jamais. J'installe mon petit chien entre ma chambrière et moi, sur les coussins rembourrés de crin et recouverts de serge verte. Le matelas de laine et les couvertures de mon équipage sont de la même couleur.

Pour me protéger du froid, en plus de mes vêtements chauds et de ma houppelande fourrée, je tiens entre mes mains gantées, à l'intérieur de mon manchon de loutre, une boule d'étain pleine d'eau chaude qui me brûle les doigts et Louise m'a glissé sous les pieds une chaufferette remplie de braises.

Un masque de satin évite à mon visage le contact de l'air glacial et la poussière ou la boue des chemins. J'aime assez cette façon de sortir masquée que les femmes ont adoptée à présent. Nous préservons ainsi à la fois notre teint et notre incognito.

Un bonnet-chaperon de velours me couvre les cheveux et me met à l'abri des rhumes. Seule, l'incommode fraise empesée, que les Espagnols ont si malencontreusement mise à la mode au milieu de ce siècle, me paraît plus encombrante qu'utile.

Sous le fouet du cocher, notre attelage s'ébranle enfin et nous franchissons le porche de ma demeure. Je tire à demi les rideaux de serge verte, après un dernier regard à la rue Saint-Honoré où se pressent, au milieu du grincement des nombreuses enseignes agitées par le vent du nord, des passants transis et matinaux. Ils se fondent aussitôt après dans la brume froide qui obscurcit la ville et leur haleine fume devant eux presque autant que les cheminées sur les toits.

Nous sortons de Blois par la porte chartraine.

Un chapelet de buis entre les doigts, enveloppée d'une vaste cape de laine brune dont le capuchon lui cache une partie des joues et le front, Guillemine, chaussée comme moi de socques de bois sur ses chaussures de cuir, s'est retiré dans son coin. Elle commence sans plus tarder à égrener ses patenôtres, tant la peur qu'elle voue aux Réformés la tenaille.

D'ordinaire, le faible bercement de la litière agitée par le pas égal des mulets accompagne en douceur mes pensées et m'incite à l'assoupissement. Cette fois-ci, il n'en est rien. La douleur et l'angoisse ne me laissent pas de répit.

Enfermée pour d'interminables heures dans une voiture trop lente à mon gré, qui doit livrer, à travers la plaine gelée de la petite Beauce, une course sinistre

22

contre la mort, je ne suis qu'interrogations et tourments.

Que vais-je trouver au bout de ce cauchemar de brume et de grésil qui nous enveloppe de son suaire ?

Quand je cesse d'imaginer l'agonie de mon petit François, c'est pour revenir à l'image de Pierre, froid et raidi, étendu à Saint-Cosme sur sa couche mortuaire en attendant les obsèques solennelles qu'on ne manquera pas de célébrer en l'honneur du « Prince des poètes et du poète des princes » que chacun reconnaît en lui.

Il n'y a rien de moins acceptable qu'un cadavre. En s'envolant, l'âme laisse derrière elle une dépouille affreuse, une chose sans nom, qui m'a toujours semblé participer d'une autre substance que de celle qui la composait de son vivant.

Pierre, si ardent, si charnel...

Dieu ! Cet homme grâce auquel l'amour est entré dans ma vie pour la marquer à jamais n'est plus des nôtres, mon unique petit-fils se trouve en danger de mort et moi, noyée dans le brouillard de décembre, je me bats contre des fantômes entre un passé figé comme un minéral et un avenir ouvert comme une fosse !

Si je laisse mon esprit errer sans contrôle de l'un à l'autre de ces pôles obscurcis par la désolation, je m'effondrerai avant la fin du trajet. Pour rendre supportable l'attente qui m'est imposée, pour éviter qu'elle ne me ronge, que faire ?

— Guillemine, dis-je tout à coup, Guillemine, j'ai à te parler. Il faut que tu m'écoutes !

La face osseuse aux yeux d'eau verte se tourne vers moi. L'ombre du capuchon en dissimule une partie et la lumière tressautante des falots allumés aux quatre coins de la litière n'éclaire qu'assez mal le menton volontaire et la bouche aux lèvres charnues autour desquelles de fines ridules commencent à se creuser.

Il n'y a pas d'étonnement dans l'expression de ma servante. Une sorte d'attente compréhensive, plutôt, comme une curiosité qui devine qu'elle va enfin être satisfaite.

Cependant, je ne lui apprendrai sans doute pas grand-chose. Notre vie commune dure depuis trop de lustres pour qu'elle ne se soit pas déjà fait une opinion à mon sujet et à celui de Ronsard. Son mutisme ne m'a pas encouragée à me confier à elle auparavant mais elle n'est point sotte. Notre double silence recouvre une complicité inexprimée parce que perçue par nous deux comme allant de soi.

— Mon cœur crèvera si je ne l'allège... Je me suis tue trop longtemps, vois-tu. Tant de pensées tournent à présent dans ma tête... Je viens d'apprendre des choses d'importance. J'ai besoin de m'expliquer comme de manger ou de boire.

— Parlez, dame. Je vous écoute. Vous savez bien que je garderai le silence sur ce que vous m'aurez dit et que je ne soufflerai mot de ce que j'aurai pu entendre...

PREMIÈRE PARTIE

Avril 1545 — Avril 1554

1

Une beauté de quinze ans, enfantine.

RONSARD.

Te souviens-tu, Guillemine, du printemps de nos quinze ans ? C'était au temps du roi François, premier du nom.

Si les guerres, sans cesse renaissantes, demeuraient le fléau de son règne, il n'en avait pas moins répandu dans tout le royaume le goût des arts et de la beauté. La fréquentation de l'Italie y était pour beaucoup.

Cette Italie dont mon père, Bernard Salviati, se vantait d'être le fils...

Quand j'y songe, c'est là un héritage que je n'ai guère revendiqué. Mes frères et sœurs non plus, du reste. Nés en France, de mère française, n'ayant jamais posé le pied sur le sol de la péninsule italienne, nous nous sentions tellement plus enfants du nord que du sud des Alpes !

Nous n'en éprouvions cependant pas moins une sorte de satisfaction à songer que nous étions les héritiers d'un important banquier florentin qui avait fondé des établissements à Paris et à Anvers, prêté de l'argent au roi après la défaite de Pavie, et que la dauphine Catherine était notre cousine puisque nous étions alliés aux Médicis...

Pour ces raisons, mais aussi pour sa personnalité, pour la place qu'il occupait à la Cour, à la ville et dans son propre foyer, mon père m'impressionnait. Durant mon enfance, je le redoutais. A partir du moment où je me suis aperçue que les nouvelles armes de séduction fournies par l'adolescence avaient prise sur lui, j'ai cessé de le craindre. Séduit, il me semblait beaucoup moins intimidant. Cette découverte d'une certaine perméabilité chez un homme aussi puissant que lui me l'a rendu plus proche. Je crois bien que c'est à ce moment-là que la notion d'attachement a remplacé dans mon cœur celle de respect craintif.

Il y avait chez lui, tu t'en souviens, un appétit de vivre, une autorité, un entregent, qui nous fascinaient tous. S'il n'avait certes pas un caractère facile, ses emportements mêmes étaient ceux du volcan qui domine la plaine étendue à ses pieds : olympiens !

Près de lui, notre mère paraissait froide et sans éclat. Il fallait bien la connaître pour apprécier son égalité d'humeur, la fermeté de ses convictions, la droiture de son jugement. N'étant rien moins que démonstrative et bien que n'ayant jamais cessé de veiller à notre éducation de fort près, à aucun moment elle ne s'est laissée aller à nous témoigner faiblesse, connivence ou seulement attendrissement. Elle était la dignité même. Peut-être tenait-elle cette qualité de la certitude où elle se trouvait d'appartenir à une race qui valait bien celle des Salviati.

Son propre père, Guillaume Doulcet, qui avait été

contrôleur général des finances sous le règne du feu roi Louis le douzième, lui avait inculqué la certitude qu'on retirait beaucoup d'honneur à exercer une telle charge.

Du côté paternel, comme du côté maternel, nos ancêtres ne paraissaient ni les uns ni les autres avoir souffert de ne point être nobles. Ils avaient transmis à nos parents une juste fierté de leurs états respectifs. La réussite dans la Banque et les Finances leur semblait sans doute égaler un certain nombre de quartiers de noblesse. De toute évidence, ils n'éprouvaient aucune gêne à coudoyer sans cesse la fleur de l'aristocratie française. A l'image de Catherine de Médicis, que quelques mauvais esprits traitent encore de « marchande florentine », ils méprisaient les grands qui sombraient dans la frivolité et respectaient sans les envier ceux qui servent bien, tout comme eux le faisaient, le roi de France.

... En cet avril dont je te parle, je sortais de ma chrysalide et ne m'attardais pas à toutes ces considérations. Après une enfance et une adolescence consacrées à l'étude et à une éducation fort stricte, j'abordais aux rives de la jeunesse avec curiosité et excitation : je m'en promettais mille félicités...

L'air de l'époque était aux plaisirs. Le roi François vieillissant, qui aimait par-dessus tout la compagnie des femmes et les réjouissances, promenait à travers certaines de ses provinces une Cour encore itinérante et toujours avide de distractions. La véritable souveraine en était alors Anne de Pisseleu, duchesse d'Etampes, qu'il avait mariée par commodité avec Jean de Brosse, chambellan des enfants royaux. Blonde, rieuse, capricieuse et coquette, aimant le luxe et le faste, la favorite servait de phare à toute une jeunesse tapageuse qui l'adulait. Son influence sur François Ier était grande et puissant son empire sur les sens blasés de son amant quinquagénaire.

Pour plaire à la duchesse et par goût personnel, le souverain multipliait les fêtes.

Ce vingt et un avril, donc, il en offrait une de plus à la ville de Blois où il aimait se retrouver dans le château remanié selon sa volonté.

Si, depuis la mort de la reine Claude de France, sa première épouse, il y résidait moins souvent qu'auparavant, il ne lui déplaisait pourtant pas d'y faire de courts séjours.

Le bal, si important à mes yeux, durant lequel on devait lui présenter quelques débutantes dont j'étais, ne fut sans doute pour lui et pour son entourage, habitués à toutes sortes de divertissements, qu'une soirée parmi d'autres. Pour moi, il fut à la fois rêve enfin réalisé et prélude au profond bouleversement qui allait à jamais orienter ma vie.

Te souviens-tu de ce soir fatidique, toi qui m'avais aidée avec Nourrice, à me préparer ? Te rappelles-tu mon impatience à partir pour le château dont la proximité m'enfiévrait ?

Notre hôtel de Blois, rue Saint-Lubin, s'élevait près de la porte du Foix, au pied même de l'éperon rocheux sur lequel on avait bâti jadis la puissante forteresse des Comtes que nos rois avaient peu à peu embellie. Le passage constant des chariots branlants, des litières, des chevaux richement caparaçonnés, éprouvait à la fois les murs de notre demeure et mes nerfs surexcités.

En temps ordinaire, je préférais de beaucoup résider à Talcy, le beau domaine acheté par mon père avant son mariage et que sa situation entre la Loire et la forêt de Marchenoir rendait si accueillant.

Le parc, la roseraie, le bois où s'était écoulée mon enfance, m'étaient bien plus chers que notre imposante maison blésoise et ses nombreux corps de logis. Privée de verdure et d'espace campagnard, je ne m'y plaisais guère d'habitude. Mais, pour un soir, Blois était devenu à mes yeux le centre du monde !

Je me revois, pendant que vous finissiez de m'habiller, debout devant le miroir vénitien que mon père avait fait venir tout exprès d'Italie à l'occasion de mon anniversaire. Dévorée d'appréhension et cependant follement impatiente d'affronter l'épreuve qui m'attendait, j'étais tendue comme une corde de luth. Ainsi qu'une grosse mouche autour d'un gâteau au miel, Nourrice tournait autour de moi en s'affairant tandis que je contemplais avec incrédulité et ravissement la demoiselle dont je découvrais l'image dans l'eau claire du miroir.

Pour la première fois de ma vie, je portais une grande robe de Cour. C'était un événement. Je n'en ai rien oublié.

L'austérité espagnole n'avait pas encore envahi nos mœurs, la mode italienne triomphait toujours.

Le corps baleiné de taffetas incarnat dont le busc très allongé affinait ma taille déjà fort mince, le décolleté carré atténué par une gorgerette de gaze transparente ornée de broderies de perles, m'allaient bien. Mais c'était surtout le large vertugade que j'étrennais pour la circonstance, cette nouveauté dont les femmes raffolaient depuis peu, qui m'enchantait. En ce temps-là, ce n'était encore qu'un jupon renforcé de cercles de jonc vert qui constituaient l'armature en forme de cloche soutenant une ample jupe soyeuse.

Depuis lors, nous avons amélioré l'ampleur de nos vertugades par des bourrelets, des roues, ou des tambours plats qui les élargissent encore davantage. Tel qu'il était, celui de mes quinze ans ingénus me remplissait de fierté.

Dans le seul but d'entendre le bruissement de la soie qui accompagnait chacun de mes pas, je marchais de long en large dans ma chambre. Trop jeunes encore pour être admises à la Cour, mes trois petites sœurs, Marie, Jeanne et Jacqueline, se divertissaient en me voyant faire et se moquaient de moi. Je n'en avais cure. Impavide, je les ignorais en foulant le tapis de mes chaussures de satin brodées de roses. J'admirais aussi la toile d'argent de ma cotte que découvrait par-devant le taffetas de la robe ouverte en triangle.

Mon véritable souci demeurait la couleur de mes cheveux. Sombres et frisés, et bien qu'emprisonnés dans un escoffion, ces résilles qui ne sont plus de mode à présent, je jugeais qu'ils étaient encore bien trop visibles. En dépit du chaperon formé de deux cercles de perles et du voile de soie qui les recouvrait sur la nuque afin de flotter librement sur mes épaules, il était flagrant que j'étais brune! Or, en ce pays, depuis toujours, la beauté se doit d'être blonde! C'est pourquoi je jalousais en silence Jacquette Maslon, la fiancée de Jean, mon frère aîné, que je trouvais pourtant un peu grasse, mais dont la nuance mordorée me semblait une perpétuelle provocation!

N'avoir ni chevelure claire ni carnation de lait me désolait... Après mon mariage, tu le sais, j'ai cédé à la mode. Soigneusement teinte, je suis devenue blond vénitien. Jusqu'à la quarantaine, tout au moins... Ce qui a permis à Ronsard de me chanter tantôt sous une couleur, tantôt sous une autre. Je crois néanmoins qu'il me préférait telle que la nature m'avait faite et que je suis redevenue ensuite.

Ce goût peu en accord avec la mode s'explique sans doute par la loi des contrastes. Pierre ne ressemblait-il pas lui-même à un Gaulois ? A moins que son choix ne découlât de la séduction que l'Italie exerce de notre temps sur les artistes français et étrangers. Je tiens en effet de mon père un type florentin très affirmé. Avec ma peau ambrée et mes yeux noirs, je ressemble plus à certains portraits des peintres italiens qu'à une Vendômoise...

Quoi qu'il en soit, ce fameux soir, mon apparence finit par me satisfaire quand même. Surtout lorsque ma mère, qui veillait à ma toilette, m'eut attaché au cou un collier d'or, suspendu à mes oreilles deux grosses perles en poires, passé aux doigts une bague où scintillait une améthyste rose puis un second anneau surmonté d'un camée.

Dans cette robe de Cour, parée comme je ne l'avais jamais été, je me trouvais soudain étrangement embellie.

L'heure venue, je suis donc partie d'un pied léger vers un destin que nul ne pouvait soupçonner.

Bien qu'arrivé à Blois le matin même, le roi François, qui adorait les fêtes et ne les appréciait que somptueuses, avait eu soin de faire convier plusieurs jours à l'avance la noblesse et les notables de notre province.

Quand je pénétrai avec mes parents dans la grande salle du château, tout le monde était déjà présent. Te rappelles-tu, Guillemine, comme mon père tenait à accomplir des entrées remarquées et donc tardives partout où il se rendait, ce qui lui valait des observations ironiques de la part de sa femme et de certains de ses amis ?

Eclairée par des centaines de flambeaux en cire blanche, l'immense salle où nous nous trouvions enfin contenait entre ses murs couverts de tapisseries une foule d'invités bruissant et paradant. Sous le plafond lambrissé décoré de fleurs de lys d'or sur fond d'azur, ce n'était que têtes agitées comme épis frémissants, vêtements de teintes suaves, pierreries, métaux de prix, irisations des perles, des satins, des sourires. Quand on n'avait plus que peu de dents, on serrait les lèvres, quand on était sûr de sa denture, on riait à gorge déployée...

Dans une tribune ornée de guirlandes de fleurs, au fond de la pièce, des musiciens jouaient des airs de danse.

Installé dans un fauteuil à haut dossier armorié, légèrement surélevé, le Roi, dont on disait que la mauvaise santé inquiétait l'entourage, conservait cependant belle prestance. Un couvre-chef plat, à larges bords, garni d'une plume blanche fixée à la coiffe par une escarboucle étincelante, lui tenait lieu de la couronne que, dans ma naïveté, j'avais imaginé lui voir porter. J'admirais l'air de majesté aimable, le sourire gourmand, le lourd collier d'or qu'il portait sur son pourpoint couvert de broderies, la manière élégante dont il se caressait la barbe tout en conversant avec ses familiers.

Je l'avais déjà vu de loin, lors de ses précédents passages dans notre ville, mais mon âge encore trop tendre m'avait tenue éloignée de lui. Pour la première fois, je participais à une fête dont il était l'ornement.

A la droite du souverain, la duchesse d'Etampes, raidie sous les brocarts et les gemmes, présidait d'un air blasé et enjoué à la fois, tandis que la Dauphine, Catherine de Médicis, notre parente, point trop jolie mais bien proportionnée et le visage animé, demeurait un peu en retrait. Non loin d'elle, le prince Henri, son époux, Dauphin de France, entouré des gentilshommes de sa maison, conversait le plus naturellement du monde avec la Grande Sénéchale, Diane de Poitiers. Chacun savait, même moi, qu'elle était pour lui une maîtresse adulée, en dépit du tendre respect qu'il témoignait également, assurait-on, à sa femme légitime. Calme et sereine dans une sobre mais fort élégante tenue de velours noir et de satin blanc, la tendre amie du Dauphin me parut encore très belle, quoiqu'elle ait eu alors près de quarante-cinq ans, ce qui me semblait bien vieux ! Son éclat éclipsait de loin celui de la Dauphine. On chuchotait cependant que les deux rivales ne s'entendaient point trop mal.

Après une période orageuse et, l'année précédente, le renvoi temporaire de Diane, exilée à Anet en l'absence de son amant par le souverain mécontent, un compromis s'était établi entre Catherine et la Grande Sénéchale rentrée en grâce. On admettait que celle-ci s'était toujours montrée de bon conseil pour celle-là, dont elle était la cousine, ce qui les rapprochait en dépit de tout ce qui pouvait les séparer. Il était de notoriété publique que Diane veillait à la régularité des rapports conjugaux du couple delphinal, allant jusqu'à choisir elle-même les nourrices du fils que la Dauphine avait mis au monde en janvier de

35

l'année précédente, après dix ans d'une stérilité qui avait tant préoccupé François Ier et ses sujets.

Les derniers accents d'une gaillarde allègrement enlevée par les musiciens du Roi s'égrenaient au-dessus des têtes jacassantes quand je sortis de l'éblouissement où m'avait plongée ce contact initial avec un monde dont les attraits demeuraient le sujet de conversation préféré des habitants de notre province.

Mes parents allèrent saluer la famille royale sans qu'il me fût permis de les suivre. N'ayant pas encore été présentée à la Cour, je devais attendre ce moment solennel pour me manifester.

Ma mère m'avait confiée à Catherine de Cintré, la fille d'un de nos voisins de campagne. Un peu plus âgée que moi et déjà intronisée, Catherine, qui était une de mes meilleures amies, m'avait félicitée pour ma robe d'apparat et assurée que j'allais faire des ravages dans les rangs des pages...

Blonde et menue, avec un visage triangulaire au teint pâle qui n'était éclairé que par d'étroits yeux gris, ma compagne cachait beaucoup de détermination sous son apparence fragile. C'était ce que j'aimais en elle. Quand je me trouvais à Talcy, il n'y avait presque pas de jours où nous ne nous voyions. Ce soir-là, elle semblait un peu écrasée par sa vaste robe de samit de soie.

— Vous êtes bien mieux habillée que moi, observat-elle comme si cette remarque impliquait une sorte de fatalité. On voit que c'est votre mère en personne qui s'occupe de vous !

Je savais combien Catherine souffrait du remariage de son père. Resté veuf une dizaine d'années auparavant, cet homme sur le déclin, poussé par je ne sais quel démon du soir, s'était laissé prendre au piège que lui avait habilement tendu une ogresse flamboyante qui, depuis lors, le trompait sans vergogne.

— Ma belle-mère est une épouvantable garce, m'avait dit mon amie un jour de rancune filiale, mais mon père semble prendre plaisir à se laisser berner !

Toutes voiles dehors, fendant la foule comme une caravelle les flots de l'océan, Gabrielle de Cintré se dirigeait justement vers nous. Sur une dernière œillade, elle venait de se séparer de son cavalier du moment, un gentilhomme à la mine conquérante qui la regardait s'éloigner d'un air complice.

Ma mère, qui revenait également de notre côté, ne put éviter de saluer une femme qu'elle n'appréciait pourtant guère.

— Je suis en eau, ma chère, positivement en eau ! déclara en l'abordant l'épouse adultère. Cette chaleur me tue !

L'exagération était son mode d'expression préféré et elle ne cessait de se jouer à elle-même une perpétuelle comédie.

— Il est vrai que le temps de ce printemps est des plus doux, admit ma mère du ton réservé dont elle ne se départait pas pour si peu. Les bougies chauffent aussi la salle. Sans parler de tous ces corps en mouvement...

Elle considérait notre voisine comme elle aurait fait d'un insecte inconnu et un peu répugnant.

On ne pouvait rêver deux créatures plus dissemblables. Malgré la parure de diamants offerte par mon père qui étincelait à son cou et à ses oreilles, malgré sa robe de brocart parsemée de perles, ma mère conservait jusqu'en ce soir de réjouissances une attitude nuancée de retenue qui contrastait de façon saisissante avec le rire en cascade, la chevelure de feu, le fard, l'ample décolleté généreusement pourvu que Gabrielle de Cintré exposait au-dessus d'un large vertugade de damas céladon broché d'or.

Trop sûre d'elle pour être sensible à une telle discordance, notre voisine n'était occupée que du spectacle qui nous entourait.

— Le Roi semble satisfait de se trouver en notre bonne ville, remarqua-t-elle après avoir jeté un coup d'œil vers le souverain qui s'entretenait avec mon père et quelques autres notables, dont Gaspard de Cintré, l'époux trahi.

— Notre sire aime Blois, chacun le sait.

— Il faut reconnaître qu'on l'y reçoit le mieux du monde. Seule, la Dauphine ne paraît peut-être pas aussi épanouie que sa récente maternité aurait pu le laisser espérer...

Au léger froncement des sourcils de ma mère, je compris que l'allusion avait déplu.

— Hélas ! Gabrielle, le dévergondage est général, ce n'est pas à vous que je l'apprendrai ! La Cour n'est que scandales et l'exemple vient de haut.

Je devinais que la nature vertueuse de ma mère ne pouvait admettre sans malaise l'exhibition impudique des débordements royaux. Voir la duchesse d'Etampes assise avec hardiesse à la droite du monarque, à la place qui revenait de droit à la reine Eléonore, ne lui paraissait certainement pas une bonne chose. L'absence de notre souveraine laissait le terrain libre à la maîtresse triomphante du père, tout comme la complaisance forcée de la Dauphine permettait à la Grande Sénéchale d'afficher publiquement avec le fils une liaison dont la solidité intriguait et passionnait toute la Cour.

— Ce sont pour nos filles de bien tristes modèles, continua ma mère. Votre Catherine et notre Cassandre n'ont certes rien à gagner à de pareils spectacles.

Gabrielle fit la moue. Elle détestait qu'on parlât ouvertement devant elle des deux enfants déjà presque adultes que son vieux mari avait eus d'un premier lit. Pas plus que Catherine, son frère aîné, Jacques de Cintré, ne portait d'affection à la belle-mère trop voyante, trop avide, trop légère qu'il leur fallait supporter.

Sur ces entrefaites, on vint me chercher pour me conduire vers le groupe frémissant des demoiselles qui allaient être présentées au Roi.

En me dirigeant au milieu de la cohue vers le coin de la salle où nous étions regroupées, je croisai justement le frère de Catherine qui parlait avec animation au sein d'un groupe d'écuyers et de pages. Je le saluai au passage, tout en observant à part moi que son pourpoint de soie cramoisie ne seyait guère à sa complexion d'homme sanguin.

... La mémoire est chose étrange : je me souviens de ce détail infime alors que des pans entiers de ce qui suivit, autrement plus important pour moi, ne m'ont laissé qu'une impression confuse et nébuleuse comme si l'excès même d'émotion en avait décoloré l'image.

Parmi les jeunes filles que je rejoignis alors, aucune ne m'était inconnue. Nous avions toutes plus ou moins voisiné à un moment ou à un autre. Filles des bords de la Loire, nous avions maintes occasions de nous rencontrer au cours des réunions qui parsemaient nos existences. Beaucoup étaient nobles. D'aucunes, comme moi, descendaient de familles bien en Cour pour des raisons diverses. Ce qui nous rapprochait en un pareil moment, était l'émoi, la timidité, l'appréhension, partagés.

Pour m'efforcer au calme, je tentai de respirer lentement, profondément. Je cessai de plonger mes regards fascinés dans la foule qui allait bientôt me juger pour contempler la nuit d'avril par une des fenêtres grandes ouvertes donnant sur la cour du château. Ronde comme une perle monstrueuse, la lune nacrait les toits de l'antique forteresse des comtes et la façade plus élégante de l'aile bâtie sous le roi Louis XII. Tout un monde de gardes, de pages, de domestiques, s'affairait dans l'ombre bleutée que trouaient par endroits des lueurs de torches...

Des accords de viole et de harpe m'arrachèrent à ma contemplation. On nous faisait signe d'avancer.

Il était entendu que nous devions d'abord nous présenter en groupe devant la famille royale, puis que, afin d'agrémenter la soirée, nous irions ensuite, l'une après l'autre, saluer le Roi, Madame la Dauphine et Monsieur le Dauphin, avant d'interpréter chacune à notre façon, un morceau de musique longuement répété à l'avance.

Sur un air vif et entraînant, nous nous dirigeâmes vers le fauteuil de Sa Majesté qui était entourée d'un groupe serré de dames, de seigneurs, d'écuyers et d'officiers.

Je marchais sur un nuage. Tout se brouillait devant mes yeux. Je ne percevais plus qu'un brouhaha indistinct, qu'une violente odeur de musc et d'ambre gris. Je ne distinguais plus qu'une masse brillante et balancée de têtes, d'épaules, de regards curieux et peut-être malveillants...

Serrant sur ma poitrine le luth dont j'allais avoir à tirer des accents que je désespérais soudain de retrouver, je suivis mes compagnes comme dans un rêve. Je ne conserve aucun souvenir précis de ces instants que j'attendais depuis si longtemps avec une telle impatience ! Dans mon esprit tout demeure flou, si peu réel que c'est à se demander si j'ai réellement vécu ces minutes sans poids...

Ce qui semble certain, c'est que je me suis acquittée de façon satisfaisante de ce que j'avais à faire. J'exécutai comme un automate le « Branle de Bourgogne » que m'avait appris mon maître de chant, mais on me dit par la suite que je m'étais comportée avec grâce. En m'accompagnant de mon luth je chantai donc et je mimai la mélodie un peu vieillotte, mais sensible et tendre, que ma mère m'avait conseillé de choisir.

La voix bien placée, mais les jambes tremblantes, je conservai durant le temps que dura mon interprétation, le sentiment que je ne parviendrais jamais au bout, que j'allais défaillir, m'écrouler devant le Roi de France, dans le déploiement soyeux de mon vertugade tout neuf...

Dieu merci, ce scandale me fut épargné. Je pus rejoindre dignement les autres demoiselles, sans pour autant me sentir délivrée de l'impression d'irréalité dans laquelle je demeurais plongée.

Ce ne fut donc pas dans ma propre conscience, mais, un peu plus tard, quand chacune en eut terminé, que j'eus l'occasion de lire dans un regard d'homme les raisons que je pouvais avoir de me sentir tranquillisée.

41

Je venais de rejoindre ma mère et les amis qui l'entouraient, quand Jacques de Cintré se fraya dans la presse un chemin jusqu'à notre groupe. Il était accompagné d'un jeune écuyer de la Maison du Roi.

— Permettez-moi, madame, de vous présenter Pierre de Ronsard, gentilhomme vendômois, un mien cousin, poète de surcroît, dit Jacques en s'inclinant devant ma mère. Il mûrit de vastes projets et brûle, si on l'en croit, du désir de rénover la poésie française.

Je dévisageai discrètement le nouveau venu. Grand, bien découplé, la barbe blonde, plus claire que les cheveux châtains, le nez aquilin, la bouche gourmande, mais aussi une manière particulière de se tourner du côté droit quand on s'adressait à lui. Je sus plus tard qu'une maladie cruelle, contractée en Allemagne, l'avait conduit quelques années auparavant aux portes de la mort. Elle l'avait laissé, comme il disait lui-même, à demi sourd.

— Je n'ai encore écrit que quelques poèmes, rectifia-t-il en saluant ma mère avec déférence. Mais je suis bien décidé à consacrer ma vie aux muses !

— Nous possédons déjà, il me semble, certains fort bons poètes en ce siècle, monsieur, répondit ma mère qui était grande liseuse. Je vous avoue que Clément Marot et Mellin de Saint-Gelais ne sont pas sans attrait pour moi.

— Il ne me reste donc qu'à vous prouver, madame, qu'on peut faire mieux encore. Foin des vieilles lunes ! J'entends galoper librement sur des chemins inconnus et nouveaux !

Une flamme d'orgueil brilla soudain dans les yeux clairs qu'il sembla détourner de moi à regret.

— Je serai heureuse de lire vos œuvres, monsieur,

quand elles existeront, répondit ma mère sur un ton de bonne compagnie, sans qu'on pût savoir si elle se moquait ou non.

Elle ne laissait jamais percevoir que ce qu'elle jugeait bon de ses sentiments et ne se départait qu'en de bien rares occasions d'une courtoisie sans chaleur véritable qui la protégeait comme un mur.

— Tu auras une autre lectrice avertie en cette jeune personne, Ronsard mon ami, reprit Jacques de Cintré en me désignant. Cassandre a reçu une solide formation. Elle est pétrie de grec et de latin !

Je savais que le frère de Catherine, comme la plupart de nos voisins, n'attachait pas grand prix à de semblables talents. Il lui paraissait sans doute opportun d'en faire mention devant son cousin. Celui-ci, je l'appris plus tard, n'attendait que cette occasion provoquée sur sa demande pour s'adresser à moi.

— Puis-je vous féliciter pour la grâce avec laquelle vous venez d'interpréter ce Branle de Bourgogne ? demanda-t-il en me souriant. Vous chantez et dansez à ravir. Parmi vos compagnes, on ne voyait que vous.

— Elle sait aussi par cœur le *Canzoniere* de Pétrarque, assura Catherine qui me tenait par la main.

— Il est vrai que j'aime la poésie et la musique plus que tous les autres arts, dis-je en émergeant enfin de ma nuée. Je les aime parce qu'elles me font rêver...

— Il n'y a pas de poésie qu'italienne, reprit Ronsard. Nous sommes tout aussi capables, en France, de composer des œuvres immortelles. Dieu fasse que se lève bientôt dans ce pays un poète nouveau qui surpasse les auteurs étrangers !

C'est ainsi que commença notre première conversation. Elle se prolongea assez longtemps. Beaucoup d'autres devaient la suivre. Je l'ignorais, mais je puisais déjà dans l'attention que me portait ce jeune poète qui parlait avec tant d'ardeur de sa vocation et de l'avenir, une assurance toute neuve en mon propre jugement. Entre nous, dès ce soir-là, se nouèrent des liens de l'esprit que rien ni personne n'a jamais pu dénouer...

Durant cet entretien, il fut à plusieurs reprises question de Pétrarque. Il ne l'appréciait qu'assez peu. Je le prisais fort. D'où des échanges éloquents de part et d'autre, des arguments contraires exposés avec conviction. Je crois pouvoir me vanter de l'avoir fait changer d'avis par la suite. Je ne vois aucune autre explication à un retournement qui a fait jaser, ici et là...

Pour en revenir à la soirée de Blois, je dois avouer que si je me suis plu à m'entretenir avec le cousin des Cintré, je ne me suis pas privée de danser pour autant ! Avec lui, bien sûr, mais aussi avec pas mal d'autres. Pour la première fois de ma vie, j'attirais à moi des jeunes gens qui n'avaient jamais encore prêté attention à ma modeste personne. Soudain, ils me découvraient, j'existais pour eux. Ils paraissaient sensibles à ce qu'ils appelaient mon charme, à une sorte d'attraction qui devait émaner de moi. Ils me traitaient enfin en proie désirée et non plus en quantité négligeable.

C'était comme si le très vif intérêt que me manifestait Ronsard m'avait transformée tout d'un coup, comme si le regard dont il m'enveloppait magnétisait le regard des autres cavaliers.

Exercer de prime abord un tel pouvoir au sortir des années obscures de la puberté est grisant comme l'eau ardente. Il me semblait que j'avais des ailes, que je m'envolais vers un destin radieux en laissant derrière moi la dépouille étriquée de l'adolescente que j'étais encore un moment plus tôt.

Je plaisais, j'avais du succès auprès des hommes, le rêve devenait réalité, l'avenir était à moi !

Le bal terminé, en regagnant notre demeure entre mes parents assez flattés de la façon dont on avait fêté leur fille, j'étais ivre. Non pas de vins fins, mais d'exaltation. Mon entrée dans le monde avait été réussie et ma présentation au Roi s'était déroulée sans fausse note !

Dans ma trop légère cervelle, je puis bien le reconnaître à présent, cette victoire personnelle, les éloges reçus, la conduite empressée de mes danseurs, l'emportaient sur ma rencontre avec l'écuyer de la Maison royale.

Tout en étant persuadée que j'avais cessé de l'être, je demeurais cependant une enfant insouciante et frivole. Mon comportement dans les mois qui suivirent en est la preuve affligeante. Aurais-je attaché, d'ailleurs, durant ce bal, plus d'importance à de menues satisfactions de coquetterie, de vanité, qu'au fait d'être remarquée par un homme comme Ronsard, qui détenait en offrandes l'amour et la renommée entre ses mains, si je n'étais pas restée une petite fille inconséquente ?

Il est vrai que Pierre n'était pas encore illustre, qu'il m'aurait fallu pressentir son génie naissant et qu'être présentée au Roi de France n'était pas une mince affaire !

2

Amour, amour, donne-moi paix ou trêve.

RONSARD.

Il est des moments de la vie où tout semble se faire sans peine, avec aisance, dans une sorte d'harmonie préétablie, comme si le destin vous poussait aux épaules.

Dès mon départ, le soir du bal, Ronsard, si j'en crois ce qu'il me confia par la suite, vécut une de ces heures où on se sent emporté par un élan invincible.

Autour de lui, soudain, tout s'était ordonné selon ses plus secrets désirs. A peine ma mère s'était-elle éloignée en ma compagnie après avoir dit qu'elle regagnait le lendemain matin Talcy avec ses filles, que Gabrielle de Cintré eut une inspiration coïncidant étrangement avec les desseins de Pierre.

Stimulée par la jeunesse et le halo de poésie qui flottait à l'entour de ce beau cousin encore inconnu d'elle, cette femme qui avait le goût du péché, s'était décidée à le convier, sans plus attendre, sous son toit. Il pourrait y demeurer tout le temps qui lui convien-

47

drait. Un sûr instinct de mangeuse d'hommes lui soufflait qu'il en mourait d'envie alors même qu'elle ignorait combien la proximité de Talcy excitait l'intérêt de son invité. Aussi avait-elle fort bien plaidé une cause qu'il ne demandait qu'à faire sienne.

Ne lui était-il pas aisé de se rendre libre s'il le souhaitait ? La surdité partielle dont il était affligé depuis la maladie qui l'avait atteint en Allemagne du temps où il était secrétaire de Lazare de Baïf ne lui fournirait-elle pas le prétexte rêvé ? Ne s'était-il pas déjà dérobé plusieurs fois à son service curial en arguant des suites de cette affection ? Obtenir la permission du Grand Ecuyer, François de Carnavalet, maître incontesté des écuries royales et des gentils-hommes attachés à leur service, ne devait pas être bien difficile.

Cet ami, que Ronsard appelait familièrement Car, lui était très attaché. Leurs pères avaient été jadis compagnons d'armes. Ils avaient escorté en Espagne les Fils de France lorsque les deux petits princes avaient été échangés et gardés en otage à la place de leur père, le roi François, vaincu puis fait prisonnier à Pavie de douloureuse mémoire. De tels souvenirs demeurent des liens impérissables. Pierre et Car avaient repris et continué une tradition familiale qui s'accordait avec leurs sentiments. Ils s'entendaient à merveille.

L'affaire fut donc réglée rapidement. Sous prétexte d'un pressant besoin de repos, mon poète obtint la permission de quitter un temps le service qui le retenait à la Cour.

Aussitôt libéré des devoirs de sa charge, Ronsard

chevaucha vers le manoir de ses cousins. Il y fut reçu par Gaspard de Cintré en personne.

Te souviens-tu, Guillemine, de ce gros homme, toujours congestionné par des excès de toute sorte, mais débonnaire et sans défense devant les caprices d'une épouse qu'il idolâtrait au-delà de ce qui est raisonnable ? Il avait, autrefois, été très lié, lui aussi, au père de Pierre, Loys de Ronsard, mort depuis un an à peine. Il se montra ému de recevoir le fils de son parent et enchanté de le garder quelque temps près de lui.

— Vous êtes ici chez vous, glissa Gabrielle en serrant la main de son hôte peu après son arrivée. Tout et chacun se tiennent dès à présent à votre disposition.

Pierre me rapporta plus tard le propos qui nous fit bien rire.

Jacques de Cintré, satisfait d'avoir à domicile un compagnon de son âge, entraîna son cousin qui partageait son goût pour la chasse vers le chenil. Il voulait lui faire admirer une meute dont il s'occupait avec un soin jaloux.

Toujours discrète, Catherine se contenta, le soir venu, d'entretenir leur hôte de musique, de poésie et de notre voisinage.

C'est ainsi que, sans m'en douter le moins du monde, je me trouvais vivre fort près d'un admirateur que je croyais reparti à la suite de la Cour pour Romorantin...

Aussi ne songeais-je point à lui le surlendemain du bal en allant herboriser sous la surveillance de Nourrice dans les bois de Talcy.

Tu sais combien mon père était fier de son château.

Grâce à la faveur royale, il avait obtenu de le doter d'une porte fortifiée qui flattait son amour-propre. Pour d'autres raisons, plus instinctives, j'ai toujours été, moi aussi, fort attachée à cette belle demeure qui domine avec tant de noblesse notre petite Beauce. Tu n'ignores pas non plus ma peine quand il m'a fallu la quitter. Les pelouses de la cour intérieure ont vu mes premiers pas, l'eau de notre puits reste pour moi la meilleure. Le verger fut mon innocent paradis. En automne, nos bois qui s'étendent jusqu'à la forêt de Marchenoir, m'éblouissaient de leur éclatante agonie ambrée. J'y ai beaucoup couru, beaucoup rêvé aussi...

Ce jour d'avril, je cherchais de jeunes crosses de fougère, des jacinthes sauvages, des brins de mousse ou de lichen afin d'enrichir l'herbier que je composais depuis plusieurs mois.

Un panier au bras, la tête encore remplie des agréables souvenirs du bal, je marchais le long d'un sentier bordé de hêtres, sans trop me soucier des bavardages de Marcelline qui se croyait encore obligée de me traiter comme si j'étais toujours en lisière. Excédée par ses continuelles remontrances qui m'empêchaient de me recueillir dans l'évocation de mon récent triomphe, je me décidai assez vite à la rabrouer.

— Va plutôt t'occuper de Marie, de Jeanne et de Jacqueline qui ont sûrement besoin de toi ! lui conseillai-je, à bout de patience. Je ne suis plus une enfant ! Je peux fort bien rester seule ici sans me faire dévorer par le loup !

Nourrice grogna, mais se le tint pour dit. Elle s'éloigna en haussant ses épaules alourdies comme toute sa personne par une graisse envahissante.

Subissant encore son autorité sans regimber, mes petites sœurs lui procuraient plus de contentement que moi. Toute ma vie je me suis montrée obstinée. Je cache, tu le sais, sous une douceur apparente, une volonté passionnée d'indépendance et une profonde horreur d'un joug quel qu'il soit...

Je me retrouvai donc seule avec plaisir dans le sous-bois que j'affectionnais. Le printemps éclatait avec cette impudeur, cette allégresse, qu'il ne libère complètement qu'à la campagne. Je me souviens du goût de sève que j'avais aux lèvres, de la tiédeur du soleil qui s'insinuait sans difficulté entre les jeunes ramures aux feuilles fragiles, du chant victorieux des merles, du vrombissement des mouches...

Simplement vêtue d'une cotte d'étamine blanche, les cheveux épars sur les épaules, j'étais en négligé. Je me souciais peu de mon apparence que seuls les écureuils et les lézards étaient à même de remarquer.

Poursuivant ma quête, je m'enfonçais sous la futaie quand un bruit de brindilles piétinées, brisées, m'alerta. Je dus paraître inquiète.

— N'ayez crainte, demoiselle, n'ayez crainte ! lança non loin de moi une voix masculine. Je ne suis ni larron ni maraudeur, je ne suis que poète !

Se détachant d'un tronc derrière lequel il s'était sans doute glissé à la dérobée pour me guetter, Ronsard fit quelques pas dans ma direction, me salua.

Si je jouai la surprise, je ne suis pas certaine d'avoir été réellement étonnée. Mon cavalier ne m'avait-il pas assurée à Blois que nous ne tarderions pas à nous revoir ?

Quelles que soient son inexpérience, sa candeur, une femme pressent toujours l'attrait qu'un homme éprouve à son endroit. Une sorte de connaissance diffuse et spontanée éclôt et se développe en elle, sans que rien ait été dit, parfois avant que son soupirant le sache lui-même, alors qu'il lui est encore étranger.

— Pourquoi donc pénétrez-vous chez nous par la forêt, non par l'entrée principale? demandai-je en prenant soudain conscience de ma tenue, de mes cheveux dénoués qui glissaient sur mes joues, de la terre que je conservais au bout des doigts.

J'étais contrariée qu'un jeune gentilhomme pût m'apercevoir en pareil négligé et, en même temps, troublée de son audace.

— Parce que je viens de chez mes cousins Cintré et que, rêvant, je n'ai pas pris garde au chemin que je suivais, répondit Ronsard en se rapprochant de moi.

Il ne se donnait pas la peine de mentir avec vraisemblance mais, cependant, je ne lui en voulus pas.

— On vous pardonnera cette entorse aux règles de la bienséance en faveur des œuvres que cette promenade vous inspirera, dis-je en tentant de compenser mon laisser-aller vestimentaire par ce rappel de mon goût pour la poésie.

— Je l'espère bien! assura-t-il avec une sorte de saine et joyeuse fatuité qui m'amusa.

Un rayon de soleil filtrant à travers le feuillage neuf des hêtres blondissait la courte barbe soigneusement entretenue qu'il portait. Tous les hommes qui fréquentaient la Cour en arboraient une semblable depuis que le Roi avait laissé pousser la sienne à la suite d'un accident au visage dont il lui avait fallu dissimuler les cicatrices.

— Logez-vous donc à présent chez les Cintré?

demandai-je pour rompre un silence qui me parut soudain un peu lourd.

— Ils ont eu, en effet, l'obligeance de m'offrir l'hospitalité pour quelque temps.

— Je vous croyais attaché au service du duc d'Orléans, et à ce titre, obligé de suivre un prince qui ne cesse de se déplacer à la suite de la Cour.

— Je le sers comme écuyer, il est vrai, mais là ne s'arrêtent pas mes activités. J'ai repris à Paris des études de grec et de latin qui sont pour mon avenir de la plus grande importance. Je dois donc me partager entre deux occupations bien différentes l'une de l'autre quoique également enrichissantes. Ce qui me permet de prendre de temps en temps des libertés avec chacune d'entre elles, ajouta-t-il gaiement. Vous avez devant vous une sorte de Janus, mi-écuyer, mi-étudiant, qui, en réalité, pour tout simplifier, ne rêve que de poésie !

Nous avons ri du même rire, en même temps... D'emblée, nous retrouvions la complicité qui nous avait déjà rapprochés le soir du bal.

— A qui ai-je affaire maintenant ? repris-je avec le sentiment diffus qu'il était préférable de maintenir dans mes propos un ton de badinage. A l'écuyer, à l'étudiant, ou au poète ?

— Vous avez affaire à l'homme tout entier, répondit Ronsard en se refusant soudain à jouer le jeu. Il n'est pas une parcelle de mon être qui ne s'intéresse à vous !

C'était aller trop vite ! Je n'en demandais pas tant !

La panique qui s'empara alors de moi me demeure présente à l'esprit. Je me voyais seule, au milieu des bois, en compagnie d'un presque inconnu dont le

53

comportement se transformait d'un coup pour devenir si pressant que tout ce qu'il y avait encore d'enfance au fond de mon cœur s'en trouvait obscurément effarouché.

— Il n'est guère convenable de rester ici, loin de tout le monde, murmurai-je d'une voix moins assurée. Mon père serait mécontent...

— Je puis gagner la route pour me présenter à votre portail ainsi qu'il est d'usage, admit Ronsard qui, de toute évidence, ne voulait ni m'effrayer ni me brusquer. J'ai attaché mon cheval non loin d'ici, au bord d'un étang de la forêt. Je vais aller le chercher. Je demanderai ensuite à être reçu par madame Salviati. Rien ne vous empêchera de venir, comme par hasard, nous rejoindre un peu plus tard.

La bonne volonté de Pierre me rassura.

— A tout de suite, donc ! jetai-je avant de me sauver vers le parc en retroussant bien haut le bas de ma cotte pour aller plus vite.

Sans m'arrêter, je traversai le verger où Marcelline racontait des histoires à mes jeunes sœurs. Ravie de voir qu'elle ne m'accordait pas un regard, je courus m'enfermer dans ma chambre.

Si mon cœur battait pendant que je changeais de tenue, ce n'était pas d'essoufflement, mais parce qu'une excitation joyeuse me soulevait. J'avais un soupirant ! Enfin ! Déjà ! Depuis le temps que j'en rêvais en lisant les romans de chevalerie si prisés de nos jours, ce moment délicieux était donc arrivé ! Je n'étais plus une petite fille ! Les sentiments que Pierre ne se cachait pas d'éprouver à mon égard me paraient à mes propres yeux du prestige des adultes qui ont seuls le privilège de se mouvoir à l'aise dans le séduisant empyrée de la passion amoureuse...

Mes doigts tremblaient d'énervement tandis que je m'habillais. Un vertugade, une marlotte de soie saumonée, recouvrirent ma cotte. J'attachai autour de ma taille étranglée par le busc une longue et souple ceinture d'or ciselé dont l'extrémité ornée de perles retombait par-devant jusqu'au bas de ma jupe.

Quand il fallut ensuite brosser mes cheveux de sauvageonne pour les emprisonner dans une résille de soie, je regrettai de ne point t'avoir appelée pour m'aider comme je le faisais d'habitude. Ma hâte à changer d'apparence avait été excessive.

Je m'inondai enfin de l'unique parfum qui m'aura suivie toute ma vie : l'héliotrope.

Quand je pénétrai dans la grande salle où ma mère recevait ses hôtes, je l'y trouvai en conversation avec Pierre.

— Vous voici fort à propos, ma fille. Monsieur de Ronsard, qui fait un bref séjour dans notre région, est venu très courtoisement nous rendre visite. Il loge chez les Cintré.

Je pris l'air aimablement surpris qui convenait pour saluer d'un air modeste le nouveau venu dont je soupçonnais les pensées secrètes. Notre connivence en cet instant, à l'occasion d'un même mensonge, ne le ravissait-elle pas ?

— Vous prendrez bien, monsieur, une légère collation en notre compagnie ?

— Si je ne craignais point d'être indiscret, madame...

— Vous ne l'êtes en aucune façon. Nous n'avons pas

si souvent l'occasion, au fond de nos provinces, de fréquenter des poètes !

Je croyais entendre les répliques d'une comédie. Tout résonnait à mes oreilles de manière factice pendant que j'écoutais les propos échangés entre ma mère et celui qui me tenait un moment plus tôt un tout autre langage.

Nous goûtions aux confitures sèches, aux frangipanes, aux dragées musquées qu'une servante avait apportées en même temps que deux flacons de muscat et d'hydromel. Par les fenêtres ouvertes, les senteurs du printemps pénétraient par bouffées.

Nous parlions de la capitale, des cénacles à la mode, de l'Ecurie du Roi, de Lazare de Baïf, l'illustre théologien, ancien ambassadeur à Venise, qui était parent des Ronsard. Pierre lui vouait une profonde admiration. Il le citait comme un modèle de science et de sagesse. Il disait fréquenter avec bonheur, à Paris, sa maison des Fossés Saint-Victor où se tenaient, sous les plafonds ornés de citations grecques, tant de doctes entretiens entre les plus savants des gens de Cour et les plus courtisans des humanistes.

Je songeais à part moi que rien de tout cela ne sonnait juste. Que la réalité qui couvait sous cette conversation mondaine était autre, que nos mots ne servaient qu'à travestir nos pensées...

Au hasard d'une phrase, Pierre cita un de ses amis, Jacques Peletier, son unique lecteur jusqu'alors, qui était secrétaire de l'évêque René du Bellay. Bien que plus âgé que Ronsard, cet homme éloquent, lui aussi plein de science, avait accordé son amitié au jeune poète dont il avait loué et aimé les premières odes.

— Je l'ai rencontré voici deux ans, expliqua Pierre,

lors des obsèques de Guillaume du Bellay, ce grand capitaine, ce glorieux gouverneur du Piémont, qui était un des frères de l'évêque du Mans.

Ce disant, son visage, si naturellement clair et ouvert, s'assombrit soudain. Quelle évocation, quel cruel souvenir, projetaient leur ombre sur les traits de ce garçon de vingt et un ans, débordant de vie, d'ardeur, de projets ?

Je ne l'ai appris que plus tard. Et cette découverte décida de mon sort comme du sien...

— J'espère, madame, que mes poèmes auront l'heur de vous plaire, disait, pendant que je rêvais, notre visiteur, en terminant ainsi une explication que je n'avais pas suivie.

Ma mère jeta un regard vers une petite table sur laquelle étaient déposés des rouleaux de papiers manuscrits.

— Ils m'intéresseront sûrement, monsieur. Surtout votre ode *Contre la jeunesse française corrompue*. Voilà un sujet, hélas, on ne peut plus actuel !

Ronsard releva le front.

— En l'écrivant, je ne me suis guère conduit en habile courtisan, remarqua-t-il en retrouvant son air hardi. Ecuyer du duc d'Orléans, j'y exprime les sentiments d'un partisan du Dauphin ! Or, chacun sait que les deux frères se haïssent. Autour d'eux, tout le monde intrigue à la Cour en fonction de cette haine. Il faut être pour l'un ou pour l'autre. Et voilà que je prends fait et cause pour celui qui n'est pas mon maître ! On n'est pas plus maladroit !

— Ou plus courageux, dis-je doucement.

— Je ne puis que vous approuver de défendre l'intégrité du royaume et les intérêts de la dynastie, assura ma mère. Vous témoignez ce faisant d'une belle loyauté... Mais vos vers ne sont pas encore publiés, que je sache. Ils ne risquent donc pas de vous nuire.

— Je ne me contente pas d'écrire ce que je pense, madame, au besoin, je le fais savoir !

Il y eut un silence. On entendait grincer dans la cour la poulie du puits. Au loin, des voix sonores de valets s'interpellaient.

— Je ne suis pas encore assez sûr de mon art pour me permettre d'offrir mes odes au public, reprit Pierre. J'ai d'abord souhaité écrire des épopées ou des tragédies. Je ne suis plus certain à présent d'en être capable. La poésie lyrique me semble plus adaptée à mes dons. Tel que vous me voyez, je n'ai pas encore choisi. Votre avis peut m'être d'un grand secours.

Le bref coup d'œil que ma mère lui lança traduisait un étonnement amusé. Quoi, ce pourfendeur de gloires établies, ce novateur qui prétendait, le soir du bal, transformer la poésie française, pouvait donc, à ses heures, faire preuve d'humilité ?

Elle allait lui poser une question quand le bruit d'une galopade, des éclats de voix, un rire vainqueur, fusèrent du côté du portail.

— Je n'attends pas de compagnie aujourd'hui, dit ma mère avec surprise. Qui donc vient nous rendre visite sans s'être fait annoncer ?

Elle fut vite renseignée. Un domestique vint la prévenir que madame de Cintré demandait à la saluer.

— Qu'elle entre, qu'elle entre, répondit ma mère sans beaucoup d'enthousiasme, tout en se levant pour s'avancer au-devant de la nouvelle venue.

— Je passais. J'ai eu envie de vous voir, et me voilà !

s'écria Gabrielle en faisant, comme à l'accoutumée, une entrée fracassante. Je ne pouvais demeurer enfermée chez moi par un temps pareil !

Sa robe à chevaucher en velours émeraude donnait un regain d'éclat à sa carnation de rousse.

Avant de nous adresser son plus radieux sourire, elle s'assura d'un coup d'œil que celui qu'elle poursuivait se trouvait bien là.

— Par ma foi, Pierre, j'avais oublié que vous songiez à vous rendre à Talcy, ajouta-t-elle avec une impudence tranquille. Je ne pensais pas vous y rencontrer.

— Madame Salviati a la bonté de s'intéresser à mes poèmes, dit Ronsard, visiblement mal à l'aise.

— Sa fille en fait tout autant, à ce que je vois, constata Gabrielle d'un air entendu. Il est vrai que vous vous trouvez ici dans une famille où les muses sont à l'honneur.

Elle étrennait un bonnet-chaperon enrichi de perles qui la rajeunissait en encadrant habilement son visage fardé.

— Comment se porte ce bon Gaspard ? s'enquit ma mère qui, en toutes circonstances, se comportait selon un code de civilités immuable.

— Comme un homme alourdi par la mangeaille et les bons vins, répondit notre visiteuse qui n'était pas tendre, pesamment !

Ronsard se pencha vers moi pendant qu'une servante offrait sucreries et épices confites.

— Catherine m'a dit que vous aimiez les jardins. Je partage ce penchant. Ne voudriez-vous pas me faire les honneurs du vôtre ?

— Pourquoi pas ? Nourrice doit encore se trouver dans le verger avec mes sœurs.

Ma mère se tourna vers Pierre.

— Si vous aimez les jardins, j'ose croire que le nôtre ne vous déplaira pas. Il est assez joli en ce moment. Peut-être vous inspirera-t-il...

Je savais combien elle avait l'ouïe fine et que son attention n'était jamais en défaut. Il lui fallait cependant être singulièrement en alerte pour avoir saisi nos paroles en dépit du verbiage de Gabrielle !

— Si vous le permettez, maman, je pourrais emmener monsieur de Ronsard jusqu'au verger. Marcelline y garde les petites.

— Va, mon enfant, va, et tâche de faire partager à notre hôte le goût que tu as pour ce coin de terre.

Elle souriait avec urbanité, mais Pierre se demandait visiblement ce que cachait ce sourire.

Gabrielle, qui buvait un doigt de muscat en grignotant des fruits confits, ne put sans impolitesse se lever pour nous suivre. Aussi, le regard que je croisai en sortant avec son cousin ne me parut-il pas empreint de beaucoup de bienveillance...

Nous sommes descendus dans la cour qu'il nous fallait traverser pour gagner le parc, puis nous avons longé l'aile du levant à laquelle s'adosse la chapelle.

En passant, j'ai signalé à l'admiration de mon compagnon le puits que mon père avait fait orner de ferronneries dans le goût florentin. Nous le montrions toujours avec fierté à nos visiteurs. Tu ne peux l'avoir oublié.

Avant de pénétrer dans le parc, tout en devisant, nous avons traversé l'enclos où s'élève notre colombier. Des froissements de plumages, des battements d'ailes l'environnaient. Combats farouches ou joutes amoureuses ?

Après un mois de mars capricieux, avril rattrapait le temps perdu. Je n'ai même pas besoin de fermer les yeux pour revoir les pelouses fraîchement coupées, les lilas d'Espagne dont j'aimais tant le parfum, les tapis de muguet, de pervenches, de pâquerettes, de myosotis, les giroflées de velours jaune et brun, les touffes de genêts éclatants dont l'odeur trop sucrée m'entêtait et les parures virginales des beaux aubépins verdissants, fleurissants...

— Que pensez-vous de mon jardin ?

— C'est une sorte d'Eden.

— C'est le mien en tout cas !

— On aimerait s'y perdre en votre compagnie !

— Fi donc, monsieur l'écuyer, point de fadaises, je vous prie !

Je m'amusais du trouble de Pierre. J'éprouvais le besoin d'exercer mon jeune pouvoir comme on ressent parfois la folle envie de briser un jouet tout neuf pour voir ce qui se trouve à l'intérieur.

Ronsard marchait près de moi, frôlant mon vertugade, sans plus rien dire.

— Vous n'êtes guère bavard pour un poète, remarquai-je au bout d'un moment. Vous étiez plus loquace tout à l'heure, me semble-t-il.

— C'est que j'étais sans doute moins ému !

La voix, d'ordinaire bien timbrée, s'assourdissait.

— Le printemps vous bouleverse à ce point ?

Qui dira jamais combien la provocation et la crainte d'obtenir un résultat, souhaité mais aussi redouté, se mêlent inextricablement dans l'âme tâtonnante des filles de quinze ans ?

— J'aimerais écrire des vers pour vous, déclara enfin Pierre sans s'arrêter à mes coquetteries.

— Il ne me déplairait pas que vous le fassiez, répondis-je, enchantée par une proposition qui n'avait rien de déshonnête et traduisait un attrait flatteur. N'est-ce pas le rêve de toute femme d'être chantée par un poète ? Voyez Laure. Pétrarque l'a immortalisée !

Du verger voisin, des cris et des rires fusaient, mêlés aux recommandations de Nourrice.

— Savez-vous, Cassandre, que si je vous chante, ce sera pour vous parler d'amour ?

Pour la première fois, il venait de prononcer mon nom. Il avait, d'emblée, trouvé une façon de le faire que personne d'autre depuis n'a jamais eue... La seconde syllabe s'attardait dans sa gorge, entre ses lèvres, comme s'il la goûtait.

— Bien sûr ! Vous ne ferez que sacrifier à la coutume, répondis-je un peu trop vite sans doute, en prenant un air émancipé. N'en est-il pas toujours ainsi ?

— Et s'il en était autrement ?

Je considérai avec attention la pointe de ma mule de velours qui dépassait sous ma jupe.

— Je ne serais pas forcée de le savoir.

Grisée autant qu'éperdue devant l'évolution d'une situation qui m'échappait de façon imprévue, je me sentais trembler comme un animal pris au piège.

— Je crois, continua Pierre avec une fougue que je devais voir renaître à mon égard bien souvent, oui, sur ma vie, je crois pouvoir composer pour vous des vers comme on n'en a écrit pour aucune autre, trouver des mots jamais employés, des accents entièrement nouveaux... Mais ces vers, ces mots, ces accents, je me les arracherai du cœur ! Vous me direz ensuite, Cassandre, si vous pouvez ignorer plus longtemps leur provenance !

Je n'avais plus envie de badiner. Je cherchais une contenance sans la trouver. Pourquoi n'enseigne-t-on pas aux adolescentes comment se comporter devant les premiers feux de l'amour ? N'apprend-on pas aux jeunes soldats quoi faire devant les arquebusades ennemies ?

Pierre s'inclina vers moi.

— Depuis que je vous ai vue, l'autre soir, à Blois, danser et chanter le Branle de Bourgogne, je demeure ébloui. Vos traits, vos charmes, se sont gravés dans mon cœur comme dans le marbre. Jamais plus ils ne s'en effaceront !

Son haleine effleurait mon visage où le sang se précipitait. J'avais le sentiment de perdre pied, de frôler l'évanouissement comme durant certains accès de fièvre quarte.

— Cassandre, Cassandre, vous avez éveillé l'amour en moi ! Il coule à présent dans mes veines avec mon sang. Vous êtes ma vie !

Plus l'émoi de Pierre s'accentuait, plus je me sentais déconcertée, inquiète, maladroite, nullement préparée à répondre à tant de véhémence amoureuse. Je ne rêvais que de me voir conter fleurette, nullement d'être entraînée sans préliminaires dans les tourbillons sulfureux de la passion ! Une angoisse inconnue naissait, se développait, s'épanouissait en moi. La peur, de nouveau... Ah ! Je n'étais pas faite pour être sollicitée par de si torrentueux désirs !

— Cassandre, je vous aime, je...

— Il n'était d'abord question que de poèmes !

m'écriai-je en rassemblant toutes mes forces de défense. Me serais-je trompée ?

Tout en parlant, je reculais peu à peu, sans oser lever les yeux sur l'homme que je venais d'interrompre de si plate façon. Il se tut.

Le silence qui suivit me parut fort long.

Quand j'osai regarder de nouveau en face celui que j'avais sans doute cruellement déçu, je fus frappée de lire sur ses traits une véritable souffrance. Moi qui pensais que l'amour était jeu et galanterie, je me trouvais affrontée à une tout autre réalité. Décidément, rien ne se passait comme je l'avais imaginé...

— Allons dans le verger, dis-je avec une certaine précipitation pour éviter un retour de flammes. Ma nourrice doit encore s'y trouver. Vous pourrez devant elle développer à votre aise vos projets poétiques.

Il me suivit sans une parole.

Un monde de réflexions et de pensées nouvelles s'agitait dans ma tête.

Comme nous parvenions à la barrière donnant sur le clos où fleurissaient les arbres fruitiers, le galop d'un cheval retentit soudain. Suivant comme une flèche l'allée venant du bois, un cavalier monté sur un barbe nerveux lancé à vive allure passa non loin de nous sans même nous apercevoir.

— Voici Antoine, un de mes frères, expliquai-je, heureuse de cette diversion. Contrairement aux apparences, il n'aime pas que l'équitation. De notre mère, il tient comme moi un goût très vif pour la République des Lettres. Vous pourrez en disserter à loisir avec lui lors de vos prochaines visites ici... Si toutefois il y en a...

— Suis-je libre de ne pas revenir ? demanda Pierre

avec une mélancolie que j'ai souvent retrouvée par la suite dans sa façon de s'adresser à moi. Même si je le voulais, le pourrais-je ?

Témoignant d'un respect qui différait beaucoup de sa fougue précédente, il s'empara de ma main droite pour y appuyer longuement les lèvres.

Nos regards demeurèrent liés un moment, puis je détournai la tête. En moi, quelque chose tremblait. D'effroi ? De ravissement ?

D'un geste, je poussai la barrière qui séparait le parc du verger où des abeilles ivres de nectar bourdonnaient comme des folles entre les arbres éclatants.

— Nous voici au royaume de l'insouciance, dis-je en désignant mes trois sœurs qui, sous une pluie de pétales, se poursuivaient en riant parmi les troncs. Il y a peu, c'était encore le mien.

Pierre murmura quelque chose que j'entendis mal, mais où il était question de nymphe qui sentait encore son enfance... Je marchais devant lui et ne me retournai pas.

3

Cueillez, cueillez, votre jeunesse.

RONSARD.

Avec le recul du temps, les semaines qui suivirent me paraissent innocentes, même si, sur le moment, je les ai considérées d'une tout autre façon.

Instruit par une première expérience, Ronsard m'entourait d'une cour plus respectueuse, plus discrète aussi. Je lui en savais gré. Il avait pris l'habitude de venir chaque jour nous rendre visite. Ma mère le recevait dans la grande salle. Elle l'entretenait des poèmes qu'elle était en train de lire. Mon frère Antoine, qui me ressemble par ses traits et par son goût pour la poésie, assistait avec moi à ces conversations qui tournaient le plus souvent autour de la glorification de la langue française.

— Il faut renouveler chez nous la notion d'art et de poésie tombée en décadence avec les Rhétoriqueurs ! proclamait Pierre. Je voudrais reconstruire le monde au moyen du Verbe !

Souriant non sans réserve, ma mère laissait enten-

Les amours blessées.   3.

dre que de telles visées lui semblaient utopiques. La discussion demeurait néanmoins courtoise. Chacun finissait par reconnaître que, si nouveauté il y avait un jour, elle ne serait concevable qu'à partir d'une parfaite connaissance du grec et du latin. Eux seuls permettraient d'écrire un français d'une entière pureté. Il ne convenait pourtant pas de renier pour autant la richesse de l'ancien parler de nos pères dont il serait bon aussi de s'inspirer.

Après ces joutes oratoires, nous allions rejoindre dans le parc mon frère aîné, Jean, toujours débordant de vitalité, Jacquette Maslon et quelques amis d'alentour. François, mon troisième frère, qui avait dans les dix-sept ans, se joignait parfois à nous. Tu sais que je ne me suis jamais sentie fort proche de lui du fait de son ambition forcenée.

Nous jouions aux barres, aux quilles, aux fléchettes, ou bien nous faisions de la musique, puis nous dansions.

Pourtant, Pierre préférait de beaucoup les longues conversations à bâtons rompus que nous trouvions le moyen de nous ménager au milieu des autres distractions. Comme s'il souhaitait faire mien son passé, il tenait à ce que je sache tout de lui. Durant ces causeries j'ai appris à connaître sa famille, ses amis, les endroits où il était allé, où il avait vécu... Que de fois ne m'a-t-il pas décrit La Possonnière, ce manoir ancestral qui l'avait vu naître, échu, depuis la mort de leur père, à son frère aîné, Claude de Ronsard? Il évoquait également fort souvent le Loir, son Loir, la plus belle rivière du monde à ses yeux, la plaine de Couture, le village proche de leur demeure, la forêt de Gâtine, tous ces sites dont ses vers ont, depuis, peint et détaillé inlassablement les attraits et qui font à présent partie de son domaine personnel puisqu'ils demeurent à jamais liés à son œuvre... Il m'en parlait alors avec tant d'amour et, déjà, tant de talent, que l'envie de découvrir à mon tour une vallée à ce point bénie de Dieu me prenait à l'écouter... Je lui faisais promettre de m'y mener un jour...

En dépit de ces quelques moments de tendre connivence, nous ne pouvions pas ignorer la suspicion et la réserve dont nous étions entourés. Mon père voyait d'un fort mauvais œil un cadet de famille assez modeste, démuni de charge importante tout autant que de fortune, tourner autour de la première de ses filles parvenue en âge de songer au mariage. Il n'en faisait pas mystère. A sa façon olympienne, il traitait mon poète vendômois de la plus distante façon chaque fois que l'occasion s'en présentait. Sa froideur, sa méfiance, me glaçaient.

De leur côté, les Cintré s'étonnaient des perpétuelles absences, des dérobades d'un cousin qu'ils avaient invité dans l'intention de profiter d'un agréable compagnon. Pierre rejetait ou éludait chacune de leurs propositions. Il ne chassait pas avec Jacques, ne jouait pas aux échecs avec Gaspard, et se refusait aux jeux d'une autre sorte que Gabrielle comptait bien pratiquer en sa compagnie... Après avoir sollicité son hôte de manière adroite, puis impatiente, enfin presque brutale puisqu'elle était allée jusqu'à le poursuivre dans sa chambre, à demi nue, sous prétexte de lecture nocturne et d'insomnie, cette femme insatisfaite cherchait à présent, du moins je le craignais, un moyen de le prendre au piège.

— Vous devriez vous méfier d'elle, disais-je parfois

à Pierre. C'est une créature sensuelle et orgueilleuse. Or, vous l'avez blessée dans ses intentions amoureuses comme dans sa fierté. Vous pardonnera-t-elle une déception doublée d'une humiliation? Je la crois vindicative. Aucun scrupule ne l'arrêtera.

— Baste! Il ne manque pas de jeunes mâles en quête d'aventures faciles dans le Blésois. Il ne doit pas lui être difficile de trouver sans tarder une nouvelle proie à dévorer!

— Pas tant que vous demeurerez sous son toit pour lui rappeler ses deux échecs. Partez! Quittez un asile où vous vous trouvez dans une situation fausse!

— Je ne veux pas m'éloigner de Talcy!

— Il le faudra bien, cependant!

— Le plus tard possible...

Je savais qu'on l'appelait à la Cour où son service le réclamait, et que son ami Car ne pourrait pas toujours l'excuser. Il m'avait également avoué ne pas avoir répondu aux différentes missives que Dorat, son maître en langue grecque, lui adressait. On s'ennuyait de lui à Paris. Son silence semblait inexplicable.

— Que pourrais-je lui répondre? soupirait Pierre. Il est loin de moi le temps où je me passionnais pour l'étude et où je rivalisais avec Jean-Antoine de Baïf, le fils de notre grand Lazare! Une ode de Pindare suffisait alors à nous échauffer la cervelle et nous bornions nos ambitions à la connaître dans ses moindres subtilités! Tout cela est à présent tellement étranger à ce qui m'occupe et qui a nom Cassandre! Que sont ces travaux d'école à côté de ce que je vis près de vous? L'amour emplit mon cœur, mes pensées, mon existence tout entière! Il les comble et les brûle. Vous hantez mes nuits et occupez mes jours...

Je mettais un doigt sur mes lèvres ou sur les siennes, et il se taisait. Quelques baisers, quelques caresses furtives, quelques étreintes dérobées à l'ombre d'un arbre ou au tournant d'un escalier, lui demeuraient seuls permis. Sur l'ordre de mes parents, Nourrice me suivait pas à pas.

Si Pierre se pliait à un code amoureux bien trop sage pour son tempérament, s'il acceptait cette torture nuancée, c'était pour l'amour de moi mais aussi parce qu'il n'avait pas le choix. A la première incartade, il le savait, on le prierait de quitter une place où il était toléré de mauvaise grâce... Comme je ne l'ignorais pas, moi non plus, je goûtais une paix ambiguë à savoir tenue en bride une ardeur que je ne partageais que de loin. Nos rapports se trouvaient curieusement influencés par une contrainte imposée de l'extérieur à notre couple et à laquelle nous nous soumettions pourtant, moi par besoin de sécurité, lui par l'impérieux désir qu'il avait de ma présence.

Durant le début de ce mois de juin assez pluvieux dont je me souviens à présent si amèrement, je jouais comme une enfant à éprouver Pierre, à l'affoler de mille façons, sans rien pouvoir, à mon grand soulagement, lui accorder de substantiel.

— M'aimez-vous seulement un peu? me demandait-il durant nos rares instants de solitude.

— Qu'en pensez-vous? Il faut mériter l'amour d'une dame!

Il me saisissait à pleins bras, écrasait mes lèvres.

— Cessez, je vous en prie, de vous comporter avec moi comme vous le feriez avec vos jeunes voisins ou avec les amis de vos frères! m'ordonnait-il parfois avec emportement. Je ne suis pas un béjaune! Je suis un homme qui crève d'amour pour vous ! Quand donc le saurez-vous ?

— Présomptueux et jaloux ! m'écriai-je en riant. Voilà un beau galant que vous me dépeignez là !

Et je courais rejoindre Marcelline.

Pour compenser ces agaceries, je traitais avec une désinvolture bien faite pour tranquilliser mon poète les jeunes gens du voisinage assez nombreux à me courtiser depuis la nuit du bal. Distribuant ainsi le chaud et le froid, j'avais adopté à l'égard de Pierre une attitude contrastée que je graduais selon les heures et mon humeur. Elle allait de la plus confiante amitié à des abandons prudents qui incendiaient Pierre, mais auxquels je m'appliquais par la suite à ôter toute signification...

Je revois, entre autres, une scène que je ne situe plus très bien. Tout ce que ça me rappelle, c'est qu'il faisait très chaud soudain, une chaleur orageuse, lourde, comme nous en avons parfois au printemps dans le Val de Loire, et qui pourrait faire croire que l'été est déjà là... Durant la sieste, j'étais allée m'étendre à l'ombre d'un vieux châtaignier noueux, à l'orée du bois où finit le verger. Les autres membres de la famille et les amis présents reposaient, après le dîner, comme à l'accoutumée, dans les salles du rez-de-chaussée, réputées les plus fraîches du château.

Pourquoi m'être singularisée en décidant de me rendre seule dans le parc ? Pour tenter le diable, sans doute... parce que je savais que la chaleur et les vêtements légers, inévitablement indiscrets, m'allaient bien...

Je fus réveillée par un baiser plus chaud que le brûlant soleil printanier. Un genou en terre, penché

72

sur moi, Pierre buvait à ma bouche comme il se serait désaltéré à une source. Pour la première fois, le contact de ces lèvres aussi avides que douces, au goût de chair et de salive, éveilla en moi une curiosité encore endormie. Je rendis baisers pour baisers...

Pierre s'empara alors à deux mains de ma tête environnée de mèches folles que la sueur faisait friser. Il me contempla si intensément, avec une telle adoration que mon âme verdelette en fut remuée.

> *Quand, ravi, je me pais de votre belle face,*
> *Je vois dedans vos yeux je ne sais quoi de blanc,*
> *Je ne sais quoi de noir, qui m'émeut tout le sang,*
> *Et qui jusques au cœur de veine en veine passe...*

murmura-t-il de si près que son souffle était le mien.

— J'aime ces vers, avouai-je, plus troublée que je ne l'avais jamais été.

— Ils me sont venus d'instinct à l'esprit pendant que je vous regardais... Je dois vous dire qu'avant de vous réveiller j'ai longuement contemplé votre sommeil... Vous ressembliez à l'une des dryades de ma forêt de Gâtine. Je retrouve ici, autour de vous, les senteurs de sève échauffée, d'humus, de feuillage qui restent pour moi inséparables de mes premières errances dans les bois, de mes premières découvertes... La nature m'a beaucoup appris en Vendômois, Cassandre... Tantôt, en vous admirant alors que vous reposiez, il me semblait que tout ce que je savais déjà sur la beauté, la grâce, le pouvoir des femmes sur moi, avait soudain pris corps en vous, ou, plutôt, avait pris votre corps pour incarner mon désir en matérialisant mon idéal féminin sur une couche de mousse...

Son expression était passée de la vénération à la convoitise. Une sorte de ravage intime creusait ses traits.

Je me redressai, secouai mes cheveux retenus par de simples rubans de velours rouge, repoussai avec douceur les mains qui cherchaient mon corps à travers la mousseline. Il suivit mon mouvement. Nous nous sommes retrouvés, debout l'un contre l'autre, dans la chaleur craquante de l'après-midi... Nous nous sommes dévisagés comme nous ne l'avions jamais fait, raidis dans une tension qui me faisait peur mais qui l'enivrait.

Pour lutter contre la faiblesse que je sentais rôder en moi autant que pour arracher Pierre à sa folie, je me suis élancée, jupe troussée au-dessus du mollet, pour courir vers le parc.

D'abord décontenancé, Ronsard s'est bientôt jeté à ma poursuite. Son manteau et ses bottes le gênaient pour me rattraper.

Au début, j'ai pris une courte avance, mais les mules qui me chaussaient m'ont vite gênée... Plusieurs fois, j'ai failli tomber.

Comme je me trouvais encore au milieu du verger où ne s'attardaient plus que les floraisons éparpillées de quelques pommiers tardifs, Pierre parvint sans grande peine à me rejoindre. Haletant, rendu fou par cette fuite qui le transformait en chasseur, ce fut avec une sorte de sauvagerie éperdue qu'il m'a saisie et étreinte. Le souffle précipité, résolue à tourner la chose en plaisanterie, je me suis laissée aller un instant contre la poitrine de mon vainqueur sans mesurer que ce semblant de capitulation pouvait passer pour un acquiescement.

Les baisers de Pierre se sont alors faits plus audacieux, plus impérieux aussi. Convaincu que je me rendais à lui, que je ne me refusais plus, que sa patience allait enfin recevoir sa récompense, il m'a renversée entre ses bras pour appuyer sa bouche sur mon cou, là où battait le plus bleu de mon sang. Parvenant enfin à ce qu'il souhaitait depuis si longtemps, il a suivi le fin réseau des veines, est descendu jusqu'aux seins mal défendus par mes lingeries malmenées, y a enfoui son visage...

Ce fut alors que j'entendis au loin des appels répétés.

— Pierre ! Nourrice me cherche ! Je lui ai faussé compagnie tantôt pour venir dormir loin des autres. Mon absence doit l'inquiéter. Sauvez-vous !

Je me détachai de lui qui demeurait à demi égaré devant moi, remis un peu d'ordre dans mes vêtements.

— Vous verrai-je demain ? gémit-il.

— Oui. A demain, mais pas ici, pas seuls !

Sans lui laisser le temps de se plaindre de cette décision, je posai un doigt sur mes lèvres encore chaudes des siennes puis m'élançai vers la barrière de l'enclos.

Bien me prit de me hâter car je rencontrai presque aussitôt Nourrice, maugréant contre les têtes folles qui vont courir les bois au plus fort de la chaleur. Je pris une mine excédée et l'entraînai loin de celui qui venait de m'apprendre que les jeux de l'amour sont jeux qui engagent beaucoup plus que tout autre... Le cœur et le corps y sont semblablement concernés, indissolublement mêlés. J'avais déjà entendu dire que l'esprit était fort mais la chair faible. Je venais de l'éprouver par moi-même. Cette découverte n'était pas faite pour me rassurer.

Au moment où je pénétrais dans le jardin, suivie de Marcelline qui avançait à grand-peine, sourcils froncés, ventre en avant, un souffle d'air chaud se leva, annonciateur d'orages. Je me souviens de ce vent tiède et mou sur mes joues enfiévrées comme d'une imprécise menace...

Comme je parvenais à un rond-point d'où sept allées partaient en étoile, je vis ma mère et mes frères cadets en train de faire les honneurs du parc à Gabrielle de Cintré qu'accompagnait mon amie Catherine.

Je dus saluer nos visiteuses, répondre aux interrogations de ma mère qui observait d'un œil critique le désordre de ma tenue, supporter les moqueries d'Antoine qui m'aimait bien mais ne manquait jamais une occasion de me taquiner. Dans mon dos, Nourrice grommelait je ne sais quoi entre le peu de dents qui lui restaient.

Ses paupières fardées, plissées dans une attention soudaine, Gabrielle me dévisageait.

— Un rien de négligé ne vous messied pas, ma chère enfant, remarqua-t-elle avec un sourire ironique. Au contraire. J'avoue ne vous avoir jamais trouvée aussi ravissante qu'à présent.

Tout en parlant, elle lustrait du plat de la main le satin bleu paon de sa robe. Le durcissement de sa bouche démentait le ton amusé de ses paroles. Je lui lançai un coup d'œil luisant de méfiance, pris Catherine par la main et entraînai mon amie vers ma chambre.

— Il faut que je vous parle, dit celle-ci quand nous

fûmes assez loin du groupe qui s'apprêtait à visiter la roseraie nouvellement aménagée.

Depuis plusieurs années, mon père avait fait venir à grands frais, d'Italie, de Provence, d'Espagne, des plants nouveaux qu'il s'était refusé à exposer aux regards ou aux convoitises de ses amis avant d'être tout à fait satisfait du résultat. On pouvait maintenant découvrir, derrière un rideau de tilleuls une profusion de rosiers sur tiges, en buissons, de plein vent, en berceaux, en massifs, ou s'enroulant avec nonchalance autour du tronc de quelque vieil arbre.

J'imaginais sans peine les mines de Gabrielle devant cette débauche de fleurs, ses cris d'admiration, ses exagérations. Elle devait respirer les roses avec des mines pâmées et exposer ce faisant, aux yeux de mes frères fascinés, un décolleté vertigineux autant que bien rempli...

— Ma belle-mère vous en veut, me disait justement Catherine assise auprès de moi sur un gros coussin à glands de soie, pendant que tu t'affairais à me recoiffer. Elle espérait séduire notre cousin Ronsard, pensait n'en faire qu'une bouchée. Son dépit de n'y être point parvenue la pousse à l'aigreur. Comme elle devine les raisons d'une chasteté qui ne passe pas pour être dans les habitudes de notre parent, elle va chercher à se venger de vous et de lui par la même occasion !

— Que voulez-vous qu'elle me fasse ?

— Sait-on jamais ? Elle est rusée comme la renarde dont elle porte les couleurs. Méfiez-vous, Cassandre ! Je la sais capable de toutes les perfidies.

— Vous êtes de parti pris !

— Croyez-moi, je sais ce que je dis : elle vous déteste.

— Admettons que vous ayez raison. Quel mal peut-elle me causer ? Nous sommes si différentes. Elle est beaucoup plus âgée que moi ! Ronsard mis à part, nous n'avons pour ainsi dire pas d'amis communs.

— Vous aimez toutes deux un bel écuyer...

— Mais je n'aime pas cet obscur petit poète !

— On croirait entendre votre mère !

Je me sentis rougir jusqu'aux yeux. Surprise moi-même par une réplique qui avait jailli avant que j'y aie songé, je portai d'instinct ma main à ma bouche, comme pour y renfoncer les paroles prononcées.

Pauvre Pierre ! Je le reniais, à la première occasion, de ces lèvres auxquelles ses baisers avaient communiqué si peu de temps auparavant un émoi encore inconnu...

Catherine m'observait. Sur nos douze ans, nous nous étions juré de ne jamais nous mentir, de ne pas imiter les adultes, de conserver dans nos rapports la plus parfaite limpidité. Jusqu'à présent, notre amitié était parvenue à ignorer fraudes, dissimulations, omissions.

— Oh ! Je ne sais plus où j'en suis ! avouai-je en me prenant la tête entre les mains. Non, vraiment, je ne comprends plus rien à ce qui m'arrive !

— Vous savez tout de même bien si vous l'aimez !

— Justement non ! Parfois je le crois, parfois j'en doute. Ce n'est pas si simple, voyez-vous... Et puis, il me harcèle. Tout à l'heure encore...

— Vous ne m'apprenez rien. Cela sautait aux yeux...

Catherine n'avait pas été la seule à s'en apercevoir.

Ma mère me fit appeler dès que Gabrielle s'en fut allée. Elle me témoigna plus que du mécontentement. Une sorte d'anxiété assourdissait sa voix si calme d'ordinaire, si claire. Son expression me fit presque peur. Elle me blâma pour mon manque de tenue, pour mon incurie, pour mon impertinence avec nos hôtes et m'envoya en fin de journée me confesser au chapelain avec lequel elle s'était, au préalable, longuement entretenue.

Sa sévérité ne me surprit pas, mais derrière un comportement qui lui était habituel, je décelai je ne sais quel tourment maternel qui dépassait de beaucoup mes manquements aux usages.

Notre chapelain, Dom Honorat, me posa des questions plus précises qu'à l'accoutumée... Je fus bien obligée de lui répondre. Aussi fut-ce avec les yeux rouges et la tête enfiévrée que j'assistai, sans desserrer les dents, au souper familial.

Dès le repas terminé, ma mère et mon père se retirèrent dans le cabinet de travail de ce dernier pour un mystérieux conciliabule dont les enfants étaient exclus.

Réfugiée dans ma chambre, blottie entre les rideaux tirés de mon lit, je mêlais des bribes de prières à des évocations bien plus profanes, dont le souvenir me tint longtemps éveillée.

Pour la première fois de ma vie, je m'étais trouvée confrontée au cours de la journée aux manifestations d'une ardeur qui me troublait et m'effrayait. Si une timide réponse à cet appel des sens s'était fait jour en moi, il n'en demeurait pas moins vrai que ma nature, plus sentimentale que sensuelle, n'éprouvait que faiblement les tentations de ce genre. Mon éducation, par ailleurs, m'interdisait d'envisager une infraction même minime à un code moral que ma mère m'avait si parfaitement inculqué qu'il participait à présent à mon être le plus intime. En cherchant à me faire transgresser ce code, Ronsard m'inquiétait tout en me séduisant.

La première émotion passée, je retrouvai mon sang-froid. Les réprimandes de mon confesseur, les reproches de ma mère, le respect des conventions sociales, ma propre prudence, se conjuguaient pour m'amener à considérer l'attitude de Pierre comme peu conforme à celle dont j'avais rêvé. Un gentilhomme digne de ce nom ne se comporte pas avec une vierge comme avec une ribaude. Il m'avait manqué d'égards en cherchant à m'entraîner sur des chemins détournés où j'aurais perdu l'honneur.

... Vois-tu, Guillemine, j'ai décidé d'être entièrement sincère dans cette sorte d'examen de conscience auquel je me soumets en ce moment. Je tiens à éclairer sans restrictions, sans hypocrisie, les coins et les recoins de mon cœur. Pour rester honnête avec moi-même, je me vois bien forcée de reconnaître, là où j'en suis arrivée, qu'il n'y a jamais eu entre Pierre et moi d'équivalence de nature. La mutilation commune à nos deux existences est venue de cette différence essentielle de nos tempéraments. Par manque d'ardeur, par respect humain aussi, je me suis toujours tenue à la frontière de l'amitié et de la passion. S'il m'est arrivé, durant quelque temps, de la franchir, ce ne fut jamais pour longtemps. Bien vite, j'ai regagné les contrées rassurantes des sentiments permis... Je n'ai pas trouvé en moi le courage de séjourner dans le domaine embrasé où Pierre se mouvait à l'aise. Le feu amoureux était son élément. Il brûlait comme une torche... Il n'y a rien d'étonnant à ce qu'il ait choisi l'emblème des ronces ardentes de préférence à tout autre pour symboliser sa lignée. Il ne pouvait vivre qu'en se consumant. Son génie et son corps participaient ensemble de cet embrasement. L'odorat, le toucher, le goût, la vue, se rejoignaient chez lui en un hymne à ce panthéisme triomphant qu'il n'a pas cessé de chanter à travers toute son œuvre. Ronsard était un païen christianisé qui se souvenait de sa première patrie. Il était fait pour vivre dans l'univers égoïste et voluptueux d'Anacréon et d'Horace... L'ascèse que prône l'Eglise catholique comme une des conditions essentielles du dépassement de soi et de la marche vers la lumière spirituelle, ce frein apporté à nos appétits les plus élémentaires afin de les épurer, lui était étranger. Bien des fois, plus tard, j'ai surpris cet homme qui se voulait bon chrétien, qui s'est même battu pour le demeurer, en contradiction flagrante avec notre doctrine.

La nuit dont je te parle, ces pensées n'étaient pas encore bien claires en moi. Cependant, la confusion même qui régnait dans mon esprit me préparait à les y accueillir un jour...

Le lendemain matin, quand Pierre se présenta, selon son habitude, pour me saluer, il se heurta à un visage fermé, clos sur ses réflexions nocturnes.

— Il n'a été question, hier soir, à la table des Cintré, que des merveilles de votre roseraie, dit-il pour engager une conversation qui s'annonçait difficile.

Du ton poli que j'aurais eu pour le premier visiteur venu, je lui proposai de l'y conduire.

Je nous revois, marchant côte à côte, suivis par

Nourrice, pendant que nous nous dirigions vers le jardin des roses. Une gêne inhabituelle, aggravée par la présence de Marcelline, fraîchement chapitrée à mon endroit, pesait sur nous.

— Qu'avez-vous, Cassandre ? Vous semblez à mille lieues d'ici.

— J'aimerais y être...

— Pourquoi donc ? N'êtes-vous pas bien près de moi ?

— C'est trop dangereux !

Je fis la moue pour répondre à son étonnement.

— Ma mère m'a forcée à aller me confesser à notre chapelain qui est fort exigeant...

— Vous a-t-il malmenée, mon cœur ?

— Un peu...

— Que lui avez-vous dit ?

Je haussai les épaules.

— Tout ! Que vouliez-vous que je fasse ?

Nous avions forcé le pas. Derrière nous, Nourrice se hâtait.

Sans plus rien dire, nous sommes entrés dans la roseraie.

Je remâchais les mises en garde de mon confesseur et les conclusions de mon insomnie. L'éclat et l'harmonie de ce coin de nature aménagé pour la plus grande gloire des roses et de mon père ne parvenaient pas à m'en distraire.

Ce matin-là, je portais une robe de soie aux plis cassants dont le corps baleiné, chichement échancré, laissait juste dépasser le col brodé de ma chemise. J'avais tenu à ce que ma mise traduisît la réserve dont je devais faire preuve dorénavant vis-à-vis de mon trop pressant adorateur.

— Je n'ai guère dormi cette nuit, murmura Pierre en profitant d'une légère avance que nous avions prise sur mon cerbère. Les souvenirs d'hier ne me laissaient point de repos.

Je fus touchée par ce qu'il y avait de maladroit, justement dans ces quelques mots. Sans doute dérouté par mon changement d'attitude, désireux de me ramener au point où il m'avait laissée la veille, Pierre avançait à tâtons vers moi. Je jetai un regard sur Marcelline qui nous rejoignait.

— Vous voyez, là-bas, ce buisson de roses rouges de Provins, m'écriai-je en jouant les écervelées. Faisons la course à celui qui y sera le premier arrivé !

En parvenant au but en même temps que Ronsard, je me décidai à lui sourire.

— Nous avons quelques minutes de tranquillité, dis-je. Profitons-en pour causer.

Plusieurs allées nous séparaient de Nourrice dont l'embonpoint retardait la marche.

— Moi aussi, j'ai pensé à vous cette nuit, avouai-je. Non pas pour revivre nos folies, mais pour tenter de comprendre.

Il secoua le front.

— Qu'y a-t-il à comprendre ? Il n'y a qu'à aimer !

Rien en moi n'était prêt à accepter une telle affirmation. L'amour me paraissait rempli de pièges qu'il fallait éviter. Je saisis une rose que je froissai entre mes doigts.

— Où allons-nous, Pierre ? Vers quel précipice m'entraînez-vous sans y songer ?

— Ce n'est pas vers un abîme mais plutôt vers des sommets que je veux vous conduire, mon amour !

— Je n'en tomberai que de plus haut !

Marcelline débouchait à son tour de l'allée principale.

— Pourquoi aller si vite, petite masque ? demanda-t-elle en soufflant.

— Pour me dégourdir les jambes, Nourrice ! J'ai encore l'âge de courir, moi !

Je la dévisageais avec irritation.

— A propos de courses, repris-je en me tournant vers mon compagnon, mes frères m'ont priée de vous inviter pour l'après-dîner à une partie de barres. Y viendrez-vous ?

— Je ne vois pas ce qui pourrait m'en empêcher.

Le ton était amer et j'eus quelques remords. Comment pouvais-je ignorer la sincérité des sentiments que me portait Pierre ? Et si je savais à quoi m'en tenir, pourquoi le rudoyer ? Etait-ce de sa faute si je n'étais pas capable de le suivre sur les sentiers sauvages où il souhaitait cheminer avec moi ?

Je balançais entre la crainte de me perdre et le désir de ne pas blesser au cœur un homme dont l'amour me faisait rêver. En fait, je balançais entre mon passé et mon avenir...

— Regardez cette rose pourprée, dis-je en manière de raccommodement. C'est ma préférée.

— Je n'en suis pas surpris. Elle vous ressemble !

Je soupirai. Rien, décidément, ne pouvait détourner Pierre de son obsession amoureuse !

Après la sieste qui suivit le dîner et que j'eus la sagesse de faire dans ma chambre, je rejoignis mes frères dans la cour pour la partie de barres annoncée. Ronsard m'attendait auprès du puits.

Jean, notre aîné à tous, qui se comportait déjà en futur maître du domaine, Jacquette, sa fiancée, une riche héritière dont la fadeur et la mollesse m'ont toujours autant agacée l'une que l'autre, Antoine et François, couraient, luttaient, se poursuivaient avec de grands cris de chaque côté des barrières qui délimitaient les deux camps. Nous nous joignîmes à eux.

Très épris des charmes abondants de sa Jacquette, Jean s'arrangeait sans cesse pour l'attirer près de lui. Il la chiffonnait sans vergogne. Les sourires languides, les roucoulements de ma future belle-sœur me portèrent davantage sur les nerfs en cette circonstance qu'à l'ordinaire.

— Il fait trop chaud pour continuer encore à jouer de la sorte, décidai-je au bout d'un moment. Allons plutôt nous promener !

Jean me jeta un regard surpris. Je n'avais pas coutume de faire preuve de tant d'autorité. Jusqu'alors j'étais pour lui une douce et paisible créature avec laquelle il n'avait jamais eu à compter. Il dut se demander ce qui m'arrivait. Sa réflexion le conduisit tout naturellement à Ronsard qui eut droit, lui aussi, à un coup d'œil lourd de suspicion.

Mais comme tout le monde semblait m'approuver, il ne fit aucune remarque. Enlaçant les grasses épaules de Jacquette, il se dirigea avec nous vers le parc.

Assez vite cependant, Antoine et François nous quittèrent pour monter à cheval.

Les fiancés s'attardèrent un moment dans un bosquet... Nous nous retrouvâmes, Pierre et moi, marchant dans une allée bordée de buis arborescents, taillés en berceau, qui formaient une voûte au-dessus de nos têtes. L'odeur amère du buis demeure à jamais liée dans mon souvenir à l'explication que nous eûmes ce jour-là.

Pierre m'avait saisi le bras.

— Si vous saviez quelle envie me dévore de vous tenir contre moi, commença-t-il.

Je secouai la tête.

— Non, dis-je avec gravité, non, Pierre. J'ai à vous parler.

— Je vous écouterai aussi longtemps qu'il vous plaira, ma belle Cassandre, mais, auparavant, par pitié, laissez-moi vous prendre un baiser. Un seul !

— Vous vous doutez bien que c'est, justement, de ce genre de chose qu'il me faut me défendre, soupirai-je. Mon confesseur ne me le permettrait pas.

— Oubliez pour un moment, je vous en conjure, votre confesseur, mon amour ! Faisons-nous rien de mal en nous embrassant ?

Avec douceur, il m'attirait vers lui, posait de nouveau ses lèvres sur les miennes, sans fougue, presque pieusement.

Un instant j'oubliai mes promesses, mes résolutions nocturnes, ma méfiance, pour savourer, les yeux clos, le pouvoir que j'exerçais sur cet homme. Mais, dès que ses lèvres se firent plus insistantes, je me repris.

— Non ! Non ! répétai-je en me dégageant d'une étreinte trop dangereuse pour moi. Non ! Il ne le faut pas !

Les paroles de Dom Honorat me revinrent en mémoire.

— Nous n'avons pas le droit de nous aimer puisque nous ne serons jamais l'un à l'autre, dis-je tout bas.

— Pourquoi donc ?

Le cri avait jailli avec un tel élan que j'hésitai.

— Parce que mon père n'acceptera jamais que vous m'épousiez, Pierre ! Vous le savez tout comme moi. Cadet sans fortune, vous ne pouvez pas prétendre à ma main. Mes parents ont pour moi bien d'autres espérances ! Ne nous leurrons pas. Vous n'avez aucune chance.

— Qu'importe mon peu de bien !

Le sentiment de sa propre valeur, doublé d'une juste fierté, le redressait soudain. Une veine se gonfla au milieu du haut front carré.

— Il importe beaucoup à mon père !

— Je serai le plus grand poète de ce pays ! Qu'on me laisse seulement le temps de faire mes preuves !

— Il y a aussi autre chose, chuchotai-je, consciente de m'aventurer sur un terrain mouvant. Une interdiction mystérieuse de ma mère, qui se refuse à rien expliquer pour le moment mais qui m'a fait promettre de me garder de vous.

J'avais porté le coup ! Je m'en sentais un peu honteuse, mais, aussi, malheureuse.

Le regard de Pierre changea. J'y lus inquiétude et douleur.

— Avez-vous l'intention de tenir cette promesse ? s'enquit-il.

— Je ne sais pas...

D'une main ferme, presque brutale, Ronsard me prit le bras pour m'entraîner vers la roseraie toute proche. Il ne s'arrêta que devant le rosier dont j'avais affirmé quelques heures plus tôt que ses fleurs étaient mes préférées.

— Voyez, dit-il en désignant une rose effeuillée dont les pétales jonchaient le sol. Voyez, Cassandre. Souvenez-vous ! Ce matin, la rose que voici était la

plus éclatante de toutes. Qu'est-elle à présent devenue ? Vous contemplez à vos pieds le symbole de nos
vies... Ne comprenez-vous pas qu'il faut savoir être
heureux ici et maintenant, avant que le temps ne
vienne nous dépouiller de notre jeunesse ? Comme
cette fleur, vous perdrez votre beauté. Il sera trop tard
alors pour regretter les occasions perdues...

Je repoussai les pétales du bout de ma mule.

— Profiter de l'instant, remarquai-je, n'y a-t-il que
cela de vrai, Pierre ? Tout en moi s'insurge contre cette
philosophie épicurienne. N'avons-nous donc rien
appris depuis quinze siècles ? Plutôt que de ne chercher que le plaisir, n'est-il pas préférable de sauvegarder nos âmes, de rester en paix avec nos consciences ?

Le vent faisait choir d'autres parures parfumées sur
le sable des allées.

— La prudence n'est en aucune façon une vertu à
mes yeux ! s'écria Ronsard. Et ce n'est pas la paix que
je convoite mais seulement l'amour ! Votre amour,
Cassandre ! Ni vous ni moi n'avons atteint l'âge du
renoncement !

— Mais nous avons tous deux celui de faire des
bêtises ! lançai-je à mon tour. Et, pour ma part, j'ai
encore celui de l'obéissance...

Je frissonnai. Le vent n'en était pas l'unique responsable.

— Rentrons, repris-je avec un soudain malaise.
Rentrons vite. Je ne dois pas m'attarder ici avec vous.
Je veux réfléchir à tout ce qui nous arrive.

Nous avons remonté l'allée en silence pour aller
rejoindre Jean et Jacquette qui pouvaient, eux, s'aimer en toute tranquillité, à la face du monde.

4

J'ai vu tomber mon espérance à terre...

RONSARD.

Mon père me fit appeler dans la grande salle. Seule.
C'était un matin de juin maussade et gris. Une bruine
fine tombait du ciel sur les toits d'ardoises de Talcy.

Je me souviens que je ressentis une impression de
froid en suivant le couloir qui allait de ma chambre à
la pièce où m'attendaient mes parents. J'ai toujours
été frileuse, mais, en cet instant précis, j'aurais ten-
dance à penser que c'était une prescience qui me
glaçait le sang, non pas l'air frais et humide de cette
triste journée.

J'entends encore le bruit crissant de mon vertugade
de taffetas sur le dallage du couloir. On aurait dit un
doux gémissement qui accompagnait mes pas.

En pénétrant dans la salle décorée des tapisseries de
haute lice importées à grands frais des Flandres, je
sentis renaître en moi les peurs vagues de l'enfance,
quand on s'attend à être grondé sans trop savoir
pourquoi. La récente assurance que me donnait

depuis peu le sentiment d'un pouvoir tout neuf dû aux charmes de la jeunesse sur le cœur paternel, s'était évanouie comme fumée dans le vent.

Debout devant une table de marbre à l'italienne aux mosaïques de couleurs, mon père regardait au loin, à travers les vitres embuées d'une des fenêtres à meneaux. Des rides profondes barraient son front, durcissaient sa face de condottière et ses yeux impérieux. Vêtu d'un pourpoint de velours ponceau et de hauts-de-chausses de satin gris perle à crevés noirs, il froissait d'une main courroucée la lourde chaîne d'or qu'il portait au cou. Son expression était grave.

Assise non loin de lui, une broderie aux doigts, ma mère ne leva pas les yeux quand je m'arrêtai devant eux. Son visage aux traits immobiles semblait, lui aussi, sculpté dans quelque albâtre. Elle conservait son sang-froid habituel. Il n'y avait pas un pli de son vertugade qui ne tombât autour d'elle avec la raideur accoutumée. Parmi ses cheveux cendrés, partagés en bandeaux sur le front et coiffés selon la mode d'un chaperon de velours noir, quelques fils blancs brillaient quand elle inclinait davantage la tête sur son ouvrage.

— Cassandre, dit mon père, nous vous avons demandé de venir afin de vous mettre au courant d'une découverte désastreuse qu'il nous a été donné de faire au sujet de votre soupirant.

— Pierre ? murmurai-je.

— Il s'agit en effet de ce Ronsard qui se dit poète, mais aussi écuyer et étudiant, continua mon père dont le visage se ferma tout à fait. En se présentant de la sorte, il oublie le principal ! Notre attention a été attirée sur lui, non seulement par la cour indiscrète dont il vous entoure depuis bientôt un mois et demi, mais aussi grâce à un avertissement fourni par une de nos relations.

Ma mère fronça les sourcils, eut un léger mouvement comme pour écarter une mouche.

— Par souci d'honnêteté à son égard, nous avons tenu à nous renseigner plus complètement sur l'exactitude des révélations que nous avions recueillies, poursuivit mon père. Nous avons donc envoyé au Mans, en vue d'un complément d'enquête, un de mes secrétaires, homme sûr et discret. Il est revenu ce matin en nous apportant des preuves irrécusables : Pierre de Ronsard est clerc ! Il a reçu la tonsure, voici un peu plus de deux ans, le 6 mars 1543 exactement, des mains de l'évêque du Mans, René du Bellay. Ce prélat l'a lui-même tonsuré à Saint-Corneille, en sa résidence de Touvoie.

Un silence se creusa. J'avais l'impression que c'était sur moi, sur mes rêves, sur mes éveils, qu'une chape noire venait d'être jetée. Je me sentais écrasée d'impuissance.

— Il est des omissions qu'un gentilhomme ne peut se permettre, reprit au bout d'un moment la voix paternelle. Celle-ci en est une.

Pétrifiée, je demeurais silencieuse. Que penser ? Que faire ?

Je comprenais mieux à présent les tristesses, les impatiences, les emportements de Pierre, mais pouvais-je lui pardonner un silence qui m'apparaissait comme une trahison ? En cherchant à m'entraîner sur des voies traversières alors qu'il n'était plus libre de lui, qu'espérait-il ? Quel jeu jouait-il ? Avait-il l'intention de faire carrière ecclésiastique ? Je savais qu'on pouvait sortir des ordres mineurs par simple permission d'un évêque. Si Pierre n'y avait pas songé, c'était donc que son état de cadet sans fortune lui imposait d'y rester. Ces projets contrecarraient sans rémission ceux dont il m'entretenait si souvent...

Déception, peine, doute, me tordaient le cœur. Il m'apparaissait soudain comme évident que l'avenir de Ronsard ne pouvait être assuré que d'une seule façon. Enchaîné par la nécessité d'assurer coûte que coûte son existence matérielle, il n'y avait pas pour lui d'autre solution. Il suivrait le chemin tracé devant lui, deviendrait prêtre, renoncerait de façon définitive à toute vie conjugale. Pouvais-je l'en empêcher? Le condamner à la pauvreté, à la faim?

— Vous n'êtes pas de celles dont on s'amuse impunément, Cassandre, terminait mon père pendant que mes pensées fusaient en tout sens. Cette lamentable histoire n'a que trop duré. Dorénavant, notre porte sera interdite à monsieur de Ronsard!

Ma mère leva enfin les yeux.

— Vous écrirez un mot de lettre pour signifier à ce jeune homme que tout commerce entre vous n'a, désormais, plus de raison d'être, précisa-t-elle. Vous me montrerez ce billet et je le ferai porter. Il convient qu'il soit digne et ferme.

— Je me suis méfié depuis le premier jour de ce soi-disant poète, ajoutait mon père. Alors que vous vous étiez tous engoués de lui, je ne me suis pas laissé berner par son goût affirmé pour la poésie. Il est fort regrettable que vous ne vous soyez pas comportées comme moi. Cela nous aurait évité bien des ennuis. On doit jaser à notre propos un peu partout dans la province. Or, je n'aime pas les racontars. Pas du tout.

Mes filles doivent demeurer irréprochables jusqu'à leurs noces. Ne l'oubliez pas !

Je retrouvais devant moi le Jupiter menaçant dont je redoutais autrefois les fureurs.

— D'autres jeunes gens tournent autour de Cassandre, fit alors remarquer ma mère de son ton égal. Parmi nos voisins et amis beaucoup semblent la trouver à leur goût. Je ne pense pas que les empressements de Ronsard aient attiré plus que n'importe quels autres l'attention des méchantes langues. Pour être juste, il faut dire également que ce garçon est de bonne race, que je dois lui reconnaître du talent, que le duc d'Orléans l'apprécie, et qu'il ne manque pas de relations à la Cour. Il n'y a rien de honteux à l'avoir fréquenté un moment. Ne vous tourmentez pas à ce sujet, mon ami. Nous allons organiser sans tarder quelques fêtes où se verront convier les meilleurs partis d'alentour. Cette mince aventure sera sans peine effacée. On oubliera vite notre poète vendômois quand il aura quitté la région.

C'était faire bon marché de l'attrait que Pierre exerçait sur moi !

Il fallait que je le voie. Que nous nous expliquions. Que je sache pourquoi un homme dont l'âme n'était point vile, m'avait dissimulé un état qui rendait impensable tout projet d'avenir entre nous... Il était vrai qu'il ne m'entretenait jamais du futur, mais bien du présent, de ces instants fugitifs dont il me pressait avec tant d'ardeur d'épuiser tout le suc, d'extraire le miel sur-le-champ, sans attendre...

Pendant que mes parents décidaient de mon sort, de notre sort à tous deux, je cherchais comment avertir Pierre, comment lui fixer un dernier rendez-vous.

J'écrivis en présence de ma mère la lettre de rupture qui m'était imposée. Je savais qu'une soumission apparente demeurait mon unique moyen de conserver une certaine liberté de manœuvre.

Dès que j'eus regagné ma chambre, j'en rédigeai une autre et t'appelai. Tu m'as toujours été attachée, Guillemine, et, par la suite, il t'est encore arrivé de m'aider en cachette. Cette fois-là fut la première. Je te confiai mon message en te recommandant de le porter à la faveur de la sieste à Catherine de Cintré. Je savais pouvoir compter sur elle. Ne m'avait-elle pas mise en garde, il y avait peu, contre les intrigues de sa belle-mère ? Il me semblait certain à présent qu'elle avait vu clair et que Gabrielle était parvenue à ses fins.

Je demandais à Catherine de prévenir Pierre que je l'attendrais, la nuit venue, derrière notre colombier où je le rejoindrais dès que la maisonnée serait endormie.

Cette ultime rencontre exaltait en moi des sentiments que ma jeunesse et mon inexpérience prenaient pour du courage. Le souvenir de certains émois, le danger encouru, le besoin de savoir, peut-être aussi un peu d'amour, me montaient à la tête pour me pousser coûte que coûte à prendre un risque dont je me persuadais qu'il pouvait à jamais compromettre mon avenir...

Par ailleurs, je me comportai le plus sagement du monde aux yeux de ma famille. J'affichai une mine à la fois mortifiée et soumise qui visait à convaincre mes parents de ma rancœur envers Pierre ainsi que de mon repentir.

Je soupai à peine, me plaignis de migraine, et

montai dans ma chambre dès qu'on en eut fini avec les tolmouzes[1] du dessert.

Je me couchai après m'être laissé déshabiller par toi qui ignorais le contenu de la missive dont je t'avais chargée dans la journée. Comme tu n'avais pas les mêmes raisons que moi de rester éveillée, et après t'être inquiétée de mes maux de tête, tu ne tardas pas à t'endormir sur la couchette dressée chaque soir au pied de mon lit.

Pour moi, l'esprit en ébullition mais le cœur souffrant, j'attendis la nuit en échafaudant des projets de toutes sortes.

Les soirées sont longues en juin, même si elles sont traversées de nuées fuligineuses pourchassées par le vent. Une à une, les heures coulèrent sur l'horizon tourmenté où des trouées azurées, flamboyantes, grisées puis enfin assombries, apparaissaient et disparaissaient au gré des nuages.

Assise sur ma couche, je me remémorais jusqu'à l'obsession ce que je voulais dire à Pierre.

Quand il fit enfin noir, ma nervosité était si exacerbée que mes mains tremblaient comme celles d'une vieille femme et qu'une trépidation intérieure agitait tout mon corps.

Je me levai sans bruit, passai une chemise, une jupe, une camisole de linon et m'enveloppai dans une marlotte de satin blanc avant de sortir furtivement.

Je me faufilai dans les couloirs où quelques serviteurs dormaient sur des matelas devant les portes qu'ils avaient à garder. Plusieurs fois il m'arriva de

1. Pâtisserie servie au dessert.

frôler de ma jupe, non sans un battement de cœur, leur premier et pesant sommeil.

Par une petite porte, je sortis dans la cour.

Heureusement, le temps demeurait couvert. La nuit tourmentée voilait et dévoilait alternativement la lune qui était alors, je m'en souviens, dans sa première moitié.

Profitant des mouvements du ciel, je me glissai le long des murs, tour à tour caressée ou rudoyée par le vent d'ouest.

Enveloppé dans un manteau sombre, Pierre m'attendait derrière le colombier.

Je m'arrêtai à quelques pas de lui. Une sorte de frayeur religieuse me paralysait soudain.

— Ainsi, vous connaissez à présent la vérité sur mon état, dit-il tristement. Et vous ne la tenez pas de moi. Je n'ai pas eu le courage de parler le premier !

— Je ne comprends pas ce qui vous en a empêché, chuchotai-je.

— Je ne pouvais consentir à vous perdre.

— Mais vous m'aviez perdue d'avance ! Rien n'était possible entre nous... entre un futur prêtre et moi !

— Si. L'amour !

Je frissonnai.

— Mesurez-vous ce que vous dites ? Me voyez-vous vous partageant avec Dieu ? C'est le Seigneur lui-même qui nous sépare.

— Non, ce n'est pas Dieu ! Mon père est l'unique responsable de mon changement d'état. Après la maladie qui m'a frappé trop gravement pour me permettre d'envisager encore la carrière des armes ou celle de la diplomatie, c'est lui qui a décidé de son propre chef de me faire tonsurer ! Sans tenir compte de mes répugnances, il m'a obligé à prendre le bonnet rond pour assurer, disait-il, mon avenir. Il ne croyait pas en mes dons de poète. A ses yeux, les prébendes et les bénéfices attachés à la cléricature pouvaient seuls me permettre d'assurer ma subsistance...

Une rancune, une amertume vengeresses faisaient trembler sa voix.

Pour en avoir entendu parler autour de moi, je savais qu'il était possible aux laïcs, sans qu'aucun vœu leur soit imposé, à la simple condition de recevoir la tonsure, d'accéder aux dignités et bénéfices substantiels de l'Eglise. Beaucoup s'en indignaient...

— Vous ne pouvez imaginer, Cassandre, reprenait Pierre, l'angoisse, la douleur, les luttes, que la décision de mon père a fait lever en moi. Pieux et sincèrement croyant, je n'étais néanmoins nullement fait pour le célibat. Tout mon être aspirait à l'amour des femmes, à l'amour d'une femme... Ma jeunesse pleine de voyages et d'aventures ne me disposait pas non plus à devenir clerc. Ce fut un des moments les plus durs de ma vie. Ce fut un déchirement.

— Il fallait refuser.

— Refuser l'arrangement de mon père ? Qu'avais-je à lui offrir en compensation ? Malade, cadet, sans autre richesse que quelques vers ignorés de tous, que pouvais-je lui proposer en échange de la solution dont il pensait qu'elle était la meilleure pour moi ? Non, non, mon amour, en dépit de mon immense désir de rester libre, au Mans, je n'ai pas eu le choix !

Un sanglot sec l'interrompit. Ce chagrin d'homme me bouleversait. La nuit me cachait ses traits, mais les ondes de sa souffrance me parvenaient, toutes proches.

— A cause de la volonté de votre père, tout est devenu à jamais impossible entre nous, constatai-je pourtant dans un souffle. Je ne vous en veux plus de votre silence dont je peux comprendre les raisons, seulement, voyez-vous, je ne suis pas faite pour vivre en secret des amours interdites. Je ne suis à l'aise que dans l'ordre et la clarté. Vous deviendrez prêtre un jour. Je ne peux plus songer à vous comme à un homme disponible.

— Je ne suis pas encore prêtre, ma bien-aimée ! Je demeure libre de disposer de mon cœur, libre de vous aimer ! Bien des tonsurés font ainsi. Pourquoi pas moi ?

Il s'était rapproché mais hésitait à me toucher tant il appréhendait de ma part un geste de défense.

J'avais donc deviné juste ! Il ne sortirait pas de cléricature.

— Qu'importe, Cassandre, les conventions, les barrières, les blâmes, les proscriptions qui se dressent contre nous, entre nous ! continuait-il ardemment. Si vous m'aimez comme je vous aime, nous en rirons ensemble ! Nous les ignorerons !

Posant avec précaution ses mains sur mes épaules, il m'attira avec lenteur, avec douceur, contre lui.

— Tout dépend de nous, mon cœur, de nous seuls. Si vous le voulez aussi fort que je le veux, nous pouvons triompher du mauvais sort. Partons ! Partons sans plus attendre ! Fuyons loin d'ici d'où l'on me chasse. Gagnons Paris. Nous y trouverons bien le moyen de subsister. Je ferai éditer les vers que vous m'inspirerez et la sincérité de ma passion éclatera à travers mon œuvre pour la magnifier !

Je le repoussai.

— Vous êtes fou ! Mon père nous poursuivrait, me reprendrait... vous ferait payer dans le sang le déshonneur de sa fille...

Durant l'attente imposée par la longue soirée de juin, j'avais eu le temps d'envisager toutes sortes de possibilités. J'en avais retenu une seule.

— Il existe pour nous une autre voie, dis-je en me décidant soudain à parler. Je rêve, moi aussi, d'une union entre vous et moi, mais d'une union bien différente de celle que vous me proposez, qui nous conduirait au malheur. Celle dont je vous parle nous ouvrirait les portes d'un bonheur rare... Il s'agirait d'un lien intemporel, qui nous serait sacré, que le temps ne pourrait user, qui n'offenserait pas notre foi, qui reposerait sur notre mutuelle confiance.

— Voulez-vous parler d'une sorte de mariage mystique ?

— Quelque chose dans cet esprit-là. Je vous promettrais de ne jamais me marier, moi non plus, de vous rester fidèle à travers le temps et l'espace, de vivre de mon côté de la même façon que vous.

Une candide exaltation s'était emparée de moi.

— Savez-vous bien à quoi vous vous condamnerez ?

— Je ne sais qu'une chose, c'est que nous nous aimons alors que les lois divines et humaines nous empêchent de vivre comme mari et femme.

— Hélas !

— Qu'importe ? Qu'importe puisque nous détenons si nous le voulons un moyen de nous consacrer l'un à l'autre sans pécher ?

D'une main fébrile je tirai de mon sein un petit sachet de soie que j'ouvris.

— J'ai confectionné, voici déjà plusieurs jours,

99

deux anneaux avec une mèche de mes cheveux que j'ai tressée, dis-je non sans fierté. Ils étaient destinés à nous servir de gages pour de secrètes fiançailles. A présent, si vous y consentez, nous les porterons comme alliances.

Je glissai un des joncs à l'annulaire de Pierre dont je devançais ainsi les objections.

— Passez-moi l'autre, demandai-je.

Je le sentais troublé bien qu'à demi réticent.

— Nous voici liés, assurai-je, profitant d'instinct de mon avantage. Jurons maintenant de nous aimer toujours, même de loin, de ne jamais nous trahir, de nous considérer au fond de nos cœurs comme époux consacrés. Jurons que ces anneaux nous uniront à jamais l'un à l'autre... que la mort seule pourra nous séparer.

— Je le jure, chère et adorable folle! murmura Pierre, vaincu par le désir qu'il avait de me complaire plus que par mes arguments.

— Je le jure! répétai-je, enivrée par la beauté de mon geste.

On entendait dans le colombier contre lequel nous nous trouvions des bruits d'envols, de disputes, de bousculades...

— Tu es donc à moi en dépit de tout, soupira Ronsard en profitant de mon émotion pour m'attirer dans ses bras avec moins de prudence qu'un moment plus tôt. A moi pour toujours, à moi de ta propre volonté!

Je le devinais pris à son tour d'un vertige dont je compris bien vite qu'il n'était pas de même nature que le mien.

— Pourquoi ne pas sceller un tel serment par un

autre don, plus intime? murmura-t-il en m'embrassant sur tout le visage un peu au hasard, avec emportement. Nous voici unis. Nous sommes épris et jeunes comme le printemps. Faisons comme lui : aimons!

D'une pression de son bras passé autour de ma taille, il chercha à m'étendre sur l'herbe du clos.

— Vous oubliez que, pour ne pas devenir sacrilège, notre hymen doit demeurer innocent! m'écriai-je. Si je vous cédais maintenant, nous commettrions un blasphème!

— Cassandre!

Bas et rauque comme une plainte, l'appel me poignit.

— Cassandre, puisque tu acceptes de n'être jamais à aucun autre, puisque tu veux bien sacrifier ta jeunesse, ta beauté, ton avenir, au pauvre clerc que je suis, pourquoi refuser d'aller jusqu'au bout de ton offrande? Un mariage secret comme le nôtre n'est pas forcément chaste. Pourquoi me dénier le seul bien auquel j'aspire, auquel mon titre de mari choisi et confirmé par toi me donne droit?

Il m'enlaçait plus étroitement.

— Mon amour, j'ai tant envie de toi!

— Nous devons rester purs, même s'il nous en coûte.

— Je n'en puis plus...

— Si je vous écoutais, Pierre, tout serait gâché. Notre serment perdrait sa raison d'être! m'écriai-je en m'arrachant à lui. Songez que nous venons de nous engager sous les règles de l'amour courtois, comme au temps des preux. Y faillir serait forfaiture!

— Tristan et Yseut ont dormi dans les bras l'un de

101

l'autre, ne vous en déplaise, protesta-t-il, et puis je t'aime à en mourir...

— Notre amour s'accroîtra de notre sacrifice même, croyez-moi, affirmai-je, toujours grisée par la beauté, l'étrangeté de notre situation, par la fascination d'un renoncement dont je ne mesurais en rien le sens profond. Si je ne suis jamais à un autre, je ne serai non plus jamais à vous. Seuls, nos cœurs et nos âmes sont joints et devront le demeurer jusqu'à notre dernier souffle !

Tu dois penser qu'il fallait que je sois bien naïve ou bien sotte pour concevoir et exiger d'un homme une pareille entreprise. Pourtant, beaucoup plus tard, j'ai appris que Ronsard, sur la requête de notre reine Catherine, s'était laissé entraîner dans une aventure similaire. Une autre femme et lui firent un jour serment de s'entr'aimer d'un amour inviolable. On a parlé alors d'une sorte de mariage mystique, suivi de rites d'envoûtement, d'une invraisemblable promenade en coche, devant toute la Cour, dans les jardins royaux... Dieu merci, je sais depuis la visite de Jean Galland à quoi m'en tenir sur cette exhibition qui fut la dernière à laquelle mon poète accepta de se prêter...

— Cassandre, songes-tu, cruelle, que nous allons nous séparer sans que tu m'aies rien accordé ? gémissait Ronsard à mon oreille. Imagines-tu ma torture dans les jours, les semaines à venir ? Cassandre, comment vais-je vivre loin de toi ?

— Nous nous écrirons, nous nous rencontrerons à la Cour ou à Paris. Vous reviendrez à Blois...

— La route est longue, la distance malaisée à franchir, les lettres peu sûres... Tu es surveillée... Oh !

mon amour, je voudrais t'emporter dans mon manteau !

— L'anneau que nous avons échangé sera auprès de toi le fidèle garant de ma foi, assurai-je en me décidant à tutoyer à mon tour celui que je renvoyais avec de bonnes paroles. Cette tresse faite de mes cheveux est un peu de moi que tu détiens désormais. Où que tu ailles, je serai avec toi.

— C'est de votre véritable présence, Cassandre, que j'ai besoin...

Du bout des doigts, il caressait dans l'obscurité mon visage comme s'il avait voulu l'imprimer dans sa mémoire. Il suivait la ligne du front, le modelé des pommettes, ma lèvre inférieure gonflée de baisers, mon cou où frisaient des mèches échappées à mes nattes. Je sentais la chaleur, la tendre pression de ses longues mains qui me redessinaient... Entre deux nuages, la lune glissa soudain un rayon bleuté qui, traversant le feuillage d'un noyer proche, vint parsemer de taches laiteuses ma peau et la sienne. Avec dévotion, Pierre embrassa sur moi chaque tache de lune.

— Phoebé vient me rappeler à l'ordre, murmurai-je. Il faut que je rentre. Si on s'apercevait de mon absence, je serais perdue !

Je le croyais. Je le croyais vraiment, avec toute la présomption, l'inexpérience de mes quinze ans.

C'est ainsi que je laissai passer la première occasion qui m'était offerte de m'attacher au destin d'un homme qui n'aimait en moi que moi-même, qui me proposait ce dont tant de femmes rêvent : un amour aventureux, entaché de scandale, un peu fou...

Quand je me séparai de Pierre, en cette nuit de juin,

une excitation doublée d'un secret contentement me transportait. J'éprouvais le sentiment d'avoir accompli une action sublime en désarmant mon trop charnel séducteur, tout en sauvegardant le lien spirituel qui nous unissait. Je conservais un amoureux sans pour autant entraîner un clerc dans le péché, je n'avais pas sacrifié mon honneur à un désir qu'au fond je ne partageais guère.

Nous étions convenus que Ronsard répondrait à ma lettre en m'annonçant son départ, puis en prenant congé de moi et des miens. Il rejoindrait sans plus tarder la Cour où son ami Car tenait sa place au chaud. Vers la fin de l'été, il regagnerait Paris pour y reprendre ses études.

Il n'était pas impossible que mes parents aient à se rendre à leur tour dans la capitale où ils séjournaient de temps à autre chez une parente quand mon père était appelé en consultation par la Dauphine ou que ses affaires l'y réclamaient. Je ferais en sorte de me joindre à eux. Personne alors ne m'empêcherait de rencontrer mon poète au milieu de l'agitation de la grand-ville.

Quelques jours après notre séparation, ma mère, qui réalisait toujours ce qu'elle avait projeté, m'informa qu'elle avait convié le ban et l'arrière-ban de nos relations dans la province. Il s'agissait d'une fête traditionnelle à laquelle elle entendait donner beaucoup d'éclat. Nous célébrerions la Saint-Jean d'été comme on ne l'avait encore jamais fait à Talcy.

— En plus de vos amis habituels, vous y rencontrerez, ma fille, un certain nombre de nouveaux venus parmi lesquels vous n'aurez qu'à élire un autre chevalier servant, me dit-elle avec ce mélange de sens pratique et de goût pour le protocole qui me déconcertait toujours un peu. Je suis certaine que vous n'aurez que l'embarras du choix.

C'est ainsi que je me retrouvai, deux mois presque jour pour jour après le bal de Blois, sous le plafond à caissons de notre grande salle décorée de fleurs et de guirlandes, dansant à nouveau parmi une foule joyeuse. Les accords des violes, harpes, luths et hautbois, le doux crissement de la soie froissée, les rires, les galanteries, les lourds parfums de poudre de Chypre, d'ambre gris, de musc, m'entêtaient un peu, mais ne me faisaient pas oublier pour autant une nuit avrileuse dont le souvenir me poursuivait...

Pierre n'étant plus à mes côtés pour me parler du sentiment brûlant que ma vue avait allumé en lui, les propos convenus de mes danseurs me semblaient bien fades.

C'est alors que Jacques de Cintré, qui aimait à jouer auprès de moi les grands frères protecteurs, jugea bon de me présenter un autre de ses cousins, également allié aux Ronsard.

Il s'agissait d'un jeune homme vêtu avec cette élégance et même cette recherche toute particulière que les hommes arboraient en France depuis qu'ils avaient ramené d'Italie en plus des peintres et des architectes, d'autres artistes : les tailleurs.

Un pourpoint de damas mordoré à crevés de satin blanc laissait voir, auprès du cou, une chemise de soie brodée d'or. En toile d'argent, ajustés, tailladés, les hauts-de-chausses en tonnelet étaient surmontés d'une trousse bouffante à bandes de velours incarnat. Suivant les canons de la mode germanique, une braguette très proéminente, rembourrée et couverte de broderie, affirmait la virilité de son propriétaire. Un chapeau plat, garni d'une plume blanche et clouté d'orfèvrerie ainsi que d'une enseigne, coiffait des traits assez beaux mais un peu mous à mon gré. Plusieurs bagues de prix, une chaîne d'or ouvragée, complétaient la tenue du nouveau venu.

Vois-tu, Guillemine, durant cette première entrevue, ce sont les vêtements et non l'homme qui ont retenu mon attention.

— Cassandre, je vous présente Jean de Peigné, seigneur de Pray, dit Jacques, toujours jovial. Il danse à ravir et possède l'oreille la plus juste que je connaisse.

Laissant apercevoir une denture parfaite entre la fine moustache et la barbe soignée, un sourire où la satisfaction s'atténuait d'une lueur d'amusement naquit sur les lèvres du seigneur de Pray. Je rencontrai son regard caressant et indifférent à la fois.

— Il est trop beau pour être vrai, n'est-ce pas, ma mignonne ? C'est un piège à filles que ce garçon-là ! s'écria soudain près de nous la voix de Gabrielle qui venait de quitter un cavalier sans doute trop familier pour se rapprocher de notre groupe. Permettez-moi, Jean, de parler franchement. Je suis ainsi faite que je ne sais pas déguiser ma pensée ni contenir mon enthousiasme !

Paillarde, une lueur s'alluma dans les prunelles froides.

— Soyez assurée, belle dame, que je sais apprécier en connaisseur de tels compliments, affirma Jean de Pray d'une voix qui faisait un sort à toutes les dentales et représentait à la Cour le fin du fin de la mode.

D'une main blanche, soignée comme celle d'une

106

femme, il tirait délicatement sur sa moustache couleur de paille.

— Ma petite mignonne, dit alors Gabrielle dont les yeux m'inspectaient avec une sorte de curiosité maligne, ma petite mignonne, ne soyez pas trop cruelle envers Jean de Pray. Il est, lui aussi, de nos parents.

— Vous êtes la reine de la fête, demoiselle, déclara avec une platitude toute mondaine le jeune homme dont le joli visage se parait maintenant d'une expression charmée.

Gabrielle partit d'un rire gourmand.

— Voilà qui n'est guère galant à mon endroit, s'écria-t-elle avec une bonne humeur que l'excitation du bal et les fumées des nombreuses coupes que je l'avais vue vider devaient expliquer. Je vous pardonne cependant par amitié pour cette enfant. Elle est, en effet, ravissante, et son charme ne saurait laisser personne indifférent. Vous serez d'ailleurs appelés tous deux à vous rencontrer souvent dans l'avenir : votre nouvel admirateur, ma chère Cassandre, est héritier d'une charge enviée : celle de maître d'hôtel et des eaux et forêts du duc de Vendôme. Il réside, par voie de conséquence, en son domaine de Pray qui n'est guère éloigné de Talcy.

— Pourrai-je venir vous saluer prochainement au titre de ce voisinage ? me demanda le jeune homme.

— Tant que vous le voudrez, bien sûr ! lança en répondant à ma place Gabrielle qui paraissait beaucoup s'amuser. Tant que vous le voudrez ! Notre Cassandre doit, depuis peu, s'ennuyer dans l'enceinte de son château. Je jurerais qu'elle éprouve, comme nous toutes du reste, un grand besoin de divertissement !

— Je ne me suis jamais ennuyée de ma vie ! protestai-je avec impatience. Tous mes instants sont occupés.

— Il est vrai que les Arts et les Lettres prennent une large part de votre temps, admit Gabrielle en s'éventant nonchalamment avec son plumail. Vous trouverez quand même bien, ma mignonne, un moment à consacrer parfois à votre nouveau et aimable voisin, n'est-il pas vrai ?

Dans un grand balancement de soie remuée, elle pivota sur les talons de ses mules brodées et s'éloigna. Je la vis reprendre d'autorité le bras du cavalier qu'elle avait quitté pour venir nous voir. Tout dans son attitude disait sa satisfaction.

— M'accorderez-vous cette volte, demoiselle ? demanda Jean de Pray, en s'inclinant avec grâce devant moi.

— Pourquoi pas, monsieur ? J'aime aussi le bal, dis-je en posant ma main sur le poing offert.

Tout en m'avançant au côté de mon nouveau cavalier vers le centre de la salle, je me souviens avoir songé qu'un pas de danse n'engageait à rien. Ce en quoi je me trompais.

5

Amour me brûle, et l'hiver froidureux,
Qui gèle tout, de mon feu chaleureux
Ne gèle point l'ardeur qui toujours dure.

RONSARD.

Si l'été qui suivit fut pour moi rempli de fêtes et de
rencontres, il n'en fut pas de même pour Ronsard.

Après avoir suivi la Cour dans ses déplacements, il
se vit soudain privé de sa charge d'écuyer par la
brusque disparition de son prince, Charles duc
d'Orléans, second fils de France.

Te souviens-tu, Guillemine, combien la peste, qui
demeure toujours si présente dans nos pensées et dans
nos peurs, fit de victimes cette année-là ?

Au printemps, une première épidémie avait vidé
Paris. Dans les mois qui suivirent, le mal gagna la
province. Or, la Cour se trouvait en Picardie au début
de septembre. L'armée du Roi se préparait à y
attaquer les Anglais.

Durant le siège de Boulogne, le compagnonnage des
camps aidant, le dauphin Henri et son frère cadet

avaient fini par se réconcilier. Plus fort que les dissensions nées des intrigues, le lien du sang les avait rapprochés. Sous les armes, dans le danger partagé, ils s'étaient retrouvés.

Ce ne furent, hélas, que de brèves retrouvailles. Le prince Charles devait rencontrer la mort peu de temps après, non pas en glorieux combat, mais à cause d'un jeu assez sot, comme les guerres de positions durant lesquelles les combattants s'ennuient, peuvent en susciter parfois.

Avec quelques jeunes gentilshommes de sa suite, il pénétra un jour dans une demeure dont les occupants venaient d'être décimés par une épidémie. Les arrivants s'amusèrent alors à éventrer à larges coups d'épée couettes et matelas abandonnés dans les chambres vides. Avec de grands rires, ils firent voler les plumes, la laine, autour d'eux... Peu de temps après, le prince fut pris d'une fièvre violente et de vomissements. On a dit qu'il tremblait si fort sur son lit de toile que les montants en fer cliquetaient sans cesse... Dieu merci, on ne laissa pas le Dauphin qui le souhaitait s'approcher du malade.

Le neuf septembre, si j'ai bonne mémoire, le prince Charles s'éteignit à l'abbaye de Forestmontiers, à une dizaine de lieues de Boulogne où résidaient le Roi et les siens. Il avait vingt-trois ans.

François Ier, vieillissant, qui avait déjà vu mourir quelques années plus tôt son fils aîné, celui qu'il avait formé pour lui succéder et en lequel il plaçait tant d'espérances, fut extrêmement affecté par cette fin soudaine. Le Dauphin également.

De son côté, Ronsard fut désemparé par une disparition qui lui retirait son protecteur officiel. D'autant qu'il pouvait voir là un singulier acharnement du sort à son endroit. N'avait-il pas d'abord perdu le premier Dauphin, ce François dont il était le page, auprès duquel il avait été à l'école de la courtoisie comme à celle du maniement d'armes? Et vu s'éteindre aussi sous ses yeux, alors qu'il était auprès d'elle en Ecosse, Madame Madeleine, seconde fille du roi, qui avait à son tour choisi Pierre comme page quand elle était devenue par son mariage avec Jacques V reine de ce pays du Nord?

François, Madeleine, Charles, les trois enfants royaux auxquels il avait été attaché par les liens du service chevaleresque, étaient morts en pleine jeunesse, le laissant à chaque fois seul devant un cadavre et un avenir détruit.

Il allait lui falloir chercher un nouveau maître, un nouveau protecteur... C'est alors qu'il décida d'abandonner une carrière de Cour qui se révélait trop incertaine pour se remettre avec courage, en dépit des vingt-deux ans qu'il venait tout juste d'avoir, aux études qu'il aimait.

Par la suite, il m'a raconté combien il avait l'âme remplie d'amertume en rentrant à Paris au début de l'automne. Privé de nos rencontres, livré à lui-même, délié de tous liens de service, il retourna voir Lazare de Baïf, son ultime recours.

La ville, à moitié vidée par la crainte de la peste, n'était pas calme pour autant. Des factions rivales la divisaient encore. Les anciens partis du Dauphin et de son frère, bien que décontenancés par une mort qui anéantissait leurs projets, continuaient néanmoins à se provoquer sans cesse.

Trouver un logis n'était guère facile. On se méfiait de tout le monde.

De retour du Languedoc où il avait été envoyé en mission par le Roi, Lazare de Baïf accueillit Pierre avec la bonté et la cordialité qui lui étaient propres. Son fils, Jean-Antoine, qui n'avait pourtant que treize ans, mais un esprit fort mûr pour son âge, fit fête au condisciple retrouvé.

Peu après, autant pour oublier un printemps et un été aventureux que par amour des langues de l'Antiquité, les anciens compagnons se plongèrent de nouveau avec ferveur dans l'étude du grec et du latin.

Dorat, leur professeur, qui était parti se battre dans l'armée du Dauphin, revint à son tour quand celle-ci fut licenciée. Les trois amis se retrouvèrent au coude à coude, rue des Fossés Saint-Victor, au faubourg Saint-Marcel, comme l'année précédente.

Pierre éprouvait une grande admiration pour la science de Dorat, plus une profonde amitié pour l'homme. Quand il en parlait c'était toujours avec gratitude et tendresse. Il m'a souvent décrit la transformation qu'apportaient aux rudes traits de ce Limousin d'humble origine la traduction puis la lecture à haute voix des œuvres d'Homère ou de Pindare. Il en était, paraît-il, comme éclairé de l'intérieur.

Ce fut durant nos rencontres hivernales que Pierre eut l'occasion de me dépeindre sa vie d'étudiant.

J'avais en effet obtenu comme je l'espérais la permission d'accompagner mes parents à Paris au début de décembre.

Il a fait grand froid cet hiver-là, tu dois te le rappeler. La neige avait commencé à tomber au début de novembre et le gel avait pris sa suite. Aussi était-ce par de fort mauvais chemins, défoncés, verglacés, que nous avions gagné la capitale.

Selon notre habitude, nous étions descendus rue des Trois Comètes, chez une tante de ma mère qui se nommait Antoinette Doulcet. Comme tu ne venais pas avec nous, tu ne l'as pas connue. C'était une ancienne belle qui portait sous ses attifets brodés d'or de faux cheveux blonds coupés, disait-on, sur des mortes. Elle se couvrait le visage de fards épais afin de dissimuler ses rides et de se blanchir le teint. On racontait qu'elle avait autrefois rôti plus d'un balai mais que, pour demeurer libre de ses choix, elle avait toujours refusé de convoler en justes noces...

Elle se piquait aussi d'aimer les Belles Lettres et recevait beaucoup.

N'ayant jamais eu d'enfant, elle reportait sur ma mère, qui était sa nièce préférée, ainsi que sur la descendance de celle-ci, des sentiments maternels inemployés. Elle me traitait donc avec bienveillance et s'amusait à me gâter.

Très riche, elle pouvait dépenser à son gré ses revenus, ce dont elle ne se privait pas. Aussi me faisait-elle faire lors de mes passages chez elle une quantité de vêtements de prix qui éblouissaient ensuite mes amies blésoises. En réalité, elle se divertissait à m'habiller comme elle aurait aimé l'être si elle avait encore été jeune. Elle me considérait un peu comme ces poupées de mode que les ambassades étrangères réclamaient aux Cours italiennes ou espagnoles afin de connaître dans leurs plus infimes détails les atours portés par les grands personnages de ces pays qui donnent le ton. Je lui servais de rêve paré !

Ce fut grâce à sa faiblesse à mon égard que je pus revoir Pierre.

Un jour où mes parents s'étaient rendus tous deux à une audience que leur accordait le cardinal Jean Salviati, leur illustre cousin, je suppliai ma grand-tante de me laisser sortir dans sa litière en compagnie d'une de ses servantes. J'avais pris soin de choisir une petite fille assez peu débrouillée et timide.

Ayant obtenu l'accord malicieux d'Antoinette Doulcet, nous partîmes toutes deux dans l'antique voiture qui sentait la poussière et le renfermé.

Le temps était clair, glacé. Le vent du nord fustigeait les passants, hurlait aux carrefours.

Paris et son agitation m'ont toujours déplu. Fille de la Beauce, de ses larges horizons, j'étouffe un peu entre ces maisons à hauts pignons, étroites, serrées les unes contre les autres, dans des rues grouillantes de monde. Les cris des marchands ambulants, les imprécations motivées par les encombrements, les grincements aigus des innombrables enseignes, les hennissements des chevaux, les prières des moines mendiants, les crieurs de vin, les crieurs de mort, le fracas des marchés, le carillon des centaines de cloches, les cantiques des processions, tous ces bruits d'une cité qui avait retrouvé à présent le plein de ses habitants, me cassaient les oreilles, m'étourdissaient. L'odeur de Paris ne me plaisait pas non plus. On était loin de la roseraie de Talcy ! Les relents de marais, de boue qui s'élevaient de la chaussée me soulevaient le cœur. Suivant l'exemple de ma mère, je ne sortais jamais sans emporter dans une aumônière des écorces de citron ou d'orange, à moins que ce ne soit un flacon d'eau de senteur, que je respirais à tout bout de champ.

Je trouvais également que la foule sentait mauvais. Mon père disait toujours que, depuis qu'on avait fermé les bains et étuves que fréquentaient nos aïeux, les gens du commun et certains autres étaient devenus sales. Il est vrai qu'on ne se lave qu'assez peu de nos jours...

Pour en revenir à ma traversée des rues parisiennes en ce mois de décembre si froid, elle s'effectua lentement mais sans encombre jusqu'à la maison de Lazare de Baïf.

J'envoyai la petite servante actionner le heurtoir et demander si Pierre de Ronsard était au logis. En attendant, je m'assurai que le touret de nez en satin noir que je portais me dissimulait bien le bas du visage jusqu'aux yeux. On en mettait encore en ce temps-là, avant que ne nous parvienne d'Italie la mode actuelle des masques.

Sur la réponse affirmative du valet, je descendis, après avoir recommandé à ma suivante improvisée de ne pas quitter la litière et de patienter en mangeant les prunes sèches que j'avais pris la précaution d'apporter à son intention.

Par chance, le maître de maison était sorti avec son fils. Précédée du valet qui avait ouvert, je montai au deuxième étage où se trouvait la chambre de mon poète. Je demandai qu'on ne le prévînt pas puis assurai dès que je fus devant sa porte que je n'avais plus besoin de personne.

Je frappai deux fois et poussai le battant.

Assis devant une table de bois sombre, le dos tourné

à une modeste cheminée où flambaient quelques maigres bûches, Pierre, vêtu de drap vert forêt, écrivait. Il leva les yeux. Je retirai mon touret et souris...

Ce que fut l'illumination de ses traits, l'éclat soudain de son regard, sa joie évidente quand il me reconnut, demeure un de mes très chers souvenirs.

Il se leva, vint vers moi, me prit dans ses bras, me pressa contre lui, sans rien dire, sans m'embrasser, comme un avare serre son trésor sur son cœur.

Cette étreinte muette est une des plus intenses que j'ai jamais connues. C'est aussi une de celles qui m'a le plus attachée à Pierre. Sans doute parce qu'elle manifestait davantage l'amour du cœur que celui du corps et que je m'y sentais mieux accordée...

Sa barbe blonde, si douce, me caressait le front.

— Ma Cassandre...

Je me détachai un peu de lui, renversai la tête en arrière pour mieux le voir.

— Je vous avais dit que je viendrais. Eh bien ! me voilà !

Je devais avoir un petit air de bravoure qui lui plut. Il m'étreignit de plus belle et se mit à m'embrasser avec sa fougue revenue. Il aimait les baisers humides que je lui donnais à l'italienne, alors qu'en France beaucoup en était encore aux baisers à lèvres closes. Il m'envoya peu après un petit poème qui m'amusa beaucoup. Il commençait ainsi :

> *D'un baiser humide, ores*
> *Les lèvres pressez-moi,*
> *Donnez-m'en mille encore,*
> *Amour n'a point de loi.*

116

A sa grande déité
Convient l'infinité.

Je ne me le suis jamais récité depuis sans revoir la chambre à l'ameublement sommaire, la table de chêne encombrée de livres, de papiers, de plumes d'oie, ainsi que les courtines de simple toile écrue qui encadraient de leurs plis cassants une couche presque monacale.

— Ces mois de séparation m'ont semblé éternels, disait Pierre. J'ai besoin de vous, mon âme, pour savoir si je vis.

— J'ai eu bien du mal à décider mes parents de me prendre avec eux. Ils n'y tenaient guère. Il m'a fallu beaucoup insister. Heureusement, Nourrice est tombée en glissant sur une plaque de verglas la veille de notre départ et s'est foulé le genou. Me voici donc débarrassée de cette vieille duègne soupçonneuse.

— Vous avez aussi trouvé le moyen de venir jusqu'ici !

— Grâce à la tante de ma mère qui me gâte et me laisse faire tout ce que je veux en l'absence de mes parents.

— Que ne puis-je vous garder tout un jour, toute une nuit ! Que ne puis-je vous avoir à moi, rien qu'à moi !

Je le sentais trembler contre ma mante.

— Je suis à vous, Pierre. Souvenez-vous de nos serments.

Il me montra le mince anneau de cheveux qu'il portait au doigt comme je le faisais moi-même.

— Je ne l'oublie pas, Dieu sait ! Mais c'est autrement, ma vie, mon amour, que je vous veux, que je te veux...

117

Il tentait à présent de m'entraîner avec douceur mais obstination vers le lit proche.

— Non, Pierre. Non. Je ne suis pas venue chez vous pour y accomplir une action qui nous perdrait l'un et l'autre. Je suis venue pour vous redire que vous détenez ma foi comme je détiens la vôtre, que nos cœurs sont unis.

— Si tu acceptais de devenir ma femme par la chair, tu te sentirais ensuite mieux armée pour défendre notre couple contre tous ceux qui lui veulent du mal !

Je baissai le front.

— Vous songez à mes parents... Il est vrai qu'ils ne désarment pas. Depuis votre départ, ma mère s'est mis en tête de me faire rencontrer les plus beaux partis de la province. Talcy ne désemplit pas !

Une sorte de douleur brutale comme un orage en juin traversa le regard bleu, l'assombrit.

— Durant tout l'été j'ai été torturé par la jalousie. Vous imaginer coquetant avec d'autres hommes ne m'est pas supportable. J'en crèverai !

Je posai ma main sur sa bouche.

— Voulez-vous bien vous taire ! Vous n'avez aucune raison de vous tourmenter pour si peu. Je me ris de tous ces prétendus prétendants et n'en prends aucun au sérieux.

— Vous êtes en âge de vous marier, Cassandre ! Et moi je ne puis faire un mari pour vous... Un jour ou l'autre un de vos petits maîtres blésois finira par vous paraître aimable. On n'est pas impunément séduisante comme vous l'êtes !

— Notre union spirituelle me sert de bouclier ! m'écriai-je. Elle me protège des tentations. Mes

118

parents, d'ailleurs respectent ma liberté. Ils ne sont pas de ceux qui disent vouloir abolir la loi de nos ancêtres, autorisant les enfants à se marier sans le consentement de leur famille. Je suis certaine qu'ils ne me forceront jamais à prendre un époux contre mon gré.

Ronsard soupira, croisa les bras sur sa poitrine. Lui qui pouvait être si gai connaissait également des moments d'âpre mélancolie.

Je m'assis sur une chaise, près de lui.

— Vous ne résisterez pas toujours aux sollicitations, reprit-il sombrement. C'est de vous-même que viendra l'acquiescement final.

— Je ne céderai pas ! Je l'ai juré !

— Vous n'auriez pas besoin d'un tel serment si vous m'aimiez, si vous étiez à moi !

Il mit un genou en terre contre mon siège, posa le front sur mes genoux. Je lui caressai les cheveux avec douceur...

— Je souhaiterais passer ma vie ainsi, à vos pieds, murmura-t-il. Il n'y a que là que je me sens bien !

Un moment s'écoula. Si tendre...

Le claquement d'une porte au rez-de-chaussée m'alerta.

Je pris le visage de Pierre entre mes mains, le considérai longuement, amoureusement... oui, amoureusement. A ce moment de notre histoire, je n'étais encore amoureuse que de l'amour qu'il me portait, mais c'était quand même un commencement.

— Gabrielle de Cintré réside pour le moment à Paris dans le bel hôtel qu'elle s'est fait offrir par son vieux mari rue des Petits-Champs. Elle y passe durant l'hiver des heures très agréables en l'absence du pauvre Gaspard retenu en province. Rendez-vous chez elle demain, sous prétexte de venir la saluer. J'y serai à deux heures de l'après-dîner.

— J'aurais préféré vous retrouver ailleurs que sous son toit.

— Moi aussi. Mais c'est impossible. Vous savez que je lui en veux tout autant que vous des révélations qu'elle a jugé bon de faire à mes parents, mais, chez elle, nous pourrons nous isoler dans la foule. Il y a toujours beaucoup de monde.

Je me dirigeai vers la porte.

— Cassandre !

D'un bond, il m'avait rejointe, m'avait reprise contre lui.

— A peine vous ai-je retrouvée qu'il me faut vous perdre à nouveau, gronda-t-il. Je ne puis supporter l'idée de vous voir repartir.

Ses baisers me bâillonnèrent. Quand je repris mon souffle, j'entendis des pas qui montaient l'escalier. Je m'arrachai à ses bras.

— Je vous attendrai chez Gabrielle.

La porte s'ouvrit. Un jeune garçon entra.

Membres grêles, mais nerveux, yeux bruns enfoncés sous l'arcade sourcilière, air timide et pourtant passionné, le nouveau venu n'avait pas plus de treize à quatorze ans. Il était surtout remarquable par un front immense qui semblait attirer la lumière.

— Cassandre, voici Jean-Antoine de Baïf, mon condisciple, mon ami, déclara Pierre. Nous travaillons ensemble.

Je ne sais plus ce que je dis à l'adolescent et me sauvai.

Dehors, l'air froid me gifla, me transperça. Je

120

grimpai en hâte dans la litière où ma petite servante dormait sous une couverture de fourrure.

— Vite, à la maison !

Heureusement pour moi, mes parents n'étaient pas encore rentrés quand je parvins rue des Trois-Comètes. Je demandai à ma grand-tante de taire mon escapade. D'un air complice et nostalgique à la fois, elle me promit de n'en rien dire.

Le lendemain, il faisait encore plus froid. Des piques de glace pendaient des toits, scintillaient au pâle soleil d'hiver le long des rues que nous suivions, tante Antoinette, ma mère et moi, pour nous rendre à l'hôtel de Cintré.

Cette opulente demeure offrait au regard une façade richement sculptée, un portail en plein cintre encadré de piliers doriques.

Dans le grand vestibule décoré de statues à l'antique, plusieurs laquais attendaient. L'un d'eux nous guida vers la salle où la maîtresse de maison recevait.

Gabrielle, plus provocante que jamais dans ses atours garnis de retroussis de martre, trônait près d'une cheminée monumentale de marbre gris où brûlaient deux troncs d'arbres entiers. Autour d'elle, se pressait une cour de jeunes gens parfumés et revêtus de chamarres brodées, surbrodées, avec des manches fendues jusqu'en haut, retenues de place en place par des bijoux étincelants. Les dames de ses relations qu'il lui fallait bien recevoir aussi pour faire taire les mauvaises langues, se partageaient le reste de l'assistance, c'est-à-dire les hommes plus âgés, en de petits cercles et des groupes pleins d'animation.

— Venez, venez, chères dames...

Ma mère, qui était sans doute reconnaissante à sa

voisine de lui avoir ouvert les yeux sur l'état véritable de Pierre, se dirigea vers elle avec affabilité. Notre tante en fit autant.

Pour moi, dès que je l'eus saluée, je m'écartai de notre hôtesse pour chercher Catherine.

Il y avait, comme je l'avais prévu, une foule d'invités sous le plafond à caissons de la vaste pièce aux murs couverts de tapisseries de lisse. De somptueux coffres et bahuts de bois lustrés, des sièges recouverts de velours cramoisi, des tapis de haute laine la meublaient.

Sur des plateaux d'argent ou de laque, plusieurs serviteurs offraient des pièces de four, des confitures sèches, des beignets à l'orange, des pâtes de fruits, des gelées de toutes les couleurs.

Je trouvai mon amie dans une pièce contiguë à la grande salle. Elle s'était installée avec quelques autres jeunes filles sur des coussins, devant le foyer d'une seconde cheminée, moins pompeuse que la première, où flambait également un bon feu. Autour de leur groupe, beaucoup de gens allaient et venaient.

Je pris place près de Catherine, sur un coussin. Un plat de dragées aux épices et de pâtes de coing était posé au milieu de notre cercle. Chacune y puisait tout en bavardant.

Je me souviens que je portais un vertugade de velours ivoire et que j'évitais de manger les sucreries offertes, aussi bien pour me protéger des taches poisseuses que parce que ma taille, enserrée dans un busc fort étroit qui l'affinait de troublante façon, ne me permettait pas le moindre écart gourmand.

Nous discutions des mérites comparés du *Panta-*

gruel de Rabelais et des *Contes* de Boccace, quand une voix masculine s'éleva derrière moi.

— On dirait les neuf muses !

Je me retournai en riant.

— Je n'avais pas pris garde à notre nombre, monsieur le poète, dis-je, mais il est vrai que les muses vous sont plus familières qu'à moi !

Il souriait. Je retrouvais sur son beau visage la gaieté que j'aimais tant y déchiffrer.

Catherine présenta Pierre à ses amies. La conversation devint générale jusqu'au moment où je me levai d'un mouvement insensible pour me diriger à travers la cohue, dans le balancement de mon vertugade, vers l'embrasure d'une fenêtre, comme pour regarder la rue à travers les petits carreaux de verre enchâssés de plomb.

Ronsard me rejoignit bientôt.

— N'était-ce pas une bonne idée de vous donner rendez-vous en un tel endroit ?

Je me sentais fort à l'aise au sein de l'assemblée mondaine qui me permettait d'entretenir Pierre sans me faire remarquer. Je pense maintenant que la présence de tant d'inconnus devait aussi me procurer une réconfortante impression de sécurité. Ne me protégeaient-ils pas des trop vives ardeurs que je redoutais ?

— Je préférerais qu'il y eût moins de gens, avoua Pierre avec une grimace. Vous seule avez du prix à mes yeux. Vous le savez parfaitement.

— C'est déjà bien de pouvoir parler ainsi sans être surveillés, fis-je remarquer avec sagesse. Il faut être raisonnable.

— Dieu sait que vous l'êtes !

123

— C'est un reproche ?

Nous étions-nous rencontrés au cœur de l'hiver parisien, au prix de tant de difficultés, pour nous chamailler ?

— Allons, repris-je en tendant la main à Pierre, faisons la paix.

Il prit ma main, la retourna, en baisa longuement la paume parfumée à l'héliotrope.

— Tout le printemps de Talcy y est enclos, dit-il à mi-voix. C'est comme si une bouffée de notre avril venait de m'être apportée à travers le temps.

— Vous voyez que ce moment n'a pas que des inconvénients ! fis-je remarquer, triomphante.

Il abandonna à regret mes doigts qu'il tenait emprisonnés entre les siens.

— Combien de temps comptez-vous rester à Paris ? demanda-t-il.

— Deux semaines. Peut-être trois. De toute façon, nous serons de retour à Talcy pour la Noël.

— Durant ce temps, si déplorablement court, pourrai-je vous voir ailleurs que dans de telles réceptions ?

— Ce ne sera pas aisé. Nous sommes invités de tous côtés, et, pour ma part, je suis gardée comme la châsse de monsieur saint Denis en personne...

Afin qu'il m'entendît bien, j'avais pris soin de me placer à la droite de Pierre. Il se pencha vers moi.

— Une escapade est toujours possible, mon cœur, murmura-t-il. Vous l'avez prouvé en venant hier rue des Fossés Saint-Victor. Quand y reviendrez-vous ?

— Je ne puis y retourner. Pourquoi vous entêter ainsi ?

Je m'efforçais de garder un maintien réservé, demeurais attentive à surveiller mes gestes et mes expressions pour le cas où quelque regard indiscret se serait intéressé à notre aparté.

— Cessons de ne parler que de nos rendez-vous, proposai-je. Où en êtes-vous de vos études, de vos travaux, de ces poèmes dont vous m'entreteniez si souvent dans vos lettres ?

— Les receviez-vous sans difficulté ?

— Catherine s'est toujours arrangée pour me les faire parvenir à bon port.

Des éclats de voix, des rires, des échos de conversations proches, nous entouraient d'un mur bourdonnant et secourable, d'un rempart de rumeurs.

— Je travaille sans désemparer pour tenter de me distraire de vous, enchaîna Pierre avec un triste sourire. J'écris à l'intention de Marguerite de Navarre une déploration de la mort prématurée du duc d'Orléans, tout en composant par ailleurs une ode que je compte adresser au frère de la duchesse d'Etampes, Charles de Pisseleu, qui me fait la grâce d'aimer mes vers. Je me livre aussi avec frénésie au grec et au latin afin d'oublier, si c'est possible, que j'aime une cruelle...

— Que dites-vous là ? Vous me savez fidèle. Fidèle à notre serment, à notre engagement, à nous, enfin !

— Le serez-vous toujours ?

Je commençais à le bien connaître. Quand ses prunelles se rétrécissaient ainsi, c'était signe d'orage.

— Parfois, je crois devenir fou en songeant à tout ce qui me sépare de vous ! gronda-t-il entre ses dents.

— N'y songez donc pas à présent. Ne sommes-nous pas très proches ?

Je souriais, lui reprenais la main.

— Allons, allons, monsieur mon poète, profitez de

125

l'instant ! Je croyais que votre philosophie personnelle reconnaissait en ce bas monde le « Carpe diem » comme la seule attitude digne d'un homme de qualité.

— C'est tout autrement que je conçois d'appliquer cette maxime, répondit Pierre dont le regard se remit à briller. Ne vous faites pas plus innocente que vous ne l'êtes, mon cher amour. Vous savez fort bien ce que j'entends par là !

Je fis la moue et détournai la tête. Ce fut pour apercevoir, au centre d'un groupe bavard qui se tenait non loin de nous, le visage de Jean de Pray qui s'esclaffait au moment où nos yeux se croisèrent. En me reconnaissant, il changea d'expression. Nous nous étions déjà rencontrés quelques fois depuis que j'étais à Paris. A chaque occasion, il s'était remis à me conter fleurette ainsi qu'il n'avait cessé de le faire à Talcy durant l'été. Je savais qu'il se rendait assez souvent dans la capitale où sa charge lui donnait accès auprès des grands du royaume. Fidèle à sa façon de faire, dès qu'il m'eut vue, son rire gaillard se transforma en air enjôleur. Quittant ses interlocuteurs, il s'approcha sans plus tarder de nous.

— Belle Cassandre, je dépose mes hommages diurnes à vos jolis pieds... Mon cousin je te salue ! Mordieu ! Tu te fais rare ! Il y a une éternité, mon cher, que je ne t'ai rencontré !

Pierre haussa les épaules.

— J'étudie du matin au soir, répondit-il sans chaleur aucune. J'ai la chance d'avoir Dorat pour professeur.

Jean de Pray, dont le pourpoint de velours amarante tracé d'or et les hauts-de-chausses aux crevés de taffetas brodé étaient un modèle d'élégance, fit entendre un léger sifflement entre ses dents.

— Quelle vénération dans la façon dont tu as prononcé ce nom! Peste! Voilà un maître qui sait se faire apprécier! Je t'admire de pouvoir admirer de la sorte!

Il rit de sa plaisanterie avec complaisance.

— Il est vrai que tu ne manques pas de mérite, toi non plus, poursuivit-il sans paraître gêné par notre froideur. Se remettre aux études à ton âge, après avoir mené la vie mouvementée et vagabonde de page ou d'écuyer à la Cour, c'est là faire montre d'un beau courage!

Qu'importait à ce gentilhomme fortuné, oisif, qui avait trouvé une charge prestigieuse dans son berceau, l'obscur labeur d'un cousin désargenté, cadet de surcroît? Si Pierre devenait célèbre, si ses vers chantaient dans toutes les mémoires, chacun le considèrerait alors de tout autre façon. Jean de Pray le premier l'adulerait. Nous n'en étions pas là.

— Cassandre! Venez, mon enfant. Je veux vous présenter plusieurs amis charmants!

Fendant la foule, notre tante Antoinette parvenait jusqu'à nous. Elle rendit à Pierre et à son cousin leur salut, me prit le bras, m'entraîna loin d'eux.

Son fard blanc coulait sous l'effet de la chaleur, de l'animation, des sucreries et des coupes de vin doux absorbées.

— Ma chère petite, je vous ai sauvée d'un grand danger, me glissa-t-elle à l'oreille. Votre mère a entrepris de se mettre à votre recherche. Elle désire rentrer. Heureusement, elle a été arrêtée par une fieffée bavarde qui ne la lâche plus.

Elle me pinça le gras du bras.

— Lequel de ces deux garçons est votre amoureux ? Celui qui ressemble à l'Amadis de Gaule en personne ou le gentilhomme aux yeux bleus ?

— Le second. C'est un poète vendômois de grand avenir, chuchotai-je pendant que nous pénétrions toutes deux dans la première salle qui bourdonnait d'autant de jacasseries que celle d'où je venais.

— J'aurais, me semble-t-il, préféré quant à moi l'Amadis, remarqua d'un air averti l'ancienne belle. Il est brillant comme un papillon. Avec celui que vous avez choisi, la chose amoureuse doit prendre trop d'importance, comporter trop de résonances... J'ai toujours préféré les hommes légers à ceux qui ne l'étaient pas. Pour moi, l'amour n'a jamais été rien de plus qu'un divertissement. Je me suis toute ma vie méfiée des passionnés...

Nous parvenions près d'un groupe où se trouvait ma mère.

— Vous voici enfin, Cassandre. Où étiez-vous donc ?

— J'étais avec Catherine et ses amies...

Tante Antoinette ne broncha pas. Mon histoire excitait son imagination et devait lui en rappeler bien d'autres.

Le lendemain matin, elle me fit appeler dans sa chambre prétendant me montrer des bijoux qu'elle me destinait. Ce n'était qu'un prétexte. Elle en revint rapidement au sujet qui l'intéressait. Elle me dit avoir été mise en garde contre Ronsard par ma mère d'une façon qui ne lui avait pas plu.

— Françoise est un peu trop austère à mon goût, me confia-t-elle ensuite. Bien que je l'aime beaucoup pour ses nombreuses qualités, je la trouve cependant par trop dénuée de fantaisie. Vous me paraissez plus proche de moi. Je ne vous cacherai pas que, parfois, elle m'ennuie. Avec vous, je m'amuse davantage. Aussi ai-je décidé de vous aider.

— Comment cela, ma tante ?

En passant plusieurs fois, d'un geste qui lui était familier, son poing sous son menton comme pour en chasser la graisse, elle se mit à rire.

— Je connais tous les tours et détours des aventures galantes, reconnut-elle d'un air ravi. Il me paraît donc clair que vous ne pourrez retourner une seconde fois chez ce gentil poète aux yeux d'azur sans courir des risques énormes. Votre mère veille !

Je soupirai sans répondre. Elle hocha sa tête surmontée d'épais cheveux blonds soigneusement coiffés sous le simple escoffion de soie prune.

— J'ai plus d'un tour dans mon sac, ma petite fille, assura-t-elle avec satisfaction. Je crois avoir trouvé une solution à vos difficultés. Une de mes plus vieilles amies habite à deux pas d'ici, Grande rue Saint-Honoré. Son jardin jouxte le mien à son extrémité. Il s'y trouve un petit pavillon désaffecté où elle recevait autrefois des relations éparpillées par la vie... ou par la mort, peu importe. Je suis certaine qu'elle ne refusera pas d'en confier la clé à votre amoureux vendômois. Il pourrait s'y rendre quand vous lui auriez fait savoir que vos parents se sont absentés.

— Comment le prévenir ?

— Jeu d'enfant ! Je m'en charge.

Je me sentais très excitée et en même temps anxieuse devant une telle proposition. Je savais que mon Ronsard ne se contenterait pas de me réciter ses derniers poèmes dans le pavillon du jardin voisin ! Je réfléchis un instant et parvins à la conclusion que tout dépendrait de ma façon de me comporter. Il ne tenait qu'à moi de me faire respecter.

— Mes parents sortent rarement sans m'emmener avec eux, fis-je pourtant remarquer.

— Il est vrai. Que voulez-vous, aimer en cachette comporte forcément des complications et des ruses. Vous trouverez bien malgré tout, j'en suis certaine, quelques occasions à saisir au passage.

Il n'y en eut que deux durant le temps de notre séjour parisien. Ma mère me surveillait de fort près et ne consentait que peu souvent à me laisser derrière elle. Telle que je la connaissais, elle devait se méfier de sa tante dont la réputation n'était plus à faire. Aussi m'attachait-elle à ses pas.

Si elles furent rares ou peut-être parce qu'elles le furent, nos rencontres secrètes ne s'en révélèrent que plus douces.

J'avais écrit à Pierre en lui faisant part de la chance qui nous était offerte. Je lui expliquais la complicité dont nous avions bénéficié. Je lui disais aussi que je tenais avant tout à ce que ces heures passées ensemble, ces heures volées aux interdits imposés par ma famille, fussent pures de tout désir de luxure. Nous devions les consacrer à la mutuelle connaissance de nos cœurs, non à des jeux de la chair. J'insistai sur cette clause qui m'importait au premier chef.

Je fus entendue.

Nous nous trouvions encore dans une période de prémices amoureuses durant lesquelles les souhaits de l'aimée sont des ordres pour l'homme épris. Maîtrisant donc son désir pour me complaire, Pierre accepta de se plier à mes exigences.

Ces deux rendez-vous demeurent dans mon souvenir comme des clairs îlots, pleins de rires, de baisers, de confidences, d'aveux et de serments, cernés de tous côtés par la marée envahissante de la vie parisienne.

Assis sur une banquette vétuste, dans la petite pièce du pavillon perdu au milieu des arbres nus de décembre, entêtés par une insistante odeur de moisi et de feu de bois, nous avons passé devant l'âtre de notre précaire asile quelques heures sans poids, arrachées à l'existence tourbillonnante qui était alors la mienne. Nous les vivions comme on déguste un sorbet... Ce furent elles, par la suite, plus que toutes autres, qui m'inspirèrent regrets et remords...

Le reste du temps, je sortais avec ma mère, je voyais et fréquentais tout ce qui comptait à Paris. J'étais fort courtisée. Il m'arrivait de rencontrer Ronsard dans certaines de ces réunions, de voler à la vigilance maternelle quelques instants de conversation avec lui. Ces brefs moments de tête-à-tête étaient le plus souvent remplis de sollicitations, de reproches, d'invites que je ne voulais pas entendre. Ce n'était que dans le pavillon que nous connaissions un accord harmonieux. Ici et là nous nous comportions de façon bien différente. La solitude à deux nous incitait à la tendresse alors que l'irritation causée chez Pierre par les difficultés nées de notre trop accaparant entourage nous opposait dans le monde.

Je quittai Paris à la fin de ce mois de décembre insolite en me disant que j'aurais aussi bien fait de ne pas suivre mes parents dans la capitale. Ce qui était sans doute vrai mais pour d'autres raisons que celles que je me donnais.

6

Pourquoi romps-tu si faussement ta foi ?

RONSARD.

Peu après les fêtes de la Noël, mon frère Jean épousa sa Jacquette. Comme aîné, il eut droit à des noces somptueuses dont tu te souviens certainement.

Tout ce qui comptait dans le Blésois s'y vit convié.

Ce fut d'un cœur dolent que j'assistai à la cérémonie ainsi qu'aux festivités qui suivirent.

Puis le froid s'intensifia. Les échos de la fête s'estompèrent, se fondirent, derrière un rideau dansant de flocons blancs.

Je commençai alors à m'ennuyer. Si je veux me montrer tout à fait loyale envers moi-même et mon passé, je dois reconnaître que Pierre me manquait moins que les divertissements parisiens.

L'effervescence sentimentale que l'amour d'un poète avait suscitée en moi au printemps précédent, alors que le renouveau, les lieux, les circonstances, conspiraient à créer autour de nous un enivrement à goût de fruit défendu, ce vertige d'une saison s'était

133

dissipé. A Paris, où régnaient l'hiver et la vie mondaine, je n'avais pas retrouvé l'attrait grisant de mes premiers émois. Ronsard m'avait paru moins séduisant, un peu trop besogneux, sans doute... Si je ne l'avais pas osé jusque-là, je commençais peu à peu à me l'avouer.

Eblouie par les succès que je n'avais cessé d'obtenir lors des réunions où ma mère, avec adresse, m'avait menée sans désemparer, j'en étais venue à penser parfois fugitivement, il est vrai, qu'il y avait d'autres gentilshommes, aussi brillants, aussi amusants, aussi galants, que Pierre. Fêtée, courtisée, choyée, j'avais cédé, en partie du moins, aux charmes d'un encens encore nouveau pour ma jeune cervelle qui s'en était trouvée comme étourdie...

Dans mon âme hésitante, les plaisirs de la vie mondaine avaient surpassé une présence à laquelle ne m'attachait encore qu'un bien fragile lien. Si je pensais néanmoins fort souvent à Ronsard, c'était davantage pour le plaindre que pour rêver à lui. Je l'imaginais travaillant avec Jean-Antoine de Baïf dans la modeste chambre que je connaissais à présent. Je m'apitoyais sur son sort, je ne croyais plus guère en son étoile. En même temps que l'éclat de celle-ci, la lumière de son amour avait pâli pour moi...

Au 1ᵉʳ janvier, il m'adressa un poème charmant :

Douce beauté qui me tenez le cœur,
Et qui avez durant toute l'année
Dedans vos yeux mon âme emprisonnée,
La faisant vivre en si belle langueur.

Ha que ne puis-je atteindre à la hauteur
Du ciel tyran de notre destinée ?

134

Je changerais sa course retournée,
Et mon malheur je muerais en bonheur.

Mais étant homme il faut qu'homme j'endure
Du ciel cruel la violence dure
Qui me commande à mourir pour vos yeux.

Donc je viens vous présenter, madame,
Ce nouvel an, pour obéir aux cieux,
Le cœur, l'esprit, le corps, le sang et l'âme.

Je l'en remerciai sans doute avec trop de réserve, car je reçus en réponse une lettre douloureuse que m'apporta Catherine. Il m'y disait que mon passage dans la capitale lui avait somme toute procuré plus de tourments que de joie. Il me rappelait certain salut trop froid à son goût, un sourire adressé en sa présence à un autre galant, un geste d'impatience à son égard quand il m'avait un peu longuement entretenue, l'attention aimable, que, d'après lui, je prodiguais à tout venant, le soin que je prenais de ma réputation, la sagesse, la vertu, que je n'avais cessé de lui opposer. Il n'y avait pas jusqu'aux tendres heures de notre pavillon hivernal dont il ne trouvait moyen de se plaindre. Il décrivait comme draconiennes les conditions que je lui avais imposées à l'avance et m'assurait pour finir que je ne manquerais pas de déplorer plus tard une attitude aussi rigoureuse.

Je pleurai un peu à la lecture de tant de reproches, puis je me consolai en me disant qu'il était flatteur d'être aimée avec pareil excès.

L'hiver se traîna. Je guettais le retour de la Cour prévu pour le printemps.

Au début du mois de mars, Jean de Pray, telle une

135

hirondelle de bon augure, revint dans le Blésois. Il ne tarda pas à se présenter à Talcy pour nous saluer, ma mère et moi.

Son retour mit un peu d'animation dans nos vies provinciales. Il rapportait avec lui des effluves de Paris ainsi que les derniers potins de la Cour.

La Dauphine était de nouveau enceinte, ce qui réjouissait à la fois le Roi et le Dauphin, toujours assez éloignés, par ailleurs, l'un de l'autre.

François Ier, dont la santé demeurait chancelante, continuait néanmoins à se déplacer selon son habitude de château en château. Il trouvait encore la force de chasser presque chaque jour, entraînant à sa suite ses familiers, dont, bon gré mal gré, le Dauphin faisait partie. Mécontent de se voir supplanté au gouvernement par les favoris de la duchesse d'Etampes, le fils du Roi avait refusé de présider le Conseil privé. Il se détournait d'une tâche où il n'y avait pour lui que des déceptions à récolter. Entouré d'une suite de jeunes gens ambitieux et piaffants qui cherchaient tous à obtenir les faveurs du futur maître de la France, il s'adonnait en leur compagnie à des divertissements qui lui permettaient de noyer ses rancœurs dans des actions violentes. Mais les intrigues allaient bon train dans son entourage. Lui-même était parfois suspecté par le Roi son père d'y participer.

— Heureusement qu'il y a la Grande Sénéchale pour apaiser l'esprit inquiet du prince, faisait remarquer d'un air entendu Jean de Pray. C'est une très adroite personne. Elle détient sur le Dauphin la meilleure influence. En attendant son heure, elle l'amène habilement à composer.

Il n'y avait pas que Diane de Poitiers pour savoir se

montrer bonne manœuvrière. Je remarquai bientôt que le seigneur de Pray conduisait en même temps une double démarche sous notre toit. L'une, qui ne s'éloignait pas de ce qu'on pouvait attendre d'un jeune homme courtoisement épris, m'était réservée. L'autre s'adressait à ma mère. Selon le vieil adage, il faisait tout ce qui était en son pouvoir pour séduire la mère afin d'obtenir la fille.

Sous le prétexte que Catherine de Médicis, dont l'intelligence et la sagacité n'étaient plus à découvrir, avait amené à sa suite plusieurs dames ou demoiselles de Toscane, que cette princesse vivait entourée de nombreux représentants de l'aristocratie florentine, que ses financiers, ses chapelains, son aumônier lui-même, étaient italiens, notre voisin ne cessait de louer le génie de la nation italienne et celui de ses enfants. Parmi ceux-ci, bien entendu, les Salviati occupaient une des premières places. Jean et Bernard, évêques d'Oloron et de Saint-Papoul, cousins de la Dauphine, mais aussi de mon père, lui paraissaient doués de toutes les vertus. Il ne tarissait pas d'éloges à leur sujet.

En dépit de sa lucidité, de son esprit critique, ma mère s'en montrait flattée, autant par amour conjugal que par satisfaction personnelle, puisqu'elle avait été élue dans sa jeunesse par un des plus brillants représentants de cette race prestigieuse.

C'était donc avec beaucoup de bienveillance qu'elle recevait les fréquentes visites du jeune gentilhomme. Elle envisageait également d'un bon œil les intentions matrimoniales qu'il ne faisait plus rien pour dissimuler. Très vite, en effet, il fut clair que Jean de Pray songeait à m'épouser.

137

On ne pouvait dénier qu'il fût un beau parti. Riche, doté d'une charge qui lui permettait d'espérer en occuper d'autres encore plus importantes, il était seigneur de Pray, un des six fiefs du Vendômois devant hommage lige au comte. Son père étant mort depuis longtemps, il régnait sans partage sur son domaine.

Contrairement à Ronsard, il se trouvait libre, fortuné, bien en Cour, il plaisait à ma mère et aussi à mon père qui, lui non plus, ne répugnait pas à le considérer comme un gendre possible.

Au fond, j'étais la seule à lui témoigner de la réserve. Aucun de ses avantages ne suffisait à me faire oublier Pierre. Seulement, dès lors, j'eus un rude combat à livrer contre toute ma famille conjuguée. Certains de nos amis, dont Gabrielle de Cintré qui faisait partie de ses plus ardentes propagandistes, ne tardèrent pas à se joindre au chœur familial pour me vanter les qualités et les mérites de ce beau seigneur.

Je ne peux pas dire qu'il me déplaisait. Cependant, il ne me plaisait pas non plus. Son extrême élégance, la légère affectation qui ravissait les dames de notre province, ses rires complaisants, son visage lisse comme un pain de sucre, me causaient une certaine gêne et ne m'inspiraient nulle sympathie. Il se dégageait de ce jeune homme, même quand il cherchait à séduire, une sorte de tranquille indifférence qui ne portait pas à l'aimer.

Le printemps revint. La Cour, hélas, ne suivit pas son exemple. La Dauphine s'était arrêtée à Fontainebleau pour accoucher. Le deux avril, elle mit au monde une fille qu'on prénomma Elisabeth. Le roi d'Angleterre, Henri VIII, souverain encombrant et magnifique s'il en fut, qui venait de signer un nouveau traité de paix avec François Ier après la restitution de Boulogne, fut choisi comme parrain. Retardé par ces événements politiques, le baptême n'eut lieu qu'au début de juillet dans un déploiement de faste dont il me fallut me contenter d'ouïr le récit que m'en firent mes parents. Ils n'avaient pas jugé utile de m'y emmener avec eux.

Heureusement, Catherine de Médicis aimait Blois. Aussi y revint-elle après le baptême de la petite princesse afin de la confier à Monsieur et à Madame d'Humières, gouverneurs des enfants de France, en qui le couple delphinal avait la plus entière confiance. Le fils premier-né, François, et sa jeune sœur, résideraient désormais dans notre bonne ville. Ainsi en avait-il été décidé par le Dauphin et son épouse.

Ce fut une grande chance pour le Blésois où le séjour de la Dauphine ramena richesses et divertissements.

Au cours d'une des fêtes données au château, je revis Pierre.

Souffrant d'une forte fièvre quarte, ma mère n'avait pu m'accompagner. En l'absence de mon père, ce furent mes frères Antoine et François qui me servirent de chaperons. Ils se lassèrent vite de me surveiller et rejoignirent sans tarder deux belles filles qui les attendaient. Je me vis donc assez libre pour danser avec Ronsard.

Emus tous deux de nous retrouver dans l'immense salle d'apparat où nous nous étions rencontrés pour la première fois un an auparavant, nous étions également un peu gênés. Notre histoire interrompue nous mettait mal à l'aise. Les lettres reçues me revenaient en mémoire avec leurs tendres et violents reproches. Je devinais que Pierre, de son côté, dressait en même temps un bilan assez mélancolique des douze mois écoulés.

Pour commencer, afin de dissiper notre embarras, je l'interrogeai sur son art, ses projets récents. Il me confia qu'il cherchait un protecteur susceptible de s'intéresser à sa poésie.

— Bien que j'aie déjà composé de nombreux poèmes, ils ne me semblent pas assez parfaits pour être publiés en recueil, dit-il tout en dansant une gaillarde, fort à la mode alors. Il me faut attendre. Une œuvre est comme un arbre. Elle ne parvient à maturité que lorsque chacun de ses fruits est à point.

Je le trouvais changé. Plus inquiet de sa gloire, plus assuré peut-être d'un destin qu'il pressentait déjà...

Il n'avait pas renoncé pour autant à me conquérir et continuait à me presser de lui céder.

— Voici notre second printemps, Cassandre. Ne le laissez pas s'évaporer ainsi que le premier. Le temps coule comme la Loire. Il nous emporte. Nous nous voyons si peu que l'instant qui passe en devient encore plus précieux. Vous allez sur vos seize ans... Donnez-moi le seul bonheur auquel j'aspire, mon ange, donnez-moi votre jeunesse en fleur, je ne m'en rassasierai pas !

— Non, Pierre. Non. Quittez cette hantise.

— Vous vous détachez de moi !

— Que non pas, mon poète ! Je pense souvent à vous au contraire. Vous le savez.

— En vérité, vous me maintenez à la portion congrue. Je dois me contenter des miettes de votre vie !

— Pierre, aimez-moi sans me demander l'impossible. J'ai tant besoin de pouvoir compter sur votre amour...

— Je ne demande qu'à vous le prouver !

— Taisez-vous, vous me faites peine. Tenons-nous-en à notre pacte secret. Nous sommes liés, Pierre, de façon si inhabituelle, si admirable, que rien, jamais, ne doit nous séparer. Ni votre insistance, ni...

— Ni votre froideur ! lança-t-il d'un ton vif. Décidément, Cassandre, vous gâchez vos plus belles années !

La danse se terminait.

Nous gagnâmes l'embrasure d'une fenêtre au-delà de laquelle je retrouvai le décor de ma présentation. Les yeux fixés sur la cour bourdonnante d'activité nocturne, je continuai sans beaucoup d'illusion un entretien qui tournait en rond. Notre dialogue était sensiblement le même qu'à Paris quatre mois plus tôt, sans issue...

Ce soir-là, nous nous sommes quittés avec le sentiment qu'aucune solution ne se présenterait jamais à nous.

Pierre repartit. Plus encore qu'après mon retour de la capitale, en décembre précédent, je le sentais loin, si loin de moi...

Je me souviens de promenades solitaires dans le parc de Talcy que le printemps fleurissait de nouveau. Je me revois composant des bouquets de muguet et de pervenches sur lesquels coulaient mes larmes.

En réalité, tout s'est joué pour moi durant cette saison d'amertume.

Notre dernière entrevue avait achevé de détruire les chimères dont je m'étais bercée. Entre Ronsard et moi rien n'était possible. Rien ! Je voyais s'étendre à l'infini devant mes yeux brouillés de pleurs, des années monotones, entrecoupées de retrouvailles sans lendemain que ponctuaient reproches et querelles.

Etait-ce une perspective acceptable à seize ans ?

L'union mystique à laquelle j'avais cru avec toute ma naïve sincérité, à laquelle, sans doute, j'avais été la seule à croire, pouvait-elle meubler une existence ?

Par ailleurs, que me proposait Pierre ? Une aventure étirée sur des années, un attachement sans suite, sans réalisation, sans but, sans assurance aucune...

En dépit du tendre sentiment qui me portait vers un homme dont l'âme, le cœur, le corps (eh oui !) me plaisaient, j'étais bien forcée de constater que ce penchant, pour partagé qu'il fût, ne débouchait sur aucun accomplissement. S'il n'était pas envisageable pour moi de devenir la femme d'un tonsuré, je n'accepterais jamais non plus de me voir ravalée à l'état d'amie occasionnelle d'un poète en quête de fortune !

Je pouvais bien sangloter par un allègre matin de mai, au pied d'un châtaignier sous l'ombrage duquel Pierre, un an auparavant, m'avait quelque peu chiffonnée... ce chagrin n'était pas causé par une séparation à laquelle on aurait pu imaginer quelque remède, mais par la découverte implacable d'une vérité qu'il me fallait regarder en face : nous n'avions pas d'avenir commun, Pierre et moi !

Ne va pas croire, Guillemine, que je tente à présent de justifier un acte qui, de toute façon, reste une trahison. Non. Je ne veux pas me disculper devant toi d'un reniement qui, avec ou sans excuse, demeure une mauvaise action. Ce que je voudrais exprimer, c'est l'immense désarroi d'une enfant de seize ans qui s'aperçoit trop tard qu'elle a, depuis une année, considéré les choses à travers un prisme; que son imagination l'a abusée tout autant que son cœur; qu'au bout d'une route creusée d'ornières où elle risque de s'enliser, la solitude l'attend.

J'ai eu peur. Oui, Guillemine, ce fut une sorte de panique qui s'empara de moi à Talcy à ce moment-là...

Il est aisé, maintenant qu'on sait ce que fut mon existence conjugale, ainsi que le destin éblouissant de Ronsard, de m'accuser d'aveuglement. Comment pouvais-je, avant que tout ne commençât, pressentir ce que nous réservait à chacun la destinée?

J'aurais dû, peut-être, faire confiance à l'amour de Pierre. Me laisser emporter par cette haute vague qui n'attendait que mon accord pour m'entraîner vers les horizons illimités de la passion... Sans doute, j'aurais dû le faire... Mais, par la suite, je ne suis pas restée non plus la seule aimée, l'unique! Tant d'autres ont été, plus ou moins sincèrement, chantées par lui! Si je l'avais écouté, mon poète aurait-il su se montrer plus fidèle? Ce n'est pas certain...

Et puis, vois-tu, je n'étais pas taillée dans l'étoffe dont on fait les grandes amoureuses capables de suivre à travers les tempêtes l'homme de leur vie. J'étais née pour les bonheurs tranquilles, les avenirs soigneusement tracés, les existences sans trouble...

Un constant souci de respectabilité, une crainte assez sotte du qu'en-dira-t-on m'animaient aussi. M'animent toujours, malgré les ans et les efforts accomplis pour m'en défaire. Je m'en accuse d'autant plus volontiers que j'ai, depuis longtemps, pris la mesure de l'inanité de ces sentiments, mais cette triste constatation ne m'aide en aucune manière à m'en libérer. A cinquante-cinq ans, je demeure aussi vulnérable, aussi peu armée pour les luttes que je l'étais à quinze ans!

Ma vie manquée ne m'a pas endurcie. Le respect humain continue à me dicter une conduite que tous s'accordent à juger irréprochable, sans se soucier de savoir ce qui se cache sous une telle apparence... Parmi mes amis, mes relations, qui donc se préoccupe de savoir si la paisible Cassandre de Pray est heureuse ou ne l'est pas?

Quand j'y songe, je me dis qu'en réalité, pas plus que les folies que je n'ai pas accomplies, ma sagesse tant vantée ne m'a apporté le bonheur... Je ne devais pas avoir été mise au monde pour un tel couronnement.

Du temps où je pleurais à Talcy sur des bouquets que je laissais faner entre mes doigts, c'était sur cette triste évidence que je versais des larmes mais je ne le savais pas.

Durant l'été qui suivit mes mélancoliques promenades dans le parc, la cour de Jean de Pray se fit plus pressante.

— Cassandre, me dit ma mère soucieuse, un dimanche matin, au sortir de la messe, Cassandre, il va falloir vous décider.

Après avoir entendu l'office, nous nous étions rendues par la galerie extérieure vers le colombier afin d'y examiner les jeunes couvées. Ma mère ne laissait ce soin à personne. Ce devait être en juillet. Le parc de Talcy vivait une de ces heures miraculeuses que la nature accorde parfois sous nos climats aux pauvres mortels pour les séduire. La pureté du ciel, la fraîcheur de l'ombre encore emperlée de rosée sous les noyers, la gaieté d'un jeune soleil dont les rayons traversaient les frondaisons pour joncher de taches blondes allées de sable et herbe drue, les senteurs agrestes aussi, tout se liguait pour faire de cette matinée un instant de grâce parfaite.

En parvenant près du colombier, ma mère s'immobilisa.

— Que comptez-vous faire ? me demanda-t-elle.

Le savais-je ?

— Je ne reviendrai pas sur les avantages d'une union avec Jean de Pray, reprit-elle. Ils sautent aux yeux. Votre père et moi, vous le savez, serions fort satisfaits si vous décidiez de l'épouser. Cependant, nous ne vous forcerons jamais à vous unir à un homme qui vous déplairait. Est-ce le cas ?

Je soupirai.

— Non... Je ne crois pas...

— Très bien. S'il ne vous déplaît pas, pourquoi demeurer aussi évasive à son égard ? Chaque fois qu'il fait un pas en avant dans votre direction, vous en faites un en arrière.

— Il ne me plaît pas non plus...

Ma mère serra les lèvres, puis se mit en devoir d'ouvrir la haute et lourde porte du colombier. Elle fit quelques pas à l'intérieur de cette sorte de tour dont les murs étaient creusés de centaines de boulins. Chacun de ces alvéoles emplissait mes parents de fierté. Seuls les nobles détenaient en principe le droit de faire édifier de semblables bâtisses où on élevait un couple de pigeons pour trois arpents de terre possédés. Obtenir l'autorisation de construire un colombier était un privilège des plus estimés. La parenté de mon père avec la Dauphine expliquait sans doute cette

145

dérogation à une habitude admise et confirmée par la coutume.

Dans un fracas d'envols, dans un tourbillon d'ailes, dans un brassage de plumes virevoltantes, dans un remugle assez peu ragoûtant, les pigeons quittèrent leurs niches pour environner celle qui s'approchait des femelles en train de couver, les soulevait, examinait les petits.

Je revois la scène avec précision. Certains se posaient sans façon sur les épaules que recouvrait une marlotte de simple mousseline verte bouillonnée, sur la tête aux cheveux relevés par des arcelets et couverts d'un attifet, ou même sur les belles mains qui sortaient de manchettes godronnées [1] en batiste blanche.

Quand elle en eut fini, ma mère recula, fit un geste des bras pour disperser les volatiles, puis revint vers moi qui l'attendais sur le seuil.

Il fallut nous y reprendre à deux fois pour parvenir à fermer la porte.

— Alors, ma fille, que dois-je conclure de tout ceci ?

Elle inspectait ses manchettes où s'accrochaient de fins duvets, mais son regard n'était pas celui d'une femme préoccupée de sa toilette.

— J'avoue mal vous comprendre, reprit-elle. Un jeune gentilhomme, beau, charmant, s'éprend de vous, vous courtise, laisse clairement entendre qu'il ne souhaite qu'une chose, vous prendre pour femme et vous faites la fine bouche, vous tergiversez sans fin...

— Je ne connais Jean de Pray que depuis le mois d'avril dernier, dis-je pour tenter de minimiser les

1. Plissées à plis ronds.

choses. C'est peu. Je n'ai pas encore d'impression définitive à son propos.

Ma mère haussa les épaules. Son calme habituel semblait devoir la quitter.

— Le mariage est, certes, une chose trop sérieuse pour qu'on s'y décide à l'étourdie, je vous le concède, Cassandre, répondit-elle. Mais enfin, en trois mois, on se fait une opinion. Vous voyez ce jeune homme plusieurs fois par semaine, si ce n'est chaque jour. Vous devez bien savoir quoi penser de lui !

Je baissai la tête.

— Je reconnais qu'il n'est pas sans qualités, soufflai-je, mais je ne l'aime pas.

Ma mère frappa dans ses mains.

— Voilà ce que j'attendais ! Le grand mot est lâché ! L'amour ! Les romans que vous avez lus, ma pauvre enfant, vous ont tourné la cervelle. Le mariage est autrement important que toutes vos histoires sentimentales ! Il s'agit de vous établir et de bien le faire. Non pas sur un coup de cœur, mais sur des assurances, des certitudes, après avoir pesé le pour et le contre. Dans un mari, l'essentiel ne relève pas des sentiments. Il s'agit d'une bonne réputation, de l'importance d'une charge, du degré de noblesse, de la fortune, des appuis à la Cour. Si l'homme a du charme, de l'élégance, de l'attrait pour vous de surcroît, que demander de plus ?

— Jean de Pray possède sûrement toutes les qualités requises, je le reconnais, mais je trouve je ne sais quoi en lui qui me glace...

— Je ne sais quoi ! Voilà bien un langage d'enfant, de l'enfant que vous êtes encore ! Il n'y a rien de sensé dans ce que vous me dites. Donnez-vous donc, je vous prie, la peine de réfléchir un peu. Tâchez de vous montrer enfin plus raisonnable !

Pierre trouvait que je l'étais trop et ma mère pas assez. Que faire, à quoi m'en tenir ?

Les semaines qui suivirent demeurent dans mon souvenir aussi floues que les minutes qui ont précédé ma présentation au Roi. Pour les mêmes causes : j'allais devoir subir une épreuve dont toute ma vie dépendrait. L'appréhension me paralysait, me faisait perdre mes moyens.

Pouvais-je lutter sans fin ? Je n'avais plus de nouvelles de Ronsard. Les mois passaient. Je butais toujours contre les mêmes obstacles qui, je le savais, s'élèveraient jusqu'à notre dernière heure entre Pierre et moi. Mes compagnes blésoises commençaient les unes après les autres à se marier. Ma famille exerçait sur moi une pression ferme, constante, à laquelle je ne pouvais sans fin me dérober.

Mon amie Catherine, à qui je me confiais, était bien la seule à me conseiller de rester fidèle à Pierre.

— Pourquoi ne pas être partie avec lui ? me demandait-elle. Il vous eût menée au pays d'amour... Entre une ronde de jours, sans doute incertains, mais réchauffés par la haute flamme de la passion et la vie sans surprise, sans ravissement, sans élan, dont vous voici menacée auprès d'un homme qui vous est indifférent, comment pouvez-vous hésiter ? Votre cœur est-il endormi ? Secouez-vous, Cassandre ! Réveillez-vous ! Partez rejoindre Ronsard à Paris !

Ces adjurations me bouleversaient.

Je nous revois marchant dans notre parc, au hasard des allées que nous parcourions sans nous lasser, l'une au bras de l'autre, débattant à perdre haleine de ce qui m'attendait et de ce qu'il me fallait faire...

Il faisait chaud, orageux. Nous devions parfois courir pour aller nous mettre à l'abri d'une pluie rageuse dans la resserre du jardinier, ou bien nous nous étendions sur l'herbe roussie du verger, sous quelque pommier aux fruits verts. Nous discutions, nous confrontions nos avis contraires mais toujours attentifs, nous échangions nos impressions, nous défendions nos points de vue avec fougue, besoin de convaincre, arguments connus et pourtant toujours repris.

La nature secrètement ardente de Catherine la poussait à me détourner d'une union qu'elle considérait comme un enlisement pour me pousser à rompre les ponts, à me précipiter vers une aventure amoureuse qui lui semblait exaltante. Elle l'aurait sans doute fait. Je ne m'en sentais pas capable. Je lui opposais avec des mots sages, qui me faisaient fugitivement retrouver dans mes propos l'accent de ma mère, des objections de femme convenable.

L'idée de quitter ma demeure, ma famille, la sécurité à laquelle je tenais, pour aller me jeter à corps perdu dans une équipée réprouvée par tout le monde, me figeait d'effroi.

Quand il m'arrivait de brosser jusqu'au bout de mon imagination le tableau de ce qui m'attendrait à Paris s'il m'arrivait de m'y rendre, je sentais un gouffre se creuser dans ma poitrine, dans mon ventre, une sensation comparable à celle qu'on doit éprouver en tombant dans un précipice. Je suffoquais.

Je restai à Talcy.

Un soir d'octobre, j'enveloppai avec le plus grand

soin dans une toile fine un petit portrait peint sur émail et serti d'un cadre ovale en argent. C'était une miniature qu'un peintre à la mode, de passage à Blois, avait fait de moi l'année précédente. Une certaine mélancolie que j'aimais bien se lisait dans mon sourire.

Je glissai sous la toile de l'emballage une courte lettre :

« Pierre, y disais-je, conservez, je vous prie, cette image de moi. En faveur de ce don, ne m'en veuillez pas trop pour la nouvelle qu'il m'est si pénible de vous apprendre mais que je dois cependant vous annoncer moi-même si je ne veux pas vous en laisser informer par d'autres. Il me semble plus honnête de vous faire part sans détour de mon mariage. J'espère que vous comprendrez et que vous pardonnerez. Vous êtes clerc. Cet obstacle insurmontable vous éloigne à jamais de moi, de moi qui ne peux supporter l'idée de vieillir solitaire. De leur côté, mes parents ne me laissent pas de répit. J'ai donc accepté de devenir l'épouse de Jean de Pray, votre cousin. Le contrat est fixé au vingt-trois novembre. Ne me haïssez pas. Notre engagement secret demeure vivant dans mon cœur. Je vous jure que ce cœur en conservera éternellement le respect. Je serai toujours vôtre sans être jamais à vous. Cassandre. »

Catherine se chargerait, une fois encore, d'acheminer le léger colis...

Je retirai alors seulement de mon doigt l'anneau de cheveux tressés que je portais depuis des mois, le glissai à nouveau dans le sachet de soie d'où je l'avais extrait un jour pour le présenter à Ronsard comme alliance, et l'enfouis avec un immense sentiment de culpabilité au fond de ma cassette à bijoux.

C'en était fini de l'avenir étincelant, c'en était fini de ma véritable jeunesse... Je rentrais dans le rang. Je me casais. J'avais choisi la sécurité, que veux-tu, il fallait bien me soumettre à ses lois...

Je pleurai jusqu'à l'aube...

Accordailles, fiançailles, mariage se déroulèrent ensuite selon les règles.

J'assistai sans y participer autrement que par ma présence physique aux réunions de famille qui se multiplièrent. Les parents de mon futur époux étant morts tous deux, ce furent ses frères et sœurs qu'il me fallut rencontrer et apprendre à connaître. Je me prêtais aux attitudes que les convenances réclamaient. Comme hors de moi-même. Etrangère à des événements qui dansaient autour de moi une sarabande dont je ne percevais qu'assez mal qu'elle me concernait.

Le matin de mes noces, pourtant, j'eus un sursaut.

Je m'enfermai dans ma chambre et déclarai à travers la porte à ma mère, puis à mon père, enfin à tous les miens rassemblés, que je ne voulais pas devenir l'épouse d'un homme que je continuais à ne pas aimer.

On me raisonna, on me tança, on ordonna, on me menaça.

Devant mon obstination, deux de mes frères enfoncèrent la porte verrouillée. Ils se précipitèrent vers l'adolescente tremblante qui pleurait de rage impuissante au pied de son lit, la saisirent chacun sous un bras pour la traîner sans pitié aux pieds de notre père.

Jupiter tonna. J'obéis.

Il fallut me bassiner le visage avec de l'eau de bleuet, refaire ma coiffure dont les tresses perlées s'étaient échappées de l'attifet brodé de soie qui les surmontait, réviser l'ordonnance de ma robe en toile d'argent doublée de taffetas changeant, dont les manches à crevés de satin aurore étaient retenues par des nœuds de perles fines...

Ce fut une mariée pâlie, aux yeux battus, mais aux vêtements de joie, qui s'engagea pour toujours, par un matin de novembre sous un ciel gris de fer, devant l'évêque Bernard Salviati venu tout spécialement officier dans notre chapelle castrale. Notre double parentèle et nos amis réunis pour l'occasion assistèrent au don que je fis de ma personne à Jean III de Peigné, seigneur de Pray, fils et petit-fils de maîtres des Eaux et Forêts du duché de Vendôme, héritier féodal de la charge. Comme il fallait s'y attendre, ce mari que je connaissais si peu, si mal, déploya durant la cérémonie puis les festivités qui suivirent, un faste, une magnificence, qui éblouirent nos invités.

7

Tant de plaisirs ne me donnent qu'un pré
Où sans espoir mes espérances paissent.

RONSARD.

Pray est un château d'importance, tu le sais. Je ne l'ai cependant jamais beaucoup aimé. Je ne m'y sentais pas chez moi mais plutôt chez mon mari.

Si le domaine n'était pas mien, l'homme ne l'était pas non plus.

Dès le début de notre union les choses se détériorèrent. Après nos noces, et durant plusieurs jours, durant plusieurs nuits, je me refusai à lui. Je prétextai la fatigue, l'appréhension, la pudeur, mon jeune âge, la manière dont j'avais été élevée. J'allai jusqu'à lui parler d'amour courtois...

Jean commença par s'incliner devant mes effarouchements. Puis il s'énerva, invoqua les droits de l'époux, finit par exiger son dû.

Il me fallut me résigner à accomplir un devoir conjugal qui ne mérita jamais si bien son nom.

Pour que tu me comprennes, sache que les animaux

153

de nos fermes, qui se contentent de saillir leurs femelles de la plus directe, de la plus bestiale façon, ne se comportent pas autrement que ne le fit celui par qui je devins femme.

C'est à eux que je pensais chaque fois que mon mari venait me rejoindre, le soir, dans ma chambre.

N'ayant pas accepté de partager la sienne, j'avais obtenu un appartement pour moi et mes servantes dans l'aile gauche du château. Jean, qui logeait dans l'aile droite, se voyait donc forcé de traverser plusieurs pièces et couloirs avant de pouvoir me retrouver. Au début, il accomplissait sans rechigner ce qu'il appelait en prenant le parti d'en rire, la traversée du désert. Au fil des nuits, ses visites s'espacèrent. Vint un moment où elles se firent très rares. La distance que j'avais établie entre nous découragea-t-elle sa flamme ? Ne serait-ce pas plutôt ce qu'il ne tarda pas à nommer, lui aussi, ma froideur ?

Avec lui, pourtant, j'avais des excuses !

Je ne sais comment se sont comportés à ton égard les hommes avec lesquels tu as pratiqué l'amour, mais aucun, quelle que fût sa rusticité, ne pouvait se montrer plus expéditif que celui qui m'était échu. Moi qui avais connu avec Ronsard toute une gamme de caresses, parfois audacieuses, moi qui n'imaginais pas qu'on pût se passer de ces prémices avant un accomplissement que je goûtais bien moins qu'elles, je m'en voyais totalement privée. Jean ne me touchait jamais de ses mains. Il ne m'embrassait pas. Seul, l'acte charnel l'intéressait. Il l'accomplissait avec emportement, puis s'endormait aussitôt, à moins que je ne le prie de regagner sa chambre.

Pour moi, les yeux fermés sur mes déceptions, je

154

pleurais en silence auprès de lui avant de le voir s'éloigner avec soulagement.

Mon attitude ne lui plut pas. Il s'en plaignit avec une brutalité, une verdeur de langage, que j'ai retrouvées souvent depuis dans la bouche des jeunes gens de la fin de ce siècle qui ne se piquent plus guère de courtoisie et se comportent aisément ainsi que des palefreniers... Du temps du roi François, puis sous Henri deuxième du nom, il n'en était pas de même. Un reflet des cours d'amour s'attardait encore au début de ce siècle sur les hommes et les femmes de ma génération. La goujaterie n'était pas encore de mode. Il était courant de courtiser longuement sa belle avant d'en obtenir la faveur espérée...

Jean était donc en avance sur son époque. Ses obscénités n'obtenant pas de meilleurs résultats que ses exigences, il y renonça enfin. Comme sa vanité et sa complaisance envers lui-même étaient sans doute plus fortes que les sentiments qu'il prétendait me porter, il ne tarda pas à chercher ailleurs la docilité admirative que je lui refusais.

S'il lui arriva par la suite de passer quelques moments dans mon lit, ce fut sans doute plus pour affirmer ses droits que par plaisir.

Une sorte d'entente tacite s'établit alors entre nous. Notre vie privée était un désastre, mais nous n'en laissions rien paraître. D'un commun accord, nous décidâmes de jouer le rôle des jeunes époux unis qu'il nous paraissait convenable de simuler. S'il est une chose que nous avons éprouvée tous deux de la même manière c'est bien le désir de ne rien laisser percer de nos déconvenues mutuelles. Aux yeux de notre entourage, l'image de notre couple devait demeurer sans faille. Aussi, durant assez longtemps, personne ne se douta-t-il de rien. Pas même ma mère qui venait parfois faire de courts séjours chez nous. Tout au plus déplora-t-elle qu'aucun enfant ne vînt agrandir notre foyer. Je lui répondais que nous avions bien le temps.

Mon mari passait ses journées hors de chez lui. Il inspectait ses forêts, rendait justice, courait les réunions mondaines, chassait, partait rejoindre la Cour quand elle se trouvait à proximité et, surtout, servait le duc de Vendôme, son suzerain bien-aimé, lorsqu'il résidait dans son duché.

Poussée par le souci de donner le change sur la réalité de notre situation conjugale, je le suivais parfois dans ses déplacements. Je préférais cependant mille fois rester dans mon appartement en hiver, dans le parc en été, à lire, à faire de la musique avec des amies, à bavarder, à jouer avec elles à certains jeux de société.

Catherine de Cintré me fut alors d'un grand secours. Avec sa lucidité et son courage, elle m'aida à m'accommoder d'un état dont elle avait l'élégance de ne jamais me rappeler combien elle avait cherché à m'en détourner.

— Il faut savoir accepter les inconvénients des avantages qu'on a voulu obtenir, me disait-elle. Vous avez consenti à ce mariage, ma Cassandre. Vous devez bien admettre que, s'il n'est pas aussi heureux que vous l'espériez, vous avez cependant atteint le but que vous vous étiez fixé : vous voici mariée. N'était-ce pas votre plus cher désir ?

J'acquiesçais. Comme je ne lui avais fait que des demi-confidences, elle ne connaissait de mes difficultés que ce que la décence me permettait d'avouer à

156

une vierge qui semblait décidée à ne jamais convoler en justes noces : l'égoïsme de Jean, son indifférence, son manque de tendresse. Rien de tout cela ne lui semblait suffisant pour condamner un époux auquel je m'étais liée de mon plein gré.

— Toutefois, continuait-elle, demeurez digne et ferme face à un homme qui cache sous tant d'élégance si peu de délicatesse. Qu'il se sente obligé de vous respecter. Le respect mutuel est une condition essentielle à la vie en commun.

Elle avait raison. Mais je n'ai pas toujours su appliquer ses conseils.

C'est vers ces moments-là que je me suis remise à songer à Ronsard.

Au début de mon installation sous le toit conjugal, la nouveauté du lieu, le souci de tenir honorablement mon rôle de maîtresse de maison, le choc des étreintes nocturnes si décevantes, si pénibles, tout cela occupait mes pensées.

Avec l'accoutumance, une certaine nostalgie amoureuse me remonta du cœur à l'esprit. Je commençai à me remémorer ce qui s'était passé entre le mois d'avril où j'avais connu Pierre et l'envoi de mon portrait. Mes souvenirs étaient mes seuls biens. Tout ce qui me restait. Je ne savais plus rien de mon poète. Gabrielle de Cintré, que je ne pouvais éviter de rencontrer lors de certaines réunions, m'avait seulement appris qu'il continuait ses études de grec et de latin à Paris.

Grâce à ce que vient de me confier Jean Galland, je sais à présent que, de son côté, Ronsard ne m'oubliait pas. Ma lettre, à laquelle il ne donna aucune réponse, l'avait rendu fou de chagrin et de jalousie. A cette fureur première, avait ensuite succédé un désespoir profond. Bien entendu, il avait pris mon mariage pour ce qu'il était : une trahison. Il m'en voulut longtemps.

D'après Galland, un sonnet qu'il publia bien plus tard traduit son état d'esprit durant les mois qui suivirent mon reniement :

> *C'est trop aimé, pauvre Ronsard, délaisse*
> *D'être plus sot, et le temps dépendu*
> *A pourchasser l'amour d'une maîtresse,*
> *Comme perdu pense l'avoir perdu.*
>
> *Ne pense pas, si tu as prétendu*
> *En trop haut lieu une haute déesse,*
> *Que pour cela un bien te soit rendu :*
> *Amour ne paist les siens que de tristesse.*
>
> *Je connais bien que ta Sinope t'aime,*
> *Mais beaucoup mieux elle s'aime soi-même,*
> *Qui seulement ami riche désire.*
>
> *Le bonnet rond, que tu prends maugré toi,*
> *Et des puînés la rigoureuse loi*
> *La font changer et (peut-être) à un pire.*

Que d'amertume dans ces vers ! J'en suis bouleversée en me les redisant à présent que je sais ce qu'ils signifiaient. Le nom de Sinope m'avait abusée, mais il paraît qu'il m'appelait parfois de ce nom grec pour ce que mes yeux l'avaient blessé au cœur. Sinope était une déesse dont les regards tuaient...

L'existence de Pierre, par ailleurs, ne se montrait pas des plus satisfaisantes. Son espoir de trouver un mécène ne s'était pas réalisé. La reine de Navarre ne paraissait pas s'intéresser à l'ode qu'il lui avait adressée. Elle devait avoir bien d'autres soucis en tête ! Son ralliement tardif à la duchesse d'Etampes l'avait éloignée de la Cour, rejetée dans une demi-disgrâce.

Or, ce n'était pas le moment d'être tenu loin du pouvoir ! Notre roi François était condamné. Chacun le savait à présent.

La mort d'Henri VIII, le roi d'Angleterre, l'avait beaucoup frappé. D'étranges liens de connivence, de rivalité, d'estime, de lutte, s'étaient noués entre les deux souverains vieillis. La disparition de l'un donnait à réfléchir au survivant miné par la maladie.

Une agitation souterraine agitait la Cour de France.

Rapportés par mon mari, des échos m'en étaient revenus aux oreilles. Comme tout le monde je me préoccupais de remous qui pouvaient devenir pernicieux pour le royaume.

Exaspéré par la façon dont le clan de la maîtresse royale surveillait le Roi mourant, le Dauphin s'était décidé à rejoindre la Grande Sénéchale à Anet. Au début du printemps, il fallut l'en faire revenir d'urgence. Son père était à l'article de la mort.

Le dernier jour du mois de mars 1547, le roi François s'éteignit pieusement après avoir manifesté une grande contrition. Il avait déploré ses désordres passés et, sur les conseils de son confesseur, s'était enfin décidé à renvoyer la duchesse d'Etampes. On le pleura un peu, puis on se tourna vers son successeur.

Le règne d'Henri II commençait... et, avec lui, celui de Diane de Poitiers.

Catherine de Médicis, la cousine de mon père, devenue Reine de France, ce qui remplit les Salviati de juste orgueil, n'en demeura pas moins dans l'ombre du couple adultère. Elle sut s'en accommoder et s'occupa de ses enfants.

Le pouvoir avait changé de mains.

La faveur du connétable de Montmorency monta au zénith. Ses neveux bénéficièrent, eux aussi, de la faveur du souverain. L'un, Odet de Châtillon, déjà cardinal-archevêque de Toulouse, se vit attribuer l'évêché-pairie de Beauvais. Le second, Gaspard de Coligny, fut nommé colonel général d'infanterie.

Une famille de Lorraine, celle des Guise, bénéficia elle aussi de la bienveillance royale.

La Grande Sénéchale était à l'origine de ces choix. Elle établissait ainsi à sa façon un subtil équilibre entre les influences des uns et des autres auprès du nouveau monarque qui ne lui refusait rien.

Autour de ces Grands, chacun cherchait à se placer au mieux de ses intérêts.

Ronsard, qui avait passé de longs mois à étudier sous Dorat en compagnie de Jean-Antoine de Baïf, son inséparable, ne se trouvait pas en bonne position vis-à-vis du règne qui commençait. Il n'avait jamais courtisé le Dauphin, n'avait jamais versifié en l'honneur de Diane de Poitiers.

Un malaise l'envahit. Il décida de suivre l'unique protecteur qui lui restait, Charles de Pisseleu, évêque de Condom, demi-frère de la duchesse d'Etampes, qui partait prudemment pour la Gascogne. La disgrâce de l'ancienne favorite plongeait d'un coup toute sa famille et ses amis dans les ténèbres extérieures. Il était sain de changer d'air.

Pierre s'y sentait d'autant plus entraîné que le petit groupe des compagnons de Lazare de Baïf jugea également préférable de s'éloigner pendant un temps des bouleversements qui agitaient le royaume. Chacun s'égailla.

Une fois de plus, des événements inattendus précipitaient Ronsard loin des chemins qu'il comptait emprunter. Le passé, rayé de noir, s'effondrait. Que réservait l'avenir ? Henri II serait-il un roi-mécène comme l'avait été son père ? Protégerait-il les Lettres et les Arts ? Leur serait-il seulement favorable ?

C'est durant son retour de ce voyage entrepris sous la pression des circonstances politiques que Pierre rencontra dans une hostellerie Joachim du Bellay. Ce fut le début d'une amitié que la mort seule put interrompre. Pierre m'a souvent parlé de son nouvel ami. Il m'est aussi arrivé de le rencontrer quelques fois...

Joachim avait alors vingt-cinq ans. C'était un mince garçon brun, fin comme une lame, plein d'esprit, mais nonchalant à l'extrême, amoureux impénitent des Belles Lettres autant que des belles femmes !

Etudiant en droit à l'université de Poitiers, il ne montrait aucun goût pour ses études. Ainsi que Ronsard, il ne rêvait que poésie !

Dès qu'ils se connurent, ils s'entendirent tous deux comme s'ils se fréquentaient depuis l'enfance. Sans peine, Pierre décida du Bellay à monter avec lui à Paris. Il le convainquit également de demeurer rue des Fossés Saint-Victor en sa compagnie et celle de Baïf. Leur impécuniosité mutuelle s'en trouverait bien.

Durant l'été qui suivit, j'appris par hasard la présence de Pierre en Vendômois. Il était sans doute venu s'y retremper dans l'air et la lumière qu'il aimait. Envers moi, il n'eut pas un geste. Il ne se manifesta d'aucune façon. Je dus me contenter d'entendre citer

161

son nom au gré des propos mondains. Je n'en fus pas surprise. N'avais-je pas mérité ce silence ?

D'après ce que j'ai pu apprendre par la suite, ce séjour fut pour Ronsard une étape consacrée à une retraite méditative. Ma trahison, la disparition du Roi, les transformations de notre société, tout le rejetait vers ce qui avait toujours été pour lui refuge et apaisement : la nature, la vallée du Loir, la solitude des bois, la paix des champs.

Quand il reprit vers la fin des beaux jours la route de Paris, il me dit plus tard s'être senti enfin prêt, bien décidé à entreprendre la publication de ses premières œuvres.

Une fois de plus, la mort devait ajourner ses projets. A l'automne, en effet, son protecteur, son second père, Lazare de Baïf cessa de vivre. Avec ce sage s'en allait la sécurité d'une amitié qui lui avait été d'un grand et fidèle secours. Où aller ? Où trouver le gîte et le couvert qui permettraient d'œuvrer au regroupement des poèmes déjà écrits ainsi qu'à la composition de nouveaux vers ?

Ce fut Jean Dorat, devenu principal du collège de Coqueret, qui proposa à Pierre et à Jean-Antoine, orphelin sans fortune, de venir loger chez lui. Bienheureux Dorat ! Grâce à lui, Pierre goûta de nouveau la tranquillité d'esprit nécessaire à la création. Ses besoins matériels assurés, il put se mettre au labeur. Seulement, sur les conseils de son intransigeant professeur, il renonça à publier prématurément ses œuvres, jugées encore imparfaites.

Joachim du Bellay vint sans tarder rejoindre Ronsard et Baïf chez Dorat, rue Chartière. Le trio se plongea derechef dans l'étude du grec.

162

J'ignorais tout cela.

Ce que je sus, en revanche, ce fut qu'en septembre de cette même année paraissait parmi les *Œuvres* de Jacques Peletier, le premier auditeur de Ronsard au Mans, une Ode intitulée : « Des beautés qu'il voudrait à s'amie », signée de Ronsard. Il l'avait symboliquement adressée à un ami très cher.

Je me procurai le livre avec une curiosité frémissante.

Je me revois, au début d'un automne qui était beau et chaud, allongée sur l'herbe du parc à l'abri du feuillage d'un tilleul fort vieux, dévorant le poème que je venais d'acheter. J'y découvrais un portrait de moi qui me fit rougir par ses précisions sur mes traits, ma peau, mes seins, ma taille, mes jambes, et bien d'autres particularités comme celle de mon teint de brune où il m'était impossible de ne pas me reconnaître. Dans cette description extasiée de mon corps, je retrouvais le goût de Pierre pour les investigations secrètes, les baisers mouillés, les caresses que je regrettais.

Mais plus encore que ces rappels sensuels, ce furent les accents vibrants, les cris de passion lancés vers moi à travers une image à peine transposée qui me touchèrent au cœur. Il n'y avait pas jusqu'à la frivolité et la cruauté dont il se plaignait tout en les excusant, qui ne fussent témoignage de dépendance amoureuse.

Il me sembla que je n'avais jamais encore lu, sous la plume de mon poète, de plus ardent, de plus émouvant poème à mon endroit. C'était un hymne composé en mon honneur, un chant poignant qui s'élevait d'entre les feuillets de l'ouvrage, pour me porter un message aisé à déchiffrer, le premier de ce ton qu'il

163

m'était donné de lire sous sa signature. Je m'y trouvais partout présente, partout appelée, partout adorée...

Qui dira l'émoi d'une jeune femme mal mariée, mal aimée, en découvrant la preuve d'une fidélité proclamée avec une telle intensité par un homme dont l'éloignement ne semblait en rien avoir diminué l'attachement ?

Je me baignai dans ces vers comme dans une onde rafraîchissante dont le contact, pourtant, me brûlait.

A partir de cette lecture, mes pensées s'envolèrent avec davantage de célérité vers celui qui se montrait capable de m'évoquer si bellement, si tendrement.

A l'ombre des murs de Pray, je me repris à espérer. Je délaissai une réalité blessante pour me réfugier dans une songerie très douce qui me sauvait du désespoir.

J'étais en de telles dispositions quand il me fut donné de revoir Pierre.

En octobre 1548, Antoine de Bourbon, duc de Vendôme, épousa à Moulins Jeanne d'Albret, la fille du roi de Navarre.

Les nouveaux mariés décidèrent de venir, après les fêtes nuptiales, passer trois mois en leurs terres vendômoises. Ils s'installèrent au château de Montoire, non loin de Couture, le village de Pierre.

Durant l'hiver suivant, afin de présenter à sa jeune femme ses amis, ses protégés, ses vassaux, le duc donna une grande et fastueuse réception. La forteresse qui domine, du haut d'une butte naturelle la paisible petite cité mirant ses maisons dans les eaux vertes du Loir, avait été aménagée dans cette intention.

Tout le monde en parlait avec admiration dans la province.

Comme je connaissais l'attachement de Ronsard envers son suzerain, comme je l'avais entendu témoigner de ses sentiments de fidélité à son égard, je me persuadais qu'il tiendrait à assister à la cérémonie de présentation. Je décidai donc d'accompagner mon mari à cette fête. La charge qu'il occupait dans le duché impliquait en effet sa présence en de pareilles occasions.

L'importance donnée à l'événement nécessitait également qu'il y assistât en ma compagnie.

Je me souviens du temps gris mais point vraiment froid qu'il faisait ce jour-là. Les pluies des semaines précédentes avaient inondé les prés. Une humidité brumeuse flottait sur la vallée.

Soucieuse de me montrer à Pierre sous mon meilleur jour en vue de retrouvailles qui demeuraient délicates, j'étrennais pour la circonstance un corps baleiné et un large vertugade de couleur miel. Une jupe et des crevés de taffetas ivoire les agrémentaient. Des boucles d'oreilles porteuses de longues perles baroques glissaient comme des gouttes de lait le long de mon cou. J'avais entrelacé mes cheveux de perles, ainsi que Pierre aimait jadis me le voir faire. Enfin, je portais un bouquet d'hellébores blancs à la main.

En dépit de la présence de mon mari, ou peut-être à cause d'elle, mon cœur battait dans ma poitrine comme celui d'une pucelle amoureuse quand je pénétrai dans la haute salle gothique décorée de guirlandes de feuillage, de banderoles aux armes du duc, de tapisseries illustrant les hauts faits de la maison de Bourbon. Des torchères fichées dans les murs éclai-

165

raient brillamment la foule des invités qui se pressaient autour du couple ducal.

Je ne m'étais pas trompée. Ronsard se trouvait bien parmi les gentilshommes de la province.

M'attendait-il ?

Tourné vers l'entrée, il surveillait à son gré les allées et venues de chacun.

Aussitôt que je l'eus aperçu, nos yeux se rencontrèrent, se joignirent, se lièrent... Les miens devaient trahir mon émoi. Pierre sut interpréter leur message. Il y répondit. Je compris que j'étais pardonnée...

> *... Dès le jour que j'en refus blessé,*
> *Soit près ou loin, je n'ai jamais cessé*
> *De l'adorer de fait, ou de pensée,*

a-t-il écrit plus tard. Il est vrai que l'amour, qui n'était point mort mais seulement écarté, se réveilla, triomphant du temps et des rancœurs, pour régner de nouveau sur nous.

Je n'étais plus alors une enfant joueuse et innocente, un peu cruelle aussi, mais une femme meurtrie, avide de bonheur, de tendresse, une femme qui avait une revanche à prendre sur le sort.

Dans cet échange de regards, tant de choses passèrent que je pressentis sur-le-champ les tendres espérances, mais aussi les rudes difficultés que nous allions avoir à rencontrer. Je l'acceptai. J'y aspirai.

Mon mari, qui ignorait tout de nos amours, parut content de retrouver un cousin qu'il n'avait pas vu depuis longtemps.

— Pour te faire pardonner ton absence à nos noces, dit-il avec un ton de propriétaire, il te faut venir nous rendre visite à Pray. Je serai charmé de t'y recevoir. Cassandre aussi, bien entendu.

Une seconde fois, nous nous sommes regardés...

Ce soir-là, je n'ai pas trouvé l'occasion de lui parler seule à seul. Jean ne me quitta pas. Il me présenta au duc et à la duchesse qui m'accueillirent fort gracieusement avant de converser avec nous un moment. Le duc était un bel homme gai et rieur, certains disaient léger, favorisé d'un aimable embonpoint. La duchesse avait un visage plus austère mais une expression pleine de finesse et d'intelligence. Les vêtements brodés et surbrodés qu'ils portaient tous deux brillaient comme des soleils.

Après avoir quitté nos nobles hôtes, il nous fallut saluer puis entretenir une à une toutes nos relations du Vendômois...

De loin en loin, je croisais Pierre. Nous continuions à échanger de brefs regards, nous lançant ainsi des messages qui ne pouvaient être saisis que de nous.

Je remarquai qu'en deux ans les traits de mon poète s'étaient accusés. Bien qu'encore très jeune (il avait vingt-quatre ans) je le jugeai mûri. Je le trouvai encore plus beau que dans mon souvenir et en fus délicieusement remuée. Je me pris à penser qu'il avait souffert par ma faute mais que cette blessure avait approfondi ses sentiments, mis à nu son cœur, sans doute permis à son art d'aller plus avant dans la formulation de sa peine ainsi que dans celle de sa sensibilité amoureuse.

En rentrant à Pray, je me sentais portée par une excitation joyeuse comme je n'en avais plus jamais ressentie depuis que je vivais à l'ombre de mon mari.

— Vous êtes bien jolie, ce soir, ma chère, me dit

justement celui-ci. Les fêtes vous vont à ravir. Permettez-moi de monter dans votre appartement avec vous.

— Je suis peut-être en beauté, mais n'en suis pas moins lasse après une pareille soirée. Je préférerais, mon ami, remettre à une autre fois votre visite.

Jean fit une grimace qui déforma un instant la parfaite ordonnance de ses traits.

— C'est à croire que j'ai épousé une béguine! grommela-t-il d'un air maussade. Les autres femmes que j'ai l'occasion d'approcher ne font pas tant de manières!

— Je ne vous empêche en aucune façon « d'approcher » toutes celles que vous voudrez, dis-je avec une désinvolture née de mon ravissement intime. Je vous y inciterais même plutôt. Vous n'êtes pas sans le savoir!

Il haussa les épaules avant de s'éloigner avec mauvaise humeur.

Mais je me souciais de son humeur comme d'une guigne! En regagnant ma chambre, j'éprouvais une sorte de jubilation secrète qui m'était délivrance.

Ne va pas croire, Guillemine, que j'envisageais pour autant de faillir à mon devoir en trompant mon époux. Tu te tromperais du tout au tout. Je souhaitais simplement me réchauffer le cœur à un foyer dont je connaissais le rayonnement. Je désirais de toutes mes forces éclairer ma vie au reflet de cette flamme...

Je savais que Ronsard allait, d'une manière ou d'une autre, s'arranger pour venir nous voir. Il résidait pour un bref séjour à la Possonnière, chez son frère Claude. J'étais certaine qu'il ne tarderait pas.

Le surlendemain, il se présenta à notre porte.

Jean étant au logis, nous en fûmes de nouveau réduits au langage des yeux. Langage cependant assez éloquent pour répondre au tourbillon de pensées, de souhaits, de questions qui m'agitait.

En dépit de ma trahison, Pierre m'aimait. Cette constatation suffisait. Lentement, comme une frileuse plante de l'ombre qui tend ses pousses vers la lumière, une attirance obstinée se déployait en moi. Plus solide, mieux enraciné que l'attrait juvénile ressenti pour lui avant mon mariage, ce renouveau tirait sa force même de la situation inédite dans laquelle je me trouvais. Du temps que j'étais une vierge à marier, Ronsard pouvait me plaire, pourtant je savais d'instinct que suivre ce penchant signifiait aventure, déshonneur, perdition. A présent, plus rien n'était semblable. En puissance de mari, je ne craignais plus ces périls. Si la prudence demeurait de mise, je pouvais cultiver à l'abri de mon état de femme une nouvelle forme d'attachement dont je n'avais plus à redouter qu'il m'entraînât vers l'abîme.

La présence de Jean interdisait toute chute mais permettait un jeu plus subtil, plus varié aussi. J'entendais bien que l'aspect charnel restât écarté de nos rapports dont l'intensité ne pourrait que gagner à cet état de choses.

Durant les deux années qui suivirent, et bien qu'il continuât à étudier sous Dorat au collège Coqueret à Paris, Pierre trouva le moyen d'accomplir plusieurs voyages en Vendômois. Son frère et sa belle-sœur le recevaient bien volontiers dans la demeure familiale. Il venait donc aussi souvent qu'il le pouvait nous rendre visite, en dépit des quelque neuf lieues séparant Couture de Pray.

Mais nous n'étions jamais seuls.

Jean se déplaçait peu à cette époque. Aimant recevoir, il invitait à tour de rôle ses frères et sœurs, ses cousins, ma propre famille, nos amis, nos voisins. Nous ne manquions pas de commensaux qui se trouvaient sans cesse entre Ronsard et moi. Il fallait ruser pour arracher de courts instants de tête-à-tête à la nuée de gens dont nous étions accablés.

Pierre adorait la musique. Il ne concevait pas de composer des vers sans prévoir leur accompagnement. S'il me demandait de jouer pour lui du luth ou du violon, ce tout nouvel instrument italien dont la pureté de cristal nous remplissait alors d'émerveillement, d'autres auditeurs ne manquaient pas de m'écouter en même temps que lui.

Si nous profitions d'une belle journée pour jouer à quelques jeux de plein air, comme les barres ou les fléchettes, des coéquipiers nombreux se proposaient aussitôt pour étoffer la partie.

Si nous chassions à courre dans les forêts du voisinage, nous ne pouvions tenter de nous éloigner des chasseurs sans en retrouver postés sur notre chemin !

Un jour, pourtant, il advint par chance que nos chevaux nous conduisirent loin de l'équipage. Sans trop oser croire à la réalité d'une pareille aubaine, Pierre et moi chevauchâmes un moment l'un près de l'autre le long d'un layon. Je montais en amazone. En ce temps-là, c'était encore une nouveauté. Tu sais combien j'aime la chasse à courre. Aussi ai-je tout de suite apprécié cette mode introduite dans notre pays par Catherine de Médicis. Elle permet de galoper sans crainte de choir puisqu'une jambe passée au-dessus de l'arçon retient la cavalière.

Personne en vue. On n'entendait que les sabots de

nos chevaux et le chant des oiseaux. Notre trouble était si profond que nous restâmes un long moment silencieux, intimidés tous deux par la solitude soudaine ainsi que par la trop belle occasion qui s'offrait à nous.

Comme nous traversions un taillis des plus touffus, une ronce me griffa assez douloureusement le poignet, au-dessus du gant. Un peu de sang perla. Pour éviter qu'il ne tachât ma robe à chevaucher de velours isabelle, je secouai la main. Quelques gouttes s'éparpillèrent sur le sol. Pierre déclara aussitôt qu'il aurait désiré en baiser la trace sur l'herbe du chemin et qu'il était certain que des fleurs vermeilles naîtraient en cet endroit pour prolonger le souvenir de mon sang répandu.

— J'en veux faire un poème, dit-il après avoir posé ses lèvres sur l'éraflure. Je donnerai un nom à ces fleurs nées de vous. Je les nommerai Cassandrette...

Plus tard, je devais me souvenir de ce nom-là...

Une autre fois, j'assistai à un entraînement à la pique dans la salle d'armes du château.

J'ai pensé depuis que Pierre avait prémédité une maladresse afin de se faire faire une estafilade par Ambroise, le plus jeune frère de Jean, grand et lourd garçon qui était en réalité beaucoup moins adroit que l'ancien écuyer des Tournelles. Quoi qu'il en fût, alors qu'ils croisaient leurs piques, un coup atteignit Ronsard au coude. Le sang rougit la chemise blanche que Pierre portait sur des hauts-de-chausses de velours noir.

Je m'écriai qu'il fallait tout arrêter et soigner une blessure qui pouvait s'infecter. Les deux combattants en convinrent, mirent fin à l'engagement et se séparèrent.

D'autres adversaires les remplacèrent sans tarder.

Retirés dans un coin de la vaste salle voûtée, nous eûmes, Pierre et moi, un moment de paix. Une cassette à remèdes sur les genoux, je fis asseoir le blessé près de moi. Placée contre le mur du fond, une banquette à haut dossier permettait l'isolement.

— Vous saignez beaucoup, constatai-je en étanchant à l'aide de charpie la plaie qui n'était guère profonde.

— Cette entaille est peu de chose en comparaison de celle que je porte au cœur ! soupira Ronsard. Si seulement vous consentiez à soigner l'une comme vous faites de l'autre !

Depuis nos retrouvailles, c'était la première fois qu'il me parlait ouvertement de sa douleur. Au contact de mes doigts sur son bras, je l'avais senti tressaillir. Le bref moment d'intimité qu'il avait sans doute provoqué devait lui causer un émoi trop vif pour qu'il parvînt à le maîtriser.

— Vous savez bien que mes sentiments répondent aux vôtres, murmurai-je tout en étendant sur la blessure un baume à base de térébenthine de Venise dont je savais qu'il la cicatriserait.

— Vous m'avez si durement traité, Cassandre, si cruellement rejeté !

— C'était dans un autre temps. Il est à présent révolu. Je suis différente, croyez-moi, monsieur mon poète, et bien décidée à me comporter envers vous avec davantage d'attentions.

— Je ne demanderais qu'à vous croire, mais le puis-je ? Vos yeux me sont doux, il est vrai, mais vous

172

demeurez celle qu'on ne peut atteindre. Pourquoi, pourquoi, mordieu, avoir épousé Jean?

J'enroulai avec précaution une bande de toile autour du bras douloureux.

— Ne revenons pas sur le passé, dis-je. Pensons à l'avenir. Envoyez-moi encore de vos poèmes comme vous le faites depuis que nous nous sommes revus. A travers eux je respire votre souffle, je communie avec vous dans une même ferveur.

Il posa sa main libre sur un de mes genoux.

— Mes vers ne font que dire et redire ce qui m'habite, ce qui me brûle, ce qui me hante : la passion sans merci qui me dévore!

— Avant de vous retrouver à Montoire, je croyais que vous étiez parvenu à m'oublier. Dès que j'ai croisé vos yeux, j'ai su qu'il n'en était rien.

Il eut un mouvement. Je l'apaisai d'un geste.

— Je devine ce que vous pensez, Pierre. Il est vrai que nous nous voyons peu et mal. Aussi ai-je un projet. Vous savez sans doute que ma belle-famille possède près de Vendôme une demeure autre que ce château de Pray qui est, lui, le fief d'origine. Or, je ne me plais pas ici. Tout le monde s'en aperçoit. Je vais proposer à Jean un changement de résidence en usant d'un argument qui ne peut que lui convenir : la nécessité de nous tenir à proximité du duc de Bourbon. Il serait convenable, quand ce prince loge dans une de ses forteresses des bords du Loir, que Jean se trouve à sa portée. J'évoquerai aussi mon désir d'habiter une région plus riante. Je suis à peu près certaine que, pour une fois, mon mari et moi, tomberons d'accord sur ce point. Si tout se passe comme je le suppose, nous ne tarderons pas à quitter Pray pour nous rendre à Courtiras, en aval de Vendôme, non loin des rives de votre chère rivière...

— Vous délaisseriez votre Loire pour mon Loir! s'écria Pierre. Dieu juste! Vous allez enfin vous rapprocher de moi!

La joie qui éclairait soudain ses traits était éclatante. J'eus l'impression qu'une main invisible venait, d'un geste, d'y effacer les traces inscrites par le chagrin, pour lui rendre le clair visage plein d'ardeur et d'enjouement qui était naturellement le sien.

— Si vous vous installez à Courtiras, reprit-il avec entrain, je ne tarderai pas à quitter Paris. J'y ai assez étudié le grec et le latin. Le nouveau Roi ne semble pas avoir apprécié à sa valeur le poème que je lui ai adressé lors de son entrée dans la capitale, Daurat s'est marié, mon ami du Bellay s'est distingué en faisant paraître un manifeste sur la défense et l'illustration de la langue française, il est temps pour moi de penser à mon œuvre. Je veux sans plus attendre publier un recueil de mes odes. Ce genre de travail demande du calme. Je ne le trouverai pas dans les embarras de la grand-ville. Le moment est venu de rentrer au pays. Surtout si vous y êtes... Il ne me reste plus qu'à trouver une maison à louer à Vendôme!

8

Pour y fonder ta demeure choisie.

RONSARD.

Courtiras! Ce domaine reste pour moi une terre d'élection. La maison d'un certain bonheur. Mais le bonheur est-il jamais autre que passager? Il en est de lui comme d'îlots lumineux au sein d'une mer agitée. On y aborde parfois. On n'y demeure jamais bien longtemps. Chaque fois, cependant, on croit entrevoir le paradis... Le mien fut court, il est vrai, traversé et suivi de bien des orages. Pourtant il a existé. Dans ce paysage de prés et d'eaux courantes, sous les ombrages de ce parc. Nulle part ailleurs. Personne ne pourra me dépouiller de ces souvenirs-là!

Après le Talcy insouciant de mon enfance, de mon adolescence, Courtiras fut le havre de ma vie de femme.

Tu l'as aimé, toi aussi, Guillemine. Ne me l'as-tu pas souvent dit? Il me semble même savoir que, de ton côté, tu y as connu certaines heures de joie... Je ne te demande rien. Garde tes secrets. Je sais qu'ils sont ton trésor...

Revois-tu cet endroit béni comme je le revois ?

Le manoir est situé à mi-pente d'un tertre, au cœur d'un val, à l'écart de la rivière mais non loin d'elle. Devant la façade, une prairie cernée de saules et de trembles, traversée par un ruisseau. Derrière la demeure de pierres blanches, construite au début de ce siècle, un potager, un verger, un bois conduisant par des sentiers moussus à une forêt de haute futaie.

De l'autre côté de la route qui chemine à flanc de coteau, vers le bourg, coule une fontaine miraculeuse dont l'eau bienfaisante guérit les maux d'yeux. J'y ai soigné Pierre... Elle alimente deux bassins. Dans le second pousse le cresson le plus vert, le plus dru que j'aie jamais vu. Le bruit de source m'accompagnait comme une présence rafraîchissante durant les si nombreuses heures matinales ou vespérales, de printemps ou d'été, que j'ai passées dans mon jardin, dans la prairie ou sous les branches de nos arbres. J'ai tant aimé cette terre ! Je connaissais chaque semis, chaque parterre, chaque bosquet, chaque cache ombreuse, chaque tapis herbu, le moment des floraisons de chaque espèce, de maturité de chaque fruit. Le verger, les prés, le bois ne recelaient aucun secret pour moi. Je les avais embellis en y faisant planter des essences nouvelles rapportées de leurs lointains voyages par les navigateurs : des acacias, des thuyas, des pistachiers, un platane...

Mais j'avais tout spécialement élu certains endroits choisis. Un berceau de vigne aux feuilles si bellement ciselées, aux vrilles vigoureuses dont je suçais le suc acide. L'automne y suspendait de longues grappes cuivrées à odeur de miel. Je m'y réfugiais aux heures chaudes pour lire ou faire de la musique. Le soir, afin de m'abriter du vent, je me promenais entre les hauts murs taillés d'une charmille et j'allais cueillir, certains matins, des brassées de menthe sauvage au bord du ruisseau où se dressaient touffes d'iris d'eau et roseaux. Je les répandais ensuite dans ma chambre qu'elles poivraient de leurs senteurs agrestes.

Je me suis tout de suite sentie plus libre, plus heureuse, à Courtiras qu'à Pray. Il en est des maisons comme des êtres. Entre certaines d'entre elles et nous aucune affinité ne semble possible. Avec d'autres, et Courtiras était de celles-là, un phénomène d'amitié naît et se développe de façon spontanée.

Dès mon installation, j'ai su qu'il existait une relation de cette sorte, une entente préétablie, entre ma nouvelle demeure et moi. Je me sentais à l'aise sous son toit, à l'abri de ses murs. Non seulement elle m'avait acceptée mais elle veillait sur moi et se complaisait à ce rôle de gardienne. Je la devinais protectrice, bienveillante, attentive. Je me confiais avec abandon au génie du lieu.

Des divers endroits où j'ai vécu, Courtiras m'apparaît comme le seul dont je puisse affirmer qu'il m'ait réellement appartenu. Je m'y sentais chez moi. Contrairement à ce qui s'était passé à Pray, c'était mon mari qui y faisait figure d'étranger! Il n'y séjournait d'ailleurs qu'en passant et ne venait plus que de loin en loin me rejoindre dans ma chambre. C'est peut-être pour cette raison que j'ai tant goûté le charme de cette belle pièce.

Eclairée par deux fenêtres à meneaux donnant sur la prairie et le vallon, précédée d'un cabinet tendu de

177

soie rose, elle-même décorée d'un damas représentant des oiseaux et des fleurs avec des entrelacs de velours corail en forme de grenades, ma chambre contenait un vaste lit à baldaquin. Très large, très moelleux. J'y passais des heures de repos délicieuses. De riches courtines de tapisseries l'isolaient à volonté du reste de la pièce. Des coffres sculptés en chêne foncé, une table de noyer où se trouvaient mon écritoire, mes plumes et ma cire à cacheter, un paravent en cuir de Cordoue pour me protéger des courants d'air, quelques sièges à hauts dossiers agrémentés de coussins de velours, un prie-Dieu surmonté d'un triptyque peint à la mode italienne chère à mon père, le miroir vénitien de mon premier bal qui m'avait suivi de logis en logis depuis Blois, la meublaient. J'y avais apporté une note encore plus personnelle en y disposant des flambeaux d'argent munis de bougies de couleur, des vases en faïence que je remplissais de fleurs ou de feuillages, certains tableaux donnés par mes parents, ma harpe d'ébène à incrustations de nacre, ma petite lyre, et enfin la cassette où se mêlaient mes bijoux de jeune fille et de jeune femme. En son fond de velours se cachait un certain anneau...

Dans la garde-robe attenante où je conservais mes vêtements, j'avais soigneusement fait ranger le cuvier de bois dans lequel je me lavais, une chaise percée dont la cuvette était en argent, le grand coffre de tapisserie contenant les objets indispensables à ma toilette : miroir à main au cadre de vermeil, cassolettes, sac à éponges, sachets de lingerie contenant les serviettes en toile de Hollande avec lesquelles je m'essuyais au sortir du bain, et plusieurs couvre-chefs de linon pour la nuit. Sur une table devant laquelle je prenais place pour me faire coiffer, j'avais disposé je ne sais combien de petits pots contenant poudres odorantes, fards, pâtes et onguents ; brosses à manche d'ivoire ou d'écaille, étuis de velours pour mes peignes...

Vois-tu, j'ai conservé certains de ces objets, mais beaucoup ont disparu à présent. Ce m'est une modeste joie d'y songer, d'évoquer comme une litanie tout ce qui composait le cadre de ma vie au temps de ses heures les plus fastes...

Je dois aussi à Courtiras un autre bien précieux : l'amitié la plus solide qu'il m'ait jamais été donné de rencontrer.

En parlant ainsi, je n'oublie pas Catherine, mais elle était restée fille, refusant tous les partis qui s'étaient présentés. Cette différence d'état nous séparait tout autant et même peut-être davantage que les nombreux séjours qu'elle fit alors en Italie. Partie pour Rome chez une parente afin de fuir l'autorité brouillonne de Gabrielle devenue seule maîtresse chez elle depuis la paralysie qui avait frappé le pauvre Gaspard, Catherine ne semblait pas avoir trouvé dans ce dépaysement l'apaisement souhaité. Je la voyais beaucoup moins. En réalité, notre ancienne complicité n'avait pas résisté à mon mariage.

Ce fut Marguerite, la seconde sœur de Jean, demeurant souvent avec nous parce qu'elle n'était pas, elle non plus, en puissance d'époux à cause d'une bosse assez prononcée, qui me fit connaître celle qui allait devenir ma plus sûre amie.

Peu de temps après notre arrivée à Courtiras, elle me conduisit chez de bons voisins, les Musset, dont

179

elle prisait fort les mérites et qu'elle souhaitait me faire rencontrer.

Claude de Musset, seigneur de la Rousselière, était conseiller du Roi. Il avait succédé à son père dans la charge de lieutenant général du baillage de Blois. Habile, fin, discret, cet homme au long nez d'épicurien cachait sous un sourire moqueur une connaissance sans faille de l'humaine nature. Une douzaine d'années auparavant, il avait épousé Marie Girard de Salmet, fille de Nicolas Girard de Salmet, vicomte de Valognes, seigneur de la Bonaventure, qui avait eu l'honneur d'être barbier-chirurgien et valet de chambre ordinaire du Roi. On racontait dans le pays que ce Nicolas de Salmet aimait à réunir en son manoir de la Bonaventure de joyeux compagnons afin d'y déguster en truculente compagnie les bons crus de ses vignes. Avant son mariage, le prince Antoine de Bourbon, notre duc, assistait volontiers à ces agapes.

Située près du village du Gué-du-Loir, cette terre se trouvait à proximité des nôtres. C'était là que résidait provisoirement, avec ses six enfants, chez le père et la mère de Marie, le couple prôné par ma belle-sœur. D'ordinaire, les Musset habitaient à Blois. D'importants travaux de transformation étant effectués chez eux, ils avaient accepté l'hospitalité de Nicolas Girard de Salmet et de sa femme dont le fils aîné, Jean, célibataire impénitent, était le seul de leurs descendants à vivre encore avec eux. Leur dernière fille, mariée, les voyait peu. Aussi les Salmet avaient-ils été ravis de l'arrivée de Marie et des siens sous leur toit.

Bâti au milieu des prés, au bord d'un bief du Boulon, petit affluent du Loir, la Bonaventure est une simple et charmante demeure composée d'un vaste

180

logis du siècle dernier à haut pignon que précède une cour. Un mur à arcade la sépare de la ferme et de son verger.

La première vision de Marie que j'eus dans cette maison reste à jamais gravée dans mon souvenir.

Marguerite et moi venions de pénétrer dans la salle du rez-de-chaussée où ses parents nous avaient fort courtoisement reçues, quand elle entra. Sur un bras, elle portait un poupon dans ses langes. Cramponné à ses jupes, un autre petit à la démarche encore incertaine la suivait.

Cette mère était l'image même de la maternité épanouie.

Grande, opulente, point très belle, avec un visage un peu lourd aux traits charnus éclairés par deux yeux marron largement fendus, bombés et veloutés comme ceux des chevreuils, Marie provoqua chez moi une sorte de coup de foudre de l'amitié. Il n'y a pas qu'en amour qu'on peut éprouver pour une autre personne un attrait aussi puissant que spontané. Dès le premier abord, je sus que Marie compterait dans ma vie.

Il se dégageait de cette femme plus âgée que moi d'une quinzaine d'années, une telle impression de santé, d'équilibre, de vitalité et de bonne humeur, que je me dis sur-le-champ : « Voici la mère que j'aurais aimé avoir ! »

Une telle remarque, que je me reprochai aussitôt, s'imposa pourtant à moi d'un coup, avec une évidence absolue.

— Bienvenue à notre nouvelle voisine ! dit la jeune femme de sa voix calme et claire. Nous sommes heureux de vous recevoir ici. Il paraît que vous vous plaisez dans ce beau Vendômois.

181

La porte s'ouvrit de nouveau. Un petit garçon de huit ou neuf ans pénétra à son tour dans la salle. Il ressemblait à sa mère. Il me salua tandis que ses prunelles attentives me dévisageaient avec curiosité.

— Pourquoi n'avez-vous pas les cheveux de la couleur de ceux de Marguerite ? s'enquit-il d'un air réprobateur. Moi, je n'aime que les dames aux cheveux jaunes !

On se mit à rire et la conversation commença gaiement.

Qui aurait pu prévoir que cet enfant qui déplorait alors que je ne sois point blonde épouserait une trentaine d'années plus tard ma fille encore à naître ?

Renforcée par la découverte, prématurée selon moi, que je fis bientôt de premiers fils blancs dans ma chevelure, cette réflexion enfantine eut pour effet de me décider à me teindre. Ce que je fis sans tarder.

L'automne de notre arrivée à Courtiras se termina en même temps que les transformations apportées par moi dans notre logis. J'y avais fait poser des volets intérieurs, doubler de portières en tapisserie les portes des pièces principales, mettre des rideaux aux fenêtres, installer mes meubles, et aménager une grande volière entre la maison et les communs afin d'entendre de ma chambre le chant des oiseaux et le roucoulement des tourterelles qui me rappelaient Talcy.

Les mois de froidure qui succédèrent à l'arrière-saison servirent à consolider les liens si spontanés d'amitié qui m'attachaient dès lors à Marie de Musset.

J'ai fort souvent constaté, tout au long de ma vie, que j'attirais les confidences. Beaucoup de gens se sont confiés à moi. Sans doute parce que je tâche d'écouter les autres avec le plus d'attention possible, que je m'intéresse à leurs tribulations ainsi qu'à leurs états d'âme. En revanche, je me suis rarement laissée aller à me raconter, sauf avec Catherine, mais c'était caquetage de jeunes oiselles, puis avec Marie ensuite.

Tu es bien la première, Guillemine, à qui j'aurai si longuement parlé de moi...

A ma nouvelle amie elle-même je ne me décidai à ouvrir le fond de mon cœur qu'après de longs mois...

Pour commencer, durant les après-midi de neige ou de brouillard où nous nous retrouvions tantôt à la Bonaventure tantôt chez moi auprès d'un bon feu, devant un jeu de cartes ou filant au rouet, dans le calme de mon logis ou dans l'agitation familiale perpétuelle qui régnait chez elle, je me contentais de l'écouter sans parler beaucoup moi-même. J'avais envie de bien la connaître mais je n'éprouvais pas encore le désir de me dévoiler. Avec la grande intelligence du cœur qui a toujours été la sienne, Marie, devinant mes répugnances, ne fit rien pour me brusquer.

Assises devant la cheminée de la Bonaventure qu'ornait une rôtissoire imposante à poids et à poulies, ou bien devant la mienne, protégées du froid qui montait du dallage par les nattes tressées répandues à même le sol, buvant du vin chaud, nous évoquions sa famille, ses amis, ses préoccupations. Elle s'ouvrait à moi avec une confiance totale. Contrairement à bien des femmes de notre temps qui ne savent dire que du mal de leur époux ou se moquer de lui, elle ne tarissait pas de chauds éloges sur Claude de Musset. Elle louait la noblesse de son caractère, son égalité d'humeur, son esprit. Quand il lui fallait reconnaître certains de ses travers, comme la gourmandise ou un fort penchant à

183

la rancune, elle le faisait avec un tendre amusement qui en minimisait la portée.

Pour ne pas avoir l'air de m'enfermer dans un silence inamical, je l'entretenais de mes parents, de mes frères et sœurs, de Blois, de Talcy. Faute de pouvoir lui en vanter les mérites, je ne lui parlais que fort peu de mon mari et pas du tout, mais pour d'autres raisons, du poète cher à mon cœur.

Je préférais attendre. Dieu merci, elle ne s'en formalisait pas le moins du monde et m'entraînait le plus souvent dans de grandes causeries ayant trait à la religion.

Ce qui m'impressionnait considérablement en elle était la fermeté, la sérénité, le rayonnement de sa foi. A son contact, je découvrais que ma propre croyance était pétrie de conventions, nourrie d'assentiments passifs. Je vouais à Dieu une tiède obéissance, certes, mais aucun élan ne m'avait jamais entraînée vers Lui. Si je me conformais à Ses commandements du mieux que je le pouvais, c'était parce qu'on me l'avait appris et que je m'étais toujours montrée une élève docile, tant avec mon chapelain qu'avec mon précepteur. De là à aimer Dieu, ce qui s'appelle aimer, il y avait un fossé que je n'avais jamais été tentée de franchir.

— Que voulez-vous, je ne partage en rien la foi folle et superstitieuse ou bien pâle et roide de notre temps, déclarait tout net Marie en filant la laine. Je ressens plutôt un élan comparable à celui de nos ancêtres capables de partir en pèlerinage ou en croisade parce que Dieu le voulait. Je crois comme je respire. Je vais à la messe quotidienne ainsi qu'à un rendez-vous d'amour. Si on y assiste sans ce besoin profond, on ferait aussi bien de rester chez soi !

184

Elle riait. Dans sa façon de considérer les choses ayant trait à la spiritualité, il y avait un entrain, une gaieté toniques.

— Dieu est Vie, continuait-elle. L'adorer, c'est adorer la vie !

Ce n'était pas ainsi qu'on m'avait présenté les choses. Dans l'enseignement dispensé par ma mère puis par notre chapelain, il était surtout question de crainte, de soumission, de résignation.

— Le Ciel vomit les tièdes ! Gare à vous, Cassandre ! lançait non sans drôlerie mon amie, tout en me considérant avec affection de ses yeux amusés qui se posaient sur moi comme de doux papillons de velours brun.

Je soupirais.

— Aime et fais ce que veux, enchaînait-elle en citant saint Augustin. Si on porte à Dieu une tendresse vive et sincère, on ne peut qu'avoir envie de faire ce qu'Il demande. Ce qui Lui déplaît fait horreur. Notre volonté se fond alors dans la Sienne, en toute liberté, sans hésitation.

J'écoutais. Je découvrais un mode de pensée que je n'avais pas soupçonné jusque-là.

— J'élève mes enfants dans le respect du Seigneur, terminait Marie, mais je ne manque jamais de leur affirmer que la joie de vivre est le premier devoir du chrétien.

Nous abordions parfois le sujet de la Réforme dont la doctrine commençait à se répandre. Non sans une certaine surprise, je constatais qu'à l'égard de ce sujet épineux Marie se montrait très ouverte. Elle cherchait à comprendre les raisons que pouvaient avoir les Réformés de ruer dans les brancards et, Dieu me

185

pardonne, elle leur en trouvait. Le seul reproche qu'elle leur adressait était leur austérité, la rigueur de leur culte.

— L'Eglise avait un besoin urgent de se corriger, admettait-elle. C'est entendu. La licence régnait partout. Mais ne pouvait-on nettoyer la tache sans arracher les ornements qu'elle souillait ?

Sur bien d'autres sujets dont on parlait à l'époque, elle se montrait sans parti pris et de bonne volonté. Je découvris qu'elle se refusait toujours à s'encombrer d'idées reçues. Aussi, ne m'ennuyais-je jamais en sa compagnie. Il émanait de son comportement une telle solidité, un tel feu, un tel appétit de connaître, de comprendre, que les heures passaient très vite auprès d'elle.

Plus tard, certains de ses enfants se sont plaints devant moi que la personnalité de leur mère écrasait en partie son entourage. Ils lui reprochaient d'avoir pesé trop lourd sur leur formation, de toujours chercher à modeler choses, êtres, événements à sa façon. Peut-être. Mais ce n'était là que les défauts de ses qualités. S'il est vrai qu'en sa compagnie on pouvait se sentir étriqué, sans éclat, sans originalité, il n'en demeure pas moins certain que je sortais toujours des longues journées d'hiver passées avec Marie le cœur pacifié et l'esprit en éveil.

Au fil des semaines, des mois, notre connaissance mutuelle s'enrichit de mille détails. Cependant, en dépit de nos relations de plus en plus étroites, le printemps revint sans que je lui eusse soufflé mot de Ronsard.

Je tenais à mon secret. A l'intérêt affectueux de mon

amie, j'opposais le besoin de conserver par-devers moi mon unique trésor. Je me le gardais, jalousement.

Je n'avais pas revu Pierre depuis des mois. S'il occupait toujours mes pensées, c'était plutôt sous la forme d'une douce et confiante attente que dans les affres de la passion. Sans trop oser me l'avouer, je me réservais pour un avenir prometteur.

Notre changement de résidence tout autant que la froidure m'avaient empêchée de le recevoir mais non pas de le lire. Il avait en effet publié en janvier un recueil intitulé : *Les quatre premiers livres des Odes de Pierre de Ronsard Vendômois* où il affirmait dans une préface insolente son désir de rompre avec ses pairs ainsi que sa propre originalité. Mal reçu à la Cour, cet ouvrage avait dressé autour de Pierre bien des inimitiés. Il lui fallait changer d'horizon.

Je savais donc que ces mois de séparation ne seraient que passagers, d'autant plus qu'il m'avait chargée de lui trouver une maison à Vendôme, ce dont je m'étais heureusement acquittée. Aussi n'ai-je point été surprise quand il m'écrivit pour m'apprendre qu'il comptait arriver sans tarder afin d'occuper dès Pâques fleuries son nouveau logis vendômois.

Quand je reçus cette lettre, mon mari était absent. Son service auprès du duc de Bourbon le retenait souvent loin de Courtiras. Ni lui ni moi n'y trouvions à redire.

Une joie toute neuve m'emplit soudain le cœur. La lettre décachetée se mit à trembler entre mes doigts.

A travers certains poèmes qu'il m'avait personnellement adressés en plus des *Odes*, j'avais pu déchiffrer le combat que se livraient sans merci dans l'âme de Pierre une chasteté qu'il lui arrivait de proclamer divine, et une sensualité toujours présente qui exigeait bien d'autres satisfactions.

De cette lutte entre le cheval blanc et le cheval noir qui tiraient chacun de leur côté le char devant élever leur conducteur jusqu'au Dieu d'Amour, lequel l'emporterait ?

Si j'avais pu jusque-là, comme lectrice lointaine, demeurer simple spectatrice de cette bataille acharnée, la venue de Pierre dans mon voisinage immédiat allait tout changer. Je deviendrais actrice moi-même. Je me verrais de nouveau engagée aux côtés de mon poète dans une affaire me concernant au premier chef !

Un émoi délicieux, nourri d'espoirs, de craintes, de scrupules, de tentations, se lovait en moi.

Que se passerait-il quand Pierre serait fixé à moins d'une demi-heure de Courtiras ?

C'est au mois d'avril que nous nous sommes revus. Toujours ce début de printemps qui a eu tant d'importance dans nos destinées, tant de résonances dans l'œuvre de Ronsard ! Ce temps était nôtre. Nous le considérions comme un allié...

Le soleil, encore pâle, déjà chaud, rayonnait sur le val où les arbres fruitiers fleurissaient avec exubérance dans les vergers et les clos, où boutons d'or et narcisses sauvages émaillaient, embaumaient nos prairies.

Assise à même l'herbe, sur une banquette de gazon qui formait une terrasse devant notre façade, je faisais sécher mes cheveux récemment décolorés. Grâce à une décoction dont ma belle-sœur Marguerite m'avait laissé la composition à base de safran, de cendres de vigne, de paille d'orge, de fusain et de morceaux de

188

bois de réglisse dépouillés de leur première écorce puis broyés avec du citron, j'étais parvenue à obtenir un blond doré du plus heureux effet.

Le soleil devait parfaire l'œuvre de la teinture. Afin de ne pas me gâter le teint en le brunissant de manière incongrue, je portais, selon la mode venue d'Italie, un chapeau de paille sans fond et à larges bords qui me protégeait visage, cou et épaules. L'absence de calotte permettait à ma chevelure étalée avec soin à l'extérieur et exposée aux rayons solaires de les capter sans que j'en sois incommodée.

Sur un coussin, près de moi, dormait Bichon, le petit chien de Malte que je possédais à cette époque.

C'est donc l'air bouffon et l'esprit occupé de futilités que Pierre me trouva.

J'avais entendu un cheval galoper sur la route puis ralentir pour suivre le chemin de terre menant à notre maison. Je ne m'en étais pas inquiétée. Nos serviteurs empruntaient sans cesse ce passage. Nos fournisseurs également.

Bichon dressa la tête, huma l'air et se mit à japper. Je voulus le faire taire, mais il redoubla ses aboiements. L'arrivant n'était donc pas un familier.

Avant même de le voir, ce fut à son pas que je reconnus Pierre. Il y avait quelque chose d'appuyé, de ferme et pourtant de rapide dans sa façon de marcher que je ne pouvais confondre avec aucune autre.

Il surgit du chemin creux, s'approcha dans la lumière d'avril, s'immobilisa devant moi. Je me sentais un peu ridicule sous mon chapeau sans fond, avec mes cheveux épandus, et mon vertugade blanc quelque peu défraîchi. Je lui en voulus presque de me

surprendre ainsi, nullement en beauté pour l'accueillir.

— Ma Cassandre est devenue blonde ! remarqua-t-il
en se penchant pour prendre une de mes mains qu'il
baisa longuement. Qu'à cela ne tienne ! Je vous aimais
d'ébène. Je vous aimerai d'or !

Il souriait. Ses yeux étaient d'une couleur qui
reflétait le temps. Presque gris sous les nuages d'hiver,
verts dans les bois, bleus quand le ciel l'était. Ma sotte
rancune fondit d'un coup. Je fis taire Bichon qui
s'énervait.

— Je suis heureux, reprit-il en s'asseyant près de
moi. Je vous dois ma nouvelle résidence vendômoise
qui me plaît à double titre puisqu'elle me vient de
vous et se trouve presque à votre porte. Un court galop
m'a conduit jusqu'ici.

Il tendit la main vers mon petit chien qui se laissa
faire puis, pour l'amadouer, se mit à le caresser.

J'avais intrigué afin que Pierre obtînt cette habita-
tion. Mon mari possédait en effet, non loin de Vendôme, à Lancé, un autre fief du nom de Poymul
presque aussi important que Pray. De ce fait, nous
étions fort bien avec le prieur de Lancé auquel j'avais
demandé de louer à un cousin, gentilhomme, poète et
clerc, une demeure appartenant à son ordre qui était
également propriétaire de plusieurs autres logements
dans la ville. Il ne m'avait pas été difficile d'obtenir
l'acquiescement du prieur désireux de nous plaire, et
j'avais été fort satisfaite de trouver si aisément un toit
pour mon protégé.

Il s'agissait d'une sorte de castel d'apparence gothique avec des sculptures sur la façade et un vaste
escalier de pierre. Situé rue Saint-Jacques, non loin de

l'église de la Madeleine, le nouveau domicile de Pierre possédait par-derrière un jardin clos, vrai fouillis de verdure, donnant sur un des bras du Loir qui traversaient la cité. Ce détail devait enchanter mon poète.

— Vous y serez bien pour composer, remarquai-je en écartant les mèches blondies qui glissaient devant ma figure. C'est un lieu qui m'a paru devoir vous convenir.

— J'y suis fort bien, affirma Pierre. Voyez-vous, mon cher amour, cet emménagement se présente sous les meilleurs auspices. Il me semble que ma vie va changer, qu'elle va prendre une route nouvelle en ce pays qui est le mien, dans un logis si proche du vôtre. Nous voici enfin réunis. Tous les espoirs me sont permis.

— Presque tous, rectifiai-je.

Pierre, qui avait pris Bichon contre lui, le déposa sur mes genoux où sa main s'attarda.

— Vous êtes seule, délaissée par votre époux, je vous aime, le printemps est de retour... Cassandre, pourquoi élever des barrières là où on n'en a que faire ? Ne vous laisserez-vous jamais aller au simple mouvement de votre cœur ? Aimez-moi, aime-moi ! Tu en meurs d'envie !

— Peut-être, dis-je en m'emparant de la main trop caressante afin de l'emprisonner entre les miennes, peut-être. Il est vrai que votre retour me ravit, que j'éprouve un vrai bonheur à vous parler seule à seul, mais...

Il posa un doigt sur mes lèvres.

Las ! Sans la voir, à toute heure je vois
Cette beauté dedans mon cœur présente :

191

Ni mont, ni bois, ni fleuve ne m'exente
Que par pensée elle ne parle à moi.

Dame, qui sais ma constance et ma foi,
Vois, s'il te plaît, que le temps qui s'absente
Depuis sept ans en rien ne désaugmente
Le plaisant mal que j'endure pour toi...

Pierre possédait une voix juste et souple qu'il conduisait avec adresse, à sa guise.

Les vers qu'il venait de chanter à mon oreille m'émurent au plus profond.

— J'aime ce poème, avouai-je sans vouloir relever l'allusion aux nombreuses années durant lesquelles je m'étais laissé chérir sans jamais accorder autre chose que des peccadilles... Il faudra que vous me le donniez dans son entier.

— Je l'ai composé la nuit dernière, à la fenêtre de la maison que je vous dois, alors que je rêvais à vous, si proche, à toutes les saisons écoulées depuis que vous m'avez ensorcelé !

— Vous me le recopierez ?

— Il est à vous. Le voici.

De son pourpoint de velours indigo, Pierre sortit un rouleau de papier noué d'une faveur. Il me le tendit. En le prenant j'y sentis la chaleur encore présente du corps contre lequel il avait reposé. Je le glissai en rougissant dans mon décolleté, entre mes seins.

— Décidément, vous êtes aussi jolie blonde que brune, murmura Pierre, penché vers moi.

Ce fut ce moment précis que mon mari choisit pour revenir.

Ses retours demeuraient toujours imprévus. D'ordinaire, je m'accommodais sans difficulté des allées et venues d'un homme pour lequel je n'éprouvais qu'in-différence. Cette fois-ci, il en fut autrement.

— Eh bien! Je constate qu'on ne s'ennuie pas en mon absence! lança Jean en se plantant devant nous.

Je levai les yeux pour apercevoir le visage soupçon-neux de celui dont je portais le nom se découpant à contre-jour sur l'azur printanier.

Je ne l'avais pas entendu approcher et me sentis courroucée tout autant que troublée.

— Surgit-on comme cela, tout de go, m'écriai-je, sans crier gare?

— Ne peut-on rentrer chez soi simplement, sans se faire annoncer à son de trompe?

Nous nous dévisagions avec autant de rancune l'un que l'autre.

— Holà! Cousin! intervint Ronsard. Il me semble que vous vous méprenez. Je récitais quelques vers à Cassandre. Entre gens qui aiment également la poésie, je ne vois pas en quoi un tel passe-temps est blâmable. Qu'allez-vous chercher d'autre? Ne suis-je pas votre parent?

— Il est vrai, grommela Jean. Est-ce une raison?

— Vous fréquentez trop de femmes légères, dis-je en me relevant et en tapotant le linon de ma jupe où s'étaient collés des brins d'herbe. Ces mauvaises relations vous font voir le mal partout. Surtout où il n'est pas.

— Nous vivons en un siècle où on ne peut se fier à personne! s'exclama mon mari avec une rage froide. Pas plus à vous qu'à une autre! Que faites-vous, d'ailleurs, en négligé, décoiffée, sans femme pour s'occuper de vous, à coqueter avec mon cousin?

— Il vous l'a déjà dit : il me chantait ses derniers vers.

— Vous étiez bien proches !

— Vous savez que j'entends mal, reprit Pierre qui conservait son calme. J'ai l'habitude de me tenir au plus près des personnes auxquelles je parle. Sans cette précaution, toute conversation suivie m'est une épreuve.

— A première vue, il ne paraissait pas que celle-ci vous en en fût une !

Jean haussa les épaules. De la cravache qu'il tenait à la main, il cingla avec rage ses bottes montantes de cavalier.

— Admettons que ce conciliabule ait été innocent, continua-t-il sans chercher à dissimuler sa mauvaise humeur et avec cet entêtement qui m'irritait tant durant chacune de nos disputes. Avouez cependant que les apparences étaient contre vous.

— Seulement les apparences, affirma Pierre en se redressant à son tour. Il n'y a pas dans tout ceci de quoi fouetter un chat, mon cousin. Ce ne sont là que billevesées !

Jean m'interpella de nouveau.

— Quoi qu'il en soit, allez vous habiller plus décemment, madame, et recoiffez-moi ces cheveux qui vous transforment en saule pleureur !

Pour ponctuer sa remarque, il fustigea derechef une touffe de giroflées qui poussaient contre le muret entourant la banquette de gazon où nous nous tenions. Les doux pétales bruns et jaunes giclèrent en petites chiffes pantelantes qui s'éparpillèrent sur l'herbe.

Comme si le coup de cravache m'avait atteinte et non ces pauvres fleurs, je sentis les larmes me monter aux yeux. Pour que mon mari ne les aperçût pas, je me détournai brusquement avant de me diriger vers la maison. J'eus pourtant le temps de capter le regard navré et douloureux de Pierre posé sur moi.

Quand je redescendis, coiffée, parée ainsi qu'il convenait, je trouvai Jean tout seul.

— Ronsard s'en est allé, dit-il d'un ton maussade. Il ne me plaît pas que vous receviez ici, quand je n'y suis pas, un tonsuré dont les vers ne sont que prétextes à roucoulades. Toutes vos protestations n'y changeront rien. Je sais ce que je dis. Je n'entends pas être tourné en ridicule sous mon propre toit... ni ailleurs non plus !

De ce jour, mon mari ajouta la jalousie à ses autres défauts. Combien j'ai eu à en souffrir, tu ne l'ignores pas. Tu m'as souvent vue pleurer...

9

... Car je n'aime ma vie
Si non d'autant qu'il te plaît de l'aimer.

RONSARD.

Ce fut donc à Pâques 1550 que Pierre s'installa à Vendôme. De ce jour, ma vie s'éclaira.

Jean était le plus souvent absent. Sa jalousie me laissait ainsi de longues plages de répit. Libérée des tracasseries qu'il ne cessait pas de m'imposer durant ses brefs séjours, je me trouvais le plus souvent disponible pour goûter enfin à ce qui est une des plus véritables joies de l'existence : la présence de l'être aimé.

Car je m'étais mise à chérir mon poète. Ce n'était plus seulement, comme du temps de ma première jeunesse, de sa passion pour moi que j'étais éprise, mais bien de l'homme lui-même, du compagnon joyeux et fort, ardent et délicat qui était parvenu à m'éveiller le cœur. Je découvrais, ou, plutôt, je redécouvrais que nous nous intéressions aux mêmes choses, que nous avions beaucoup de goûts communs,

197

que nous communiions dans le même souci de l'art. Nous éprouvions un attrait semblable pour la musique, les livres, la nature, les jardins. Nous pouvions converser pendant des heures sans nous lasser et je puis dire une chose que peu de femmes sont capables de soutenir avec vraisemblance : je ne me suis jamais ennuyée en sa compagnie.

Le surlendemain de sa première visite à Courtiras, Pierre était revenu me voir. Mon mari était déjà reparti afin de remplir sa charge auprès de notre duc qui se trouvait avec la Cour dans le nord du royaume où le roi Henri II était occupé à reprendre Boulogne aux Anglais.

C'est en apercevant de ma fenêtre Ronsard qui se dirigeait de son pas allègre vers la terrasse où je me tenais l'avant-veille que je découvris que je l'aimais.

Soudain mon cœur battait, une joie bondissante se déversait à flots dans mes veines, j'avais envie de crier de bonheur tandis qu'un bouleversement secret me serrait la poitrine dans un étau. C'était comme une brusque montée de sève assaillant une plante longtemps repliée sur sa tige frileuse. Une onde de vie m'envahissait.

J'appelai Pierre. Il leva la tête, me vit, me sourit. Eclairé de l'intérieur, son visage me parut rayonner ainsi qu'un soleil.

Je joignis les mains et demeurai figée sur place. Clouée par l'amour aux meneaux de ma croisée, je me fis songer à un insecte sur une planche.

J'utilisai cependant le peu de sang-froid qui me restait à me convaincre que je ne devais pas m'élancer à l'étourdi vers celui qui me produisait une pareille impression. Si j'agissais de la sorte, si je me jetais dans ses bras, si je me livrais follement à lui, je vulgarisais nos plus belles chances. Il me fallait, tout au contraire, ménager les douces perspectives qui s'offraient à moi. Connaissant le tempérament de Pierre, il ne m'était pas difficile de prévoir qu'à mon élan inconsidéré répondrait celui d'un homme habité par le désir. Etait-ce un assaut de ce genre que je souhaitais ? Non pas. Je me promettais mille délices de nos tête-à-tête mais je ne voulais pas les transformer en ébats de la chair. Seulement en accomplissements du cœur...

Il me faut beaucoup de mots et de temps pour traduire ce dont je m'avisai en un éclair : si je tenais à épuiser un à un les ravissements de l'approche amoureuse, je devais dans l'instant adopter une conduite qui ne prêtât pas à confusion.

Quand je rendis son sourire à Pierre, je savais ce que j'allais faire. Grâce à ma décision, nous allions vivre de longs moments de discrète connivence.

Je lui réservai donc un accueil empreint de sereine tendresse mais dépourvu des manifestations qui auraient pu l'entraîner à une trop prompte attaque.

Pour commencer, je l'entraînai en une longue promenade dans nos bois qu'avril reverdissait. Sous les ombrages encore grêles, je sus que j'avais eu raison de me comporter comme j'en avais décidé. Nous tenant par la main ainsi que deux enfants, nous causâmes gaiement en riant pour un rien. Ces premiers moments de solitude partagée s'écoulèrent sans heurt, sans débat, sans la moindre fausse note.

Plus tard, je le conduisis vers le petit pavillon de musique construit à l'écart de la maison, à côté de la charmille. Assis sur un coussin, à mes pieds, Pierre m'écouta chanter ses vers en m'accompagnant du luth dont il aimait les harmonies.

Très vite, nous avons pris des habitudes.

Il ne me fut pas nécessaire de m'expliquer. Pierre, qui connaissait ma façon de concevoir nos rapports sentimentaux, sembla les accepter tacitement et s'y conforma en tout point.

Dès le matin, il venait assez souvent assister à la fin de ma toilette. Je le recevais dans ma chambre, en ta présence, Guillemine, tu dois te le rappeler. Je trouvais beaucoup de plaisir à cette innocente intimité dont je n'avais à redouter aucun remords de conscience.

Il arrivait à Pierre de me conseiller sur le choix d'une parure, d'un ruban, de la couleur d'un voile ou sur l'arrangement de ma coiffure. Il aimait te voir brosser mes cheveux, les natter, les tresser de perles. Quand tu les relevais sur ma nuque, il baisait alors les frisons qui t'échappaient.

— Je possède déjà un anneau confectionné par vous à l'aide d'une mèche que vous vous étiez coupée à mon intention, me dit-il un matin. Je ne m'en déferai jamais... même si j'ai bien failli le détruire au reçu d'une certaine lettre...

— Pierre !

— N'en parlons plus, ma belle amie, n'en parlons plus ! Tout ce que je souhaite à présent, c'est une de ces boucles blondes qui moussent contre votre oreille. Je détiendrai de la sorte un double échantillon des couleurs ayant tour à tour paré votre tête.

En souriant, afin qu'il eût le plaisir de le faire lui-même, je lui tendis les ciseaux d'argent dont je me servais pour me tailler les ongles. Avec précaution, il détacha quelques mèches folles qu'il glissa sur sa poitrine entre sa chemise et son pourpoint.

— C'est là un bien mince cadeau, repris-je dans l'intention d'en minimiser la portée. Je vous le donne avec beaucoup moins de solennité que la première fois. Pourtant, ceux-ci vous causeront moins de déception que ceux-là !

Après ma toilette, nous accomplissions presque toujours un tour de jardin avant le dîner que nous prenions ensemble les jours de visites matinales.

Venaient ensuite des promenades dont je conserve un lumineux souvenir. Nous cheminions à travers prés, chemins creux, bois, ou le long des rives herbues du Loir. Nous en revenions, mon petit chien sur les talons, chargés de toutes sortes de trouvailles : fleurs, feuillages, coquillages fossilisés, plantes médicinales, roseaux frissonnants...

Car ce poète était aussi un homme de la terre. Elevé dans un village au cœur de la campagne vendômoise, il avait appris des paysans de Couture à reconnaître et à utiliser les baies sauvages comme les plantes aquatiques, les fruits de la forêt comme les graminées des champs. Sensuel en tout, il palpait le revers duveteux ou soyeux de certaines feuilles charnues, il caressait les troncs lisses des hêtres, des merisiers, des bouleaux, il goûtait les jeunes pousses des églantiers après les avoir dépouillées de leur écorce à l'aide de son poignard, il suçait les tiges tendres et sucrées des hautes herbes de juin.

Je revois ses mains habiles cueillir, toucher, éplucher, trier, soupeser, les produits de nos cueillettes.

A moi qui possédais déjà une connaissance honorable des simples, il réussissait à faire découvrir des ressources de la nature encore insoupçonnées. Il m'enseignait l'usage mais aussi la méfiance et ne se laissait jamais abuser par des ressemblances trompeuses.

Il s'amusait à me faire goûter ses découvertes et baisait ensuite sur mes lèvres les saveurs miellées, acides ou poivrées qu'y déposaient ces dégustations insolites.

Curieusement, une animalité évidente voisinait en lui avec le génie poétique. Il y avait du limier chez Pierre.

Chasseur dans l'âme, il distinguait là où je ne voyais rien, les traces d'un lièvre, d'un renard, d'un coq de bruyère, dont il pouvait déceler l'âge et les habitudes sans commettre d'erreur.

Campé sur ses longues jambes bottées de cuir jusqu'aux cuisses, il avait une façon de rejeter la tête en arrière pour humer le passage de la moindre senteur véhiculée par le vent qui l'apparentait à un chien de meute.

Il fréquentait la nature comme une femme et entretenait avec elle des rapports aussi intenses que journaliers. Tout son être participait à la verdeur du printemps, à l'ampleur épanouie de l'été, à la fructification de l'automne. S'il n'aimait pas l'hiver, c'était à cause de la mise en sommeil des pouvoirs de sa belle amante et parce que la germination invisible des mois de froidure lui échappait. Sans conteste, une sorte d'harmonie physique existait entre eux.

— Si je ne savais pas que le dieu Pan est mort, je le croirais réincarné sous votre forme, lui disais-je parfois avec amusement. En son honneur, je vais vous couronner de fleurs et de verdure !

202

Je lui confectionnais alors des couronnes agrestes qu'il posait joyeusement sur son front.

— En attendant les lauriers de la gloire, je me contenterai de ces humbles tributs de la campagne parce qu'ils viennent de vos mains, assurait-il, plein d'entrain. Pourtant, vous vous trompez sur un point, mon cœur : la nature n'est pas pour moi une déesse païenne. Elle fait, tout au contraire, partie du plan de Dieu, de Son projet sur nous. Elle est Son œuvre et Son témoin !

Il m'expliquait avec enthousiasme sa vision de l'univers et nous nous lancions dans des discussions infinies.

La musique, la poésie, la danse aussi, parfois, parachevaient ces heures si pleines durant lesquelles j'apprivoisais l'amour.

Pierre m'enseignait aussi à versifier. Nous échangions nos œuvres. Il prétendait que je ne manquais pas de talent et m'incitait à poursuivre. En outre, il m'assurait que je l'inspirais de telle façon lui-même qu'il n'avait jamais si aisément composé et qu'on ne pourrait plus, désormais, lui reprocher une paresse qui le tenait avant qu'il ne vînt à Courtiras.

Bref, je jouais auprès de lui le seul rôle qui me plût : celui d'amie de cœur, d'inspiratrice, de muse.

Si je suis parvenue à maintenir pendant des mois un équilibre fragile entre mon penchant pour un mode de vie qui me convenait si bien et les tentatives plus audacieuses de Pierre, ce ne fut cependant pas toujours facile.

Parfois, les mains aventureuses de mon poète s'égaraient sur mon corps. Il me fallait m'arracher à un entraînement dont les perfides douceurs m'auraient conduite là où je ne voulais pas me rendre. Je me défendais. Il insistait. Nous nous disputions et il s'en repentait ensuite.

Un soir, dans le pavillon de musique, alors que la Saint-Jean toute proche étirait sans fin les heures en de longues et tièdes soirées qu'embaumaient les tilleuls, je crus bien succomber.

Ronsard était resté souper. Avant de repartir pour Vendôme, il m'avait demandé un dernier chant. Comment aurais-je pu le lui refuser ? Selon son habitude quand je jouais du luth pour accompagner ma voix, il s'était assis à mes pieds.

Lorsque j'en eus fini, il posa sa tête sur mes genoux. Le temps s'immobilisa. La langueur de l'air, les senteurs de juin, l'harmonie de l'instant où se conjuguaient les charmes de la musique avec ceux de l'été proche et, surtout, le trouble partagé, m'incitèrent à l'embrasser soudain sans ma retenue habituelle. Profitant de dispositions dans lesquelles il me trouvait si rarement, il m'attira alors avec précaution sur les coussins éparpillés autour de nous et commença à me caresser. De mes épaules à ma gorge, de celle-ci à mes seins jaillis des lingeries dégrafées, il procéda par prudentes étapes, en une progression savante et affolante vers le but dont il rêvait...

Mais il perdit bien vite la maîtrise de soi qui lui aurait peut-être assuré la victoire et s'enfiévra. Relevant le bas de ma jupe, il retroussa mon vertugade et se livra sans plus attendre à une exploration trop hardie à mon gré...

Je le repoussai, me redressai en tremblant et m'éloignai de lui.

— Je ne veux plus vous voir avant deux jours, Pierre, dis-je d'une voix blanche. Rentrez chez vous !

Quand il revint le surlendemain, tout contrit, il m'apportait un poème rempli de protestations repentantes :

Si ma main, malgré moi, quelque fois
De l'amour chaste outrepasse les lois
Dans votre sein cherchant ce qui m'embraise,
Punissez-la du foudre de vos yeux,
Et la brûlez : car j'aime beaucoup mieux
Vivre sans main, que ma main vous déplaise.

Je ris, je lui pardonnai et notre réconciliation fut douce...

En te faisant part de ces événements que tu ignorais jusqu'à ce jour, Guillemine, je m'aperçois que je pourrais sembler froidement coquette et calculatrice à qui ne me connaîtrait pas. Je ne voudrais pas que tu t'y méprennes. En me comportant envers Pierre comme je viens de te le dire, je ne me livrais en aucune façon au trouble jeu de la séduction. Seule, l'appréhension instinctive d'une femme mal mariée que son initiateur était parvenu à dégoûter des choses de l'amour m'incitait à repousser des avances dont la conclusion inévitable m'angoissait.

Dès ce moment-là, cependant, je mesurais combien notre situation était fausse et que mon bonheur reposait sur des assises on ne peut plus précaires.

Bien que rares, les retours de mon mari interrompaient également nos rendez-vous. A la maison, Jean se montrait grincheux, tatillon, despotique. Il endossait à présent de façon permanente le rôle du tyranneau domestique dont la jalousie lui avait fourni les premiers arguments. Tout lui était prétexte à scènes et à remontrances : la cuisine que je lui faisais servir ne lui plaisait pas, ma conversation était qualifiée par lui d'étriquée et de pauvre, je m'habillais mal, enfin, nous n'avions pas deux idées de communes. Là, je le rejoignais, ce qui était un nouveau sujet de dispute.

Quand je n'en pouvais plus, je me sauvais à la Bonaventure où je retrouvais Marie à laquelle je me laissais aller à confier mes tourments.

— Ma bonne amie, me dit-elle la première fois où, pour justifier la jalousie de mon époux, je m'étais vue forcée de lui parler de Ronsard, ma bonne amie, vous avez pris un chemin bien malaisé. Demeurer sans tache en repoussant à la fois l'homme qui a des droits sur vous et celui qui vous plaît, me paraît entreprise ardue pour ne pas dire impossible. Fatalement, un jour, vous allez vous trouver dans l'obligation de choisir. Vous en rendez-vous compte ?

— Je suis parvenue, jusqu'à présent du moins, à préserver à la fois les apparences et mon secret. On peut donc le faire.

— Pour un temps, je vous l'accorde, vous l'avez pu. A la longue, vous céderez.

Je protestai. Marie leva les sourcils d'un air dubitatif.

— Je crains que vous ne vous abusiez sur vous et sur les autres, dit-elle avec son bon sens habituel. Vous savez que je ne suis pas prude et que je comprends l'amour. Mais vous jouez là avec le feu, Cassandre. Il pourrait bien vous arriver de vous y brûler.

Nous marchions le long du petit cours d'eau qui

serpente dans un pré à quelques toises seulement des murs du manoir. L'été commençait. Il faisait chaud dans la cour où la touffeur stagnait sous les branches des aulnes qui en ornaient le centre, alors que la fraîcheur de l'eau vive nous avait attirées au bord du Boulon.

— Comprenez-moi bien, continuait Marie. Il ne s'agit pas pour moi de vous critiquer par principe. Bien qu'à mes yeux le sacrement du mariage soit indissoluble, je ne suis pas aveugle. Je vois autour de moi trop d'unions mal assorties et souvent imposées pour ne pas chercher à comprendre les raisons des dérèglements dont la Cour et la province nous donnent sans cesse le spectacle. De nos jours, on se marie davantage par intérêt, convention ou arrangements familiaux que par attrait réciproque. Je le déplore, sans nier pour autant que de telles pratiques aboutissent parfois à des situations insupportables. En êtesvous parvenue à ce point ?

Nos amples jupes, soutenues par les vertugades rigides, nous forçaient à avancer l'une derrière l'autre sur l'étroit sentier tracé dans l'herbe épaisse du bief. Le bruit de l'eau courante couvrait nos voix. Nous devions parler de profil et forcer le ton pour nous faire entendre l'une de l'autre.

— Insupportable, non, pas encore, dis-je à contrecœur. Mais, néanmoins, fort pénible. Jean me poursuit à tous moments de sa jalousie insultante alors que, de son côté, il ne se prive pas de me tromper avec n'importe qui !

— Depuis longtemps, vos silences m'avaient laissé supposer qu'entre votre mari et vous les choses n'allaient pas au mieux, reconnut Marie, mais je ne pensais pas que vous aimiez quelqu'un d'autre. Votre avenir va se jouer sur cet attachement. Est-il assez puissant pour vous amener à tout quitter ?

Je secouai la tête.

— Hélas ! soupirai-je, Ronsard est tonsuré !

Cet ultime aveu me coûtait. Il était pourtant indispensable pour la compréhension des faits.

Mon amie cessa d'avancer. Elle se tourna vers moi et me fit face afin de me dévisager avec inquiétude.

— Je vous plains de tout mon cœur, ma pauvre Cassandre, dit-elle. Entre vous et cet homme rien ne peut être durablement entrepris. Je vous vois condamnée à une aventure sans lendemain.

— Il n'y aura pas d'aventure ! m'écriai-je avec fermeté. Seulement une amitié amoureuse pleine de charme, qui peut durer plus longtemps que vous ne le croyez puisqu'elle n'est pas coupable !

Marie serra les lèvres. Je la revois avec un visage soudain durci que je ne lui connaissais pas encore. Elle resta un instant immobile devant moi, puis fit demi-tour et reprit sa marche.

— Vous vous bercez d'illusions, enchaîna-t-elle un moment plus tard sans cesser d'avancer devant moi. Aucun homme normal ne se contentera d'un pareil compromis. Ou bien il vous amènera à partager sa façon de voir et vous devrez renoncer à votre angélisme ou bien il se détachera de vous.

Marie tranchait un peu vite. Elle oubliait que sous mon apparente docilité j'étais capable d'obstination.

— Nous verrons bien ! lançai-je à mon tour. Pour ce qui est de moi, je ne fléchirai pas, soyez-en certaine. Quant à Pierre, il sait ce que pratiquer la courtoisie signifie. Je pense pouvoir le maintenir autant que je le voudrai dans cet état platonique dont je reconnais que notre siècle n'est pas prodigue.

Durant l'été qui suivit cette conversation, les événements parurent justifier mon attente.

Afin de donner le change à mon voisinage et aussi pour ne pas attiser par trop de bonnes grâces l'ardeur de Ronsard, je me résolus à recevoir davantage, à sortir, à inviter chez moi de temps à autre des hôtes de passage : ma mère, mes jeunes sœurs et, comme la jalousie de mon mari écartait toute présence masculine, sa sœur qui était bossue, cette Marguerite qui m'avait la première fait connaître les Musset. Mes relations avec elle évoluèrent malheureusement vers une sorte de méfiance réciproque qui ne contribuait guère à rendre plaisants les séjours qu'elle effectuait à Courtiras. L'infirmité dont elle souffrait provoquait en elle une aigreur tant bien que mal dissimulée sous une fausse cordialité.

En vivant à ses côtés, il me fut pénible de découvrir que ma belle-sœur faisait partie de la cohorte plus nombreuse qu'on ne le pense de ceux qui ne se montrent jamais aussi attentionnés à l'égard des autres qu'au moment où ceux-ci ont des ennuis. De cette disposition de leur caractère découle à leurs yeux l'évidence de leur propre bonté et ils en tirent avantage. L'expérience m'a appris que le malheur allèche nombre d'individus qui se consolent sans doute de leurs déboires personnels en s'apitoyant avec complaisance sur les infortunes d'autrui. C'est une espèce moins rare qu'on ne serait tenté de le croire. Contrairement à ce qu'on a l'habitude d'affirmer, si la prospérité attire beaucoup de monde autour de ceux qu'elle favorise, l'adversité en appâte d'autres dont les intentions ne sont pas toujours pures...

Marguerite était de ceux-là. Plus tard, en une occasion où son rôle m'a été affreusement préjudiciable, elle l'a prouvé de la plus hypocrite façon...

Pour en revenir à l'été dont je te parle, je dois te dire qu'en plus des précautions que je t'ai énumérées, je m'arrangeais aussi pour que nos moments de solitude, à Pierre et à moi, fussent moins réguliers qu'auparavant et de point trop longue durée.

Au début de l'automne, un accès de fièvre quarte comme il m'arrive hélas souvent d'en subir me tint au lit plus d'une semaine, suivie d'une autre consacrée à la convalescence.

Jean se trouvant là, je demeurai de longs jours sans voir Ronsard, exilé de Courtiras. Il en fut si malheureux qu'il composa plusieurs poèmes sur la maladie qui me tenait éloignée de lui. Dans l'un d'entre eux, il s'en prit même au médecin qui venait me saigner chaque matin, l'accusant de profiter de la situation pour me palper d'indiscrète façon... Cette jalousie-là me flatta en secret alors que celle dont continuait à me poursuivre mon mari m'exaspérait sans cesse davantage.

Aux fêtes de la Noël, je fis la connaissance de Joachim du Bellay. Pierre, qui m'avait si souvent parlé de lui, l'invita à Vendôme, après un court séjour à la Possonnière où il était allé rendre visite à son frère Claude qu'il aimait bien. Or, l'oncle de Joachim possédait sur le versant opposé de la vallée du Loir un château imposant où son neveu se rendait avec plaisir. Les deux amis avaient alors décidé de prolonger leur rencontre en passant quelque temps ensemble au domicile de Ronsard.

L'auteur déjà célèbre de la *Défense et illustration de la langue française* me plut tout de suite par son aspect rêveur, insouciant, et par son détachement sincère de toute vanité littéraire. Il dissimulait avec pudeur, sous un maintien ironique, une difficulté à accepter la vie telle qu'elle est, qui me le rendit très proche. Sensible, timide, il se réfugiait derrière une désinvolture qui n'empêchait pas qu'on le sentît pensif, aisément blessé par autrui. Il se disait esseulé au milieu du monde. Pierre m'expliqua que son ami ne se consolait pas de s'être vu obligé de quitter son pays angevin où il avait connu jadis de si douces heures aux bords de la Loire.

Par la faute de son frère aîné, René, qui était brutal, dépensier, mauvais coucheur, cynique et jouisseur, cette branche de la famille du Bellay était à peu près ruinée. Le domaine vendu, la fortune paternelle dilapidée, il ne restait à Joachim que ses doigts pour écrire et ses yeux pour pleurer. Parent des illustres du Bellay de l'autre branche, Guillaume, le gouverneur du Piémont et Jean, l'opulent prélat, Joachim se refusait à accepter une déchéance qu'il avait subie sans en être le moins du monde responsable, ce qui ulcérait par ailleurs sa fierté.

L'aspect arrogant et parfois un peu catégorique de son œuvre, qui l'avait fait mal voir de certains, s'expliquait par la nécessité où il se trouvait de redonner du lustre à son nom. Il se parait des haines soulevées comme de quartiers de noblesse supplémentaires et tirait orgueil de s'être illustré par son mépris des imbéciles.

Sans doute parce que je n'étais en rien mêlée à cette querelle, je ne me laissais pas abuser par le masque qu'il portait et devinais sans peine la finesse de son âme.

La très réelle et franche amitié qu'il vouait en outre à Pierre entra aussi pour beaucoup dans la sympathie que j'éprouvai bientôt à son égard.

De tous ceux que Ronsard fréquentait alors, de tous les amis plus ou moins sincères qui l'entouraient tant à Paris que dans nos provinces, du Bellay fut sans conteste le plus fidèle et le meilleur. Fondée sur une estime réciproque et des affinités essentielles, leur amitié dura tant que vécut Joachim.

Peut-être était-ce la prescience de sa fin prématurée, de sa vie si tôt interrompue, qui faisait parfois passer dans le regard du jeune condisciple de Pierre une nostalgie que nous mettions sur le compte de la perte de son patrimoine... Peut-être était-ce également ce pressentiment qui le poussait à écrire sans désemparer et à publier avec une hâte que beaucoup jugeaient excessive ?

Quoi qu'il en soit, ni la rivalité d'auteurs, ni la perfidie de certains membres de leur entourage, ni le long séjour que fit Joachim en Italie ne parvinrent à désunir Pierre et son ami, non plus qu'à les détourner d'une entente qui ressemblait à de la complicité. Je puis également soutenir sans vanité mais avec satisfaction que je partageais l'affection que Ronsard vouait à du Bellay. Mon intrusion dans leurs relations n'en perturba en aucune façon le cours. Pour une fois, la présence d'une femme entre deux hommes ne modifia pas la nature de leurs rapports amicaux et notre trio traversa sans encombre l'épreuve souvent destructrice du compagnonnage partagé.

Nous n'étions pas vraiment des étrangers l'un pour l'autre, tant Pierre avait pris plaisir à décrire à chacun de nous le caractère de celui dont il l'entretenait. Joachim devait être aussi désireux de me connaître que je l'étais de mon côté de le rencontrer.

Ce fut d'abord au milieu des festivités religieuses, familiales et mondaines de la Noël que nous nous sommes vus.

Jean était revenu à Courtiras pour cette occasion. Comme toujours quand il se trouvait là, je recevais et sortais bien davantage qu'à l'ordinaire afin de noyer sa jalousie envers Pierre dans un flot de relations et d'activités diverses : parties de chasse, concerts, jeux de société comme les cartes, les tarots, les échecs ou ce nouveau trictrac qui unissait les dés aux dames et faisait fureur, bals, paume, tir à l'arc, courses à la bague, conversations courtoises autour d'une table bien servie, tout m'était bon pour inviter et nous faire inviter.

Le bruit du recueil de ses *Odes* aidant, Ronsard était en passe de devenir célèbre dans notre Vendômois. Il n'y avait plus de réunions sans lui. Il amenait à sa suite du Bellay, également connu par ses écrits, de sorte que personne ne pouvait trouver à redire en nous voyant tous trois rire et bavarder de compagnie.

Les fêtes passées, mon mari repartit s'occuper de sa charge.

Par ailleurs, Claude de Musset, Marie et leurs enfants s'en étaient retournés depuis novembre à Blois où leur maison transformée et embellie les attendait.

Plus libre de ma personne et de mon temps, je mis en veilleuse les activités mondaines auxquelles je ne m'adonnais que pour égarer les soupçons de mon époux, et consacrai la majeure partie de mes journées à Pierre et à son ami.

Ce fut alors que j'appris à mieux connaître Joachim. Nous nous réunissions tantôt chez moi, tantôt chez Pierre où je pouvais à présent me rendre sans offenser la bienséance. La présence d'un tiers interdisait à mon trop pressant ami toute velléité de privautés excessives.

Il faisait froid. Il neigea d'abondance en janvier et tout au long de février. De cet hiver-là, je n'ai rien oublié...

Enveloppée de fourrures, j'arrivais rue Saint-Jacques au milieu d'une sarabande de flocons. Pierre m'attendait derrière la porte. Ne voulant laisser à personne d'autre le soin de m'accueillir, il tenait à m'ouvrir lui-même pour être le premier à me voir. Puis il m'entraînait devant le grand feu qui brûlait dans la salle gothique de sa demeure et me faisait servir du vin chaud et des crêpes fourrées au miel dont il savait que j'étais gourmande.

— Buvez, mangez ! J'aime vous regarder ainsi, les joues rosies par le froid, les yeux brillants comme des étoiles, traînant dans les plis de votre robe l'odeur de la neige et du gel !

Un livre à la main, du Bellay ne tardait pas à venir nous rejoindre. Nous nous lancions alors dans d'interminables conversations dont la plupart avaient trait à la nécessité de renouveler la veine poétique de notre temps. Nous nous amusions aussi fort souvent à critiquer sans pitié les poètes vieillissants qui demeuraient bien en cour.

Pierre conservait une amertume certaine envers Henri II qui ne l'appréciait pas et lui préférait un poète-courtisan comme Mellin de Saint-Gelais. En dépit de la faveur dont bénéficiait l'ami Carnavalet, Ronsard n'avait pu s'imposer dans le cercle étroit des favoris du Roi. Sans doute n'avait-il pas eu l'échine assez souple pour flatter Diane de Poitiers, toujours toute-puissante sur le cœur du souverain, ni pour se concilier les bonnes grâces de ceux qui encensaient le couple adultère sans le moindre scrupule.

Avec confiance et candeur aussi, Pierre avait pensé que son premier recueil, si riche de nouveautés, soulèverait l'enthousiasme de la Cour et de la ville. D'avance, il s'était vu acclamé par les grands et par les gens cultivés. Malheureusement pour lui, le goût de nos contemporains demeurait alors fort conventionnel. Vouloir renouveler le souffle poétique français avait paru aux rares lecteurs de Ronsard une entreprise dénuée de sens et dépourvue du moindre intérêt. Ils lui préféraient de beaucoup rondeaux ou épigrammes licencieux, remplis de sous-entendus grivois, qui étaient alors de mode.

— Seuls les poèmes d'amour font recette, assurait du Bellay. Il y en a peu dans ton recueil. Tu devrais t'y mettre, ami ! Tu en tirerais gloire, crois-moi, plus vite qu'avec tes *Odes* !

— J'en écris aussi, disait Pierre. Vous le savez tous deux. Mais ils parlent de passion véritable et non pas d'amourettes plus ou moins obscènes !

— La princesse Marguerite vous a cependant fait savoir qu'elle goûtait vos vers, protestai-je pour redonner confiance à mon poète. Chacun sait que la sœur de notre Roi est un modèle d'érudition, de science et de vertu. Son jugement est d'un grand poids.

— L'une de mes *Odes* lui est dédiée, soupirait Ronsard, mais ce geste n'a pourtant pas suffi.

— Peu importe ! Ton génie éclate dans cet ouvrage de façon si évidente qu'il n'est que de lui faire confiance. En refusant de te soumettre à une mode sans avenir, tu as bien fait.

— Mais c'est moi qui créerai la mode ! Je n'ai pas à m'incliner devant de vieilles recettes composées par les débris du passé. Je méprise les lecteurs ignorants et envieux qui jappent après mes chausses ! Ce que j'entends démontrer, c'est la nécessité absolue d'apporter un accent nouveau à notre poésie française. Et cet accent, j'entends bien l'imposer !

Je me retrouvais par la pensée à Talcy du temps où Pierre exposait ses projets à ma mère et à mon frère Antoine. Les choses avaient pourtant changé. Le nom de Ronsard ne résonnait plus dans le vide. Un petit nombre de connaisseurs croyaient à présent en lui.

— Vos *Odes* contiennent des merveilles, lui dis-je lors d'une autre de nos conversations à ce sujet. Ce n'est pas parce que des courtisans et de vieux écrivailleurs officiels les dénigrent qu'elles en sont moins belles ou moins fortes. Tous ces gens vous jugent sur des valeurs mondaines dont vous n'avez que faire !

— Mellin de Saint-Gelais, qui est tant adulé par la Grande Sénéchale et par le Roi est allé jusqu'à oser me railler en leur présence ! remarqua sombrement Pierre. Ils ont ri de ses propos !

— Peut-être, mais la princesse Marguerite a protesté, elle a plaidé ta cause, s'écria du Bellay. Michel de l'Hospital, ce conseiller au Parlement si savant et si sage dont elle a fait dernièrement son chancelier privé, te porte, lui aussi, aux nues. Ils ont tous deux donné l'exemple. Il y a maintenant à Paris tout un groupe de doctes lettrés qui ne jurent que par toi.

— Sans doute, sans doute, reconnut Pierre. Mais j'ai encore beaucoup à prouver, bien des lecteurs à convaincre et mon pari à gagner !

C'est ainsi que je l'aimais : ardent, lutteur, novateur fermement décidé à faire triompher sa cause, bretteur de l'Absolu !

10

Celui que Mars horriblement enflamme
Aille à la guerre...

RONSARD.

Du Bellay nous quitta après les fêtes du Carnaval.

J'eus alors le sentiment qu'un piège délicieux risquait de se refermer sur notre couple confiné dans une intimité dont je percevais mieux chaque jour les dangers.

De respectueux et tendre, l'amour de Pierre devenait, au fil des jours, plus pressant, plus avide.

Notre second printemps en Vendômois exaspéra des sentiments que je ne parvenais plus que difficilement à endiguer.

Sa passion l'inspirant, mon poète écrivait avec fièvre des sonnets qu'il m'apportait le lendemain même de leur composition. Les uns m'enchantaient, d'autres me troublaient, certains m'inquiétaient.

Je ne puis nier que ces dons du cœur et de l'esprit ne m'aient été précieux malgré tout par leur beauté toujours plus affirmée. J'y retrouvais mon empreinte ainsi que mon influence dans la façon si nouvelle pour lui que Ronsard avait soudain adoptée d'y pétrarquiser. Mes ardents plaidoyers en faveur du poète italien qu'il avait si longtemps dédaigné portaient enfin leurs fruits. Cette conversion me causait autant de bonheur que de fierté.

Mais il y avait un autre aspect de l'œuvre de Pierre que je voyais non sans confusion se développer sans cesse davantage. Comme Janus aux deux visages, l'un souriant et l'autre tragique, les poèmes de Ronsard traduisaient alternativement effusions et désirs.

L'aspect fervent me convenait, l'aspect violemment charnel me gênait. J'acceptais avec joie et reconnaissance les marques de tendresse, l'appel à la volupté me tourmentait.

> Ha je voudrais, richement jaunissant,
> En pluie d'or goutte à goutte descendre
> Dans le giron de ma belle Cassandre,
> Lorsqu'en ses yeux le somme va glissant.

> Puis je voudrais, en toreau blanchissant
> Me transformer pour finement la prendre,
> Quand en avril par l'herbe la plus tendre
> Elle va fleur mille fleurs ravissant.

> Ha je voudrais pour alléger ma peine,
> Etre un narcisse, et elle une fontaine,
> Pour m'y plonger une nuit à séjour.

> Et si voudrais que cette nuit encore
> Fût éternelle, et que jamais l'aurore
> D'un feu nouveau ne rallumât le jour.

Des vers comme ceux-ci me remplissent encore de confusion. Il y a trente ans, ils me scandalisaient. Je faisais jurer à Pierre de ne jamais les publier.

Dans nos rapports quotidiens, j'avais également à faire face tour à tour à chacun de ces styles...

Je nous revois, durant ce printemps de 1551, assis l'un près de l'autre à même l'herbe épaisse qui pousse aux alentours de la fontaine proche de Courtiras, dont l'eau guérit les maux d'yeux. Pierre souffrait alors d'un catarrhe qui rendait blessante pour ses prunelles la lumière printanière dont l'éclat blanc l'irritait. Aussi avais-je entrepris de le soigner. A l'aide d'un linge fin et doux trempé dans l'eau bienfaisante, je bassinais ses paupières enflammées. Penchée sur lui, je ne pensais qu'à soulager son mal (enfin, presque...) lorsqu'il me saisit la taille à deux mains et me renversa sur le tapis herbu...

En y songeant, je retrouve l'odeur fade des jeunes brins foulés, le goût de narcisse des lèvres qui violaient les miennes, le bruit liquide de la fontaine... Sans se soucier des passants qui pouvaient survenir, Pierre, couché sur moi, me couvrait de baisers.

Il fallut l'arrivée d'une bande d'enfants joueurs dont les cris et les rires innocents étaient sans doute les seuls à pouvoir nous arracher aux bras l'un de l'autre, pour interrompre des caresses contre lesquelles je me défendais avec de moins en moins de conviction...

Quand je fus à nouveau seule, le soir venu, dans ma chambre, après une séparation plus embarrassée que d'habitude, je dus me rendre à l'évidence : je faiblissais.

Pierre détenait à présent des alliés dans la place. Demeurés jusque-là en léthargie, mes sens commençaient à se manifester. Leur éveil était, certes, un succès pour celui qui en était cause, mais, pour moi, cet éveil serait-il faste ou néfaste ? Si je n'étais plus capable de me défendre moi-même des avances dont j'étais l'incessant objet, qu'allait-il advenir de mon amour idéal, de nous, de moi ?

Une telle interrogation était déjà une réponse.

Je me résolus à fuir, à m'éloigner, à mettre quelque distance entre Pierre et la femme aux abois que j'étais en train de devenir.

Je décidai de gagner sans plus attendre Blois où mes parents résidaient en cette période de l'année et où je savais que Marie de Musset m'assisterait de son amitié.

Je partis donc le lendemain, sans avoir voulu revoir Ronsard. Ma résolution pouvait lui sembler cruelle, mais elle m'était apparue comme l'unique moyen dont je disposais pour éviter de choir dans un gouffre qui m'attirait jusqu'au vertige.

Cette retraite imprévue, alors qu'il me devinait sur le point de succomber, bouleversa Pierre et lui inspira un de ses plus attachants sonnets :

« *Veuve maison des beaux yeux de ma dame...* »

Je ne le lus que plus tard mais je suis persuadée que même si j'en avais pris connaissance dès ce moment-là, je n'en aurais pas moins fait boucler mes coffres de voyage pour fuir loin de celui dont la sensualité avait fini par me communiquer un peu de sa fièvre...

Jusqu'à la scène au bord de la fontaine, j'étais parvenue à demeurer maîtresse du jeu parce que maîtresse de moi. En perdant ma propre maîtrise, je perdais le pouvoir d'orienter les événements à ma guise.

« Pourquoi », me diras-tu, « tant d'obstination à

demeurer irréprochable alors que votre mari ne se gênait pas pour vous tromper, alors que votre désir rejoignait enfin celui de votre amant ? »

Je ne sais pas au juste. Il est certain que je tenais le sacrement du mariage pour sacré et inviolable. Faillir à un engagement aussi solennel me révulsait même si Jean, de son côté, ne s'en souciait pas.

Je redoutais aussi les manifestations de l'amour physique qui nous ravale à l'état d'animaux et dont mon mariage m'avait dégoûtée. Cette appréhension perdurait dans mon esprit alors même que ma chair n'y souscrivait plus autant.

Peut-être également y avait-il une part d'orgueil dans mon intransigeance. Peut-être aussi autre chose... Cette chasteté dont je me voulais la vestale était-elle vraiment due à l'horreur de la faute ? Ne pouvait-on, avec un peu de clairvoyance, déceler au fond de mon âme la pensée que c'était à mes atermoiements que je devais la survie d'une passion que la satiété et l'habitude auraient sans doute usée jusqu'à la trame ? N'était-il pas établi que les plus longues amours étaient les plus chastes parce qu'inassouvies et n'était-il pas tentant de prolonger la dépendance d'un homme de la qualité de Ronsard ?

Tu vois, je te livre mes plus secrètes réflexions...

Tout bien considéré, je ne suis pas certaine que mon comportement méritât des louanges. Pierre m'aimait. La ferveur qu'il continuait à me témoigner depuis des mois en dépit de mes esquives n'était-elle pas une preuve de la pérennité de ses sentiments ? Que voulais-je donc démontrer avec ma poursuite sans fin des règles de la courtoisie ? Ma vertu ou mes pouvoirs sur un homme ?

Mes principes et mes justifications étaient-ils autre chose que de simples prétextes ?

Ces pensées et quelques autres se bousculaient dans ma tête alors que je m'éloignais de Courtiras.

Vêtue d'une robe à chevaucher de drap améthyste, masquée de satin noir, suivie de deux valets et d'un mulet qui portait mes coffres de cuir, je cheminais au milieu des champs verdoyants sans trop les voir tant les interrogations qui m'occupaient l'esprit me donnaient d'alarme.

A Blois, mes parents m'accueillirent avec affection, mais non sans marquer quelque surprise.

— Je ne m'attendais pas à votre visite, Cassandre, reconnut ma mère. Vous ne nous aviez pas informés de votre intention de quitter Courtiras où je croyais que vous vous plaisiez tant.

Il n'avait jamais été facile de lui en faire accroire...

J'évoquai ma solitude, l'abandon d'un époux que je voyais de moins en moins...

A une petite lueur au fond du regard maternel, je devinai que mes explications ne devaient pas sembler convaincantes.

— J'aurais pensé, voyez-vous, Cassandre, que l'absence d'un mari envers lequel vous n'avez jamais témoigné le moindre attachement vous serait plutôt délivrance que nostalgie, remarqua-t-elle du ton sans concession que je connaissais si bien. Mais, puisque vous avez jugé bon de venir nous rendre visite, ce n'est pas nous qui nous en plaindrons. Vous revoir nous est, chaque fois, une joie.

J'appris sans tarder que d'autres soucis agitaient ma famille. Jacquette, la femme de mon frère Jean, venait de faire une nouvelle fausse couche. Elle ne parvenait à mener à terme aucune grossesse. Tout le monde craignait qu'elle ne réussît jamais à donner un héritier aux Salviati.

— Décidément, soupira ma mère, il doit être dit que je ne verrai pas mes petits-enfants avant de m'en aller ! Jacquette semble incapable de nous offrir autre chose que des déceptions et vous demeurez stérile après six ans de mariage !

La remarque me fit mal. C'était la première fois qu'une observation de ce genre me blessait ainsi. D'ordinaire, j'évitais de m'appesantir sur une carence dont je ne souffrais pas réellement. Trop occupée par mes affaires de cœur, je n'avais pas le temps de déplorer une privation que je ne considérais d'ailleurs en rien comme définitive. Le véritable obstacle à un quelconque projet de maternité résidait à mes yeux dans la personne du père et non dans la venue de l'enfant... Fallait-il que je sois devenue vulnérable pour accuser soudain le coup à propos d'une phrase qu'on m'avait déjà assez souvent adressée !

— Je vais vous faire préparer votre ancienne chambre de jeune fille, enchaîna ma mère. Vous la trouviez à votre gré autrefois.

— Ce sera parfait, balbutiai-je.

Dans les heures qui suivirent mon retour, je constatai que la vie ne m'avait pas attendue entre les murs de la demeure paternelle. Antoine et François partis vers des emplois et des charges, mes trois plus jeunes sœurs bientôt bonnes à marier, Nourrice impotente, Jacquette gâtée par son mari et capricieuse à l'excès, mes parents déshabitués de ma présence, assez embarrassés du fardeau supplémentaire que je représentais pour eux, tout se liguait afin de me faire sentir

225

le passage du temps ainsi que l'inopportunité de mon arrivée à Blois.

Dès le lendemain, je me rendis chez les Musset.

Ils habitaient Grande-Rue un bel hôtel superbement restauré.

Je retrouvai Marie, ses vertugades de simple drap tanné qui lui donnaient l'aspect d'une brioche rebondie, ses yeux de velours brun, son allant, son amitié.

Elle me fit asseoir près d'elle dans la grande salle du premier étage de sa maison, sur une banquette à haut dossier garnie d'épais coussins de tapisserie.

— Si vous êtes venue, me dit-elle sans hésiter, c'est que la situation n'est plus tenable à Courtiras.

— Vous aviez sans doute raison de me mettre en garde...

— J'avais raison, bien sûr, mais qu'est-ce que cela change pour vous ?

J'allais tout lui dire de mon tourment quand la porte s'ouvrit sur son époux. Claude de Musset rentrait du bailliage où il siégeait. Son habituelle amabilité souriante l'avait quitté. Il paraissait hors de lui.

— Je viens d'apprendre que le nouveau pape Jules III a critiqué sans ménagements notre Roi devant l'ambassadeur de France auprès du Saint-Siège ! s'écria-t-il après m'avoir rapidement saluée. Il a été jusqu'à parler d'excommunier Henri II et de le priver de ses Etats, ce qui est inouï ! Il a même dit à Mendoza qui représente à Rome Charles Quint, qu'il octroierait ensuite le royaume de France au prince Philippe, le propre fils de l'Empereur ! C'est une infamie !

Chacun savait que les rapports du Roi et du pape s'étaient détériorés depuis que le premier avait répondu au nonce qu'il n'avait pas l'intention de voir se rouvrir le concile de Trente. Dans l'unique but de faire plaisir à Charles Quint, le pape était passé outre.

— Calmez-vous, mon ami, dit Marie. Calmez-vous. Cette histoire est fâcheuse, certes, mais elle ne me paraît pas sans remède.

— En effet ! lança Claude sombrement. Vous avez raison. Il y a un remède : la guerre !

Je sursautai.

— Serait-elle déjà déclarée ? demandai-je.

— Pas encore, répondit le bailli de Blois, mais je ne vois pas comment on pourrait l'éviter !

Les enfants de la maison firent alors irruption dans la salle. On parla d'autre chose.

Je ne tardai pas à constater qu'en ville la turbulente famille de Marie l'accaparait bien davantage qu'à la Bonaventure. Alors qu'à la campagne l'existence champêtre, ses activités comme ses divertissements, occupaient son petit monde, il en était tout autrement dans notre cité. L'espace plus restreint, la nécessité de surveiller les études dispensées à domicile par des précepteurs venus de l'extérieur, les obligations inhérentes aux fonctions officielles de son époux, son train de maison enfin, créaient autour de mon amie un courant d'agitation continue.

Ce fut donc au milieu des allées et venues incessantes de son entourage que je me mis en devoir de parler à Marie de mes difficultés. Tout en m'expliquant et sans doute à cause du milieu ambiant, je mesurais combien les propos que je tenais devaient paraître incongrus et déplaisants à une femme chargée de responsabilités si naturellement honorables.

— Vous m'aviez assurée que les invites de Ronsard ne vous feraient jamais fléchir, dit-elle d'un air grave

227

quand j'en eus terminé. Il était cependant aisé de prévoir que vous présumiez de vos forces. Un homme aussi épris, aussi attachant, ne pouvait que vous émouvoir.

J'acquiesçai en silence.

— En réalité et contrairement à ce que vous imaginez, l'attrait que vous éprouvez maintenant pour lui ne devrait pas changer grand-chose à votre comportement. Vous avez à résoudre une question d'ordre moral. Etes-vous de celles qui font passer leurs sentiments avant la foi jurée ou est-ce le contraire ? Tout est là.

— Je croyais faire partie des secondes, mais à présent, je ne sais plus bien...

Marie frappa ses paumes l'une contre l'autre en faisant une grimace de contrariété.

— Je n'aime pas vous entendre vous exprimer ainsi ! s'écria-t-elle vivement. Allons, Cassandre, allons ! Songez à votre honneur d'épouse, aux engagements pris, à votre famille si prestigieuse, à votre parenté avec une reine qui, dans des conditions assez proches des vôtres, donne un tel exemple de dignité !

— Si flatteuse qu'elle puisse être, une parenté a-t-elle jamais empêché l'amour de se manifester ? soupirai-je. Si Catherine de Médicis, en effet, est vertueuse, notre Roi, lui, n'est-il pas le premier à offrir à ses sujets le spectacle d'un adultère admis et comme légitimé ?

— Ne vous réfugiez pas derrière une excuse qui n'en est pas une, mon amie. Les erreurs des grands de ce monde ne justifient en rien les nôtres. Nous ne sommes redevables que de notre conduite personnelle, ne l'oubliez pas.

228

— Je sais, Marie, je sais...

— Courage! me souffla-t-elle comme son fils aîné entrait pour lui demander de venir assister à sa leçon de hautbois. Courage! L'unique force sur laquelle nous pouvons réellement nous appuyer réside au plus secret de nous. Priez pour demander à Dieu qu'Il la vivifie en vous...

Durant le reste de ma visite, nous ne trouvâmes plus un seul moment de tranquillité.

Je restai à Blois jusqu'à la Pentecôte.

Entre les anxiétés familiales, la distance dont ma mère ne se départait en aucun cas, l'autorité paternelle à laquelle il ne s'agissait pas de se dérober, le peu de temps que Marie pouvait m'accorder et l'étrange impression de flotter comme un fantôme dans une demeure qui n'était plus la mienne, mon malaise n'avait fait qu'empirer.

Ce fut avec amertume que je m'en retournai vers Courtiras : ma famille pas plus que mon amie ne m'avait été d'aucun secours. Seule je me sentais en arrivant à Blois, seule je restais en en partant. Face au choix qui m'attendait, je n'avais d'autre recours que moi-même...

Jean se trouvait à la maison quand j'y parvins. Je lui avais appris par lettre mon séjour chez mes parents, en prétextant des ennuis de santé pour expliquer ma décision.

— Vous voici donc, me dit-il en m'examinant sans indulgence. Vous avez mauvaise mine, ma chère, et vous êtes amaigrie.

Je savais qu'il aimait les femmes plantureuses et me félicitais intérieurement d'un état qui ne pouvait que lui déplaire.

— Je me sens en effet assez fatiguée, répondis-je en me baissant pour prendre dans mes bras mon petit chien qui était bien le seul à témoigner quelque joie de mon retour. J'ai l'impression de n'avoir tiré aucun profit des semaines passées à Blois.

— C'est aussi une sotte idée que d'aller se faire soigner en ville quand on a la chance de vivre au grand air de la campagne, répliqua mon mari. Je ne comprends pas pourquoi vous avez jugé bon de partir. A moins que quelque galant ne soit cause de ce déplacement.

Je haussai les épaules et gagnai ma chambre.

C'est toi, Guillemine, qui m'appris que Jean était revenu au logis peu de temps après que je l'eus quitté, qu'il avait mené joyeuse vie durant mon absence, convié des femmes légères à lui tenir compagnie, invité enfin Gabrielle de Cintré qui avait passé plusieurs jours sous mon propre toit.

— Vous avez failli la rencontrer, me dis-tu, car elle ne s'en est retournée chez elle que ce matin !

Cette ogresse devait entretenir avec celui qu'elle m'avait autrefois présenté des relations déjà anciennes et libertines. Peu m'importait. Pour la première fois depuis notre mariage, je fus même plutôt satisfaite de la présence d'un mari qui me préservait de tout risque de chute en occupant les lieux. Grâce à lui un répit m'était accordé. Je pourrais en profiter pour mieux sonder mon cœur...

Ne pouvant me rejoindre, Ronsard s'arrangea pour m'adresser un de ses amis qui était peintre. Gai et gentil garçon, ce Denisot eut l'adresse de se présenter comme un familier des dames de la Cour et proposa de faire mon portrait. Il parvint à me faire savoir sans attirer l'attention de mon époux de quelle part il venait. J'acceptai donc de poser pour lui. En dépit de l'étroite surveillance que m'imposait Jean, il nous fut possible de procéder à l'échange d'un billet que Pierre m'avait écrit et de la réponse que je lui adressai dès que j'eus un moment de libre.

Par ce moyen, je sus que Denisot recopiait chaque soir son œuvre pour son ami qui disposerait ainsi de mon effigie pour meubler sa solitude. Ce stratagème m'amusa. C'est sans doute pourquoi, sur cette toile, je souris de si malicieuse façon...

Ma compagnie ne lui apportant sans doute aucun plaisir et sa charge le réclamant, Jean me quitta à la mi-juillet pour retourner auprès du duc de Vendôme qui semblait l'apprécier plus que moi.

Je savais ce que ce départ signifierait. Pourtant, je redoutais moins qu'auparavant le retour de Ronsard.

Les semaines de vie conjugale que je venais de supporter m'avaient en effet servi à m'affermir dans ma résolution de sagesse. L'existence licencieuse de mon mari avait pour beaucoup contribué à ce retour sur moi-même. Envers l'homme qui ne respectait même pas son domicile et y faisait venir n'importe quelle femelle, j'avais conçu un mépris si absolu qu'il me servait aussi de repoussoir. Jamais je ne consentirais à me comporter comme un personnage dont la conduite me semblait honteuse et avilissante.

Tout au long de mon existence, je n'ai pas cessé de ressentir l'exigeant besoin de ma propre estime. C'est un des éléments les plus constants de ma nature. Je crois que si je cessais de me respecter je ne pourrais plus vivre...

Je l'ai d'ailleurs prouvé par la suite...

231

J'avais donc puisé dans les débordements de Jean matière à me rendre plus courageuse devant les tentations qui n'allaient pas manquer de m'assaillir de nouveau.

Pierre revint. La fermeté dont je me sentais armée me permit de lui manifester une affection qui commença par l'enchanter avant de le décevoir. Nos relations contrastées reprirent leur cours selon un déroulement qui était en passe de devenir d'usage constant entre nous.

Durant ce temps la guerre avait bel et bien éclaté. Non pas ouvertement contre l'empereur, mais en Italie contre le pape. Derrière celui-ci, Charles Quint, soutien déclaré du Saint-Siège, était naturellement visé. Pour entreprendre la campagne, Henri II s'était appuyé sur son alliance avec le sultan Soliman et avait bénéficié de la neutralité du nouveau roi d'Angleterre, Edouard VI.

Furieux, Jules III jeta l'anathème sur notre souverain, ce qui provoqua de violents remous dans nos provinces où les esprits me paraissaient étrangement excités. Heureusement, la prise de Tripoli par les Turcs apeura le pape qui adressa alors ses excuses au roi de France avant de lui envoyer un légat extraordinaire en signe de réconciliation.

— Diane de Poitiers est, dit-on, favorable à une bonne entente entre le souverain pontife et son royal amant, me confia Ronsard qui savait beaucoup de choses par Carnavalet. Soyez sans crainte. Son avis prévaudra. Reste cependant l'empereur qui n'est pas un mince adversaire !

Il me sembla discerner dans son expression une sorte de jubilation secrète. Je me gardai bien de lui en faire la remarque. De mon côté, il m'arrivait de caresser sans trop oser me l'avouer l'idée qu'une guerre avec Charles Quint entraînerait le départ vers l'Allemagne de tous les nobles répondant au ban et à l'arrière-ban du roi. Mon mari ne pourrait pas s'en dispenser alors que Ronsard, clerc tonsuré, ne risquait en rien de se voir appelé...

Je me sentis rougir.

— Il n'est que d'attendre, lançai-je d'un ton qui se voulait détaché. De toute façon, la politique n'est point mon fait !

Pour détourner de semblables rêveries le cours de nos pensées, je parlai à Pierre d'une nouvelle familiale qui n'était pas sans me toucher : Jacquette, encore une fois grosse, avait accepté de rester couchée durant plusieurs mois. Cette précaution devait lui permettre de conserver l'héritier tant attendu. C'était le propre médecin des enfants royaux qui le lui avait conseillé.

— Tant mieux pour votre frère et vos parents si tout se passe selon leurs vœux, remarqua Pierre. D'ordinaire porter un enfant ne nécessite pas tant de soins. Si vous vous résolviez un jour à procréer, je suis sûr que vous n'auriez pas besoin de recourir à de telles méthodes : votre beau corps est fait pour enfanter. Heureux celui qui vous rendra mère !

Je m'empourprai.

L'arrière-saison dépouillait nos bois et nos campagnes tandis que les apprêts guerriers ne cessaient de s'intensifier. Pour les besoins du Trésor royal, vide comme à l'ordinaire, les biens du clergé avaient été soumis à un emprunt forcé grâce à une taxe exceptionnelle. Ce qui me donna l'occasion de constater que Pierre, d'ordinaire sujet à se plaindre de son peu de revenus, obtempéra sans rechigner tant il se réjouissait en secret de préparatifs qui annonçaient une longue et durable absence de mon mari.

De son côté, la noblesse avait également été mise à contribution. Priés de « prêter » aux représentants du roi leur vaisselle d'argent en vue de la fonte permettant de battre monnaie et de payer les troupes, les grands du royaume n'avaient pu se dérober. D'autant moins qu'Henri II lui-même avait montré l'exemple en remettant sa propre vaisselle à Paris aux agents du fisc. Diane de Poitiers, les ducs de Guise, plusieurs autres seigneurs de haut lignage en avaient fait autant.

Dans le but d'être pesée, estimée et fondue, une importante quantité d'objets précieux s'était donc vue livrée aux mains des Généraux responsables des Monnaies. Deux orfèvres les assistaient.

Mon mari était alors revenu à Courtiras afin de choisir les pièces de notre ménage susceptibles de répondre aux exigences royales. Sans avoir à me forcer, je m'étais fait un devoir de l'aider à ce tri.

Je nous revois, par un venteux jour d'automne, dans la salle éclairée de flambeaux de cire blanche, maniant plats, couverts, assiettes, brocs, bassins, chandeliers, boîtes à confiture, drageoirs, bassinoires, aiguières et jusqu'à la fameuse cuvette de ma chaise percée que j'acceptai volontiers de remplacer par une en étain. La clarté des bougies, celle du feu de bois, les dernières lueurs d'un soleil rougeoyant qui filtraient par les fenêtres d'ouest, arrachaient à ces témoins fastueux mais condamnés de notre existence quotidienne des reflets, des éclats, des luisances métalliques semblables à ceux que lancent les épées de combat durant un engagement. Je vis là un présage...

— Pardieu, Madame, je n'aurais jamais imaginé que vous vous sépareriez avec si peu de regret des plus beaux ornements de notre intérieur ! remarqua Jean d'un air rempli de suspicion. Votre indifférence est des plus surprenantes.

— Ne nous est-il pas recommandé d'attacher peu de prix aux biens de ce monde ? répondis-je tranquillement. Eh bien ! voici une excellente occasion de mettre en pratique ces pieuses recommandations.

Mon époux me jeta un regard méfiant mais n'insista pas.

De ce jour, il est certain que je fus moins richement pourvue. En vérité, cette privation ne m'atteignit guère. Peu de femmes s'allégèrent sans doute de leur argenterie avec autant de détachement. N'est-il pas écrit dans les Evangiles : « Où est votre trésor, là aussi sera votre cœur » ? Dieu me pardonne ! Désormais, je savais où se trouvait mon trésor.

L'hiver revint. Le froid fut si âpre durant plusieurs mois sombres, que les corbeaux eux-mêmes, dont on sait la résistance, tombaient ainsi que des pierres, tués en plein vol par l'air glacé, tranchant comme une lame.

Bien des gens souffrirent durement des conséquences de la mauvaise saison. Dans nos campagnes, il y eut des cas de disettes. La misère s'intensifia. Les pauvres, les malades, les enfants, vivaient souvent hélas dans une affreuse détresse.

C'est alors que je décidai d'entraîner Pierre en de vastes tournées de secours auprès des plus démunis. Dans une des charrettes du domaine, nous empilions

235

vêtements chauds, couvertures de laine, pain, beurre, lait, viande fumée et des galettes de froment confectionnées à la maison.

Ces randonnées charitables me permirent de découvrir un nouvel aspect de Ronsard. Pour les avoir fréquentés dans son enfance, il connaissait bien les paysans et savait leur témoigner spontanément son intérêt. Rien ne le rebutait, rien ne le dégoûtait. Il donnait à manger à un vieillard impotent avec autant de naturel qu'il aurait pu le faire pour un parent. Penché vers ceux qui gisaient sur de mauvaises paillasses, il les réconfortait, les aidait à boire couchés ou, au contraire, à se soulever pour passer les vestes fourrées des peaux de nos moutons ou les chausses épaisses que nous leur avions apportées.

Je l'ai vu débarbouiller des enfants morveux, coiffer des paralytiques, déplacer des marmites trop lourdes pour les pauvres mains noueuses qui devaient les soulever. Tout comme moi, il savait soigner les blessures et certaines maladies. N'ignorant aucune des vertus des simples, il s'entendait aussi à sonder les plaies, à poser des emplâtres ou des cataplasmes...

En un mot, il m'était donné de voir vivre un homme bien différent de l'écuyer, de l'étudiant, du clerc, du poète que j'avais approchés jusque-là. Ces durs mois d'hiver parachevèrent la connaissance déjà acquise d'un compagnon aux multiples facettes et me donnèrent de nouvelles raisons de l'aimer.

Notre solitude était presque complète. Du Bellay ne revint pas nous visiter, mon mari demeura absent, je ne reçus que de très rares amis.

Nos courses d'approvisionnement envers les déshérités et la chasse aux loups étaient nos uniques sorties.

A cause de la rigueur de la température en effet, des fauves rôdaient en quête de proies jusqu'aux abords des hameaux et des villages. Les habitants étaient venus en délégation nous demander de les protéger.

A l'aube, Ronsard et quelques voisins se mettaient en chasse. Les paysans servaient de rabatteurs. Au moyen de chaudrons, de poêles, de bassins entrechoqués ou frappés de bâtons, à l'aide de tambours et de trompes, ils débusquaient les bêtes sauvages affolées par tout ce vacarme. Postés à des endroits stratégiques, Pierre et ses compagnons attendaient de voir surgir les loups. Armés d'arquebuses, ils les tiraient à vue puis s'élançaient à la poursuite de ceux qui leur avaient échappé.

Avec certaines autres dames, je suivais la chasse à cheval, galopant derrière les hommes à travers les guérets durcis par le gel, les prés à l'herbe givrée, les bois aux branches noircies, les chemins forestiers aux ornières luisantes de glace.

Quand nous rentrions à Courtiras, transis mais grisés de grand air, vivifiés par la course, encore excités par la traque, vainqueurs de nos ennemis dont les dépouilles avaient été ramenées triomphalement chez eux par les villageois, nous nous installions devant la cheminée où s'empilaient de grosses bûches incandescentes, nous buvions du vin chaud aux épices, nous évoquions les péripéties de la poursuite. Les autres jours, la musique, le trictrac, la composition de nouveaux poèmes, l'un près de l'autre, les pieds sur les chenets, occupaient notre temps.

Comme je l'avais prévu, le piège amoureux s'était bel et bien refermé sur nous... mais était-il coupable ce repliement qui me permettait d'explorer chaque recoin d'une âme chaleureuse, sensible, généreuse, ardente, d'un esprit capable de partager les goûts des plus doctes comme les souffrances des plus misérables ?

En comparant Pierre à mon mari, j'en arrivais à penser que je ne pouvais ni me déjuger ni faire le mal en préférant un homme doué de telles qualités à un autre qui en avait si peu. Les jours passant, j'en arrivai à m'absoudre par avance des faiblesses auxquelles je pourrais me laisser entraîner...

Ronsard accaparait mon temps, mes pensées, mon cœur. Les caresses qu'il s'enhardissait de nouveau à risquer ne m'étaient plus importunes... Je glissais sur une pente fort douce dont tout laissait à prévoir qu'elle me mènerait là où Pierre le désirait tant...

Ce fut la déclaration de guerre à l'empereur qui freina ma chute !

A la mi-février, Henri II, accompagné de la Cour au grand complet, se rendit au Parlement de Paris pour y tenir un lit de justice. Il y informa l'illustre assemblée de sa décision de déclarer la guerre à l'ennemi.

Durant les hostilités et en son absence, la reine deviendrait régente du royaume. Un conseil, dont le Dauphin François ferait partie, l'assisterait.

Peu après, la maison du Roi s'établit à Troyes. Dès le début du mois de mars l'armée commença à se concentrer en Champagne.

Ainsi que je l'avais imaginé, pour ne pas dire espéré, mon mari partit rejoindre le ban de son souverain. Mon frère Jean l'y avait devancé.

Avant de s'en aller, mon époux tint cependant à venir me saluer. C'était tout à fait dans sa manière. S'il n'éprouvait plus à mon égard le moindre attachement, il ne manquait pas pour autant de se soumettre à un code des convenances qui demeurait à ses yeux plus important que la réalité des choses. J'étais sa femme. Il estimait donc, selon l'usage établi, devoir me manifester un minimum de considération en dehors de laquelle il n'aurait plus été en accord avec les conventions qui régissaient son existence.

Mais il ne vint pas seul. Sous le vain prétexte de l'ennui qui n'allait pas manquer de m'accabler après son départ aux armées, il amena avec lui sa sœur bossue.

— Marguerite vous aime tendrement, elle se fera une joie de vous tenir compagnie pendant que je serai en campagne, me dit-il avec componction. Elle vous aidera à supporter l'angoisse et l'incertitude qui sont le lot des épouses de guerriers.

Je ne fus pas dupe un instant de ces belles paroles. Plus que de chaperon ou de confidente, ma belle-sœur allait me servir de surveillante et, peut-être bien, de geôlière !

Mais la vie est remplie de surprises. La perfide précaution de Jean se trouva momentanément déjouée par un événement familial d'importance : Jacquette était sur le point d'accoucher.

Son mari à la guerre, ma mère retenue à Blois par une fièvre maligne qui la clouait au lit depuis plusieurs semaines, ses parents morts tous deux, Jacquette n'avait plus d'autre recours que de me demander de venir la rejoindre à Talcy.

Je ne peux pas te dire que ce fut sans répugnance que j'envisageai sa proposition. Tu sais que je ne l'ai jamais beaucoup aimée. Par ailleurs, je me trouvais moi-même à un tournant de ma destinée. Mon mari au combat, Pierre et moi soudain libérés de la perpétuelle menace des retours impromptus de mon seigneur et maître, notre amour enfin épanoui, tout me retenait à Courtiras.

Mais le moyen de refuser à la femme de son frère un service de cette importance ? Mon devoir était de l'aider. Dans ma famille, personne n'aurait d'ailleurs compris mon absence. Elle aurait suscité bien des soupçons.

Il n'est pas impossible que je me sois également dit qu'une dernière chance d'échapper au péché m'était ainsi offerte, que je n'avais pas le droit de l'écarter... puis la présence imposée de Marguerite m'était offense. Ce fut avec un agréable sentiment de revanche que je saisis l'occasion si opportunément donnée de contrecarrer les obscures manigances d'un mari odieux...

Je décidai donc de partir pour Talcy.

Après des adieux fort tendres à Ronsard, je pris la route où l'hiver tardif maintenait la nature en un deuil glacé.

Monstrueusement grosse, Jacquette me reçut en geignant.

Elle était lasse de rester couchée depuis des mois, l'astrologue dont elle avait réclamé la présence continuelle à ses côtés demeurait évasif quant au sexe de l'enfant attendu, la sage-femme attachée à sa personne ne lui inspirait pas confiance, le départ aux armées des gentilshommes du voisinage rendait ses amies moroses. Elle se sentait délaissée et éprouvait le plus urgent besoin d'une compagne qui l'aidât à traverser ces temps d'épreuve !

A peine descendue de cheval et encore en tenue de

voyage, je me vis assaillie par une créature gâtée, despotique, imbue de l'importance dont sa future maternité ne manquerait pas de la parer dans le cercle familial et visiblement décidée à me soumettre à ses moindres caprices.

Je n'en fus pas surprise et me résolus à subir les exigences de Jacquette dans un esprit de mortification qui me serait salutaire.

Heureusement l'attente fut brève. Par une froide nuit où un printemps frileux prenait avec timidité la relève de l'hiver, ma belle-sœur ressentit les premières douleurs de l'enfantement.

Dans la chambre surchauffée où on avait dressé devant la cheminée un lit de toile, la sage-femme, les servantes, des voisines et moi-même assistions le médecin dont la future mère avait exigé les soins à l'exemple des princesses royales et au mépris des habitudes les plus enracinées. Jusque-là, dans nos familles, les femmes en gésine se contentaient, ainsi que l'avaient toujours fait leurs aïeules et ainsi qu'on le pratique encore presque partout, des services d'une matrone. Cette lubie avait provoqué pas mal de remous et de critiques autour de Jacquette. Il avait fallu les espoirs, les angoisses, les difficultés des derniers mois de gestation pour faire admettre par les Salviati la nécessité d'en passer par où le voulait celle dont on attendait si impatiemment un héritier.

Plaintes, gémissements, cris d'animal égorgé se succédèrent durant des heures. Sur la face convulsée de la patiente, la sueur coulait et se mêlait aux larmes que la souffrance lui arrachait. Saisie de pitié, je bassinais avec douceur le front, les joues, le cou sur lesquels de fines veinules avaient éclaté. Afin de les

241

rafraîchir et de les décongestionner, je les lotionnais à l'eau de nèfle et à l'eau d'hamamélis. Pour combattre l'odeur de sanie et de sang, des fagots de cannelle brûlaient dans l'âtre.

Ce fut au moment où la lueur de la lune, glissant dans la pièce par une des fenêtres dont on n'avait pas tiré les rideaux, toucha de son rayon blême le pied du lit sur lequel haletait Jacquette que celle-ci, dans un ultime effort et un terrible hurlement, mit au monde son enfant.

— C'est une fille ! s'écria la sage-femme en s'emparant du nouveau-né dont le médecin venait de couper le cordon ombilical avant de s'affairer auprès de l'accouchée.

— Seigneur ! Que va dire mon beau-père ! gémit celle-ci, soudain dépouillée du prestige dont l'espérance de donner le jour à un garçon l'avait auréolée pendant sa grossesse.

Je connaissais assez mon père pour savoir qu'il serait furieux. Mais il aurait tort. S'il avait pu assister comme je venais de le faire à l'arrivée de sa petite-fille, il aurait sans doute, tout comme moi, été bouleversé et n'aurait plus songé à reprocher quoi que ce fût à sa bru. Du moins, je l'espérais, sans me dissimuler que le siècle de fer où nous vivons n'a pas cessé de déposséder les femmes des acquis ancestraux qui étaient les leurs dans le passé. Chaque jour, je nous voyais davantage contraintes de nous en remettre aux hommes qui font de nouveau la loi. Jadis, selon la coutume, les filles étaient majeures à douze ans et les garçons à quatorze. La majorité des jeunes gens est à présent fixée à vingt-cinq ans et l'on a oublié de préciser la nôtre. Nous voici devenues d'éternelles mineures.

Penchée sur le berceau de ma nouvelle nièce, je me demandais ce que lui réservait l'avenir et s'il serait bon d'être femme vingt ans plus tard.

— Il faudra appeler cette enfant Diane, suggérai-je pour m'évader de mes pensées sans joie et pour détourner l'esprit de la jeune mère de ses propres déceptions. Elle est née quand la lune était pleine, au moment précis où sa clarté touchait votre couche. N'est-ce point là un signe ?

— Pourquoi pas ? murmura avec lassitude Jacquette. C'est un prénom à la mode et qui peut conduire aux plus hautes destinées. Puisqu'en dépit de tant de maux je n'ai été bonne à mettre au monde qu'une fille, donnons-lui au moins un nom flatteur... mais il me faut l'assentiment de mon astrologue.

A cause du sort qui fut celui de Diane, je me suis souvent blâmée depuis d'avoir pris une telle initiative. Ne sait-on pas que la lune est parfois un astre néfaste dont l'influence peut se montrer pernicieuse ? La Grande Sénéchale elle-même a connu une fin de vie pénible. Il est vrai qu'au moment dont je parle nous l'ignorions tous et que la faveur dont elle jouissait auprès du Roi en a abusé d'autres !

— Cette petite sera jolie, pronostiqua la sage-femme qui s'était occupée de laver la nouvelle-née. Elle a déjà la peau délicate de sa mère et les longues paupières de sa tante.

Pour la première fois de ma vie un rapprochement s'établissait entre ma personne et la venue sur terre d'une créature de Dieu ! Cet être minuscule tenait quelque chose de moi ! Une émotion d'un genre nouveau me serra la gorge, me tenailla le ventre.

Les jours qui suivirent demeurent dans mon souvenir émaillés de découvertes troublantes et de secrètes blessures. De tout mon cœur, je m'attachais à l'enfançon et ne voyais pas couler les heures tandis que je cousais auprès de son berceau en surveillant son sommeil. Mais Jacquette regardait d'un assez mauvais œil une affection qui lui paraissait empiéter sur ses prérogatives maternelles. Elle ne se privait pas de me signifier que Diane était son bien, celui de personne d'autre.

Il y eut le baptême, fêté en grande pompe en dépit de la réprobation de mon père, déçu, comme nous nous y étions attendues, de ne point encore avoir d'héritier, et en dépit de la double absence de Jean, mon frère, retenu aux marches de l'Est, et de ma mère, toujours malade.

Je n'avais pas été choisie comme marraine. On m'expliqua que ma plus jeune sœur, Jacqueline, avait été pressentie longtemps auparavant et qu'elle serait affreusement déçue si on changeait d'avis au dernier moment.

Il y eut les visites extasiées des châtelaines voisines, les félicitations des gens du bourg, l'orgueil légitime de Jacquette dont chacun admirait la petite fille.

Il y eut ma souffrance muette.

Bientôt, les douleurs de l'accouchement oubliées, ainsi que la déception qui avait suivi, la nouvelle mère triompha sans vergogne. La plus modeste de mes initiatives, le moindre de mes élans, étaient critiqués par elle avec aigreur. Elle entendait régner à Talcy et ne manquait pas une occasion de me faire sentir que je n'étais plus qu'une visiteuse dans le manoir de mon enfance. Elle ne voulait pas savoir que c'était elle qui m'avait demandé de venir lui tenir compagnie et ne se gênait pas pour me signifier son impatience à l'égard des sentiments de tendresse que je témoignais à Diane.

— Si vous aimez tellement les enfants, ma chère, que n'en avez-vous ! Seriez vous bréhaigne comme la chatte du fermier ou bien serait-ce votre pauvre époux qui se montrerait impropre à engendrer ? demandait-elle avec une fausse commisération qui me mettait au supplice.

Elle riait. Les amies devant lesquelles elle s'exprimait de la sorte, trônant d'un air de souveraine entre la berceuse et la nourrice de Diane, ne savaient plus quelle contenance adopter. Moi non plus.

Une pareille agressivité devint intenable. Je me décidai à retourner chez moi.

Ainsi qu'une de ces balles de jeu de paume nommées éteufs [1], je me voyais rejetée de part et d'autre sans trouver paix ni trêve.

Sur le chemin du retour, au cœur de la fraîcheur, des floraisons, de la gaieté du nouvel avril qui avait eu tant de mal à vaincre l'hiver tardif, je me disais que je ne me connaissais qu'un havre, qu'un abri et qu'il allait bien falloir que je finisse par m'y réfugier...

1. Petites balles — mot tiré de stupa, étoupe.

11

En toi je suis, et tu es seule en moi,
En moi tu vis, et je vis dedans toi...

RONSARD.

En plus de la découverte que j'y fis d'une nouvelle sorte de tendresse, celle qu'on ressent pour un enfant de son sang, l'autre bienfait que je tirai de mon séjour à Talcy lors des couches de Jacquette, fut le départ de Marguerite loin de chez moi.

Quand je revins à Courtiras, la place était nette de toute présence indésirable. Lassée de m'attendre et rappelée à Pray par les travaux à effectuer sur des toitures endommagées par la grêle, la sœur de Jean s'en était allée.

En revanche, un poème m'attendait. Posé sur mon oreiller, un rouleau de parchemin noué d'un souple rameau de lierre feuillu contenait le plus délicat, le plus amoureux des sonnets.

Que dites-vous, que faites-vous, mignonne ?
Que songez-vous ? Pensez-vous ppint à moi ?
Avez-vous point souci de mon émoi,
Comme de vous le souci m'époinçonne ?

247

De votre amour tout le cœur me bouillonne,
Devant mes yeux sans cesse je vous vois,
Je vous entends absente, je vous ois,
Et mon penser d'autre amour ne résonne.

J'ai vos beautés, vos grâces et vos yeux
Gravés en moi, les places et les lieux,
Où je vous vis danser, parler et rire.

Je vous tiens mienne, et si je ne suis pas mien,
En vous je vis, je m'anime et respire,
Mon tout, mon cœur, mon sang et tout mon bien.

Y avait-il au monde une autre voix que celle de Pierre pour me parler ainsi ? Y avait-il un autre homme pour me vouer un tel amour au bout de tant d'années de vaines espérances ? Y aurait-il jamais un autre poète pour me chanter comme celui-là savait le faire ?

Je contemplai, songeuse, le lien de lierre. Son symbole n'était-il pas : « Je meurs où je m'attache » ? Je l'enroulai autour de mon poignet et m'assis sur mon lit pour réfléchir.

Avais-je assez lutté, m'étais-je assez débattue... Depuis deux ans que je vivais en Vendômois, j'avais tout tenté pour demeurer fidèle à mon devoir d'épouse : ruses, obstacles accumulés, dérobades, feintes colères... Si la Providence avait tenu à me voir observer jusqu'au bout mes engagements envers un mari volage, Jean serait-il parti à la guerre ? Je n'étais en rien responsable d'une séparation facilitant de manière si opportune le rapprochement amoureux souhaité avec tant d'ardeur par Ronsard... et par moi aussi, je devais bien me l'avouer.

Après des heures de fiévreuses insomnies, je finis par m'endormir pour faire un songe. Je rêvai du Loir. Un visage de bronze vert se détachait de l'eau, se soulevait au-dessus d'elle, se tournait vers moi. Sur la bouche du bel ondin glissait un sourire sensuel, enjôleur, complice, tentateur. Une promesse s'y lisait...

Le lendemain matin, je décidai de rendre visite à Pierre chez lui.

Je fis seller ma mule blanche, prétextai la nécessité d'aller porter à une parente de Jacquette qui habitait Vendôme, des nouvelles de la mère et de l'enfant, puis me hissai sur ma monture. C'est ainsi que je m'en allai, résolue et anxieuse à la fois, vers l'unique aventure de ma vie de femme.

Tu ne t'attends pas, Guillemine, à ce que je te décrive dans le détail les heures passées rue Saint-Jacques. Tu as raison. Sache seulement que, de la fin avril au début du mois d'août, j'ai connu des moments plus intenses que durant le reste de mes jours.

Sous le soleil comme sous la pluie, dans la « chambrette heureuse » de Vendôme que Pierre a évoquée par la suite aussi bien qu'au milieu des bois où nous découvrions, à l'abri des branches, des alcôves de verdure et de mousse, sur l'herbe odorante et fraîche des rives du Loir, parmi le foin de nos greniers dont la forte senteur mêlée à la chaleur régnait, étale, partout où il nous était possible de nous abandonner aux bras l'un de l'autre, nous nous aimions librement.

Ne suppose pas pour autant que je vivais sans remords ni contrition. Apprends que je n'ai jamais consenti à faire entrer Pierre dans ma chambre aux damas fleuris afin de l'y recevoir dans mon lit à baldaquin. Il me paraissait capital d'épargner au toit conjugal toute compromission avec l'adultère. Une telle précaution peut paraître puérile, mais je respectais d'instinct cet interdit et me faisais une stricte obligation de m'y conformer... Il m'arrivait aussi de fermer ma porte durant plusieurs jours de suite à l'homme éperdu qui me suppliait de revenir à lui. A d'autres moments, je pleurais contre sa poitrine.

— Pourquoi ces larmes, ma Cassandre? demandait-il sans comprendre.

— Le regret du temps perdu, Pierre, mais également la peine de savoir notre bonheur menacé à trop brève échéance..., disais-je afin de ne pas faire mention devant lui des alarmes de ma conscience. J'ai toujours éprouvé une certaine nostalgie après avoir obtenu ce que j'avais pourtant appelé de tous mes vœux. Cette mélancolique impression d'avoir dépassé de façon irrémédiable le point le plus aigu de l'enchantement...

— Je crois savoir ce dont vous voulez parler : la tristesse des ceps vendangés, des champs moissonnés... Allons, viens, mon amour, viens, oublions tout cela...

En vérité, contrition et arrière-pensées s'effaçaient bien vite, emportées dans le tourbillon de mes découvertes. Mes sens répondaient enfin aux sollicitations de Pierre! La gamme subtile des plaisirs charnels se révélait à moi. Si je ne me suis jamais transformée en bacchante, je n'en goûtais pas moins de tout mon être des sensations si longtemps inconnues...

Ronsard sut m'initier avec patience et habileté. Il

250

parvint à vaincre mes appréhensions ainsi que mes dégoûts. Il m'apprit à rire après avoir déliré et glorifia mon corps jusque-là humilié!

Dieu! Qu'il aimait la vie! Qu'il aimait la faire chanter dans mes veines!

S'il fut pour moi l'unique, je crois pouvoir affirmer que je fus la première femme non servile, non rétribuée, qu'il eût connue. Quelques jeunes paysannes de la vallée du Loir, quelques petites Parisiennes légères étaient déjà passées dans son lit, bien sûr, mais elles avaient peu compté et laissé peu de traces.

Sans doute parce qu'il m'aimait non seulement par la chair, mais aussi par chaque fibre de son cœur, il éprouva en ma compagnie des ivresses jamais atteintes, une plénitude qu'il ne pouvait comparer à aucune autre. Du moins, il me l'a dit. Je l'ai cru. Je le crois encore car cet épanouissement reste sensible à travers toute son œuvre où la progression du bonheur est flagrante tout au long du premier recueil des « Amours ». Certains de ses poèmes sont des hymnes à la découverte amoureuse, à la joie du triomphe enfin obtenu, à la violente douceur des étreintes avant que ne viennent les peines...

Si beaucoup s'y sont trompés c'est que Pierre a tout fait par la suite pour brouiller les pistes, pour dissimuler sous des masques d'emprunt une réalité offensante pour ma réputation ; s'il a si souvent remplacé mon nom par celui d'une autre, c'est qu'il savait me complaire en agissant de la sorte. En réalité, ces désaveux étaient une autre façon de me prouver son amour, un amour redevenu impossible... je le sais à présent...

Seule ma santé, toujours fragile, interrompait parfois nos ébats. En juin, je subis un accès de fièvre qui me tint alitée plusieurs jours. Pierre s'en inquiéta plus qu'il n'était raisonnable. J'eus beaucoup de mal à l'empêcher de venir s'installer à mon chevet pour me soigner.

Une autre fois, un malaise me prit alors que je me trouvais chez lui. Ce fut entre ses draps que je me vis forcée de m'allonger, non plus pour les joutes heureuses auxquelles cette couche servait d'ordinaire, mais afin d'attendre que passât le vertige dont je souffrais.

Deux personnes se trouvèrent mêlées bien malgré nous à notre vie secrète.

En premier, Denisot, ce jeune peintre que Ronsard appréciait et qui avait fait mon portrait l'année précédente. De retour à Vendôme, il passa voir son ami un jour où j'étais venue moi-même rue Saint-Jacques. Il eut l'air de juger tout naturel de me voir en un tel lieu et partagea notre collation de la meilleure grâce du monde. Il s'abstint pourtant de se montrer ensuite pendant un certain temps, alors qu'il avait promis de nous rendre sous peu une seconde visite. Je sais que Pierre et lui se rencontrèrent ailleurs durant les rares moments où nous n'étions pas ensemble. Je sais aussi qu'ils parlèrent de moi, de nous, parce que Ronsard éprouvait le besoin de s'épancher auprès d'un compagnon fidèle.

Malheureusement, le second témoin de nos amours manifesta une tout autre attitude à notre égard.

Étonnée de ne point recevoir de mes nouvelles, Marguerite, une fois réglées ses affaires de toiture, résolut de venir à Courtiras voir ce qui s'y passait.

Elle arriva à l'improviste, un matin où nous étions

allés, Pierre et moi, faire une promenade en barque sur le Loir. Nous aimions ces randonnées matinales, l'odeur fade des plantes aquatiques, le bruit de soie de l'eau fendue par le bateau plat, les jeux de lumière sur la surface glauque de la rivière, les perles liquides glissant le long des rames, la vie furtive des animaux qui s'enfuyaient à notre approche, le vol des libellules dont le carrousel autour des joncs et des roseaux nous divertissait comme un spectacle.

Il faisait chaud. Juillet rayonnait sur la vallée. Nous nous étions attardés sous les branches accueillantes des saules et des trembles qui ombragent le courant tranquille et les prés qui le bordent. Nous revenions, des fleurs de nénuphars dans les cheveux, des brins d'herbe accrochés à nos légers vêtements d'été.

En nous approchant de la rive, nous aperçûmes Marguerite qui nous attendait, debout sur le ponton de bois. Elle portait un vertugade de taffetas mauve et se protégeait du soleil à l'aide d'un petit parasol de dame en même étoffe ouvert au-dessus de ses cheveux blonds crêpés et de sa bosse.

Si je me souviens si exactement de ces détails, c'est que ma belle-sœur m'apparut alors comme l'image redoutable et cependant un peu ridicule du destin.

Nos rires, notre connivence, notre lassitude heureuse étaient si faciles à interpréter que Marguerite ne put s'y tromper. Elle se garda pourtant de rien laisser deviner de ce qu'elle avait pu comprendre et m'accueillit par un compliment.

— Que vous êtes jolie, Cassandre, ainsi couronnée de fleurs ! s'écria-t-elle avec un enjouement fort bien imité. On dirait une naïade !

— N'est-elle pas la nymphe du Loir ? demanda

253

Pierre tout en m'aidant à descendre de la barque. Belle comme Calypso et chantée comme elle...

— Il est vrai qu'elle a trouvé en vous un poète digne de ses charmes, convint la sœur de Jean avec le plus parfait naturel. Si je ne me trompe, elle est donc à la fois votre muse et la divinité de ces lieux.

Jusqu'à ce que nous parvenions en vue de la maison, la conversation conserva ce ton léger. Devant la porte, stationnait la litière de Marguerite que des valets vidaient de son contenu.

— J'espère que vous ne verrez pas d'inconvénient à ce que je m'installe ici un certain temps en attendant le retour de mon frère, dit alors ma visiteuse. N'était-ce pas ce dont nous étions convenues ? Il a fallu la naissance de votre nièce pour changer nos projets.

— En effet, murmurai-je du bout des lèvres. En effet. Votre chambre vous attend.

Que pouvais-je dire, que pouvais-je faire d'autre ? Ronsard dîna avec nous et prétexta un sonnet à terminer pour nous quitter une fois dégustés les melons pompons de notre jardin.

Je l'accompagnai jusqu'à son cheval.

— Quand nous reverrons-nous ? s'enquit-il à mi-voix.

— J'inventerai des courses urgentes à faire dans votre quartier, soufflai-je. Désormais, les choses seront moins faciles, Pierre, il ne faut pas nous le dissimuler.

— Je viendrai la nuit dans le pavillon de musique, mon bel amour. A présent, rien ne pourra me tenir éloigné de toi !

Il avait raison de ne pas consentir à perdre la

moindre miette des précieuses heures qui nous restaient. Elles furent si brèves...

Courte et victorieuse, la guerre des Trois Evêchés ne dépassa pas ce beau mois de juillet.

Je sais que je ne le devrais pas, mais je t'ai déjà avoué tant de choses aujourd'hui, Guillemine, que je peux me laisser aller à te confier maintenant mes pensées secrètes quand j'appris que le traité de Passau venait d'être signé. J'en fus navrée. Il peut paraître monstrueux de déplorer la fin des hostilités entre son pays et un pays ennemi, indigne de ne se réjouir ni de la paix ni de la victoire. Mais n'avais-je pas des excuses ? Mon bonheur s'éteignait avec les combats. Le retour des troupes entraînait celui de mon mari. Il mettait un terme aux seules heures véritablement heureuses qu'il m'eût été donné de connaître depuis mon mariage... Et j'ignorais encore combien ce terme serait définitif !

A la fin du mois de juillet le roi licencia son armée. Au début d'août, Jean revint à Courtiras.

Deux jours auparavant, Ronsard et moi nous étions séparés dans les larmes et le désespoir. Après ces mois émerveillés, nous quitter n'avait été que plus douloureux.

Dieu ! Que j'ai pleuré, que j'ai souffert, que j'ai regretté une union qui m'éloignait de façon si implacable de celui que je m'étais mise à tant aimer !

Une nouvelle fois, Pierre m'avait proposé de m'enfuir avec lui. Une nouvelle fois, j'avais refusé. Non pas qu'une telle solution ne m'eût tentée cette fois-ci, mais je savais que mon mari nous poursuivrait partout de sa haine vengeresse. Il n'aurait de cesse de prendre sa revanche, une revanche exemplaire, à la mesure de l'offense que nous lui aurions infligée. Il se montrerait d'autant plus implacable qu'il était par nature soucieux de l'opinion d'autrui. Par respect humain, il serait sans pitié.

Seuls ma soumission et un repentir feint pourraient, peut-être, détourner de nous sa fureur.

La carrière de Ronsard, si prometteuse mais encore si fragile ne survivrait pas à un scandale de cette envergure. Sa vie même pouvait se trouver en péril...

Notre dernière nuit s'écoula dans le pavillon de musique où nous avions connu de si douces heures... Mes doigts conservent le souvenir du satin de soie qui recouvrait les coussins où nous étions étendus... Jamais encore Pierre ne m'avait possédée avec un tel emportement. Jamais je ne m'étais donnée avec tant de violence désespérée. Des sanglots se mêlaient à nos plaintes amoureuses et nous gémissions de chagrin autant que de plaisir...

— Jean sera de retour demain ou après-demain, dis-je quand l'aube se leva sur la vallée. Il sera presque aussitôt averti par sa sœur de ce qui s'est passé ici en son absence. Garde-toi de revenir, mon amour. Ce serait inutile et dangereux pour nous deux.

— Que vais-je devenir loin de toi, me rongeant le cœur à imaginer ce qu'il va te falloir subir ? Je ne serai qu'angoisse.

— C'est pourtant l'unique manière d'agir si nous voulons voir se calmer la colère de Jean. Ta présence lui était déjà difficile à supporter avant cette guerre. Désormais, elle n'est même plus concevable.

— Je ne peux rester à Vendôme, si proche et si éloigné de toi, à me mordre les poings...

— Va donc à la Possonnière. Tu y es toujours bien

reçu. Demeure chez ton frère jusqu'à ce que je puisse te donner de mes nouvelles. Ensuite, nous verrons...

C'est sur ces mots de fausse espérance que nous nous sommes arrachés l'un à l'autre...

En évoquant nos adieux, aujourd'hui encore, vois-tu Guillemine, je me sens le cœur rompu comme en cet instant de malheur... Il est vrai que depuis deux jours, notre séparation est devenue éternelle...

Que te dirai-je que tu ne saches déjà du retour de mon mari ?

Durant l'été et l'automne qui suivirent, tu m'as vue pleurer et traîner ma pauvre existence d'heure en heure, de peine en peine...

Comme je m'y étais attendue, Jean n'avait pas tardé à être informé, peu importe par qui, des séjours effectués par Pierre à Courtiras, de mes visites à Vendôme, de nos rendez-vous dans la campagne, de nos errances à travers prés et bois...

Je n'avais rien renié. Sous les reproches les plus insultants, je me taisais. Je me suis tue durant des semaines. Les injures, les imprécations, les coups dont j'étais abreuvée n'y changèrent rien. Jean vociférait, me traitait de putain, me menaçait des pires sévices. Je restais muette. Mes larmes, mes fuites, étaient mes uniques réponses.

Ce qui me coûta le plus fut l'intérêt, aussi soudain que trouble, produit sur les sens de mon époux par ce qu'il imaginait de ma conduite. Dès le soir de son retour, alors que je venais d'essuyer la première et féroce scène de ce mari trompé, je vis une lueur équivoque s'allumer dans son regard au moment où je m'apprêtais à regagner ma chambre.

— Halte-là ! s'écria-t-il. Il serait trop commode

d'avoir pris du bon temps pendant que j'étais au combat et de me planter là maintenant que je suis revenu ! J'entends exercer sur vous mon droit de prise, ma belle catin !

Je m'étais préparée à sa fureur, à son mépris, pas à sa concupiscence. Une peur panique me fouailla. Je m'élançai vers la porte. Il y fut avant moi, me saisit à bras-le-corps, me renversa sur un coffre qui se trouvait près de nous et me prit comme un soudard. Comme le soudard qu'il était sous ses apparences de courtisan !

Je ne souhaite à aucune femme, fût-elle ma pire ennemie, une humiliation pareille, une souillure pareille ! J'étais traitée par Jean comme une fille à soldats alors que mon être tout entier appartenait à un autre, alors que j'étais encore éperdue de reconnaissance et d'amour envers cet autre !

C'était là toucher le fond de l'abjection.

Durant la nuit qui suivit, j'eus l'impression d'avoir été précipitée dans un abîme de boue et de honte... Je crus que je ne pourrais plus retrouver le goût de vivre, que je n'oserais plus regarder Pierre en face...

L'occasion ne m'en fut pas offerte.

Attaqué avec virulence par les poètes de Cour qu'il avait traités dans sa préface aux *Odes* de « versificateurs » et de « vermine envieuse », sans parler d'autres qualificatifs méprisants ou railleurs, Ronsard fut rappelé à Paris par ses amis qui le réclamaient soudain à grands cris. S'il voulait défendre son œuvre, il était plus que temps qu'il revînt dans la capitale où son absence laissait le champ libre à ses adversaires.

Dévoré de chagrin, déchiré entre l'amour qu'il me portait et la nécessité de riposter aux arguments venimeux de Mellin de Saint-Gelais qui avait lancé contre lui une diatribe remplie d'animosité, Pierre se vit forcé de quitter le Vendômois. Il avait à combattre la malveillance, son avenir à sauvegarder, son honneur de poète à laver et il avait aussi le premier livre des *Amours* à publier.

Ne disposant pas de la possibilité de me voir pour me dire un dernier adieu, il composa un sonnet poignant que Denisot me remit furtivement quelques jours plus tard à la sortie de le messe solennelle dite en l'honneur de la Nativité de la Vierge, le huit septembre.

> *... Puisqu'au partir, rongé de soin et d'ire,*
> *A ce bel œil adieu je n'ai su dire,*
> *Qui près et loin me détient en émoi,*
>
> *Je vous supplie, ciel, air, vents, monts et plaines,*
> *Taillis, forêts, rivages et fontaines,*
> *Antres, prés, fleurs, dites-le-lui pour moi !*

Avec ces vers merveilleux qui me déchiraient le cœur, je me retrouvai seule dans notre vallée désertée...

Au bout du long tunnel où je me vis ensuite forcée de progresser durant les mois noirs de la séparation, une lueur cependant commença bientôt de briller.

J'étais enceinte.

Aucune autre considération n'aurait pu m'aider comme celle-là.

J'avais toujours entendu dire autour de moi que le caractère de l'enfant dépendait en grande partie de la manière dont sa mère l'avait attendu, porté, espéré. Je ne me sentais pas le droit de transmettre à mon petit

259

la tristesse en premier héritage. Je le voulais serein. Il me fallait donc m'appliquer de toutes mes forces à œuvrer dans ce sens.

Dès lors, je rassemblai mon courage, je m'attachai avec ténacité à cette tâche immense qui devint mon constant souci : enfanter un être réussi, harmonieux, heureux de vivre, heureux que je lui aie fait don de l'existence... Je ne dis rien à personne. Je puisai dans ce silence à goût de secret une sorte d'exaltation intime qui me porta désormais. Tendue vers la réalisation la plus parfaite possible de cette merveille qu'était un humain tout neuf, né de moi, je m'imposai une discipline journalière stricte, je m'efforçai au calme, je décidai de tenir à distance le chagrin de mon amour sans avenir ainsi que la tristesse de ma vie conjugale dévastée. Je savais les retrouver plus tard sur mon chemin, quand je serais de nouveau seule pour les affronter.

En ces mois où je vivais pour deux, je me concentrais uniquement sur le mystère joyeux qui prenait forme en moi, je me confondais avec lui, je commençais à vivre pour et par l'enfant qui m'était envoyé.

Dégoûté par mon indifférence, ulcéré par le peu de cas que je faisais de ses colères comme de ses convoitises, mon mari repartit dès octobre pour Pray. Sa sœur l'y avait devancé et s'en était retournée depuis des semaines chez elle.

Je demeurai seule avec mes espérances informulées. Elles me suffisaient.

Par ailleurs, je n'étais pas sans autre sujet d'apaisement. Pierre m'écrivait. Il me tenait au courant de ses activités par le truchement de Denisot qui sut se montrer pendant tout ce temps le plus discret des messagers. Ayant gagné Paris au début du mois de septembre, Ronsard n'avait pas tardé à remettre le recueil de ses sonnets à son imprimeur.

L'ouvrage sortit des presses le trente septembre. Il s'intitulait : « Les Amours de Pierre de Ronsard Vendômois, Ensemble le cinquième de ses Odes ». Des partitions musicales y étaient jointes. Cette innovation permettait de chanter les vers écrits dans cette intention.

Grâce à l'entremise de certains de ses amis dont le chancelier Michel de l'Hospital, la querelle qui avait si malencontreusement envenimé les rapports de Pierre et du poète prisé par la Cour, Mellin de Saint-Gelais, s'apaisa peu à peu. Bien conseillé, Ronsard décida de faire amende honorable. Il s'engagea à supprimer de ses Odes les moqueries et invectives qui avaient déplu par leur outrance. Il accepta également de composer quelques nouvelles pièces de vers plus respectueuses envers son vieil adversaire et les amis de celui-ci.

Toutes ces chicanes furent d'ailleurs balayées par le vent de succès qui s'éleva soudain avec vigueur pour porter Pierre vers les cimes. Ses vers plurent. C'est peu de dire qu'ils plurent. Ils enchantèrent. Son talent fut reconnu d'un seul coup. La mode s'empara aussitôt de lui.

Les échos m'en parvinrent à Courtiras. Chacun voulait lire et chanter l'ouvrage tant vanté. Il n'était plus de réunion où on ne parlât du jeune poète si estimé à Paris, où on ne citât des passages entiers de son œuvre. Parfois, on m'associait à lui, on me faisait compliment de l'avoir si bellement inspiré...

J'appris que, dès le mois de décembre, il avait fallu

procéder à un nouveau tirage des *Amours*. Le premier était déjà épuisé.

Je goûtais une joie aussi réservée que profonde à suivre cette ascension.

Dès la parution du recueil, Pierre m'en avait fait adresser un exemplaire. Une lettre y était jointe où il me disait que chaque ligne dont je prendrais connaissance avait été écrite avec le sang de son cœur, que l'ensemble composait un hymne en mon honneur, que ces *Amours* étaient nôtres, qu'à tout jamais il m'en faisait offrande comme à son unique inspiratrice et à sa seule passion. Il souhaitait y faire revivre la chronique amoureuse des mois que nous avions vécus à Courtiras. Il ajoutait que si certains passages me semblaient trop audacieux ou trop révélateurs, il m'en demandait pardon à l'avance mais que les retrancher de l'ensemble en aurait faussé le sens.

Je dus convenir qu'il avait su s'arrêter au bord des aveux les plus indiscrets, qu'il n'avait jamais décrit clairement ma possession non plus que nos ivresses, que les allusions que j'y relevais ne pouvaient être comprises que de nous. La mythologie, les rêveries, les songes masquaient sans cesse une réalité dont nous demeurions les seuls à connaître le véritable visage.

Je me persuadai que si Pierre était enfin parvenu à toucher tant de gens, c'était parce qu'il avait livré dans ses vers un peu de sa propre substance, qu'il s'était donné lui-même en pâture au public, qu'il n'avait pas hésité à mettre son âme à nu. Je savais que la popularité d'un artiste est à ce prix.

Je me serais donc laissée aller sans aucune arrière-pensée à la douceur de cette nouvelle forme de complicité, intime bien que révélée, dissimulée et pourtant proclamée, si Pierre n'avait pas jugé bon de faire mettre en frontispice de son ouvrage nos deux portraits face à face. J'y apparaissais de profil, les seins nus. Sans doute nos traits avaient-ils été un peu stylisés par l'auteur de ces dessins inspirés des peintures de Denisot, mais nous restions encore beaucoup trop reconnaissables selon moi.

C'est peu de dire que j'en fus horriblement gênée. J'en fus consternée. C'était comme d'être promenée parmi une foule goguenarde, la poitrine offerte ! Les remarques malicieuses, hypocrites, compatissantes, qu'on ne manqua pas de m'adresser à ce sujet parmi mes relations ne firent que renforcer mon embarras. Gabrielle de Cintré, que je rencontrais de temps à autre chez certains de mes voisins, s'écria, paraît-il, qu'on savait que les muses étaient d'ordinaire légèrement vêtues. Qu'il ne fallait donc pas s'étonner de me voir ainsi dénudée puisque Ronsard m'avait élue comme telle ! On me rapporta aussi certaines réflexions blessantes émises par ma belle-famille.

Un soir, Jean entra dans ma chambre gonflé de fureur.

— Madame, dit-il avec un rictus de mépris, par votre faute on se gausse un peu partout de nous ! Je saurai faire taire les bavards, mais je ne veux plus, pour un temps, vous voir demeurer ici ! Partez ! Allez passer les mois d'hiver à Blois.

Je partis. Cette fois, mes parents me reçurent avec affection. Mon état et l'obligation de faire taire les commérages les rapprochèrent de moi. Nous fîmes front ensemble. Ma mère me témoigna une sollicitude inhabituelle née de la satisfaction qu'elle éprouvait à me voir enfin grosse.

Je profitai de ce séjour pour aller rendre le plus souvent possible visite à Marie de Musset. Les remous provoqués par la renommée soudaine de Ronsard et par la reproduction de nos portraits joints inquiétaient son amitié. Je ne trouvai pas la force de lui cacher ce qui s'était passé entre Pierre et moi en l'absence de mon mari. J'éprouvai même un certain allégement à cette confession. Je lui décrivis également les agissements de Jean à son retour. Je n'eus pas à me repentir de la confiance que je lui témoignai. Marie se montra alors la plus compréhensive et la plus attentive des amies.

— Je suis d'avis d'éviter autant que faire se peut les occasions de pécher, me dit-elle quand je lui eus tout raconté. Mais, une fois le mal accompli, il n'est pas bon de s'appesantir sans fin sur ce qui a été. Votre amant est désormais loin de vous, occupé à se faire un nom, accaparé par sa réussite. Imitez-le. Tournez-vous vers l'avenir. L'enfant que vous attendez sera le meilleur des antidotes pour vous débarrasser des poisons du passé. Il sera votre œuvre. Consacrez-vous à lui comme Ronsard se consacre à la sienne.

Je l'approuvai entièrement. Pour sceller notre accord, je lui demandai d'être la marraine de mon premier-né.

— Avec joie, dit-elle en m'embrassant. Quand le moment de sa naissance approchera, faites-le-moi savoir. J'aimerais aussi être près de vous à l'heure où mon futur filleul fera son apparition dans le monde !

Comme les événements se plaisent le plus souvent à déjouer nos prévisions, les douleurs de l'enfantement me prirent plus tôt que prévu et je n'eus le temps de prévenir ni ma mère ni Marie.

J'étais en effet revenue dès le début du printemps à Courtiras où je tenais à faire mes couches. J'étais résolue à ce que mon petit vît le jour dans cette maison que j'aimais. L'insistance conjuguée de ma famille et de mon amie n'était pas parvenue à me faire changer d'avis. J'avais donc quitté Blois au début de mars afin de me réinstaller tranquillement chez moi.

Le matin du samedi saint, à l'aube de ce jour d'attente suspendu entre la mort et la Résurrection du Christ, dans le silence si déconcertant causé par le mutisme des cloches, je mis au monde l'enfant espéré. C'était une fille.

Tu assistais, Guillemine, à ma délivrance. Tu sais comme tout se passa aisément. Tu as vu éclater ma joie. Tu as aussi vu mon émotion. Je pleurais et je riais en même temps.

— Elle s'appellera Cassandre, comme moi, dis-je. Elle portera mon nom !

Depuis le début de ma grossesse, j'avais souhaité donner le jour à une fille. Je me disais qu'il me serait plus facile de la comprendre et de l'élever qu'un garçon. Je pourrais la garder près de moi, pour moi. Un fils aurait été revendiqué par Jean comme héritier. On m'en aurait séparée trop vite pour le confier à des maîtres d'armes, à des prêtres, à de savants professeurs. Je n'aurais pas pu le soigner lors de ses maladies d'enfant. Attaché à sa personne, un médecin s'en serait occupé. De nombreux domestiques se seraient disputé l'honneur de le servir. Dès l'âge de dix ans, il aurait été envoyé comme page à la Cour...

Dieu merci, rien de tel ne risquait de se produire avec une fille. Je savais que mon mari s'en désintéresserait. En toute liberté, je pourrais me consacrer à elle. Elle serait à moi. Rien qu'à moi.

— Je veux la nourrir au sein moi-même, sans engager, comme le font les autres jeunes femmes, comme l'a fait Jacquette, une nourrice pour l'allaiter, décidai-je.

Si j'avais voulu lui donner mon prénom, c'était pour signifier sans équivoque cette unique appartenance. Ma petite Cassandre ne relèverait de personne d'autre que de sa mère. Elle serait une autre moi-même.

— Votre fille vous ressemble de façon frappante, remarqua la sage-femme en déposant l'enfant emmailloté entre mes bras. A ce point-là, ce n'est pas courant.

En posant pour la première fois mes lèvres sur le doux et délicat petit visage aux yeux clos que je contemplais avec une émotion que je n'aurais jamais crue possible auparavant, je découvris un nouvel aspect du bonheur. D'un bonheur violent et possessif, mais mystérieux et débordant d'une jubilation clandestine, d'une connaissance informulée du lien secret qui nous unissait, cette enfant et moi.

Si elle me ressemblait tant, c'était que Dieu l'avait voulu ainsi, en signe de pardon pour mes fautes, mais également pour confondre les curieux et égarer les indiscrets... Je goûtais avec délice l'ambiguïté d'une telle similitude pour m'en repaître comme d'une communion...

Le jour même de la naissance, je fis prévenir mes parents, Marie de Musset et aussi Jean que je ne pouvais tenir dans l'ignorance d'un semblable événement.

Ma mère et Marie arrivèrent le plus vite possible et

266

s'installèrent auprès de nous. Mon père vint saluer cette seconde petite-fille et repartit assez rapidement pour Blois. Il était désappointé. Toujours pas de garçon dans la nouvelle génération et aucun héritier en vue !

Soucieux de sauver les apparences, mon mari vint me rendre visite dans les délais exigés par les convenances.

Il demeura glacial, se pencha sur le berceau, interrogeant du regard les traits enfantins, puis s'écarta sans un mot. La petite ne ressemblait à personne d'autre qu'à moi. De toute évidence, cette constatation le déçut. Il n'était pas plus avancé qu'auparavant... et il me connaissait assez pour savoir que je ne parlerais jamais.

Il préféra alors s'en tenir aux banalités d'usage en m'interrogeant d'un air maussade sur ma santé et en excusant sa sœur qu'une rage de dents retenait au logis. Ma mère et mon amie alimentèrent seules la conversation. Jean et moi n'avions plus grand-chose à nous dire. En se retirant, il m'annonça cependant que je pouvais revenir à Pray.

— Plus tard, dis-je sans conviction. Plus tard... Nous nous reverrons bientôt pour le baptême.

Je savais qu'en dépit de sa mauvaise humeur, il tiendrait à assister à une cérémonie où son absence n'aurait pas manqué d'être remarquée et commentée par tout notre entourage.

Ce fut une fête simple et familiale à laquelle je ne participai que de loin. En attendant mes relevailles, je ne pouvais en effet ni sortir de la maison ni me rendre à l'église.

Avant de partir pour le bourg, Marie m'apporta

Cassandrette afin de me la faire admirer dans sa robe de dentelle qui rivalisait de blancheur avec les pruniers et les cerisiers en fleur du verger. Mon amie portait sa filleule avec un plaisir si manifeste que mon amitié s'en trouva encore renforcée.

Quant à ma mère, toujours aussi peu prodigue en manifestations, elle arborait un air satisfait qui, de sa part, valait tous les témoignages.

Elles demeurèrent toutes deux quelque temps auprès de moi, puis repartirent pour Blois à peu de jours de distance.

Je me retrouvai seule avec mon trésor, là où était mon cœur...

Notre vie commune commençait.

Je n'y aurais puisé que des joies si, par ailleurs, je n'avais pas souffert de plus en plus de la tournure prise par la carrière poétique de Ronsard. De ce côté, hélas, j'allais de déception en amertume.

En avril, alors que nous baptisions ma petite Cassandre, parut un certain *Livret de Folastries* qui fit scandale. C'était un recueil de pièces légères, si licencieuses que la société parisienne, pourtant d'ordinaire fort indulgente à l'égard de ce qui était grivois, s'en offusqua. Imitant Catulle, l'auteur s'y livrait à des descriptions obscènes que couronnaient à la fin du volume deux sonnets scabreux, véritables blasons des sexes, où aucun détail déshonnête n'était épargné. L'œuvre était anonyme, mais personne ne s'y trompa. Le ton, le style, la manière valaient une signature. Tout désignait Ronsard qui, d'ailleurs, ne s'en disculpa en aucune façon.

Pour moi, ce fut l'abomination. Notre histoire

d'amour s'y trouvait étalée avec une impudeur, une provocation, qui me confondirent.

Pierre s'y exprimait clairement :

> *J'ai vécu deux mois, ou trois,*
> *Mieux fortuné que les Rois*
> *De la plus fertile Asie,*
> *Quand ma main tenait saisie*
> *Celle, qui tient dans ses yeux*
> *Je ne sais quoi, qui vaut mieux*
> *Que les perles Indiennes*
> *Ou les Masses Midiennes.*
>
> *Mais depuis que deux Guerriers,*
> *Deux soldats aventuriers,*
> *Par une trêve mauvaise,*
> *Sont venus corrompre l'aise*
> *De mon plaisir amoureux,*
> *J'ai vécu plus malheureux*
> *Qu'un Empereur de l'Asie*
> *De qui la terre est saisie...*

Notre amour était divulgué, étalé, livré aux regards de la foule... Une honte affreuse me submergea. Les railleries qui suivaient, dirigées contre mon mari, ne l'épargnaient pas et même le ridiculisaient de grossière façon. A travers l'injure faite à un homme dont je portais le nom, Pierre n'avait-il pas senti qu'il m'atteignait aussi ?

Un mois plus tard, en mai, parut la seconde édition des *Amours*.

Quel ne fut pas mon accablement quand je vis que Ronsard récidivait. Il avait en effet ajouté aux précédents une quarantaine de sonnets inédits et ces pièces rapportées étaient loin d'être innocentes ! Jamais à

269

ma connaissance il n'avait rien écrit de si audacieux !
Enfin, pour parachever son pari insensé, il fit paraître
en août, dans la seconde édition du *Cinquième Livre
des Odes* une « Ode à la Fontaine Belerie ». J'y
découvris avec horreur un passage où mon corps était
décrit avec une précision qui dévoilait son anatomie
la plus secrète.

Tout s'écroulait autour de moi ! Je me vis perdue de
réputation, non seulement auprès de ma famille, de
mes amis, de notre province, mais encore aux yeux du
royaume entier et aussi, sans doute, à ceux de nos
descendants !

Que dirais-je à ma fille quand elle serait en âge de
prendre connaissance de semblables indécences et
qu'elle viendrait me demander compte de récits qui
nous déshonoraient ?

Quelle défense opposer à mon époux s'il surgissait,
ces livres à la main, pour me couvrir d'opprobres et
tirer vengeance sur moi des folles déclarations qui me
désignaient si clairement comme coupable ?

Je dois dire à la décharge de Jean qu'il évita de se
manifester à la suite de la parution des textes insultants et révélateurs qui nous éclaboussaient tous
deux. Ce silence me parut plus digne que les violences
auxquelles il s'était livré à son retour de guerre ou que
le mépris témoigné par la suite. Il choisit de se taire,
de m'ignorer et s'arrangea pour demeurer presque
toujours au loin. Sa charge lui servait de couverture.
Lors de ses rares moments de présence, son regard
passait à travers moi comme si j'avais été de verre.

L'offense était cependant d'autant plus cuisante
qu'à la suite de ces parutions, la renommée de
Ronsard ne cessa de s'affirmer de mois en mois. Elle

devint triomphale. Réconciliés avec lui, ses anciens ennemis s'inclinaient à leur tour devant son génie. Longtemps récalcitrant, le Roi lui-même saluait à présent Pierre comme le chef incontesté de la nouvelle Ecole poétique et lui commandait, sous la forme d'un poème épique, une grande fresque historique à la gloire de ses aïeux, les Rois de France! J'étais au courant d'un projet dont Ronsard m'avait entretenue maintes fois. Je savais qu'il songeait depuis des années à entreprendre un tel ouvrage dont il m'avait aussi confié le titre : *la Franciade.*

Etait-ce la fumée de ses triomphes qui avait fait perdre à Pierre le sens de la mesure? Le prix de sa glorieuse ascension était-il le saccage de notre vie amoureuse, l'exhibition de notre plus précieuse intimité?

Tu ne peux savoir, Guillemine, ce que je ressentis devant un si total mépris de la parole donnée, des serments les plus solennels. Ne m'avait-il pas écrit :

Las, si ma servitude et ma longue amitié
Méritaient à la fin de vous quelque pitié,
S'il vous plaisait, de grâce, alléger mon martyre,
Me donnant le guerdon que tout amant désire,
Je serais si discret recevant ce bonheur,
Je serais si fidèle à garder votre honneur,
Que nous deux seulement saurions ma jouissance,
Dont le seul souvenir me fait Dieu quand j'y pense.

Confiance trahie, pudeur foulée aux pieds, secrets dévoilés, réserve ridiculisée, tel m'apparaissait l'atroce bilan d'une année de divulgation effrénée et de promesses trahies.

271

J'ai songé à me tuer. La présence de ma chère fille m'en a, seule, dissuadée.

Je n'osais plus sortir de chez moi. Je me terrais entre les murs de Courtiras comme une recluse au fond de sa cellule. Je ne voulais plus voir personne...

Jour et nuit, je m'interrogeais sans trêve : comment Pierre, qui s'était toujours montré avec moi si tendre, si délicat, avait-il pu se comporter de la sorte ? Que s'était-il passé dans ce cœur que j'imaginais bien connaître ? Pourquoi avait-il, lui que je croyais fidèle, agi comme un renégat, un séducteur de bas étage, un goujat ?

Je ne lui écrivis pas. A quoi bon ? Qu'aurais-je pu lui dire sinon lui crier mon indignation et mon dégoût ?

Dépouillée de tous mes rêves, je vivais la mort de mon amour comme celle d'un autre moi-même et mon deuil était double.

Devinant mon tourment, Marie ne tarda pas à accourir. Elle délaissa mari et enfants, qui, affirmait-elle, avaient moins besoin d'elle que moi, s'installa à mon chevet comme à celui d'un mourant. Ainsi qu'une sœur, elle entreprit de m'arracher à la consternation qui me rongeait.

— Ronsard s'est laissé contaminer par les exemples qui lui sont donnés à la Cour, disait-elle doucement tout en m'aidant à broder un drap pour Cassandrette. Ne savez-vous pas combien, de nos jours, les jeunes seigneurs, désireux d'imiter les mœurs italiennes, se montrent cyniques, vantards, débauchés ? Leur immoralité aura déteint sur votre amant. Grisé par ses succès, par l'accueil des courtisans qu'il avait si longtemps espéré en vain, il aura tout bonnement perdu la tête. En devenant du jour au lendemain un homme célèbre, le petit poète vendômois que vous connaissiez, que vous aimiez, a cru préférable d'abandonner sa modeste dépouille pour s'envoler, brillant comme un papillon, vers une apothéose dont l'éclat lui a fait oublier toute retenue.

— De là à publier sur moi de telles révélations !

— Je ne l'excuse pas, Cassandre, je cherche à comprendre, voilà tout.

C'est Marie, c'est son infatigable dévouement, qui m'ont sauvée de la honte et de l'anéantissement. Je ne l'oublierai jamais. Durant ce fatal été, elle est restée près de moi. Elle m'a appris à dominer ma mortification, à faire fi des racontars qui me diffamaient, à pardonner les folies irresponsables d'un homme qui n'avait sans doute péché que par excès de joie, à m'en remettre à Celui qui efface les larmes des humiliés...

— Songez, mon amie, disait-elle, que, presque en même temps, Ronsard a triomphé de vous qui le faisiez languir depuis des années et de ses rivaux qu'il a soudain dépassés de cent coudées ! Il y a de quoi brouiller la cervelle de n'importe qui ! Plus j'y pense, plus je suis certaine qu'il a agi avec ingénuité, dans la plus parfaite bonne conscience. Son bonheur débordait. Il l'a répandu à flots dans son œuvre. En définitive, vous êtes victime de l'exaltation dont votre amant vous était redevable. Sous la pression d'un pareil enivrement, il a explosé comme un feu d'artifice, sans songer un instant que les débris de cette explosion retomberaient sur vous ainsi que des pierres et vous écraseraient.

Nous nous promenions au bras l'une de l'autre à travers mon jardin que les chaleurs de la canicule avaient éprouvé. Avec soin et précaution, nous vidions l'abcès qui me minait.

— Sans doute Ronsard n'avait-il non plus envisagé en aucune façon l'immense retentissement, si nouveau pour lui, de ses derniers ouvrages, m'expliquait Marie devenue par bonté d'âme l'avocate de Pierre. L'accueil réservé auquel il était accoutumé auparavant n'aurait nullement entraîné de telles conséquences. Quand il composait ses sonnets, il suivait, selon son habitude, ses impulsions du moment et ne pouvait prévoir le sort qui serait réservé plus tard à ce qui sortait ainsi en bouillonnant de son cœur et de son esprit échauffés.

J'émergeais lentement du gouffre de boue où j'avais craint de m'enliser.

Lorsque Marie s'en retourna à Blois, j'étais encore meurtrie, mais les effets de la commotion que je venais de subir commençaient à s'estomper.

Mes parents, qui étaient demeurés déplorablement discrets au plus fort de la tourmente, se manifestèrent enfin. Leur réserve ne me surprit pas mais me porta à me replier davantage sur ce qui était à présent mon univers : ma petite Cassandre et Courtiras.

Plus que jamais, je m'absorbai dans les soins et l'amour prodigués à ma fille. Son éveil à l'existence m'aidait à reprendre goût à la vie. Un à un ses sourires éclairèrent mon horizon.

J'avais cependant une nouvelle épreuve à subir.

Au printemps de 1554, soit deux ans après en être parti, Ronsard revint en Vendômois.

Apparemment à mille lieues d'imaginer les tourments infligés, il eut le front de se présenter presque aussitôt chez moi. Nimbé de gloire, paré de la faveur de la Cour, il devait se croire irrésistible.

Ce me fut un déchirement que de retrouver, après tout le mal qu'il m'avait fait, cet homme dont j'avais si souvent évoqué jadis le retour comme jour d'allégresse et de recommencement.

Je le reçus pourtant avec une froideur simulée qui me coûta plus que je ne saurais le dire. Mais je ne lui adressai aucun reproche. A quoi bon? Tout n'était-il pas saccagé?

Je me contentai de témoigner à Pierre une feinte indifférence plus significative qu'un chapelet de griefs. Abasourdi, il voulut m'embrasser. Je le repoussai. C'était fini.

Notre cœur est étrange. Malgré le supplice enduré par sa faute, malgré nos amours profanées et salies, malgré les justes récriminations que j'aurais été en droit de lui adresser, revoir Pierre dans de telles conditions me tortura. Dès qu'il m'eut quittée, désemparé et sans avoir compris les raisons de mon attitude envers lui, je décidai de ne plus m'exposer aux affres d'une seconde rencontre. C'était au-dessus de mes forces!

Je quittai le lendemain Courtiras avec ma fille pour me rendre à Pray d'où mon mari m'avait fait savoir quelque temps auparavant qu'il serait souhaitable aux yeux du monde et donc aux siens, que je vinsse de nouveau habiter en sa compagnie.

De ce jour, ma vie ne serait plus guidée que par les rigoureux jalons du devoir.

En dépit de ses cris, de ses appels, de son repentir, en dépit des innombrables corrections, suppressions, remaniements apportés par la suite à son œuvre afin d'en supprimer ce qui pouvait m'y désigner ou trahir mon identité, je me refusai à renouer avec Pierre des relations dont je redoutais l'emprise sur moi et les répercussions sur Cassandrette.

Pendant douze longues années, je me consacrai à ma fille et demeurai inflexible à l'égard de celui que j'avais tant aimé avant que le scandale ne vînt, par sa faute, m'écraser sous son poids de cauchemar.

INTERMÈDE

29 décembre 1585

Dites maîtresse, é, que vous ai-je fait?
Et, pourquoi las! m'êtes-vous si cruelle?

Continuation des Amours, 1555.

— Nous arrivons à Pray, ce me semble, dame, dit soudain Guillemine en profitant d'un moment de silence.

J'émerge avec difficulté d'un passé si cher et si douloureux que sa seule évocation suffit à me bouleverser de nouveau.

Pray ! J'écarte les rideaux de serge verte et aperçois en effet, par-delà les arbres noirs de décembre noyés dans la brume, les tours du château. M'y voici donc encore une fois revenue !

Ce domaine que je n'ai jamais beaucoup aimé mais où je me suis cependant réfugiée après ma rupture avec Ronsard, ce fief orgueilleux où je me sentais si peu chez moi, va m'accueillir à un autre moment crucial de ma vie !

Depuis que je l'ai laissé à ma fille et à son époux, j'y retourne, il est vrai, avec moins de déplaisir. Les séjours que j'y fais sont illuminés par la tendresse si active qui me relie à Cassandrette. Près d'elle, je me contenterais d'un taudis. Le noble castel de Pray se trouve bénéficier de cet éclairage maternel et, depuis peu, grand-maternel...

— Pourvu que notre petit François aille mieux...

L'angoisse m'assaille de plus belle. Si je suis parvenue, grâce aux mots dressés entre elle et moi comme des remparts, à tenir éloignée la peur qui m'étreint, elle ne s'est pas dissoute pour autant. La voici qui me point, tout aussi virulente.

— Nous aurons toujours échappé aux loups et aux huguenots, soupire avec soulagement Guillemine en rangeant dans un étui de cuir noir qu'elle porte suspendu à sa ceinture le chapelet dont elle ne se sépare jamais. Dieu soit loué !

Elle redoutait donc vraiment ce genre de rencontre alors que je laissais couler hors de moi, comme l'eau violente d'un torrent, ce flot de souvenirs dont il fallait que je me délivre ? Durant un trajet dont la durée s'est comme diluée dans mon récit, ma servante pas plus que moi ne semble avoir songé à entamer les provisions de bouche que nous avions emportées. L'heure de notre repas de la mi-journée est certainement passée depuis un bon moment... Invisible derrière les nuées bruineuses, le soleil ne peut nous servir de repère, mais notre voyage a bien duré de cinq à six heures.

Je m'aperçois que je ne me suis inquiétée de rien pendant que je me racontais à Guillemine. Ni du temps écoulé, ni de l'état des chemins, ni de nos estomacs vides...

Nous franchissons à présent le pont-levis et pénétrons enfin dans la cour carrée de Pray.

Je retire mon masque et me passe les mains sur le visage.

Que vais-je apprendre en descendant de litière ?

Dès que ma voiture s'immobilise, je me lève. Des

douleurs aux genoux et dans les reins me rappellent sans pitié mon âge et mes rhumatismes.

La peste soit des maux de la vieillesse toute proche !

Après les traverses morales et sentimentales de la jeunesse et de la maturité, pourquoi nous faut-il subir ensuite la trahison du corps, de notre propre corps ? N'est-ce pas l'abandon de moi par moi-même que je commence à déceler dans mon organisme ? Je sais bien que cette épreuve-là, comme les autres, possède un sens et une raison. Il nous faut apprendre à nous affranchir peu à peu des attraits de la chair, si puissants, si dangereux. Notre lente dégradation physique nous est envoyée afin de nous enseigner le détachement nécessaire, afin de nous préparer insensiblement à la séparation finale d'avec cette pauvre enveloppe. L'exemple de Ronsard, de ses longs mois d'expiation par la souffrance et la maladie, m'obsède.

Je parviens tout de même à m'extraire de ma litière. Le froid et l'immobilité m'ont engourdi les membres. Il y a beau temps que les braises de ma chaufferette se sont éteintes et que j'ai rejeté la boule d'étain dont l'eau refroidissait entre mes doigts ! Heureusement une certaine tiédeur s'est attardée sous les couvertures fourrées de peaux de loups-cerviers.

Je me déplace avec difficulté. Il me faut faire quelques pas dans la cour pour retrouver un semblant de souplesse. Bien plus leste que moi, Turquet, mon petit chien, a sauté d'un bond sur le pavé où il court à présent comme un fou.

— Vous voici enfin !

Ma fille vient en courant à ma rencontre. Elle se jette dans mes bras.

— Oh ! Maman ! C'est horrible !

281

Je la serre de toutes mes forces contre moi, j'embrasse ses joues où les larmes ont laissé des traces humides, ses yeux rougis, son front ombragé par l'attifet de lingerie en forme de cœur qu'elle porte sur ses cheveux blonds, tout son pauvre visage griffé de fatigue et de chagrin.

Notre enfant serait-il mort ?

Je profite de ce que je ne vois pas ses yeux pour lui demander, mes lèvres contre son oreille :

— François ?

Un gémissement me répond, puis une voix entrecoupée de sanglots.

— Il brûle de fièvre, il est couvert de cloques... Après avoir hurlé un moment, il se plaint à présent d'une petite voix souffrante qui est pire que tout !

— S'il a survécu aux premières heures, dis-je d'un ton qui se veut rassurant, rien n'est sans doute perdu. Venez, allons près de lui.

Agrippées l'une à l'autre, nous tenant par la main, nous franchissons les hautes marches du perron menant au premier étage de l'ancienne demeure féodale transformée par le père de Jean en manoir ouvert sur l'extérieur.

Laissant la salle à notre droite, nous gagnons directement la chambre de ma fille et de son époux.

Là, près du large lit à baldaquin de velours, tout près, se trouve un berceau de bois sculpté qu'une servante anime d'un balancement régulier.

Au pied du berceau, mon gendre, Guillaume de Musset, se tient debout. Son visage est aussi meurtri que celui de sa femme. Je remarque les poches plus accentuées qu'il a sous les yeux, sa barbe me semble plus grisonnante que lors de notre précédente rencontre. Comme si cette nuit de malheur l'avait blanchie tout d'un coup.

Sans rien dire je lui serre les mains et m'approche du berceau. Sous le béguin de toile, le visage de l'enfant est intact mais boursouflé de fièvre. On ne voit rien du petit corps enveloppé dans un drap de fine toile faute d'avoir pu lui remettre ses vêtements. François garde les yeux clos. Il se plaint doucement et cette douceur même est plus affreuse que des cris.

— Comment l'a-t-on soigné ?

— Le médecin l'a saigné et m'a conseillé de lui faire un enveloppement de citrouille râpée.

Je fais la grimace.

— J'ai apporté avec moi de l'huile de millepertuis préparée par mes soins, dis-je. Je ne connais rien de meilleur pour traiter les brûlures. Si vous le voulez bien, nous pourrions en enduire votre fils sans plus attendre.

Cassandrette approuve et envoie un domestique quérir auprès de Guillemine le sac en maroquin où je range mes remèdes.

Pendant ce temps, la nourrice qui se tenait assise, l'air accablé, près de la haute cheminée où flambe un feu de bûches, se lève et prend son nourrisson entre ses mains attentives et douces. Deux rides profondes marquent au front son large visage de saindoux que le sentiment de sa faute a rendu tragique sous les larmes qui le mouillent. En dépit de l'attention qu'elle apporte à ses gestes, François se met à crier d'une voix cassée, comme brisée par la douleur.

Avec le plus grand soin, la nourrice dépose son léger fardeau sur le lit à baldaquin. Un molleton y a été étendu pour le recevoir. En procédant par étapes,

Mathurine déroule le drap qui, en dépit de la finesse de sa toile, colle par endroits à l'épiderme échaudé.

Dieu ! Le corps minuscule, âgé de trois mois à peine, semble écorché vif tant il est rouge ! Des cloques le recouvrent d'où s'échappe mêlée à la pulpe de citrouille écrasée, une sirosité visqueuse.

Il ne s'agit pas de me laisser aller à l'horreur qui me tord les entrailles. J'ouvre mon sac et en sors une fiole. Sur la peau brûlée, je verse goutte à goutte l'huile de millepertuis, cramoisie et onctueuse. A l'aide d'une fine compresse faite de charpie, j'effleure avec mille précautions les chairs souffrantes. Le dos et les jambes me semblent plus atteints que le ventre et les cuisses.

François pleure.

A part moi, je maudis la maladresse de Mathurine qui a laissé choir dans un cuveau où on venait de verser l'eau bouillante d'une lessive l'enfantelet confié à sa garde.

Comment cette solide paysanne, habituée à cette fonction, a-t-elle pu commettre pareille maladresse ?

Tout en me posant cette question, je lève les yeux vers la nourrice. Le regard qui croise alors le mien est si contrit, si malheureux, si désespéré, que je comprends pourquoi Guillaume et Cassandrette l'ont conservée auprès d'eux. La pitié remplace en moi la réprobation.

Je finis d'oindre mon petit-fils puis on le recouche.

— Avez-vous dîné ? me demande mon gendre.

Il s'est exprimé à mi-voix. Seul le très fort sentiment du devoir qui l'anime toujours a pu l'arracher à la morne contemplation de son premier-né supplicié.

J'aime bien Guillaume. Cet homme mûr, fils de ma meilleure amie, a épousé ma fille sur le tard. Avec un tendre amour, il lui a apporté une sécurité et une protection dont je suis extrêmement heureuse qu'elle bénéficie. Grâce à lui, je partirai tranquille quand l'heure en sera venue. Cassandrette ne se retrouvera pas seule et sans affection après ma mort.

Fin, discret, ennemi des démonstrations et de toute exubérance, ce mari providentiel ne ressemble en rien au mien. Responsable, sûr, il n'attache pas grand prix à l'opinion d'autrui et mène sa barque avec sagesse. Physiquement et moralement, il tient de son père, Claude de Musset, mort prématurément voici déjà longtemps. De sa mère, ma chère Marie, il a peu de chose sinon les yeux marron veloutés et loyaux. Il se trouve des gens pour lui reprocher sa réserve, son peu de goût pour le risque, sa prudence. Ceux qui le connaissent bien, ils sont peu nombreux, apprécient la liberté de son jugement ainsi que la fidélité de ses amitiés.

Voici quelques années, il a reçu du Roi une pension de quatre cents livres en récompense des services rendus à Sa Majesté tant en France qu'à l'étranger. Ses qualités de diplomate avaient en effet été fort estimées quand l'ambassadeur d'Espagne négociait la paix avec le roi de Navarre et le prince de Condé. Auparavant, il servait dans l'armée du comte de Maulévrier.

C'est un homme de cœur et non un homme de Cour. « Il ne se donne pas, il se prête seulement », murmure-t-on autour de lui. C'est sans doute vrai dans beaucoup de cas, mais je sais, moi, qu'il s'est donné sans retour à ma fille ! Elle qui répugnait à se marier, parce qu'elle m'avait vue malheureuse et aussi parce que notre entente était complète, a fini par accepter ce parti alors qu'elle allait sur ses vingt-sept ans. Ils se connaissaient tous deux depuis l'enfance, mais n'avaient encore jamais envisagé de s'unir. Durant les cinq années qu'ils viennent de vivre ensemble, je crois qu'ils ne s'en sont pas repentis un seul instant. Loin de leur peser, les quinze ans qui les séparent paraissent avoir établi entre eux des relations d'attention et d'égards mutuels tout à fait satisfaisantes.

La naissance de François, qu'on n'espérait plus, est venue parfaire une alliance à l'accomplissement de laquelle il ne manquait qu'un tel gage d'espérance.

Fasse le Ciel que ce témoignage de la bonté divine ne disparaisse pas prématurément, laissant derrière lui un vide si cruel que je ne puis l'envisager sans épouvante...

— Venez, ma mère, venez prendre un peu de nourriture. Il n'est pas bon de rester trop longtemps à jeun par une température comme celle-ci, dit Cassandrette avec un lamentable sourire.

Je frissonne. De froid ou de peine ?

Dans la salle, on a dressé une table devant la cheminée de pierre monumentale. Sous son vaste manteau, deux bancs, installés près du foyer pour se mieux chauffer, tiennent à l'aise. J'ai rarement vu une hotte aussi surchargée de blasons sculptés que celle-là ! N'ayant jamais aimé l'ostentation, j'ai toujours été agacée par l'étalage orgueilleux que faisait ainsi ma belle-famille de toute sa noble parenté. Du temps que je vivais à Pray, je ne regardais jamais une telle profusion d'écussons armoriés sans me sentir partagée entre la dérision et le blâme.

Aujourd'hui, je n'ai plus le cœur à railler.

— Je n'ai guère faim, dis-je en m'asseyant devant la table servie.

— Forcez-vous, ma très chère mère, je vous en prie.

Du bout des lèvres, je goûte un potage aux œufs, relevé de safran, je mange quelques bouchées d'une fricassée de fèves servie avec des pigeons rôtis et je termine par une ou deux cuillerées de riz cuit au lait d'amande.

Ma fille surveille mon repas d'un regard où les larmes affluent sans cesse.

— Retournons auprès de François, dis-je dès que j'en ai terminé. L'huile de millepertuis a peut-être commencé à le soulager.

Hélas, il n'en est rien. Mon petit-fils est toujours fiévreux et continue de se plaindre comme un chevreau qu'on saigne.

Je prends place à côté du berceau. Guillaume a quitté son poste de veille.

— Il n'y tenait plus, me confie Cassandrette. Il est parti chevaucher pour tenter de calmer son angoisse.

Dans le coin le plus obscur de la chambre qu'on est obligé d'éclairer aux chandelles en plein jour tant il fait sombre, la nourrice se tient assise, les mains abandonnées sur les genoux. La tête inclinée sur la poitrine, son bonnet de lingerie à bavolet pendant sur la nuque, elle demeure immobile, telle une image de la culpabilité.

Je vais vers elle et lui dis quelques mots, mais elle ne me répond pas. Ses épaules s'affaissent encore davantage. Je reste un moment près d'elle, impuissante à la consoler, avant de regagner ma place.

Ma fille attire un siège près du mien et se blottit contre moi. Je lui prends la main. Quand elle était enfant, si une petite maladie ou un mauvais rêve la tenait éveillée, je m'installais ainsi à son chevet. Elle me tendait la main. Je m'en emparais et, pendant des heures, je gardais ses doigts serrés entre les miens tout en lui racontant des histoires ou en la regardant dormir. C'était un échange indicible où santé et tendresse passaient de l'une à l'autre au rythme de nos pulsations mêlées et confondues...

Nous demeurons longtemps silencieuses, sans bouger, soudées une nouvelle fois par notre étreinte.

Les heures passent...

L'état de François ne s'améliore pas.

— Savez-vous si le médecin compte revenir ? finis-je par demander.

— Il a dit qu'il repasserait peut-être ce soir, si le temps le lui permettait.

— Je ne souhaite pas son retour. Il va encore saigner votre fils et l'affaiblir un peu plus.

— Que faire, Maman, que faire ?

— Il me semble que j'aurais davantage confiance en une guérisseuse qu'en un quelconque Cartereau pour une chose comme celle-là.

— En connaissez-vous ?

— Moi, non. Mais je sais que Marie a souvent été soignée par une femme dont elle vante les mérites.

Depuis qu'elle se trouve être la belle-mère de Cassandrette, Marie n'a jamais cessé de me témoigner sa satisfaction d'une union qui nous rapprochait encore toutes deux. Devenue ma commère en plus de mon amie, elle occupe à ce double titre une place toute particulière dans ma vie.

Demeurée veuve en pleine maturité, elle a choisi de se remarier deux ans plus tard au gouverneur du

288

château de Blois. Son second mari est un personnage. Ayant été dans sa jeunesse valet de chambre ordinaire de François Ier, Claude de Bombelles s'est trouvé mêlé aux aventures italiennes et galantes du feu Roi. Il s'est lui-même marié deux fois avant d'épouser Marie et possède une nombreuse descendance légitime et illégitime. J'ai toujours pensé qu'il ressemblait à Henri VIII, le roi d'Angleterre d'illustre mémoire. Comme ce souverain, il évoque pour moi l'ogre des fables enfantines. Grand, gros, pansu, le verbe impérieux, le rire tonitruant, il peut être férose ou charmeur selon les circonstances. On cite à l'envi ses mots à l'emporte-pièce. Capable de folles colères, il est aussi connu pour sa générosité.

Il fallait une femme de la trempe de Marie pour se faire respecter d'une semblable force de la nature. Ses deux premières épouses se sont évaporées en leur jeune âge, usées, élimées, anéanties, par la vitalité sans merci de leur seigneur. Marie, elle, sourit. Son œil brille. En dépit des ans, elle ne renonce pas.

— Mon second Claude a mauvaise tête et bon cœur, dit-elle avec tranquillité. C'est un mélange bien connu. Je n'ai pas peur de lui. Il le sait et ne m'en estime que davantage. Nous nous entendons au mieux !

La charge de Claude de Bombelles amène le couple à vivre somptueusement à Blois. Cependant, Marie retourne de temps à autre à la Bonaventure où l'attendent ses souvenirs. Elle doit y résider ces jours-ci car elle y fête souvent la Noël.

Ma fille se penche davantage vers moi.

— Je ne serais pas étonnée que Guillaume se soit rendu auprès de sa mère, me confie-t-elle. A cheval, il n'en a pas pour bien longtemps. Il a toujours la plus grande confiance en elle... comme moi en vous !

D'un battement de cils, je lui témoigne ma reconnaissance.

Le temps se remet à couler. L'enfant gémit plus faiblement.

Autour de la chambre, tout semble suspendu à ce fragile indice, à ce souffle de vie. Les allées et venues des domestiques, feutrées, sont beaucoup moins bruyantes qu'à l'ordinaire. Seul, le crépitement du feu qu'un valet entretient en y rajoutant régulièrement des bûches meuble le silence.

La courte journée de décembre a depuis longtemps fait place à la nuit lorsque le bruit d'un attelage nous parvient de la cour.

Nous ne nous étions pas trompées. Guillaume est allé chercher sa mère à la Bonaventure.

Mais elle n'arrive pas seule. Elle amène avec elle la guérisseuse dont elle nous a souvent parlé.

Elles entrent toutes deux pendant que mon gendre s'occupe de faire remiser le coche et panser, abreuver, nourrir les chevaux des voyageuses.

Nous les accueillons avec empressement. Dès qu'elles en ont franchi le seuil, il me semble que quelque chose change dans la pièce. On dirait qu'elle contient soudain davantage de lumière...

— Nos médecins ne valent rien pour des cas comme celui-ci, assure Marie après nous avoir embrassées, ma fille et moi. Quand il s'agit de brûlures, ce sont des ânes ! Là où Cartereau a échoué, Madeleine réussira !

Penchées à leur tour sur le berceau, les deux arrivantes considèrent un moment notre petit François qui continue à gémir et à brûler de fièvre.

— Il est grand temps d'intervenir, constate la gué-risseuse.

C'est une femme menue, au visage encore jeune et lisse, aux cheveux noirs hormis une mèche blanche comme neige qui part du front pour se perdre sous la coiffe de lin presque monacale. Elle est vêtue à la paysanne d'une jupe de drap froncée à la taille, d'une veste à basques courtes, qu'on découvre quand elle retire le gaban [1] de pluie à longs poils dans lequel elle était drapée en arrivant.

— Je dois rester seule avec l'enfant, dit-elle. Que tout le monde sorte.

— Même moi ? s'inquiète Cassandrette.

La femme jauge ma fille du regard.

— Restez si vous y tenez, concède-t-elle. Mais tenez-vous à distance et ne bougez pas.

Tout en parlant, elle extrait d'un paquet qu'elle avait sous le bras une nappe blanche brodée qu'elle déploie sur un coffre de chêne sculpté qui se trouve tout proche du berceau.

Marie, la nourrice, la berceuse et moi quittons la chambre. Nous retrouvons mon gendre dans la salle. Debout devant le feu il contemple les flammes.

— Comment va-t-elle procéder ? dis-je en prenant le bras de mon amie que j'entraîne sur un des bancs posés sous le manteau monumental de la cheminée. Savez-vous ce qu'elle va faire ?

— Je l'ai vue opérer une fois sur un de nos garçons d'écurie, me répond Marie en prenant place à mes côtés. Il s'était laissé tomber de l'huile bouillante sur

1. Mot d'origine espagnole désignant une sorte de casaque pour la pluie.

291

le pied en préparant un liniment pour un cheval malade. Elle l'a fait étendre sur la nappe d'autel que vous avez vue. C'est une nappe sur laquelle la sainte messe a été dite. Elle a ensuite multiplié des signes de croix sur la plaie profonde et creuse qui n'était pas belle à voir, je vous prie de le croire ! Tout en signant avec une vélocité prodigieuse les chairs à vif, elle récitait dans une langue incompréhensible mêlée d'un peu de latin, une sorte de litanie dont je n'ai pas retenu un seul mot.

— Quels furent les résultats ? demande Guillaume.

— Excellents. Dès le lendemain les traces de brûlure avaient disparu.

— Dieu veuille qu'il en soit de même cette fois-ci, dis-je en soupirant.

— Pourquoi en serait-il autrement, femme de peu de foi ? s'enquiert Marie. N'avez-vous pas confiance ?

Je serre les lèvres.

— Ces pratiques relèvent plus de la sorcellerie que de la religion, dis-je prudemment.

Marie sourit. Il se dégage d'elle une assurance qui m'ébranle malgré mes réserves.

— Il n'y a pas sorcellerie là où le démon n'est pas invoqué, reprend-elle tranquillement. Je puis vous assurer que Madeleine est bonne catholique. Elle met seulement au service de son prochain un don qui lui a été fait par le Seigneur. Je ne vois pas ce qu'il y a de mal là-dedans !

Elle pose une main apaisante sur mon bras.

— Notre petit-fils guérira, Cassandre. N'en doutez plus. Il guérira !

Je retrouve dans son regard ce reflet d'étoile qui y

luit quand sa ferveur culmine en des hauteurs où la mienne n'atteint jamais. Je reprends espoir.

Un moment plus tard, ma fille, accompagnée de la guérisseuse, entre dans la salle.

— François dort à présent, annonce-t-elle en s'élançant vers son mari. Il est tout à fait calme et ne se plaint plus.

Sa jeunesse est de nouveau sensible.

— Je crois qu'il est sauvé, ajoute-t-elle, et, cette fois, elle sourit.

Guillaume la serre contre lui et l'embrasse très simplement devant nous.

— Soyez bénie, dit-il en se retournant vers la guérisseuse. Si notre enfant survit grâce à vous, nous vous en aurons une gratitude éternelle !

La femme referme avec soin le paquet contenant la nappe d'autel.

— Je ne suis qu'un instrument, dit-elle. Un petit outil dans une main toute-puissante.

— Vous coucherez ici, Madeleine, reprend ma fille. On vous reconduira chez vous demain matin. Auparavant, nous allons tous souper ensemble.

— Quand le docteur Cartereau viendra, il n'aura plus qu'à s'en retourner, remarque Marie d'un air amusé.

— Je vais envoyer un valet le prévenir pour qu'il ne se dérange pas en vain par un froid pareil, déclare mon gendre.

— Cette nuit, il serait bon de ne pas laisser l'enfant aux soins de sa nourrice, dit alors la guérisseuse. Cette femme a, elle aussi, besoin de sommeil. Or, il faudra veiller le petit. S'il a soif donnez-lui à boire du lait ou de l'eau.

— Son berceau est tout près de notre lit, avance Cassandrette.

— Ce n'est pas suffisant. Votre mari et vous êtes épuisés. Quoi que vous en ayez, vous vous endormirez. Je préférerais que deux personnes capables de rester éveillées se relaient auprès de votre fils.

Il se dégage de cette petite créature qui ressemble à une pie avec ses cheveux noirs et blancs, une autorité surprenante.

— La berceuse est également à bout de forces, dit alors Marie. Je propose que Cassandre et moi assurions la garde à tour de rôle.

— Bien sûr, Marie, bien sûr. C'est là une excellente idée. Nous ferons porter le berceau dans notre chambre commune et nous veillerons François comme deux bonnes fées !

Ma fille et Guillaume protestent pour la forme, mais il est clair que les heures qu'ils viennent de vivre les ont exténués. Nous les faisons taire sans peine.

C'est ainsi que je me retrouve, au cœur de la nuit, assise devant l'âtre auprès du berceau où repose enfin d'un sommeil apaisé l'unique héritier de la famille de Musset.

A mes pieds, sur un coussin, Turquet dort, lui aussi, et ronfle de temps à autre.

Après un souper beaucoup moins pénible que le dîner, nous nous sommes retirés chacun chez nous pour que les parents éprouvés réparent leurs forces.

De Marie et de moi, nous avons tiré au sort qui commencerait la veille et Marie est allée se coucher. Je tisonne les bûches à demi consumées. Dans un coffre, une pile de bois est prête à être utilisée.

De toute mon âme, j'espère que la guérisseuse a

294

réussi son entreprise et que le lendemain ne nous réservera pas une horrible déconvenue... Je me lève et me penche une fois de plus sur la couche oscillante. L'enfant semble en paix.

Je reviens m'asseoir devant le foyer où frémissent des cendres mauves. Un bruit m'alerte. Turquet lève la tête, grogne, reprend son somme. Je me retourne. Marie est derrière moi. Enveloppée dans un manteau de nuit en velours grenat, elle prend place de l'autre côté de la cheminée, face à mon haut fauteuil.

Couvrant ses cheveux presque tous blancs à présent, un bonnet de lingerie encadre son visage alourdi, accusant d'un coup son âge. Elle approche de soixante-dix ans et, en dépit de sa vitalité, ne peut échapper aux dégradations du temps.

— Je ne trouve pas le sommeil, constate-t-elle en s'asseyant avec pesanteur. Tant mieux. Nous pourrons causer.

Je la dévisage avec tendresse. Je sais de quoi, de qui, elle entend me parler cette nuit. Je connais la vigilance de ce cœur-là ! Même vieillie, fatiguée, déformée par les grossesses et les douleurs, elle conserve un reflet de ce rayonnement intime, de cette vivacité de l'âme qui me l'ont depuis si longtemps rendue chère.

— Juste avant l'arrivée de Guillaume, j'ai appris la mort de Ronsard, reprend-elle en m'observant avec la plus affectueuse attention. Bien entendu, vous en avez été informée.

— Oui, dis-je. Sur la demande de Pierre, son ami Jean Galland est venu m'avertir dès le lendemain matin.

Mon amie hoche la tête.

— On disait autrefois que l'amour c'était du miel

sur des ronces. Je ne sais si son nom y aura été pour quelque chose, Cassandre, mais, pour vous, Ronsard aura été miel et ronces à la fois.

— Bonheur et tourment. Je n'aurai connu l'amour, ses délices et ses peines, qu'à travers lui... Il m'a tout enseigné. Bonheur et tourment...

Ainsi que Marie, j'ai parlé à mi-voix pour ne pas troubler le repos de François.

— S'il a été fort souvent infidèle, vous ne l'avez pas non plus épargné, reprend Marie. Je me souviens des longues années de disgrâce que vous lui avez imposées après la publication de ses premiers sonnets.

Je fixe mes mains croisées sur mes genoux. Seront-elles bientôt marquées de ces tristes taches brunes qui parsèment celles de mon amie ? Sans doute...

— Pendant douze ans, je me suis gardée de lui, il est vrai. Autant que pour moi, c'était pour ma fille que j'agissais. A tout prix, je voulais la tenir éloignée des racontars qui empoisonnaient alors l'air autour de nous. Souvenez-vous de ces temps d'infamie ! Vous savez combien la célébrité avait délesté Pierre de tout scrupule, comme il s'était laissé aller à l'ivresse des mots et de leur contenu. Il me fallait élever Cassandrette loin de tout ce bruit qui offensait mon honneur, lui assurer une jeunesse paisible, consolider son avenir en protégeant notre présent. En un mot, je désirais sauvegarder sa réputation. La réputation d'une jeune fille n'est-elle pas son bien le plus précieux ?

— Si fait... J'ai toujours admiré la manière dont vous vous étiez sacrifiée pour cette enfant.

— Je l'ai aimée, je l'aime toujours plus que tout !

— Plus que Pierre de Ronsard ?

— On juge l'arbre aux fruits...

296

Un silence.

Ma pensée reprend le chemin du souvenir qu'elle a si longtemps hanté durant la matinée.

— Les années de séparation, que les événements issus des malheureuses proclamations de Pierre m'ont obligée à laisser s'écouler sans que nous nous revoyions, n'ont pas été désertiques pour lui, dis-je au bout d'un moment. Il a su les meubler de gloire et d'aventures. Même si ces dernières n'ont pas toujours été ce qu'il en a semblé...

Marie lève les sourcils.

— Jean Galland m'a appris beaucoup de choses, soupiré-je pour répondre à son interrogation muette. Beaucoup. Je croyais connaître avec précision le cours d'une vie qui m'a été si proche. Je me trompais... Mais tout ceci est fini à présent et je n'ai point envie de raviver d'anciennes blessures...

Je renverse la tête en arrière contre le dossier de mon siège et ferme les yeux.

Mon amie respecte mon désir de paix. Elle devine ma lassitude et la comprend. Ce soir, je ne souhaite pas me confesser à nouveau. Marie l'admet et se tait...

Soudain, je sursaute. J'ai dû m'assoupir un moment.

Allons! Il me faut combattre l'envie de dormir. Ne sommes-nous pas ici pour veiller?

Je jette un coup d'œil vers ma compagne. Un ronflement discret me renseigne. Fatiguée par les émotions de la journée et par le poids des ans, Marie, elle aussi, a déserté son poste. Elle s'est tassée dans son fauteuil. Abandonnée contre le cuir de Cordoue, sa tête s'est inclinée sur son épaule gauche. Sa bouche

entrouverte, aux lèvres épaisses, ressemble ô dérision !
à celle d'une carpe.

Dieu ! Quelle tristesse de voir ainsi l'âge nous
déformer, nous abîmer, nous flétrir !

De cette femme qui ne fut jamais, il est vrai, d'une
beauté éclatante, mais dont la fraîcheur et la vitalité
suffisaient à faire une créature appétissante, pleine de
charme et de gaieté, la vieillesse a réussi à ruiner les
attraits. Elle l'a transformée en vieillarde. Il ne
demeure devant moi qu'une forme molle, avachie,
dont le double menton s'écrase sur le col de velours
d'un vêtement de nuit...

Voici donc ce qui m'attend ! Quinze années de
moins que mon amie me laissent encore l'illusion d'un
certain répit. Pour combien de temps ? Je songe aux
vers écrits pour une autre mais qui, demain, seront
pour moi la plaie et le couteau :

> *Vous serez au foyer une vieille accroupie,*
> *Regrettant mon amour et votre fier dédain...*

Je me rapproche dangereusement du moment que
Pierre redoutait tant pour lui comme pour les femmes
qu'il a aimées, contre lequel il n'a cessé de les mettre
en garde... Décrépitude, abandon, esseulement,
termes inexorables de nos existences, fatalités dont il
s'est voulu l'exorciseur par une mise en garde inces-
sante, par le rappel toujours repris de la brièveté de
toute chose. N'était-ce pas déjà cette menace dont il
m'entretenait alors que je n'étais qu'une enfant ?

A mon tour, je parviens aux marches de la vieillesse.
Les ronflements de Marie résonnent à mes oreilles
comme le ferait un glas. C'en est fini de ma vie de

femme. Je ne suis plus qu'une créature mûrissante qui se souvient d'avoir été, autrefois, une jolie fille.

Pierre s'en est allé, mes cheveux sont gris, les rides commencent à déshonorer mon visage dont la fermeté s'estompe, dont l'éclat s'éteint... ce visage qu'un homme, le plus grand poète de ce temps, a tant aimé, tant chanté !

Je me redresse sur mon siège.

Allons ! En mémoire de cet amour comme par souci de bien accomplir la garde qui m'a été confiée, je dois refuser tout attendrissement suspect. Je n'ai le droit de me laisser aller ni au sommeil ni au regret stérile de la jeunesse enfuie. Je dois garder les yeux ouverts et le cœur sans défaillance... cependant, il ne m'est pas défendu de me souvenir !

DEUXIÈME PARTIE

Été 1554 — Fin de l'année 1585

Je ne saurais aimer autre que vous,
Non, Dame, non, je ne saurais le faire...

Continuation des Amours, 1555.

Or j'aime bien, je le confesse,
Et plus j'irai vers la vieillesse
Et plus constant j'aimerai mieux :
Je n'oublierai, fussai-je en cendre
La douce amour de ma Cassandre
Qui loge mon cœur dans ses yeux.

Les Meslanges (Chanson), 1555.

1

Si quelqu'un venait de la part de Cassandre
Ouvre-lui tôt la porte et ne le fais attendre.

Continuation des Amours, 1555.

Je me lève, vais me pencher sur le berceau où dort
François. Sa respiration régulière m'encourage à espérer. Je reste un bon moment à observer le sommeil de
mon petit-fils. Cette station est prière : « Sauvez-le !
Je Vous fais don de ce qui me reste à vivre. Faites-en ce
que Vous voudrez ! »

Lentement, je reviens à ma place. M'assieds de
nouveau.

Si l'enfant sort sain et sauf d'un accident qui aurait
pu le tuer, je me consacrerai encore davantage à lui. Il
donnera un sens à ma vie que la disparition de Pierre
appauvrit si cruellement. Sans plus aucun partage, sa
mère et lui rempliront mon existence.

Je regarde le feu...

C'est dans cette même cheminée que j'ai brûlé,
après notre rupture, les lettres que Pierre continua
longtemps à m'envoyer.

Marie me les apportait. Ronsard les lui faisait parvenir sans se décourager durant l'été et l'automne 1554. Pour ce faire, il avait recours à Nicolas Girard de Salmet, le propre père de mon amie. Malgré la différence d'âge qui séparait ces deux hommes, ils s'aimaient bien. J'ai toujours pensé que la raison d'une telle sympathie prenait sa source dans les sentiments déférents mais complices qu'ils portaient l'un et l'autre à notre duc, Antoine de Bourbon.

Il était arrivé à Pierre, je le savais, de participer aux réunions fort joyeuses organisées par le père de Marie à la Bonaventure en l'honneur de son suzerain. Une amitié était née de ce compagnonnage. C'était à elle que mon amie devait de se trouver détentrice de mes lettres d'amour... Je suis certaine que ce rôle d'intermédiaire entre celui qui avait été mon amant et moi, posait à Marie un cas de conscience. Elle respectait trop les liens qui m'unissaient devant Dieu à mon mari, même si lui-même se parjurait de son côté, pour ne pas se faire scrupule de prolonger par un tel commerce une situation qu'elle ne pouvait pas approuver. En dépit de l'affection qu'elle avait pour moi ou peut-être à cause d'elle, elle souffrait de se voir réduite à cette sorte de compromission. « L'adultère est chose grave, me disait-elle. Il n'est pas question pour moi de remettre en cause les circonstances atténuantes dont vous bénéficiez pleinement dans mon esprit, Cassandre, mais quel emploi me faites-vous tenir en l'occurrence ? Celui d'entremetteuse ! »

Il me fallut l'assurer de ma détermination à ne jamais renouer de relations charnelles avec Ronsard pour qu'elle trouvât enfin le repos de l'âme... Elle acceptait donc de me remettre ces lettres pendant les visites qu'elle me rendait à Pray. Il lui est même arrivé de m'apporter un portrait, assez petit il est vrai, qu'elle avait eu la périlleuse mission de me donner en mains propres ! Ce qui n'était pas sans danger, Jean exerçant sur les très rares personnes admises à me voir une surveillance impitoyable et tracassière. Mais Pierre avait tant insisté... Sans doute pour m'impressionner, il s'était fait peindre le front ceint de lauriers. Il ne parvint pas pour autant à ses fins et je n'accusai jamais réception du tableau, pas plus que je ne répondis à ses missives. Je les brûlais dans l'âtre qui est là devant moi, sans même vouloir les lire, au fur et à mesure que Marie me les remettait.

Ai-je eu raison d'agir avec tant de rigueur ? Je n'en suis plus aussi sûre qu'alors. A cette époque, j'étais encore écrasée sous la souffrance et la déception que m'avait infligées l'impardonnable légèreté de Ronsard. Partagée entre la révolte et la consternation, je me préservais d'instinct des coups que pouvait me porter un homme qui m'avait causé tant de peine.

Maintenant que le temps a fermé mes plaies, maintenant que je sais quelle fut la suite de mes amours, il m'arrive de regretter d'avoir fait disparaître les lettres de Pierre, ces lettres que je pourrais relire pour y puiser courage ou réconfort.

En ce temps-là, j'en jugeais différemment. Il est vrai que je n'avais guère la possibilité d'agir d'autre façon. La jalousie et la rancune de mon mari envers son cousin ne me laissaient pas le choix.

Je n'ai jamais vu un homme se comporter à ce point comme le chien du jardinier dont on dit qu'il ne peut manger sa pâtée mais n'en interdit pas moins à tous les affamés d'en approcher ! Nos rapports étaient exécrables. Ma répugnance à son égard avait décuplé depuis que Pierre m'avait révélé ce que pouvait être l'amour, aussi avais-je obtenu quand j'étais revenue à Pray une séparation de corps définitive. Je ne pouvais supporter l'idée de subir de la part de Jean des gestes qui m'en auraient rappelé d'autres à la façon d'une caricature reproduisant grossièrement les traits d'un être aimé. Le moindre contact entre nous deux m'était odieux. Il le savait et s'en vengeait en m'interdisant toute relation masculine. C'était là sa façon de prendre sa revanche sur une infidélité qui avait en réalité bien davantage outragé sa vanité de mâle que les sentiments qu'il était censé me porter. Au fond, il me haïssait ! Les années vécues à Pray à la suite de mon retour sous le toit conjugal, avant que nous nous décidions, Jean et moi, à loger chacun de notre côté, furent tissées de méfiance, d'acrimonie, de faux-semblants, de ressentiments, de basses représailles.

C'était en général au cours des repas pris en commun que mon tyran domestique exerçait sa hargne avec le plus d'éclat. Il est vrai que nous nous rencontrions bien peu en dehors de ces occasions-là. Tous les prétextes lui étaient alors bons. Ma mauvaise mine, un mot compris de travers, aussi bien que quelques gouttes de vin répandues sur la table ! La scène naissait, s'enflait, éclatait pour un rien, nous laissant ensuite, ma fille et moi, l'estomac serré et les yeux rougis. J'en étais venue à appréhender l'heure de chaque dîner, de chaque souper ! En dépit de l'application touchante qu'elle y apportait et de sa bonne volonté évidente, Cassandrette se trouvait fort souvent à l'origine de ces mauvaises querelles. Jean n'acceptait mon enfant sous son toit qu'avec la plus extrême réserve et ne cessait de lui faire la leçon et de la morigéner. Jamais, cependant, il ne l'avait ouvertement rejetée jusqu'à un certain soir dont le souvenir me demeure cuisant.

Nous soupions. Comme d'habitude, une bêtise déclencha l'affrontement qui devait dégénérer de si cruelle manière.

Jean, Marguerite, dont la bosse et la malignité me semblaient croître au fil des ans, ma fille et moi, mangions en silence. On n'entendait que le vent qui sifflait sous les portes et livrait avec le feu un combat enfumé dans la cheminée armoriée. Ce devait être l'automne ou l'hiver car on nous avait servi, je ne l'ai pas oublié, des râbles de lièvre à la sauce d'enfer. La chasse, donc, battait son plein.

Soudain, Cassandrette laissa tomber par terre la fourchette avec laquelle elle s'escrimait à piquer la viande préalablement découpée en morceaux et servie dans l'écuelle qu'elle partageait avec moi.

L'utilisation courante de ces petites fourches, que seuls quelques rares souverains ont possédées par caprice jusqu'à nos jours, était encore des plus récente. La reine Catherine en avait apporté d'Italie et en faisait grand cas. C'était suffisant pour en lancer la mode.

Agée à cette époque de quatre ou cinq ans, ma fille les maniait avec une certaine difficulté. Elle n'était pas la seule. Si la Cour s'était jetée avec enthousiasme sur ce nouveau raffinement, bien des gens de nos villes et de nos campagnes répugnaient encore à s'en servir. Pourquoi changer un usage remontant aux temps les plus anciens ? Ne se sert-on pas des doigts depuis toujours pour porter à la bouche les aliments pris avec délicatesse dans l'écuelle ou sur le pain tranchoir ? Personne ne s'était jamais avisé de s'en trouver incommodé. Une fois de plus les façons venues d'Italie bouleversaient nos coutumes. Cet engouement ayant pris naissance à l'ombre du trône, mon mari s'était, bien entendu, entiché des fourchettes. Il exigeait qu'on s'en servît à sa table à chaque repas.

En tombant, le mince trident d'argent avait non seulement projeté de la sauce brune sur la nappe mais aussi éclaboussé une des manches en velours de soie grise de ma robe. Je fis signe au valet qui se tenait prêt à nous servir à boire devant la desserte où étaient posées les coupes à vin, pour qu'il essuie avec la serviette qu'il avait sur le bras le tissu maculé. En attirant l'attention de Jean, mon geste déchaîna la tempête !

— Voici encore une nappe souillée et un vêtement gâté ! remarqua-t-il avec aigreur. Votre fille n'en fera jamais d'autre !

— Elle est encore bien jeune, répondis-je tout en tamponnant non sans précaution l'étoffe salie. Beaucoup d'adultes ne se montrent pas plus adroits qu'elle.

— Est-ce une excuse ? En quoi la maladresse des autres justifie-t-elle la sienne ? D'ailleurs, sa place n'est pas ici. J'ai été trop bon d'admettre que vous nous en encombriez durant les repas au lieu de la confier, ainsi qu'il se doit, à une gouvernante.

Je serrai les lèvres.

— Il m'arrive, à moi aussi, d'éprouver quelque difficulté à employer ces nouveaux instruments, dis-je pour détourner de Cassandrette le courroux de Jean.

— Mordieu, Madame ! Vous voici encore en train de soutenir votre pécore contre moi ! s'écria mon mari, dont le regard devint dangereusement fixe. C'est toujours la même chose avec vous ! Vous ne cessez de donner raison à cette petite sotte sans vous soucier le moins du monde de ménager mon autorité !

Ne sachant que trop combien les choses risquaient de mal tourner, je baissai le nez après avoir lancé un coup d'œil apaisant en direction de Cassandrette que je voulais rassurer.

Jean surprit mon manège qui l'enragea.

— Je constate une nouvelle fois la connivence inadmissible qui règne entre vous deux ! gronda-t-il en frappant du poing sur la table comme un furieux. Si je me laisse faire, je ne serai bientôt plus maître chez moi ! Ne croyez pas que je le supporterai plus long-temps ! Rien ne va à mon gré dans notre maison depuis que vous nous avez ramené cette morveuse... cette bâtarde !

Dans son désir de me briser, il venait de prononcer une accusation jamais encore proférée.

— Vous n'avez pas le droit d'insulter mon enfant ! m'écriai-je à mon tour en oubliant mon souci de prudence. En l'injuriant, c'est moi que vous injuriez !

Il ricana.

— Que m'importe ! Telle mère, telle fille ! Vous êtes aussi méprisables l'une que l'autre ! Aussi flétries ! L'une par sa conduite, l'autre par sa naissance !

Je suffoquais de douleur et d'humiliation.

La gorge serrée, le sang au visage, je me levai, pris ma fille par la main et quittai la salle.

Pour la première fois, Jean venait de se montrer sans masque. Il m'avait traitée comme une femme perdue ! Et cela devant sa sœur qui devait s'en réjouir, ce qui m'était indifférent, mais hélas aussi devant

Cassandrette! A cinq ans, pouvait-elle comprendre la portée des calomnies lancées contre moi? Ses larmes témoignaient-elles peur ou honte?

Epouvantée, malade de chagrin, je décidai de prendre durant une huitaine de jours mes repas dans ma chambre en compagnie de ma fille.

Il me fallut bien reparaître ensuite à table, lors d'un souper prié où je ne pouvais éviter, devant les convives de marque que nous recevions, de tenir mon rôle de maîtresse de maison.

Un pas de plus avait cependant été accompli vers la séparation qui nous attendait, Jean et moi. Notre couple ne survivait plus qu'en apparence.

Il était loin le temps des promesses! Chacun dans notre coin, nous ressassions nos rancunes. Si mon mari me reprochait à l'égal d'un crime, lui qui m'avait si souvent trompée, ma courte liaison avec Pierre; s'il ne me pardonnait pas non plus la façon dont je l'avais écarté de mon lit ni le mystère d'une naissance pour lui incertaine, je lui en voulais chaque jour davantage. Plus je songeais au triste mariage dont j'étais la victime, plus je me persuadais des torts de Jean. Qui se trouvait à la racine de notre mésentente? Par son manque d'amour, ses façons de soudard, ses infidélités incessantes, qui m'avait, le premier, détournée de lui? Il n'avait qu'à s'en prendre à lui-même, à lui seul! Je ne l'aurais jamais trahi s'il avait su se montrer tendre et attentif, s'il avait consenti à se soucier de moi qui ne demandais qu'à m'attacher à l'époux choisi par mes parents. J'étais si jeune quand il m'avait épousée! Malléable comme la cire, je n'attendais que la main ferme et douce qui saurait me façonner... Jean a été l'artisan de nos malheurs, de nos

310

déboires, de ma faiblesse à l'égard d'un amant qui avait réussi, lui, à m'émouvoir !

Je me suis si longtemps débattue contre la tentation ! En dépit des déceptions conjugales dont je n'ai pas cessé d'être abreuvée, n'ai-je pas fait attendre Pierre durant sept longues années avant de lui céder ? Je pourrais même soutenir que par ma discrétion j'ai davantage contribué que mon mari à sauvegarder l'honneur du nom que nous portions tous deux.

Non, non, personne ne me fera repentir des pauvres mois de bonheur que j'ai soustraits au destin, personne ne me convaincra d'une véritable culpabilité envers l'individu dénué de qualité auquel je m'étais trouvée liée à seize ans !

Je croise les bras sur ma poitrine. Mon cœur bat comme si j'avais à me justifier devant un tribunal imaginaire ! Je reste si vulnérable quand j'aborde ce sujet-là !

Je ne puis évoquer sans un sentiment de gâchis les années passées à Pray. Alors qu'il me tenait à sa merci, enfermée dans une solitude inhumaine que seule la présence de ma fille ensoleillait, Jean n'a pas cessé de me poursuivre de ses insultes, de son mépris, de ses coups ! Il est parvenu à me faire regretter la fugace gratitude que j'avais éprouvée à son égard après qu'il m'eut recueillie alors que je fuyais Courtiras... Avoir accepté la reprise de notre vie commune lui paraissait témoigner d'une grandeur d'âme, d'une largeur de vue, à ce point exceptionnelles qu'il en tirait à la fois des raisons de s'admirer, de s'apitoyer avec complaisance sur son infortune, de me rudoyer et de me traiter, à peu de chose près, comme une prisonnière !

Oui, une prisonnière ! Je peux l'affirmer en toute

sincérité. La loi donnait à mon époux le droit de tirer de moi une réparation éclatante. Notre code n'est indulgent qu'aux écarts de conduite masculins. Il réserve toute sa sévérité pour les femmes. Jean aurait pu à son gré me faire enfermer dans un couvent, me séquestrer à domicile ainsi qu'il a choisi de me l'imposer, ou même me tuer. Qui s'en serait soucié ? Le cas s'est déjà vu. Personne n'a bronché. Qui, d'ailleurs, aurait pris ma défense ? Certes pas mes congénères, pauvres créatures dépouillées comme moi de tout pouvoir légal. Nous avons perdu, nous autres femmes, les acquis des siècles précédents et nous voici revenues au temps où triomphait la loi romaine. Loi virile et impitoyable envers notre sexe, que quelques très rares dames seulement (maîtresse adulée comme Diane de Poitiers ou reine amenée à gouverner par la faiblesse de ses fils comme Catherine de Médicis) ont pu fouler aux pieds !

Je contemple Marie endormie. Que de fois n'avons-nous pas abordé ensemble ces sujets douloureux qui nous révoltent l'une et l'autre ? Comme sur beaucoup d'autres points, nous sommes entièrement d'accord pour critiquer la reprise du droit romain qui nous frustre des avantages du droit coutumier cher à nos ancêtres. On parle à présent de nous retirer la possibilité de pratiquer les mêmes métiers que les hommes, ce qui était admis autrefois, et d'exercer quelque fonction que ce soit dans l'Etat. Que nous restera-t-il ? Notre amertume. Qu'y pouvons-nous ? Rien. En faisant de nous d'éternelles mineures, on nous a désarmées afin de mieux nous soumettre...

Pour apaiser mes nerfs, je me lève encore une fois et

vais boire une tasse de lait miellé que contient un cruchon posé sur un des landiers remplis de braises.

Je retourne ensuite auprès du berceau et, avant de revenir m'asseoir, y demeure un moment plongée dans mes pensées...

Marie fut la seule de mes amies admises par Jean à me rendre visite à Pray. Elle était également une des rares personnes à ne pas m'avoir tourné le dos après l'affaire des sonnets. Un des singuliers avantages de l'adversité est de vous offrir l'occasion de compter vos fidèles... Je pense que Catherine de Cintré aurait agi de la même façon si l'opportunité lui en avait été fournie. Mais elle était entrée quelques mois auparavant au couvent des Franciscaines de Rome. Je ne l'ai jamais revue. Depuis mon mariage qu'elle avait tant blâmé, elle n'avait cessé de s'éloigner de moi. En un curieux mouvement de chassé-croisé, j'avais perdu avec elle l'amie de mon adolescence alors que je rencontrais en Marie celle de ma maturité.

Si Catherine s'était éloignée, ma mère, en revanche, s'était rapprochée de moi après que les remous soulevés par Ronsard se furent apaisés. A elle aussi Jean avait octroyé le droit de venir me visiter de temps à autre. L'attachement tardif qu'elle sut alors témoigner à Cassandrette m'incita à oublier les griefs que je pouvais conserver à son endroit pour m'avoir ignorée avec tant de rigueur aux pires heures de la diffamation. Mon père devait l'y avoir contrainte... Paix à leurs âmes...

J'éprouve maintenant une mélancolique douceur à songer que nous nous sommes réconciliées, elle et moi, vers la fin de sa vie et qu'elle s'est éteinte en le sachant.

313

Notre commune tendresse pour Diane, ma filleule, avait également contribué à nous raccommoder.

Jacquette, en effet, avait mis au monde un garçon après sa fille aînée. Tous les Salviati n'avaient d'yeux que pour lui. Mon père exultait. Il tenait enfin son héritier, ce fils de son fils qu'il avait si longtemps attendu pour lui transmettre son nom ! Le petit Forese était devenu le roi de Talcy. Fatalement, Diane avait eu à pâtir de cet engouement. On ne lui témoignait plus qu'une attention distraite. On la délaissait. Seule, ma mère avait continué à traiter sa petite-fille comme elle le faisait avant la naissance de Forese. Quand elle venait me voir à Pray, elle amenait souvent Diane avec elle. Cassandrette et sa cousine n'avaient guère plus d'un an de différence d'âge. Très vite, ces quelques mois perdirent toute importance. Les deux enfants se sentaient l'une et l'autre isolées au sein de leur famille. Si les raisons de cet éloignement étaient dissemblables, les résultats étaient, eux, identiques. Souffrant d'une même défaveur, elles se rapprochèrent d'instinct. Leur affection fut d'autant plus solide qu'elles en manquaient par ailleurs. Elles s'aimèrent dès leurs premiers pas et ne cessèrent jamais de s'entendre à merveille. Il revenait à la mort de les séparer...

Je considère mes paumes ouvertes sur mes genoux.

La fin si injuste, si lamentable, de ma nièce fut pour moi comme pour ma fille un affreux déchirement.

Par la faute de l'intransigeance religieuse de mon frère, par la faute de la cruauté et de la bêtise de notre époque, Diane, cette enfant qui, la première, m'avait donné un avant-goût de ce que pouvait être l'amour maternel, cette créature ravissante, douce et tendre, fut conduite à se laisser mourir de chagrin parce qu'on lui refusait le droit d'épouser l'homme qu'elle aimait. Ce huguenot, cet ennemi, n'était autre qu'Agrippa d'Aubigné...

N'y a-t-il pas là une coïncidence étrange, bouleversante ? A vingt-cinq ans de distance, le plus illustre poète catholique et le plus prometteur des poètes réformés de ce siècle auront aimé deux femmes d'une même famille, la tante et la nièce, Diane et moi, du même amour fou et condamné, de la même passion dévastatrice et sans espoir...

Dans le silence de la nuit, François geint soudain d'une voix confuse, comme bâillonnée par la fatigue et le sommeil.

Marie soupire, remue la tête, ne parvient pourtant pas à se tirer de son lourd repos. Roulé en boule, Turquet, lui non plus ne se lève pas.

Je me précipite vers le berceau. François se remet à pleurer. Il a peut-être soif ? La guérisseuse ne l'avait-elle pas prévu ?

Un petit pot de faïence, muni d'un bec à versoir auquel a été fixée une fine mousseline à travers laquelle doit couler le lait de chèvre qui le remplit, attend au bord des cendres chaudes du foyer. Je vais le chercher et le pose sur une table voisine. Je soulève ensuite avec douceur l'enfançon. Comme il est léger, ce corps menu qui recèle cependant de si grandes espérances et inspire tant d'amour ! De peur de le faire souffrir, je le manie comme je le ferais du plus fragile cristal.

La bouche minuscule continue à être déformée par le chagrin jusqu'à ce que la tétine que je lui présente frôle ses lèvres. Alors, d'un mouvement presque bru-

315

tal, François la happe soudain pour se mettre à tirer sur le mince tissu avec une sorte d'avidité douloureuse dont je ne sais trop quoi penser.

Je constate avec soulagement qu'il boit sans difficulté. Brûlé sur tout le dos et les jambes, il est forcément altéré. Plus qu'une reprise de son mal, ce besoin est peut-être la cause de ses pleurs...

Le tenir ainsi contre moi, blessé et pitoyable, si pitoyable, me remue tout entière, m'inonde de douceur angoissée et d'espoir tremblant. Pendant qu'il boit, je demeure suspendue à ses mines. Lorsqu'il détourne la tête, je dépose le pot à demi vide sur le sol.

François ne pleure plus. Il a maintenant un petit hoquet qui ressemble au cri répété d'une souris. Je le berce un moment avant de me mettre à marcher de long en large en chantonnant à bouche fermée, très bas, une vieille berceuse que je fredonnais autrefois à ma fille pour l'endormir. L'enfant ferme les yeux. Son souffle redevient égal. En faisant bien attention à ne pas déranger ce précieux sommeil, je recouche mon petit, puis je relance le feu en le garnissant d'abondance.

Le calme s'installe à nouveau. Le crépitement des flammes apporte derechef à ma garde nocturne sa note de confort et de réconfort.

Je retrouve mon fauteuil. De l'autre côté de la cheminée, Marie continue son somme.

Elle a partagé et éclairé de sa présence fidèle les sombres années de ma demi-captivité à Pray. Je sais que cette expression aurait fait bondir mon mari mais tel était pourtant ce que je ressentais. En principe, j'étais libre d'aller et de venir à ma guise. Ce n'était qu'apparence. Mise à part Guillemine que j'avais obtenu de conserver à mon service comme chambrière, je savais que les autres serviteurs du domaine m'épiaient sans cesse afin de rapporter à leur maître mes moindres faits et gestes. De son côté, Marguerite, ma belle-sœur bossue, m'entourait d'un réseau fort serré de surveillance. Sous des paroles mielleuses, sa vigilance n'était presque jamais en défaut.

J'ai vécu là des années de plomb... Années de repliement et de mortification, mais, sans doute aussi, années salutaires. Qu'avais-je été jusque-là ? Une jeune fille sentimentale, puis une épouse déçue mais coquette, une amante adulée, courtisée par un homme d'exception qui la tenait pour sa muse et auquel, à ce titre, elle n'accordait que peu de chose, enfin, durant une saison, une femme heureuse mais qui savait son bonheur condamné à la brièveté... Rien de tout cela n'avait suffi à me mûrir. Telle la feuille sur la rivière, je me laissais porter par le courant, au fil des événements... Il était nécessaire à mon accomplissement que je fusse amenée à faire un retour sur moi-même. Si pénible qu'il pût être.

Ma retraite forcée m'y contraignit. J'appris à discipliner ma rêverie, à tirer la leçon de mes malheurs, à apprécier les menues joies de la vie quotidienne, à distinguer ce qui est important de ce qui ne l'est pas. En un mot, autour de la trentaine, je parvins à une plus juste appréciation des êtres et des choses. Je connus mes choix intimes et décidai de m'y tenir. Ma fille, Diane, Marie... et, dans le secret de mon cœur, l'amour désormais silencieux que je vouais à Pierre en dépit de tout, voilà quels seraient à l'avenir les pôles de mon existence, mes uniques joies, mes seuls recours.

Comme toujours, il s'agissait de dépasser les épreuves, de les surmonter afin d'en extraire la force permettant d'aller jusqu'au bout de soi-même... et même un peu au-delà, si possible...

Ce qui me parut le plus pénible cependant fut l'obligation où je me trouvais de donner le change à tout le monde, de dissimuler mes tourments, de jouer la comédie à chaque instant de ma vie. Ni à ma fille, que j'aimais trop pour l'assombrir par des plaintes, ni à ma mère qui m'aurait fait taire, ni à Marie elle-même, je ne pouvais parler de l'écheveau de sentiments contraires qui meurtrissaient mon âme... Mon mari, pour sa part, avait exigé que nous offrions à la province entière l'image d'un couple réconcilié en dépit des vantardises d'un poète en mal d'inspiration. Un moment déchaînées, les médisances en vinrent à tarir, faute d'aliments.

Jean attachait trop d'importance au respect humain et à l'opinion d'autrui pour ne pas donner l'exemple. Son apparente magnanimité à l'égard de l'épouse coupable que j'étais n'avait, je le compris plus tard, pas d'autre cause. S'il ne m'a pas contrainte après ma faute à m'enfermer dans un couvent, c'est pour ne pas perdre lui-même la face. Dans la mesure où il se forçait au silence, on pouvait penser qu'il avait de bonnes raisons de ne pas croire à mon infidélité et que Ronsard s'était à tort flatté de m'avoir séduite. Un homme de son importance donne le ton à son entourage. Il usa de ce privilège et entendit que j'en fisse autant.

Une telle quantité de gens mariés vivent de nos jours dans l'indifférence mutuelle la plus complète que notre détachement à l'égard l'un de l'autre n'étonna personne. Les frasques de Jean furent jugées avec indulgence par les gentilshommes des environs dont le plus grand nombre en faisait autant, et avec fatalisme par leurs femmes. Au fond, nul ne songea à s'en offusquer. Que ne peut-on se permettre quand on fait partie du sexe fort !

Nous continuions à mener la vie mondaine que mon mari estimait indispensable à ses fonctions. C'était suffisant. Personne ne s'inquiétait de savoir ce qui se cachait sous mes sourires de commande. Parée comme il convenait à mon rang, je traversais ces réceptions qui étaient pour moi de subtils supplices au milieu des amabilités perfides de tout ce que la province comptait de plus brillant. Je rentrais ensuite à Pray où je quittais mes atours de parade pour me voir de nouveau enfermée dans la citadelle-prison...

Durant ce temps, et sans se laisser détourner de son but par mes amertumes, Jean conduisait la progression de son avancement dans les offices et les places qu'il convoitait. Il se poussait. Quoi qu'il pût advenir, je l'ai toujours vu poursuivre imperturbablement sa marche en avant. Il a fini par décrocher la timbale le jour où il est devenu maître d'hôtel de la jeune duchesse de Lorraine, Claude de France, la propre fille de notre Roi ! Cette quête d'une situation aussi enviée nécessitait des déplacements continuels et il s'en allait souvent. Chacun de ses départs m'était délivrance.

Je me souviens des états successifs de gaieté et d'abattement dans lesquels je me trouvais plongée à Pray. Ils correspondaient toujours à la présence ou à l'absence de Jean.

Quand je le voyais préparer ses coffres de voyage, je respirais, je revivais !

Pendant ce même temps, Pierre publiait la suite de l'œuvre si fertile, si riche, si multiple, qui devait être la sienne. A travers ses différents recueils, je parvenais à suivre à la trace la démarche de son cœur et le cheminement de sa vie. Bien que loin de moi et grâce à ses écrits, il me semblait plus proche que beaucoup de ceux que je coudoyais chaque jour.

Après notre rupture, il avait traversé une crise de désespoir qui l'avait conduit à un morne retour sur lui-même. En novembre 1555 parut son premier livre d'*Hymnes*, genre qu'il n'avait jamais encore abordé. Il s'y montrait obsédé par l'idée de la mort.

La fin chrétienne n'avait certes jamais été absente de ses poèmes, mais pas de la même façon. Jusque-là, elle était pour lui thème à méditations religieuses ou philosophiques. Dans les *Hymnes*, elle est présentée comme seul et ultime recours contre le chagrin :

> *Je te salue, heureuse et profitable mort,*
> *Des extrêmes douleurs médecin et confort...*

N'était-ce pas là un ton nouveau dans une œuvre plus gaie que triste et plus préoccupée auparavant des biens de ce monde que de ceux de l'autre ?

Je serre les lèvres. Une fois encore, je me prends en défaut ! Comment puis-je, en secret, tirer vanité d'avoir conduit jusqu'à la désespérance un homme, un poète, dont bonheur ou souffrance dépendait de moi ?

Je tiens à être lucide et franche avec moi-même. Me suis-je jamais enorgueillie du changement de ton constaté dans les vers de Pierre ? Je ne le crois pas. Je me suis contentée de déduire d'un style nouveau une évolution à laquelle je ne pense pas avoir été étrangère. C'est tout. Y a-t-il trace de suffisance dans une semblable attitude ?

Je sais bien qu'on pourrait trouver d'autres raisons à une telle transformation : la guerre contre l'empereur avait repris, la peste sévissait par à-coups à Paris et dans les provinces. Pierre lui-même l'avait fuie. La mort de deux papes, à un mois d'intervalle, les troubles qui s'en étaient suivis, tous ces événements dramatiques avaient frappé les esprits. Pourquoi pas celui de Ronsard ? Par ailleurs, n'était-il pas également déçu en constatant que les promesses du Roi à son égard n'avaient pas été respectées, que le projet auquel il tenait tant d'écrire sa fameuse *Franciade* demeurait sans écho, sans soutien ? Pour aggraver un peu plus les choses, Joachim du Bellay était parti pour Rome où il se morfondait. Son absence devait affecter Pierre. Un semblable faisceau de préoccupations publiques et privées pouvait certes justifier la tristesse des *Hymnes*.

Sans nier que ces différentes calamités aient pu influencer Pierre, je restais cependant persuadée que les douleurs évoquées dans ces poèmes-là étaient plus personnelles, plus intimes que les tragédies du siècle. Ne s'écriait-il pas dans son *Hymne à la Mort* :

> *C'est une grande déesse, et qui mérite bien*
> *Mes vers, puis qu'elle fait aux hommes tant de bien,*
> *Quand elle ne ferait que nous ôter de peines,*
> *Et hors de tant de maux dont nos vies sont pleines...*

321

Et ailleurs :

Eh, Dieu du ciel, je n'eusse pas pensé
Qu'un seul départ eût causé tant de peines !

Enfin, cette apostrophe à mon adresse :

Toi qui m'as fait vieillir, Cassandre.

Les explications de Jean Galland m'ont à présent donné raison. Mais en la circonstance, je n'avais pas besoin d'apaisement. Il en fut tout autrement au sujet des infidélités si variées, si étalées, si scandaleuses que Pierre ne tarda pas à multiplier comme à plaisir par la suite...

Peu après mon départ de Courtiras, et sans doute par défi autant que par lassitude, il suivit un de ses amis en Anjou. Il y rencontra Marie de Bourgueil... J'ai beaucoup pleuré à cause de cette petite villageoise angevine dont Pierre parla si bien. Elle était la première rivale qu'il m'opposait, la première d'une longue liste dont chaque nom fut pour moi comme une pierre reçue en plein cœur... Car c'était une chose que d'avoir renoncé à tout amour charnel avec lui, c'en fut une autre que de lire les descriptions suggestives de tant d'ébats.

Je me revois dans ma chambre, des larmes coulant sans que je fasse rien pour les retenir sur ce visage dont l'infidèle m'avait assuré qu'il serait à jamais la seule image de l'amour pour lui, et tombant sur les pages du livre où il détaillait avec complaisance les charmes d'une autre... Les mots que je lisais me déchiraient comme autant de coups de griffes...

322

Depuis la venue de Jean Galland, je sais que l'imagination de Pierre et le besoin d'exaltation sentimentale qui lui était nécessaire pour créer, avaient considérablement embelli le tableau. En réalité, il n'y eut pas une, mais trois Marie !

Ce prénom, composé des lettres qui donnent « aimer » si on les intervertit, a beaucoup servi à Ronsard. Une telle anagramme lui paraissait commode. Sous son couvert, il a mélangé ses modèles. La petite Marie de Bourgueil a bel et bien existé, il ne me viendrait pas à l'idée de le nier. Mais ce ne fut pour Pierre qu'une passante parmi d'autres. Il a lui-même reconnu dans certains de ses sonnets qu'avant de jeter son dévolu sur elle, il avait hésité entre ses deux autres sœurs :

> *Je ne suis seulement amoureux de Marie,*
> *Jeanne me tient aussi dans les liens de l'amour...*

Et puis encore :

> *Aussi je ne dis pas que votre sœur Thoinon*
> *Ne soit belle, mais quoi ? vous l'êtes davantage.*
> *Je sais bien qu'après vous elle a le premier prix*
> *De ce bourg, en beauté, et qu'on serait épris*
> *D'elle facilement, si vous étiez absente...*

Tout cela n'est guère sérieux et je me dis aujourd'hui que la jeune Angevine n'a sans doute servi qu'au divertissement passager d'un amant éconduit. Mais, à l'époque où je prenais connaissance de ces déclarations enflammées, elles me faisaient grand mal...

Il y eut encore deux autres Marie. La seconde était d'un tout autre parage ! Il s'agissait de Marie

323

Cabrianne, demoiselle de la Guyonnière, fille d'honneur de notre Reine et parisienne de haut lieu. Belle, intelligente, instruite dans les arts, cette jeune femme coquette était en réalité pour moi une rivale infiniment plus dangereuse que l'innocente petite paysanne des bords de Loire. J'ignorais alors son existence. Comme tout le monde, je croyais à la fable de l'unique Marie.

Pierre fut amoureux de la deuxième comme il l'avait été de la première... comme il le fut par la suite d'un grand nombre de belles créatures. Il était si facile de le séduire! Il ne demandait pas autre chose et aimait tant l'amour qu'il lui était impossible d'éviter ses pièges...

Pour avoir été sa première passion véritable, pour être demeurée, durant des lustres et au-delà des multiples aventures qui jalonnèrent son existence, la seule durable, je détiens une science sans seconde d'un corps et d'un cœur aussi inflammables l'un que l'autre. Pierre tombait amoureux comme on s'enrhume! Seulement, dans l'enthousiasme des débuts, il ne savait pas toujours discerner comme il l'aurait fallu amour et amourette!

En secret, comme à l'accoutumée, puisque dans ma vie ce qui importait a toujours été celé, tu, étouffé, j'ai éprouvé une peine profonde, je me suis souvent désespérée en constatant une telle évidence.

Puis, avec le temps, j'en suis parvenue au point où on admet la vulnérabilité et les faiblesses d'un être d'exception qu'il faut accepter d'aimer dans son intégralité et non en choisissant ce qui vous en convient.

Aucune de ces passades n'empêcha Pierre de continuer son œuvre. Au contraire. Là aussi, je dus reconnaître que chacune de ses conquêtes lui inspirait, comme du temps où j'occupais seule son cœur, de nouveaux poèmes et relançait sa Muse... Sans désemparer, il publia durant les mois qui suivirent l'été de nos adieux, les *Hymnes*, *Le Bocage*, la *Continuation des Amours*, *Les Meslanges*, la *Nouvelle Continuation*, et j'en oublie certainement !

S'il s'étourdissait au travail, s'il cherchait inspiration et oubli auprès de séduisantes nouvelles venues, il tenta hélas de trouver également dans la débauche une aide supplémentaire. Dès l'automne de 1554, après avoir quitté le Blésois où plus rien ne le retenait, il prit part aux parties fines données par Jean Brinon. Conseiller du Roi, cet homme de plaisir se voulait protecteur des écrivains et des poètes. Il recevait de manière fastueuse, tantôt dans son hôtel parisien, tantôt dans ses propriétés de Villennes ou de Médan. Au cours de ces réunions, la licence prenait souvent le relais de l'esprit. J'en entendis parler. En beaucoup moins champêtre, en beaucoup moins sain, c'était le même genre d'agapes que celles organisées à la Bonaventure par le père de Marie. Dans des réunions de cette espèce, que cherchait Pierre ? Pour moi qui connaissais la délicatesse de ses sentiments, mais aussi les exigences de sa sensualité, il ne pouvait s'agir que d'une entreprise inconsidérée de défi et de provocation tournée contre lui-même mais aussi contre moi.

Si certains se sont étonnés que Pierre ait pu, dans les poèmes publiés durant cette période, passer de la mélancolie la plus sombre à des accès de gaieté dégénérant parfois en grivoiserie affichée, c'est parce qu'ils ne le connaissaient pas aussi complètement que moi. Il ne fallait voir dans ces ruptures de ton que les errances d'un homme écartelé entre des sentiments contraires, tiré à hue par son cœur et à dia par son corps.

Ronsard était double, triple... il était légion ! Ainsi qu'un navire dans la tempête, il tanguait, il roulait, d'un bord à l'autre, d'une extrémité à l'autre, d'une vague à la suivante !

Cependant, son désir de ne plus me déplaire ne cessait de se trahir par de petits détails. Je me souviens, par exemple, qu'en publiant *Le Bocage* et les *Quatre Premiers Livres des Odes*, il avait laissé son propre portrait figurer en frontispice alors qu'il en avait fait retirer le mien. Il savait combien j'avais été blessée de me voir représentée à demi nue sur son premier ouvrage et ne voulait pas risquer de me heurter de nouveau.

Quant aux trois Marie, ce ne furent qu'amours passagères et sans lendemain. D'après ce que je sais à présent, je crois pouvoir affirmer que Marie de Bourgueil fut courtisée par Pierre durant trois étés et Marie de Cabrianne pendant quatre hivers ! Il allait de l'une à l'autre, de l'Anjou à Paris, de la campagne à la ville, en suivant les saisons et l'humeur du moment :

> *D'une belle Marie en une autre Marie,*
> *Belleau, je suis tombé, et si dire ne puis*
> *De laquelle des deux plus l'amour je poursuis,*
> *Car j'aime bien l'une, et l'autre est bien m'amie.*

a-t-il écrit à un de ses amis, Rémy Belleau, qui lui servait de confident. C'est assez clair.

En y songeant, je retrouve une fois encore l'étrange

impression toujours ressentie à chacune des nouvelles amours de Pierre. Comme une rivière souterraine qui coule sous un sol lui-même irrigué de multiples ruisseaux, son attachement pour moi survivait et continuait son chemin sous la trame superficielle de ses divers emballements... A bien observer le parcours suivi par mon amant, je m'aperçois par ailleurs qu'aucune de ses belles n'a su lui répondre ainsi qu'il le souhaitait. Elles s'amusaient, les unes après les autres, à le faire languir, tout en tirant vanité de détenir une telle proie dans leurs filets, puis se détournaient de lui. En ces galanteries tant chantées, Pierre n'a récolté en somme qu'un grand nombre de déceptions pour quelques rares aboutissements...

Quant à la troisième Marie, ce n'est pas Ronsard mais notre souverain actuel, Henri III, qui fut follement épris de cette grande dame, Marie de Clèves, marquise d'Isle, devenue par son mariage, princesse de Condé! Epris au point d'en arriver aux pires extravagances à la suite de la mort de la jeune femme. On a même prétendu que le roi avait songé à l'épouser après avoir imaginé je ne sais quelle procédure de divorce. La disparition prématurée de madame de Condé, partie en la fleur de son âge, évita sans doute au royaume un nouveau scandale...

> *Ainsi en ta première et jeune nouveauté,*
> *Quand la terre et le ciel honoraient ta beauté,*
> *La Parque t'a tuée et cendre tu reposes...*

Ces vers admirables, ces vers poignants, s'adressaient en réalité à une tout autre créature qu'à la petite fille qui servait là de prête-nom. Pierre avait

327

besoin d'argent et il fallait plaire au nouveau souverain. C'est à la demande de celui qui venait en effet de se voir sacré Roi de France que Ronsard chanta la princesse défunte en composant une suite volontairement ambiguë sur *la Mort de Marie*. Il se trouve, d'ailleurs, que la fraîche Angevine s'en alla, elle aussi, plus tôt qu'il n'était naturel. L'amalgame n'en fut que plus aisé. Ce qui permit à Pierre de cultiver une équivoque qui n'était pas pour lui déplaire... Avant de rejoindre le pays des ombres, Marie de Bourgueil avait, il est vrai, trouvé le moyen de délaisser et de tromper Ronsard qui s'en montra fort chagrin dans ses poèmes...

Décidément, Pierre n'aura pas eu de chance avec les femmes. Parce qu'il avait trahi notre amour, bafoué la confiance que je mettais en lui, failli à la discrétion nécessaire aux amants, je l'ai tenu des années à l'écart de ma vie, Marie de Bourgueil s'est montrée infidèle après lui avoir fait attendre en vain ses faveurs, et Marie de Cabrianne s'est amusée à ses dépens.

Elle avait coutume, je l'ai su par la suite, de se jouer des hommes comme de marionnettes ! Spirituelle, volage, pleine d'un esprit vif et mordant, fantasque, égoïste, un rien perverse, elle appartenait au groupe de ces jeunes femmes que Catherine de Médicis n'a cessé de grouper autour d'elle. De nos jours, on les nomme l'escadron volant de la Reine ! Elles lui servent à tenir sous sa coupe ses ennemis les plus redoutables, à espionner son entourage, à connaître les secrets des gentilshommes de la Cour, dont beaucoup conspirent. Sous leur aspect ravissant, provocant, élégant et léger, ces demoiselles sont en fait les yeux et les oreilles de la souveraine. Rien ne leur échappe. Ce sont là les plus dangereux des enquêteurs, les plus adroits diplomates qu'on puisse rêver ! On s'oublie entre leurs bras et on leur confie des secrets d'Etat sur l'oreiller !

Ronsard, pour sa part, n'a pas dû accepter de livrer d'aveux vraiment compromettants à Marie de Cabrianne car son ascension triomphale ne fut en rien troublée par les péripéties de leur liaison. Après la disparition du vieux Mellin de Saint-Gelais, qui l'avait si violemment attaqué jadis avant de se résoudre à le louer, Pierre s'est vu nommé conseiller et aumônier ordinaire du Roi. Cette nouvelle dignité fut pour lui la récompense des longues années de labeur, des sollicitations incessantes auxquelles il lui avait fallu plier son orgueil, des intrigues qu'il avait été contraint de mener pour suivre le train de la Cour et faire comme ceux qui s'y trouvaient.

Durant tout ce temps où il se soumettait bon gré mal gré aux façons courtisanes et contait fleurette aux belles du moment, sa pensée continuait à me demeurer proche. En le lisant, j'étais frappée par la constance des appels qu'il m'adressait, par l'incessant retour de mon nom parmi ceux des autres égéries, par la merveilleuse continuité avec laquelle ma présence passait d'ouvrage en ouvrage. Je constatais là une permanence qui me bouleversait.

> *Or j'aime bien, je le confesse,*
> *Et plus j'irai vers la vieillesse*
> *Et plus constant j'aimerai mieux :*
> *Je n'oublierai, fussai-je en cendre,*
> *La douce amour de ma Cassandre,*
> *Qui loge mon cœur dans ses yeux.*

Pouvais-je, au détour d'un feuillet, lire une telle déclaration sans en être remuée jusqu'à l'âme ?

En découvrant tant de poèmes comme celui-ci mêlés à ceux qu'il adressait à l'amante du moment, je me sentais divisée contre moi-même, partagée entre mon émotion et une silencieuse rancœur. Ces deux sentiments discordants m'ont longtemps tourmentée...

Pour me consoler, je me disais qu'il n'y avait sans doute de par le monde que peu d'hommes capables d'aimer une même femme par-delà une rupture imposée par elle comme par-delà tant d'autres inclinations. Si je puisais dans cette remarque un allègement certain à mes peines, j'y trouvais aussi matière à rêver. Il m'arrivait alors d'être tentée de lui écrire pour lui annoncer mon pardon, pour l'appeler au secours, pour renouer le fil de nos amours, brisé de mes propres mains...

Je suis parvenue chaque fois à repousser cette tentation en me répétant que mon attitude clémente ne suffirait pas à transformer Pierre. Il aimait l'amour et les femmes. Une seule aurait-elle jamais pu lui suffire ? D'autant plus que ce que je souhaitais lui proposer ne pouvait le satisfaire. Je restais sur mes positions : par respect envers ma fille, je me devais de renoncer à toute relation adultérine. Or, ce n'était pas de mon amitié que Pierre avait envie... Entre ces deux êtres qui réclamaient tous deux de moi un choix contradictoire, je me trouvais déchirée...

Aujourd'hui, je peux raisonner avec calme sur les mouvements d'un cœur à présent rendu hors du bruit des passions. Il n'en était pas ainsi au temps de ma trentaine. A la lecture de certains poèmes un grand trouble m'envahissait :

> ... si de fortune une belle Cassandre
> Vers moi se fût montrée un peu courtoise et tendre,
> Un peu douce et traitable, et soigneuse à guérir
> Le mal dont ses beaux yeux dix ans m'ont fait mourir...
> ... je ne l'eusse laissée...

Une fièvre s'emparait de moi. Je prenais une plume, je m'asseyais devant une table, prête à lui écrire... puis je me remémorais notre passé, nos luttes, mes combats, j'évoquais les traits des autres femmes dont il avait aussi parlé avec beaucoup de feu, et je reposais ma plume... Je savais trop bien ce que Pierre entendait par tendresse... Il n'était rien moins qu'un pur esprit ! Jamais il ne se serait contenté de soupirer à mes pieds. Quel homme épris, d'ailleurs, l'aurait accepté après ce que nous avons vécu ensemble ? Nous ne pouvions, hélas, que nous séparer. Un peu plus tôt, un peu plus tard, il nous aurait fallu en arriver à cette solution.

Je soupire et me lève afin de remettre deux grosses bûches dans la cheminée.

François dort avec application. Je reprends ma place.

Depuis trente ans et plus, j'ai eu le temps de réfléchir à ce qui nous est arrivé. J'en suis parvenue à la conclusion que les choses ne pouvaient pas se dérouler autrement qu'elles ne l'ont fait. Le soin scrupuleux que j'apportais à l'éducation de Cassandrette, mon désir de rester à ses yeux une mère exemplaire, la suspicion de mon mari, tout se conju-

331

guait pour nous éloigner l'un de l'autre, Pierre et moi. Je n'ai pas été insensible et cruelle comme il lui est arrivé de le prétendre en des instants de rancune. Je suis seulement demeurée fidèle aux valeurs de l'amour maternel et du devoir qui comptaient tant pour moi.

Si Pierre s'est souvent plaint de ce que je l'avais mal traité, c'est là une réaction masculine. Avec l'inconsciente assurance des hommes, il n'a jamais voulu s'arrêter sérieusement aux souffrances qu'il m'avait lui-même infligées. Déception, tourment, humiliation, dégoût, causés d'abord par ses écrits, puis jalousie, angoisse, chagrin, provoqués ensuite par les tapageuses aventures qu'il proclamait et décrivait à chaque fois sans vergogne. Etait-ce rien ? En ne m'épargnant aucun détail de ses conquêtes, ne pensait-il pas à ma tristesse ? A-t-il seulement jamais pris garde au subtil supplice qu'il m'infligeait de la sorte ?

Ces reproches mutuels que nous formions chacun dans les replis de nos cœurs, nous n'en avons jamais parlé après nos retrouvailles. A quoi bon ? Nous avions mieux à faire. Nous avions à réparer les trous de nos manteaux...

Heureusement pour moi, je me défiais d'instinct des sentiments extrêmes et de leurs manifestations. A chaque nouvelle frasque de Pierre, je parvenais tant bien que mal, après des jours lancinants et des nuits d'insomnie, à recouvrer ma paix dévastée. Je me réfugiais auprès de ma fille et me rassasiais de simples joies maternelles. Elle était mon recours. Lorsque mon pauvre cœur, labouré par l'angoisse de la solitude, était trop lourd, je décidais de passer la soirée en compagnie de Cassandrette que j'autorisais pour la circonstance à veiller exceptionnellement.

Ces heures d'après le souper, égrenées en tête à tête avec celle qui représentait toute la douceur de ma vie, étaient la récompense de mes journées amères.

S'il faisait froid, nous nous installions toutes deux dans ma chambre, devant le feu. Nous buvions du lait d'amande, croquions des massepains, des confitures sèches, du fenouil ou de l'angélique confits, que l'enfant adorait. Je lui apprenais à jouer du luth, je lui lisais à haute voix des poèmes ou des contes, nous faisions des parties de dames, nous fabriquions des canivets dont la mode faisait fureur. Pourvue de doigts très fins d'une grande adresse, Cassandrette s'entendait à merveille à découper les enluminures que nous avions choisies auparavant, elle et moi, d'un commun accord. A l'aide d'un canif à manche de buis, elle confectionnait des dentelles de papier qu'elle appliquait ensuite sur des fonds de couleur vive. Les figures ou les motifs ainsi présentés se détachaient avec élégance au centre de cet entourage délicat que faisaient ressortir les chaudes nuances des feuilles colorées. Nous décorions nos murs de ces canivets dont certains pouvaient être considérés comme de petits chefs-d'œuvre.

S'il faisait beau, nous accomplissions de lentes promenades dans le jardin pour respirer l'odeur de la campagne nocturne. L'arôme du thym se mêlait à celui des œillets poivrés ou du réséda dont j'enseignais au passage les noms à ma fille.

Je lui apprenais aussi à distinguer les constellations les unes des autres, à reconnaître les principales étoiles de notre hémisphère, à jalonner en esprit les immensités célestes à l'aide des astres comme points de repère.

Le nez en l'air, nous nous échappions loin des contraintes quotidiennes, afin de parcourir en imagination les prairies bleues du ciel.

Jappant à nos chausses, mon petit chien nous rappelait bien vite aux réalités et nous faisait revenir sur terre où il entendait bien que nous nous intéressions à lui.

— Ma mère, j'aimerais demeurer cette nuit avec vous, me disait parfois Cassandrette. J'aime tant dormir près de vous !

— Moi aussi, ma chérie, assurais-je, moi aussi.

Pourquoi nous aurais-je privées de cet innocent plaisir ?

Une fois couchées, les courtines tirées, Guillemine installée comme de coutume au pied de mon lit, doucement éclairées par la cire blanche de ma veilleuse-mortier, nous nous sentions à l'abri de tout. Enfouies entre nos draps de toile fine qui avaient été bassinés avec soin si c'était l'hiver, nous nous blottissions dans les bras l'une de l'autre et je racontais à ma fille des histoires. Je sentais contre le mien le corps gracile de mon enfant et je me retrouvais reportée au temps de ma grossesse, temps béni où nous partagions la même enveloppe de chair. Son souffle caressait mon cou, ses mèches légères frôlaient mes joues qu'elles chatouillaient... Nous nous endormions sans nous en apercevoir pendant que je contais de folles aventures imaginaires où s'affrontaient géants et fées dans un univers où la tendresse l'emportait toujours sur la haine...

Dieu sait, pourtant, que les temps présents ne sont

pas tendres ! Les jeunes années de Cassandrette furent environnées de conflits avec l'étranger, de guerres civiles, de meurtres, de morts violentes, de crimes de toutes sortes.

Fasse le Ciel que mon petit-fils ne connaisse jamais de jours aussi troublés, que jamais il ne voie pareille tourmente, pareille horreur ! Le sang et la haine, la haine et le sang, partout, durant de si nombreuses années ! Les chrétiens divisés, les familles brisées, des frères, des enfants, des parents qui se maudissent et s'entre-tuent ! Les efforts de notre pauvre reine anéantis, les traités dénoncés, les accords reniés... Quand donc cette abomination prendra-t-elle fin ?

La mort prématurée d'Henri II a ouvert les portes à la fureur et à la dissension. Il a été donné aux gens de notre époque d'assister à un événement terrible : l'écroulement de la chrétienté dans le feu de l'exécration mutuelle des catholiques et des réformés. Nous avons vu naître et se développer les divisions irréparables qui ont mis en lambeaux la tunique sans couture du Christ !

Les guerres italiennes ou les combats contre l'Empereur qu'avait connus ma jeunesse, étaient peu de chose en comparaison de la rage homicide qui devait par la suite ravager notre malheureux pays en le livrant à l'ennemi étranger et aux factieux de l'intérieur, en le conduisant au fil des ans à deux doigts de sa perte... Ne sommes-nous pas encore plongés en pleine tragédie ? Voyons-nous poindre la plus mince lueur à l'horizon ?

J'avais connu de tristes années après ma rupture avec Pierre, mais qu'étaient mes détresses personnelles à côté de celles que nous avons côtoyées, auxquel-

335

les nous avons été forcés de participer, qui ont traversé nos existences comme des tornades, qui, bien souvent, ont failli nous emporter ainsi que des fétus ?

Je considère de loin le berceau où dort mon petit François. Ai-je le droit de gémir sur les malheurs du temps alors qu'aucun des miens, non plus que moi-même, n'en a souffert directement ? Quand on a eu la chance de traverser un siècle comme le nôtre sans avoir été roué, écartelé, arquebusé, noyé, défenestré, pestiféré, ou pendu, on devrait passer le reste de sa vie à genoux à en remercier Dieu ! Avoir échappé à tant d'occasions de disparaître dans le déchaînement général relève du miracle !

Pourtant, les survivants que nous sommes n'ont pas l'air d'y penser. La guerre intestine, la peste, le choléra, n'ont jamais empêché la majorité de nos contemporains de vaquer à leurs occupations au milieu des appels des mourants et des ruines encore fumantes. On s'attendrit un instant, on enterre les morts, on éteint le feu, puis on retourne à ses affaires. Quant à la Cour, on ne s'y est sans doute jamais plus follement diverti, sans se soucier le moins du monde du lamentable exemple que cette frénésie d'indécentes débauches peut donner au reste de la population. « Carnaval et carnage » pourrait être la devise des deux derniers règnes. On y passa allègrement du massacre au bal et des tueries aux festins comme si c'était tout naturel. Et cela continue...

Une seconde fois, je vais boire un peu de lait chaud. Pour dissiper mes sombres réflexions, je m'approche de la fenêtre. A travers les petits carreaux enchâssés dans le plomb, je contemple le paysage de décembre.

La campagne qui entoure notre forteresse est vide, nue, raidie sous l'hiver comme un défunt sous son drap. Seule, l'admirable géométrie des arbres dépouillés témoigne de la beauté d'une création dont la mauvaise saison a détruit les charmes sans parvenir à altérer la pureté des formes...

Soudain, un étonnant spectacle m'est offert. Les nuages noirs et cotonneux qui obscurcissent le ciel se déchirent. Ainsi qu'un long rectangle étiré, une ouverture en forme d'œil troue la nuit. La lune, pleine et ronde comme une prunelle, occupe pendant quelques instants le centre de cette orbite ouverte sur l'infini... Puis le vent bouscule les nuées. Le regard céleste se voile de crêpes échevelés, se déforme, se rétrécit, disparaît...

Je reste un moment derrière les vitres étroites à guetter le retour de l'étrange phénomène. Mais c'en est fini. La lourde paupière nébuleuse s'est refermée sur son mystère.

Y aurait-il là un signe ? Je suis persuadée que nous sommes environnés d'avertissements, d'indices, que nous ignorons le plus souvent ou que nous déchiffrons de travers. La lune ne me regarde-t-elle pas chaque fois que je suis en train de traverser un moment capital de mon existence ?

Au château de Blois, lors de ma première rencontre avec Ronsard, elle s'offrait comme une perle géante à mes quinze ans éblouis. Elle marbrait de veines bleutées le visage renversé que Pierre embrassait comme un fou la nuit de nos adieux, près du colombier de Talcy. A l'heure de la naissance de Diane, elle fut la première à baigner de sa clarté froide l'enfant qui devait m'apprendre ce que peut être l'amour voué aux fruits de nos entrailles. Cette nuit, enfin, alors que Pierre n'est plus, alors que je veille sur le fragile sommeil de mon unique petit-fils, pourquoi me poursuit-elle de sa prunelle opalescente ?

2

Sois-moi plus douce et prends de moi pitié...

RONSARD.

Faute de trouver une réponse satisfaisante aux questions que je me pose, je m'assure une fois encore du repos de l'enfant qui m'a été confié avant de me retourner vers les souvenirs enfouis dans ma mémoire... là où Pierre est encore vivant.

Mon frère aîné et mon mari se trouvent tous deux à l'origine de la première rencontre que j'eus avec lui au terme de cinq années de rupture complète. La vie a de ces ironies... Mais rencontre n'est pas réconciliation. Dès que je sus la date de la confrontation qui m'attendait, je m'entraînai à affermir mon cœur. Je connaissais trop la séduction que Ronsard exerçait sur moi pour ne pas craindre des retrouvailles qui raviveraient mon trouble en même temps que mes meurtrissures. Le temps du pardon n'était pas encore venu. Les circonstances ne s'y prêtaient pas non plus...

A partir du moment où Pierre devint un homme célèbre, son destin, et par conséquent le mien, se trouvèrent étroitement mêlés aux événements politiques de notre siècle. Cette fois-ci, il s'agissait d'un mariage princier.

La guerre qui opposait la France aux Impériaux et aux Anglais venait d'être interrompue. Le royaume connaissait alors une courte trêve, le Roi décida de procéder aux noces de sa fille Claude avec le duc Charles de Lorraine. Cette alliance de la famille royale avec la branche aînée de la maison de Guise fit beaucoup de bruit. Non sans raison. Elle devait entraîner de lourdes conséquences. Mais on était décidé à ne voir que le bon côté de ces épousailles.

Les enfants de notre souverain étaient en pleine période matrimoniale. Déjà des fêtes fastueuses s'étaient déroulées à l'occasion de l'union, survenue après de longues fiançailles, du dauphin François avec la jeune reine d'Ecosse, Marie Stuart, à laquelle l'avenir réservait tant de tribulations et une si pénible destinée... Qui aurait pu le dire au moment de son triomphe nuptial ? Après la victoire que le duc de Guise venait de remporter sur l'ennemi en lui reprenant Calais, la liesse était générale. On se sentait vengé de la cruelle défaite de Saint-Quentin. La belle revanche comportait également, hélas, des aspects fort inquiétants. Ce fut à sa suite, pour remercier le clergé qui avait largement contribué à l'effort financier demandé au pays, qu'Henri II favorisa la poursuite des délits d'opinions religieuses dans le royaume, afin d'extirper les hérésies et fausses doctrines des Réformés.

Dès lors, l'intolérance s'installa en chacun de nos foyers, en chacune de nos villes, dans chaque province... Elle ne les a pas quittés depuis ! A l'intérieur des frontières, on s'adonnait à la chasse aux hugue-

340

nots; à l'extérieur, on se battait à la fois contre les Anglais, sur mer, et contre l'Empereur, sur terre ! Victoires et défaites étaient notre pain quotidien.

Ce fut durant la trêve nécessitée par des négociations faites en vue de la future paix de Cateau-Cambrésis, d'heureuse mémoire, qu'eurent lieu les fameuses noces qui m'amenèrent à revoir Pierre. Mon frère Jean avait été nommé peu de temps plus tôt surintendant de la maison ducale. Grâce à son appui, mon mari était parvenu à obtenir la charge qu'il convoitait : maître d'hôtel de la nouvelle duchesse de Lorraine. A ce titre, nous avions été conviés aux fêtes du mariage pour être présentés à leurs altesses.

De son côté, Ronsard avait été chargé de composer textes et divertissements poétiques proposés à la Cour, en son château de Meudon, par le cardinal de Lorraine, oncle de la mariée. Il avait également écrit un envoi pour le tournoi qui devait suivre. Revenu de Rome où il s'était tant ennuyé, du Bellay avait, lui aussi, été appelé à participer à l'organisation des festivités.

Je savais tout cela et m'étais donc préparée à des rencontres inévitables. Fatalement, nous nous verrions, nous nous croiserions, nous serions même peut-être amenés à nous saluer... Je croyais m'être cuirassée contre les surprises des chassés-croisés de la vie de Cour... Je m'étais trompée. En revoyant Pierre pour la première fois, lors de la présentation à la duchesse et au duc, une émotion violente comme un raz de marée me submergea. Il se tenait assez loin de nous et s'entretenait avec deux évêques. La maturité et le succès lui allaient bien. Je me sentis frissonner et mon

341

cœur me fit mal comme si des doigts de fer le pressaient soudain.

Raidie, cramponnée au bras de mon mari en compagnie duquel je saluai, suivant la coutume, le couple ducal, je me sentais défaillir. Il me fallait cependant sauver les apparences, ne rien laisser paraître de mon émoi. Je parvins à faire bonne contenance... mais fus seule à en connaître le prix !

Pierre, je le sais à présent, s'interrogeait sur la conduite à tenir à mon égard. Il estimait sans doute que j'avais attaché trop d'importance aux dégâts causés par ses poèmes et redoutait d'autant plus des réactions pour lui imprévisibles. Joachim, qui faisait cause commune avec lui, l'imita. Ils calquèrent donc leur façon d'être sur la mienne et firent mine de m'ignorer. Par chance, il y avait foule autour de nous... de nous qui rêvions à des rapprochements impossibles dont nous nous préservions pourtant avec le plus grand soin !

Il est vrai que notre situation se révélait des plus délicate. Mon époux, qui avait juré de ne plus jamais adresser la parole à son cousin, arborait un mauvais sourire en m'imposant une surveillance draconienne. D'autre part, beaucoup de nos relations se divertissaient sous cape de la partie de cache-cache à laquelle le sort nous contraignait tous trois. Prêts à tirer les pires conclusions du moindre regard, du moindre signe de reconnaissance entre le conseiller du Roi et une femme dont on avait déjà tant médit, les mauvaises langues s'aiguisaient...

Au même titre que l'avenir de ma fille que j'entendais préserver, la nouvelle charge de Pierre exigeait de nous une tenue irréprochable. Nous ne pouvions nous permettre nul faux pas. Tant que durèrent les réjouissances, je vécus dans l'angoisse. Ce me fut beaucup plus dur que je ne l'avais imaginé.

Les fêtes furent longues et superbes. Triomphante et soudain portée au pinacle, la maison de Lorraine ne lésina pas sur les frais. Si, en raison de la conjoncture, bien des gens jugèrent de mauvais goût un tel faste, les partisans des Guise, eux, pavoisèrent. Je conserve de ces journées le souvenir fasciné et anxieux d'une succession de festins, de bals, de concerts, de joutes, noyés à mes yeux dans la buée tremblante d'une fièvre aussi inavouable aux autres qu'à moi-même.

En quoi le choc éprouvé aurait-il changé quoi que ce fût à mes résolutions ? Je ne pouvais toujours pas pardonner à Pierre les erreurs aberrantes qui nous avaient conduits là où nous en étions. Ce n'était pas les affres endurées sur place à cause de lui et par lui qui avaient la moindre chance de m'incliner à plus de mansuétude...

Nulle part Ronsard n'a jamais fait allusion à ces heures confuses. Il en a souffert comme moi. Peut-être même davantage. N'était-il pas le fauteur de troubles, alors que j'en demeurais la victime ?

Cependant, dans le divertissement composé en l'honneur des jeunes époux, il avait imaginé deux bergers s'entretenant de leurs amours. L'un parlait en son nom propre, l'autre en celui de du Bellay. Or, le premier soupirait :

> *... hier, ma Cassandrette,*
> *Que j'aime plus que moi...*

et dans l'envoi du tournoi, le pastoureau Ronsard enviait le chevalier que sa dame avait vêtu et armé

343

avant les joutes, selon la tradition. Il s'en montrait ouvertement jaloux. Cette dame, c'était moi...

Je ne sortis pas indemne de ces journées de fête. Ce fut l'âme en déroute que je rentrai au logis... Je venais de découvrir que je n'en avais pas fini avec Pierre !

Comment aurait-il pu ne pas m'obséder ? On parlait de lui partout !

L'année 1559, si douloureuse pour la France qui y perdit son roi tué dans la force de l'âge lors d'un tournoi fatal, fut pour Ronsard une des plus fécondes et des plus fructueuses de sa carrière.

Après un silence de deux ans qui avait suivi le trépas de Claude de Ronsard, son frère aîné, dont la succession nécessitait son entremise et tous ses soins, il s'était remis au travail, tout en préparant l'édition collective de son œuvre. Il attachait la plus grande importance à cette entreprise que certains autour de moi jugèrent prématurée. Il l'acheva en 1560, peu après la fin tragique d'Henri II.

A travers ses poèmes, je le sentais violemment affecté par les disparitions si proches de son frère, de son souverain, puis de son meilleur ami, notre cher du Bellay, parti en pleine jeunesse.

Ce fut un temps de deuil et d'affliction pour tous les habitants du royaume, mais tout spécialement pour Pierre qui, en plus de la mort du roi, sensible à chacun de nous, perdit les deux hommes auxquels il tenait le plus. S'il travailla tant pendant cette période, ce fut sans doute pour échapper à ses fantômes.

A distance, je partageais toutes les peines qui le frappaient, je priais pour lui, je lisais ses vers avec mon cœur et ses déplorations m'arrachaient des larmes que je dissimulais ainsi que des trésors. Il me fut très difficile à ces moments-là de ne pas aller me jeter dans ses bras. Je l'aurais fait si je n'avais pas connu la force torrentueuse de ses désirs, ma propre faiblesse, et si je n'avais pas songé d'abord à ma fille.

Cassandrette s'épanouissait sous mes yeux et je ne me lassais pas d'assister à son éclosion. Le chant de la joie maternelle fusait en moi comme à l'aube celui de l'alouette. Son rire, sa confiance, ses élans, son intelligence, son charme, me comblaient.

Comment aurais-je pu mettre en péril le bel équilibre de mon enfant ? Notre mutuelle affection était mon bien le plus précieux. Pierre n'arrivait qu'ensuite. Il l'a su plus tard et s'en est plaint. Je n'ai jamais voulu le lui cacher. Je ne l'aurais d'ailleurs pas pu. C'était une évidence. Une évidence ne se discute pas plus qu'elle ne se dissimule.

Mais si ma fille détenait la première place, il arrivait, lui, tout de suite après. Aussi fus-je bouleversée quand je découvris, dans chacun des volumes regroupés par ses soins en vue de la première édition complète de ses vers, qu'à travers ces quatre recueils, il poursuivait sans se lasser son œuvre de substitution, d'effacement, de travestissement de ma personnalité. Suivant en cela la mode, il posait sur mon visage un masque afin de mieux le dérober aux regards curieux. Mon nom était retiré des pièces les plus révélatrices ou les plus licencieuses, celles qui m'avaient si durement blessée. Par ailleurs, d'adroites variantes en transformaient les passages trop audacieux à mon goût. Elles tendaient à éloigner de moi tout soupçon. Parfois, Pierre en arrivait à renier de précédentes affirmations, souvent parmi les plus flamboyantes.

Enfin, sur sa demande, dans le commentaire placé au début du deuxième livre par son ami Rémy Belleau, se trouvait un véritable mea culpa de l'auteur qui examinait sa conscience et se reconnaissait fautif à l'égard de sa Dame...

La gratitude que j'en éprouvai dès ma lecture terminée, m'orienta aussitôt vers l'idée d'un pardon définitif. Ce qui en retarda l'exécution fut une autre aventure dont Pierre ne tarda pas à parler. Une récente conquête l'enflammait. Il s'agissait d'une femme qu'il a nommé Genèvre...

De nouveau, son tempérament impétueux l'avait entraîné sur une piste toute chaude. Il a lui-même raconté avec cette tranquille impudeur qui le caractérisait qu'un soir d'été, alors qu'il se baignait dans la Seine du côté du Pré-aux-Clercs, il avait aperçu sur la rive, dansant et chantant, une jeune femme qu'il avait jugée charmante. Il s'était alors précipité à ses genoux, s'en était fait reconnaître et n'avait pas tardé à lui adresser un poème où il évoquait pêle-mêle son amour pour moi, son aventure avec Marie, et concluait d'une façon qui me sembla maladroite et même ostentatoire :

Maintenant je poursuis toute amour vagabonde,
Ores j'aime la noire, ores j'aime la blonde...

Sur le moment, cette déclaration me choqua. J'en ressentis peine et mortification. J'ajournai à plus tard le pardon si près d'être accordé...

A présent que cette péripétie sentimentale est bien loin, il me semble que j'aurais dû admettre qu'il était légitime pour Pierre de se divertir à sa guise. A travers ce qu'il en a dit par la suite, je serais tentée de croire qu'il a été heureux, du moins de façon passagère, avec cette Genèvre. Il le fut si rarement au cours de sa vie que je ne me sens plus le droit d'en prendre ombrage. Dans son avertissement préliminaire que faisait-il d'autre que d'exposer loyalement à sa nouvelle amie l'état qui était le sien ? Celui d'un homme dépourvu de chances en amour, alors même qu'il ne pouvait s'en passer... celui d'un homme qui, à défaut d'une passion toujours espérée, jamais obtenue, se contentait de papillonner de belle en belle, de fleur en fleur...

Maintenant que Pierre n'est plus ici pour raviver par ses frasques incessantes mon indignation amoureuse, j'éprouve une sorte de complaisance envers ses brèves aventures. En n'offrant à Genèvre qu'une liaison sans lendemain, il reconnaissait implicitement qu'il n'avait plus rien d'autre à donner que de brefs instants d'agrément. Il ne lui promettait pas l'amour. N'étais-je pas cause de cette carence affective ? Comment ai-je pu considérer comme une rivale une femme à qui Pierre proposait si peu ?

S'il faut d'ailleurs en croire ce qu'il a écrit sur cette histoire, Genèvre, elle non plus, ne souhaitait rien d'autre. Elle avait perdu quelques mois auparavant un amant qu'elle aimait de tout son cœur et répugnait à se lier de façon durable si peu de temps après. Tous deux cherchaient en réalité un peu de plaisir joint à un peu d'oubli...

Pendant que Pierre se distrayait ainsi, les événements extérieurs prenaient le pas sur nos minces tribulations personnelles.

Des signes nous avaient prévenus que des temps difficiles s'annonçaient. La grande comète étincelante, dont la chevelure de feu ondoyait si dangereusement derrière elle durant tout le temps qu'elle occupa le ciel en mars 1557, était pourtant un sérieux avertissement. La folle suffisance humaine refusa d'en tenir compte...

Inutile d'évoquer la succession de maux qui a suivi

347

la mort d'Henri II depuis ce tournoi maudit. J'y ai baigné. J'en ai tremblé comme tout un chacun. J'ai pu croire certains jours que ma fin était proche... Si j'acceptais pour moi sans trop de mal la perspective d'une brutale interruption de mon existence, en revanche, je ne l'ai jamais admis pour ma fille dont la jeunesse avait droit à l'espérance...

Dès le règne informe de François II, pauvre enfant malade, roi adolescent dont j'ai croisé un instant, à la Cour de Blois, le regard traqué, il fut aisé de prévoir l'éminence du malheur. Même lorsque ses lèvres souriaient, les yeux noirs qu'il tenait des Valois demeuraient emplis d'angoisse et de fébrilité. Autour de lui tout le monde savait qu'il était condamné. Les efforts pathétiques de sa mère pour se persuader du contraire n'y changeaient rien. Quand il s'éteignit, sans être parvenu à atteindre ses dix-huit ans, il laissait un royaume divisé, fanatisé, prêt à exploser comme un baril de poudre!

Parvenue au sommet du pouvoir en de si tragiques circonstances, notre cousine, Catherine de Médicis, désormais régente d'un pays où elle n'était guère aimée, fut nommée gouvernante de France pendant la durée de la minorité de Charles IX, âgé d'un peu plus de dix ans seulement. Quelle ascension pour la fille des Médicis mais aussi quel fardeau! Depuis qu'on avait brûlé vif le conseiller du Bourg converti à la Religion réformée, les choses allaient de mal en pis. Les doctrines de Luther et de Calvin rencontraient toujours davantage d'assentiment. Les adeptes de la nouvelle foi se multipliaient, prenaient de l'audace. L'agonie de François II ne les avait même pas arrêtés. A Amboise, des conjurés aveuglés par la passion partisane n'avaient-ils pas projeté de s'emparer du souverain moribond? Dans quel but? Le rallier *in extremis* à leur cause? Le convertir de force? Le garder en otage ? Quoi qu'il en ait été, leur coup manqué s'était soldé par un horrible massacre. On avait pendu les factieux aux potences, aux arbres, aux créneaux et jusqu'aux fenêtres du château !

La haine entre les deux camps n'en avait flambé que plus haut ! La maison des Guise, qui convoitait ouvertement le pouvoir, en profita pour avancer ses pions. En de telles conditions, la paix publique se vit compromise pour longtemps. L'unité morale du royaume était en lambeaux...

C'est alors que Ronsard a lancé son premier cri d'alarme : l'*Elégie à Guillaume des Autels*. Elle traduisait exactement ce que je ressentais, ce que des millions de chrétiens ressentaient. Il aurait fallu être aveugle pour ne pas voir que l'Eglise catholique s'enfonçait chaque jour un peu plus dans la boue. Un immense nettoyage s'imposait. Les abus de toute espèce étaient devenus si courants que bien des croyants sincères se trouvaient ébranlés. Le Christ était trahi par une partie de ses prêtres. Les papes donnaient en premier l'exemple de la débauche, de la prévarication, de l'imposture... Il était urgent d'interrompre cette marche à l'abîme. A ses débuts, la Réforme n'avait pas d'autres intentions.

J'ai connu bien des personnes qui pensaient alors de la sorte. Marie, mon amie à la fois si ardente, si zélée, y avait elle-même songé... Ne disait-on pas à cette époque que la reine mère n'était pas ennemie de la Religion réformée, qu'elle lisait la Bible, aimait à chanter les psaumes et voyait sans déplaisir de grandes dames de sa Cour comme Jeanne d'Albret, reine de Navarre, Marguerite de Savoie, la princesse de Condé, la duchesse de Montpensier et combien d'autres, qui s'étaient converties aux idées nouvelles ?

Ronsard, de son côté, a reconnu par la suite s'être

senti tenté, au commencement tout au moins, par une doctrine qui critiquait si utilement les erreurs commises par le clergé. Mais il s'est vite repris pour devenir sans tarder le soutien privilégié de la catholicité. Les outrances sacrilèges des tenants du nouveau culte lui parurent impies et profanatoires. Ce fut lui qui répondit avec le plus de mordant aux pamphlets et libelles huguenots qui inondaient le pays. Ses *Discours des Misères de ce Temps*, suivis bientôt de la glorieuse et magnifique *Remontrance au peuple de France*, m'éblouirent. Il s'y exprimait en défenseur d'une Eglise, dont il ne niait pas les errements, jugés par lui des plus graves, sans pour autant accepter de la renier ni de la détruire.

Je suivais ces débats avec la plus extrême attention. Comme tant d'autres, je ne cessais pas d'être épouvantée par le déferlement de haine qui submergeait irrésistiblement le royaume. J'assistais avec horreur aux luttes abominables où l'exécration l'emportait au plus grand profit du Mal sur l'Esprit d'Amour. Si notre Eglise avait, de toute évidence, besoin d'être dépouillée des tristes oripeaux dont les siècles avaient fini par l'affubler, elle n'en restait pas moins la première dépositaire de la Révélation. De ce fait, elle méritait qu'on la révère à l'image d'une mère qui demeure sacrée en dépit de ses fautes. C'est ce que les Réformés se sont toujours refusés à admettre. L'aversion qu'ils vouent à cette malade me semble parricide.

Pierre et les amis qu'il avait rassemblés autour de lui, sous le nom de Brigade, défendaient les mêmes opinions, les mêmes choix que les miens. D'où l'intérêt passionné que je portais à leur action.

En regroupant écrivains et philosophes dans un

mouvement d'idées auquel il avait donné cette appellation aux consonances guerrières, bien qu'elle se voulût uniquement littéraire, Ronsard avait eu une admirable idée. Devenue le fer de lance de l'opinion catholique, sa Brigade eut pour mission de répondre par la plume aux attaques de ses adversaires. Elle n'y a jamais manqué. Elle a contribué en grande partie à redonner confiance aux nôtres, que les terribles diatribes huguenotes avaient un moment déconcertés et divisés. Pierre et ses compagnons ont démontré de façon éclatante combien la lutte écrite pouvait avoir de poids dans un conflit religieux ou politique, et qu'en définitive les armes de l'esprit surpassent le fer et le feu.

De mon côté, je participais autant que je le pouvais à ces assauts. Je lisais chacun des écrits de Pierre et tirais fierté de sa vaillance, de son esprit de repartie, de son éloquence.

Nos entrevues demeurèrent finalement liées aux troubles qu'il nous était donné de vivre du même côté du fossé.

Célèbre par son art, Ronsard l'était devenu encore davantage par ses prises de position à l'égard des Réformés. Non seulement il se battait contre eux par la plume, mais il avait été amené également à le faire par l'épée. Les violences, en effet, avaient gagné nos provinces. Le Mans, Tours, Blois où je tremblais pour les miens, étaient tombés aux mains des huguenots. Jeanne d'Albret, ardente luthérienne s'il en fut, mais aussi duchesse de Vendôme, avait introduit dans notre cité des lansquenets à sa solde. Ils avaient dévasté la collégiale Saint-Georges, profané les tombes, sans même respecter celles des ancêtres du duc, mari de la reine de Navarre, qui laissa faire tant d'abominations sans lever le petit doigt ! Dans les campagnes, ce n'étaient que pillages, incendies, viols, massacres. J'avais été obligée de quitter Courtiras où j'aimais tant séjourner aux beaux jours en compagnie de ma fille qui grandissait, pour regagner Pray, mieux défendu.

Indignés, des gentilshommes de la vallée du Loir, les Ronsard, les du Bellay, beaucoup d'autres, se réunirent en formation défensive. Pierre adhéra à cette troupe armée et résolue. Les convictions qu'il soutenait déjà par le verbe, les menaces planant sur plusieurs de ses cures, l'y incitèrent doublement. Il prit donc les armes.

Comme je ne tardai pas à être mise au fait de son engagement, il me fallut bientôt trembler pour sa vie... C'est ainsi que j'appris qu'il avait failli être tué dans une embuscade où il avait essuyé cinq coups d'arquebuse. Cette arquebusade, qui me jeta dans les angoisses les plus vives, provoqua par ailleurs une grande effervescence dans notre région. Tout le monde en parlait et chacun se félicitait qu'un tel poète, un tel polémiste eût échappé à une fin si injuste.

Quelle que pût être l'émotion des autres Vendômois, elle ne fut rien comparée à la mienne.

En mesurant à quel point la perte de Pierre aurait été pour moi irréparable, je fus bien obligée d'admettre qu'en dépit de tout, je l'aimais toujours d'un amour sans seconde. La peur de sa mort et la fierté de le voir combattre avec tant de hardiesse sur tous les fronts à la fois, m'incitèrent à une plongée au tréfonds de mon cœur. J'aimais toujours, je n'avais en réalité jamais cessé d'aimer Pierre... La blessure qu'il m'avait

352

infligée par mégarde et légèreté s'étant cicatrisée, l'idée d'un rapprochement, et donc d'un pardon préalable, s'imposa à moi.

Une nouvelle complication surgit alors, qui vint se mettre en travers de l'élan qui me jetait vers mon amant.

Combien de fois me serai-je vue ainsi éloignée du but alors que je me croyais sur le point de l'atteindre ? Mes relations avec Pierre n'auront été qu'une succession d'occasions manquées, repoussées, avortées... si on s'en tient aux apparences. En réalité, nous n'avons jamais été séparés que de façon visible. L'essentiel était préservé puisque nos âmes demeuraient unies...

Cette fois-ci, ce fut la reine mère en personne qui intervint pour infléchir le cours de nos destins. En demandant à Pierre de composer des poèmes en l'honneur de la plus jolie, de la plus séduisante de ses dames d'honneur, elle joua le rôle de la fatalité pourvoyeuse de romans.

Ce n'était pourtant nullement dans ses intentions. Elle souhaitait simplement inciter le prince de Condé, son prisonnier du moment, à s'éprendre d'Isabeau de Limeuil. Pour parvenir à ses fins, elle imagina de faire briller les attraits de sa suivante en priant Ronsard de les célébrer. Cette intrigue répondait à son désir de composer avec les huguenots pour ne pas avoir à les affronter. La situation était critique. Les Réformés avaient fait appel aux Anglais. Trop contents de reprendre pied sur le continent, ceux-ci s'étaient rapidement emparés du Havre, puis s'étaient vu livrer Rouen et Dieppe. Grâce au duc de Guise, on avait pu reconquérir Rouen, mais non sans pertes. Durant l'opération, notre duc, Antoine de Bourbon, avait été mortellement blessé. Profitant de la confusion, les Réformés avaient investi Paris. Dieu merci, nous les avions vaincus à Dreux! C'est alors que le prince de Condé, devenu par la mort de son aîné chef incontesté et combien bouillant des assaillants, était lui-même tombé entre les mains des défenseurs de la capitale.

Sa capture fut un événement! Certains l'admiraient, d'autres le haïssaient. Il ne laissait personne indifférent.

Dans l'ébullition générale, tout le monde s'entendit cependant pour critiquer les tentatives de conciliation faites par Catherine de Médicis. Notre famille s'y était d'ailleurs trouvée mêlée puisque la reine mère avait choisi Talcy en juin 1562 pour y rencontrer les chefs huguenots...

Mon Talcy devenu lieu de négociations politiques! Ce site béni de mon éveil à l'amour transformé en siège de si grands pourparlers!

La tentative royale avait beaucoup fait jaser car personne n'ignorait que notre souveraine espérait parvenir à une entente avec les Réformés après la tuerie de Wassy, perpétrée à notre grande consternation par le duc de Guise et ses soldats. L'assassinat à Orléans de ce même François de Guise fit échouer la stratégie si péniblement élaborée et força la pauvre reine à signer une nouvelle paix à Amboise et à faire appliquer l'édit de Tolérance, promulgué en faveur des Réformés.

L'édit étant fort mal considéré, la paix restait des plus précaire. C'est alors, en désespoir de cause, que Catherine jeta Isabeau de Limeuil dans les bras de Condé! En agissant de la sorte, elle utilisait sa méthode favorite de séduction par personne interposée. Si j'avais su à ce moment-là ce que j'ai appris depuis, je n'aurais pas éprouvé le moindre dépit à la lecture des vers extasiés que Pierre adressa à cette belle enfant. Mais j'ignorais l'intrigue et le rôle qu'y jouait Ronsard en prétendant être amoureux fou d'Isabeau... Il n'est d'ailleurs pas impossible qu'il s'en fût réellement amouraché tant il était vulnérable quand il s'agissait d'une nouvelle conquête à accomplir... N'a-t-il pas reconnu lui-même qu'il lui arrivait de se laisser prendre à son propre jeu ?

J'aime à faire l'amour, j'aime à parler aux femmes,
A mettre par écrit mes amoureuses flammes...

Il avait un cœur enflammable comme l'étoupe ! Je l'ai très vite su et me suis cependant décidée à renouer de tendres liens avec cet homme inconstant auquel le premier vertugade venu tournait la tête ! Fallait-il qu'il me fût cher !

... Je l'ai revu une seconde fois à Fontainebleau, en février 1564, puis à Bar-le-Duc, en mai.

Entre-temps, j'avais perdu coup sur coup mon père et ma mère. Malgré le peu d'intimité que nous avions conservé, leur mort m'ébranla. Ils emportaient avec eux une part de mon enfance, une part qui n'appartenait qu'à eux et dont moi-même ne conservais que des miettes. Mes jeunes années disparues se trouvaient désormais à jamais enfouies avec mes parents dans leur tombe. Mes protecteurs naturels n'étaient plus. Malgré le peu de secours qu'ils m'avaient apporté aux moments les plus critiques de mon existence, je pleurai leur disparition en oubliant leur défaillance

355

pour ne plus me souvenir que de la solidarité familiale qui m'était si sensible durant mon enfance...

Je me retrouvais aux premières lignes, exposée sans intercesseur aux périls qui nous guettent jusqu'à notre propre fin.

Ces deuils m'amenèrent à considérer d'un autre œil nos querelles humaines. Ils contribuèrent à me rendre plus indulgente envers mon prochain, donc, en premier lieu, envers Pierre, mon plus proche prochain...

Dans le silence de la chambre, un léger cri se fait entendre. Une nouvelle fois, je me penche sur le sommeil de mon petit-fils. Il pousse encore deux ou trois vagissements sans cesser pour autant de dormir. Je guette son souffle qui reste paisible. Il a dû faire un mauvais rêve.

J'attends un moment avant de regagner ma place auprès du feu.

La reine mère avait décidé de donner à Fontaine-bleau de grandes fêtes à l'occasion d'une nouvelle tentative de rapprochement entre réformés et catholiques. Elle en offrit d'autres, peu après, à Bar-le-Duc en l'honneur du traité de paix qu'elle était parvenue à conclure avec la nouvelle reine d'Angleterre.

Sur la demande de notre souveraine dont il était devenu un familier, Pierre dédia en cette seconde occasion un recueil d'*Elégies, Mascarades et Bergeries* à Elisabeth Ire.

Je me trouvais participer par force à tous les divertissements et réceptions que mon mari se devait de fréquenter pour accomplir son devoir de maître d'hôtel de la duchesse de Lorraine.

Pierre, qui ne s'était pas départi à Fontainebleau de la réserve dont je continuais à lui donner l'exemple, changea brusquement d'attitude. Il ne supportait plus le silence qui nous séparait. Aussi décida-t-il de tenter sa chance. Il me fit parvenir ses derniers poèmes par Guillemine. Il y avait souligné deux cartels où s'exprimaient tour à tour un chevalier content et un chevalier malcontent. Deux conceptions s'y opposaient : le bonheur d'un homme heureux en amour, l'accablement de celui qui se lamente « d'un espoir qui est désespéré ». Ce dernier s'écriait :

> *Pourquoi m'as-tu, dès jeunesse, donné*
> *Pour me tuer, une dame si belle ?*
> *Elle sait bien que je languis pour elle,*
> *Que je l'adore, et que je l'aime mieux*
> *Cent mille fois que je ne fais mes yeux,*
> *Mon cœur, mon sang : car je n'aime ma vie,*
> *Sinon d'autant qu'elle en sera servie.*

Je ne pouvais pas ne pas retrouver là l'écho d'autres déclarations qu'il m'avait jadis adressées. Il y disait la même chose en des termes presque identiques. N'était-ce pas l'hommage de sa fidélité-infidèle qu'il me rendait une fois de plus ? Il n'y avait pas à s'y tromper. Comment y demeurer insensible ?

Par l'entremise de ma dévouée Guillemine qui connaissait le secrétaire de Pierre, je lui envoyai à mon tour un billet de remerciement. C'était le premier échange de lettres entre nous depuis dix ans...

Mon message demeurait cependant réservé et prudent. Tant de choses s'étaient passées depuis ces dix années ! Et puis notre mutuelle situation demeurait toujours aussi délicate...

La reine mère ne s'attarda pas en Lorraine. Elle avait décidé d'entreprendre un long voyage à travers la France en compagnie du jeune roi son fils. Elle entraîna à sa suite une partie de la Cour que l'on vit alors processionner sur les routes en une vaste cohorte colorée, tapageuse et désordonnée... Cet intermède permettait à Catherine de Médicis de présenter au petit souverain les plus reculées de ses provinces tout en tâchant d'apaiser les esprits échauffés au-delà de ce qui était supportable.

En fait, cette pérégrination qui dura deux pleines années était le dernier moyen qu'elle avait imaginé pour tenter de pacifier le pays déchiré tout en en profitant pour inspecter le royaume. Quand je pense qu'on a si longtemps prétendu que cette princesse était timide et dénuée de volonté ! Il n'y a pas plus tenace qu'elle, plus obstiné ! Elle fait preuve de beaucoup plus de caractère que n'en eut jamais son mari. Quant à ses fils, je préfère ne pas en faire mention. Ce serait trop navrant.

En cette occasion, notre reine fit preuve, une fois encore, de diplomatie et d'adresse. Elle s'appliqua à visiter chaque province, chaque contrée, chaque recoin de ce grand corps malade qu'est la France, sans reculer devant aucune difficulté, ni aucune opposition. Ni la peste, ni la haine, ni les ruines ne parvinrent à entamer sa résolution... Je ne sais si cette patiente et méthodique tournée fut réellement utile, mais il est certain que Charles IX y apprit à mieux connaître la terre sur laquelle il devait régner.

Au retour, en passant par Tours, la reine mère et le Roi allèrent visiter Ronsard en son prieuré de Saint-Cosme.

Pierre ne s'était pas attardé lui non plus à Bar-le-Duc. L'échange de lettres auquel nous avions procédé n'avait pas été assez décisif pour le retenir sur place alors que mon mari continuait à exercer sur moi un contrôle de chaque instant. Il s'en était donc retourné vers la Touraine où il détenait depuis peu le bénéfice du prieuré de Saint-Cosme-lès-Tours. Il désirait s'y installer sans plus attendre. Son engouement pour Isabeau de Limeuil s'était évanoui et son état de santé le tourmentait de plus en plus au fil des ans. Je crois qu'il commençait à souffrir des rhumatismes qui devaient si gravement détériorer plus tard sa constitution déjà malmenée par la maladie dont il avait failli mourir durant sa jeunesse au cours de son voyage en Allemagne.

Selon l'habitude qu'il avait toujours eue lorsqu'il se sentait blessé dans son corps ou dans son cœur, il s'était réfugié au pays de ses ancêtres, ou sur les bords de la Loire qu'il aimait.

Devenu quelques mois plus tard prieur de Croixval en Vendômois, non loin de Couture, il y emménagea avec une satisfaction que je n'ai aucun mal à imaginer. Saint-Cosme et Croixval devinrent alors ses résidences préférées, ses domaines d'élection. Il s'y rendait aussi souvent que sa charge auprès du jeune Roi, qui s'était entiché de lui, ne le retenait pas à la Cour.

Avant de mourir, ce sont encore ces deux prieurés-là qu'il a habités avec le plus de constance. Les allées et venues douloureuses, pathétiques, qu'il n'a cessé de faire de l'un à l'autre, alors qu'il se savait condamné, prouvent assez combien ces lieux lui étaient chers...

Un ronflement semblable à un râle me fait sursauter.

Tassée, abandonnée comme un vêtement inutilisable, Marie n'a plus d'âge. C'est une vieille femme

359

terrassée par les ans qui a glissé en face de moi dans le gouffre d'un engourdissement qui ressemble tragiquement à une agonie...

Cette vision m'est insupportable. J'hésite à réveiller mon amie. Seule la pensée du besoin qu'elle ressent d'un repos durable m'empêche de la secouer pour tenter de lui redonner vie...

Quand nous nous sommes retrouvés à Montoire, Pierre et moi, en cet autre printemps de 1566, puisque le renouveau présidait avec une invariable régularité à nos rencontres amoureuses, quand nous nous sommes réconciliés, j'étais toujours une belle femme et l'avenir tenait encore pour nous sa porte entrebâillée...

3

Sans vivre auprès de vous, Maîtresse, et sans vous voir,
Le Ciel me semblerait un grand désert sauvage...

RONSARD.

Pierre avait près de quarante-deux ans quand je l'ai revu à Montoire. Sa santé n'était pas bonne. De nombreux accès de fièvre quarte et les douleurs dans les os qui l'ont tant fait souffrir par la suite avaient marqué ses traits. Ce n'était plus l'impétueux écuyer à l'esprit bouillonnant de projets grandioses que j'avais connu à Blois.

Déjà grison, comme il le disait lui-même, il avait maigri. Sur son visage d'homme habitué aux chevauchées et aimant séjourner aux champs, des rides plus claires que la peau traçaient des sillons étoilés.

Sa renommée ainsi que le prestige qu'il devait à la bienveillance de la famille royale, étaient assez considérables pour entraîner par ailleurs une subtile transformation de son comportement. Il me parut moins gai mais plus serein, moins provocant, parce qu'a-

361

paisé par la certitude d'une gloire que personne ne lui disputait plus. Son passé garantissant son avenir, du moins dans la mesure où le goût de la Cour et celui du public lui resteraient fidèles, il pouvait se contenter de gérer son présent.

Je jugeai de nouveau qu'en dépit de ses tempes grises la quarantaine lui seyait. En me faisant cette remarque, je compris que le moment était venu de lui faire savoir que je lui avais pardonné. Ce ne serait pas chose aisée. Jean continuait à assumer un rôle de geôlier conjugal qui devait compenser à ses yeux l'humiliation de ne plus être que mon chaperon. Nos rapports demeuraient de pure forme. Nous savions l'un et l'autre qu'il en serait désormais ainsi jusqu'à notre dernier souffle.

Je ne m'occupais que de ma fille. Elle était mon horizon. Son enfance m'avait tout appris de la tendresse humaine. Je l'en voyais sortir avec mélancolie. Elle venait d'avoir treize ans. Je savais cependant que l'affection qui nous liait était si forte que les difficultés de l'adolescence n'y changeraient rien. Si je dois quelque reconnaissance à mon mari, c'est bien de nous avoir poussées, Cassandrette et moi, à former un front uni contre son despotisme et la sécheresse de son cœur. Cette complicité fut ma meilleure aide. Elle coula entre nous deux un mortier à l'épreuve de tous les ébranlements, de toutes les secousses.

J'éprouvais à l'égard de mon enfant une fierté maternelle qui recelait pour moi des douceurs secrètes.

Jolie sans fadeur en dépit d'une blondeur qui était naturelle chez elle, gaie sans vulgarité, douce bien que de caractère très ferme, tendre et fine, elle continuait à ressembler en plus accompli à celle que j'avais été jadis. Mais son esprit se révélait plus délié que le mien, son jugement moins timide, ses talents plus divers. Musicienne experte, elle jouait de plusieurs instruments, peignait avec talent, écrivait des contes où se déployait une étourdissante ingéniosité. Ses défauts eux-mêmes me paraissaient excusables. Si elle se montrait susceptible, c'était que sa vive sensibilité décuplait le besoin qu'elle ressentait d'être aimée ; si elle était capable de colères, rares mais violentes, c'était uniquement quand on l'avait poussée à bout. Une confiance absolue régnait entre nous qui ne nous étions jamais quittées. Nous connaissions nos goûts, nos qualités, nos travers, nous riions des mêmes choses et nous nous comprenions à demi-mot.

Pour aborder Pierre avec le plus de naturel possible, je décidai donc de prendre prétexte de la présentation de ma fille au nouveau duc de Vendôme, le prince Henri de Navarre, dont le séjour dans notre région suscitait effervescence et controverses. Sa mère, Jeanne d'Albret, et lui, avaient en effet décidé de passer quelque temps dans leurs terres vendômoises après le voyage politique que ce prince s'était vu obligé de faire à travers la France à la suite de la famille royale qui avait souhaité sa présence durant le périple accompli dans les provinces.

Le jeune duc et sa mère s'étaient installés à Montoire, ville convertie à la Réforme, plutôt qu'à Vendôme que les troubles des années précédentes n'avaient pas épargné.

Des plus affables, Henri de Navarre appréciait divertissements et fêtes tout autant que son père s'y était lui-même complu avant de disparaître. Il aimait

363

comme lui à recevoir ses vassaux et les traitait avec une cordialité qui demeure encore de nos jours un des atouts maîtres de sa nature.

Je convainquis donc mon mari de me laisser emmener Cassandrette à une soirée de présentation durant laquelle plusieurs autres adolescentes devaient venir saluer notre nouveau seigneur qui avait à peu près le même âge qu'elles.

Le château de Montoire est beaucoup moins grandiose que celui de Blois. Il a pourtant tenu dans ma vie une place tout aussi importante. C'était à l'ombre de ses tours que j'avais revu Pierre pour la première fois après mon mariage ; ce fut entre ses murs que je retrouvai celui avec lequel j'étais bien décidée cette fois à me réconcilier.

En montant au château, j'étais portée par une excitation joyeuse bien qu'inexprimée. J'allais faire la paix avec Pierre ! J'ignorais encore comment m'y prendre pour aborder après des années de brouille celui dont je savais qu'il serait présent mais dont j'ignorais les dispositions du moment. Tant pis ! J'aviserais ! La véritable difficulté résidait ailleurs.

Si j'étais déterminée à accorder un pardon qu'il eût été inutilement cruel de différer davantage, je n'en restais pas moins résolue à demeurer inébranlable sur des principes de sagesse dont dépendait encore plus qu'auparavant, à cause de l'âge où elle abordait et qui serait bientôt celui du mariage, le bonheur de Cassandrette.

En la regardant franchir à mes côtés le seuil de la grande salle décorée et illuminée, je constatai ce que l'habitude parvenait en partie à me cacher d'ordinaire : ma fille avait déjà un corps et un maintien de

364

femme. Au-dessus d'un vertugade de satin pervenche, sa taille mince et souple se balançait de façon prometteuse. Allons, son enfance était bien finie ! Dans deux ans, je pourrais songer à son établissement. Angoissante perspective, mais perspective à laquelle je n'avais pas le droit de me dérober. Je ne serais pas de ces mères possessives qui brident leur enfant afin de le conserver dans leur giron. Je voulais de toutes mes forces que ma fille connût une sérénité heureuse tout au long de ses jours. Il me fallait donc la laisser libre de me quitter pour suivre, dès qu'elle le désirerait, l'époux qu'elle aurait choisi.

Toutes ces pensées se bousculaient en moi tandis que je suivais mon mari qui fendait la cohue bruyante pour conduire Cassandrette jusqu'à la Reine de Navarre et à son fils. Installés sur deux sièges de bois sculpté et armorié garnis de coussins rouges à glands d'or, ils accueillaient avec bienveillance les jeunes filles et leurs familles. Chacun les abordait fort simplement. Il y avait beaucoup moins de cérémonie à Montoire qu'à la Cour de France !

Quand notre tour arriva, et en dépit des fonctions que Jean assumait auprès de la duchesse de Lorraine, on nous traita avec la plus grande amabilité. Nous restâmes un moment auprès du prince à échanger des propos anodins. Le long nez et les lèvres gourmandes d'Henri de Navarre révélaient clairement son épicurisme. Jeanne d'Albret, vêtue de noir à l'imitation de notre Reine Catherine qui avait renoncé au deuil en blanc des souveraines pour porter uniquement la triste couleur des veuves, faisait montre de plus d'austérité mais ne s'en comportait pas moins avec affabilité.

On loua ma fille pour sa grâce et sa beauté, on évoqua l'amitié qui avait toujours uni nos familles à leurs suzerains puis nous nous écartâmes pour laisser d'autres personnes de l'assistance rendre leurs devoirs.

Sous la lumière des flambeaux de cire blanche qui éclairaient à profusion la salle, catholiques et réformés se coudoyaient. Il était étrange de songer aux explosions d'animosité, aux proclamations vengeresses, au sang versé, à la sauvagerie qui avaient présidé de part et d'autre aux expéditions fratricides dont nous sortions à peine, et de constater à quel point, en ce début de printemps, les ennemis d'hier se comportaient comme si rien ne s'était passé. Hypocrisie, futilité, mots d'ordre, bravade se conjuguaient pour donner la comédie et masquer les sentiments véritables sous des dehors falsifiés. Nous savions tous pourtant que la moindre étincelle suffirait à embraser de nouveau le théâtre où se jouait cette inquiétante pantomime.

J'en étais là de mes réflexions, en participant comme les autres au leurre de l'entente retrouvée, quand j'avisai Pierre qui s'entretenait non loin de nous avec certains gentilshommes vendômois de sa connaissance.

Le moment auquel je me préparais depuis des mois, ce moment que je souhaitais voir arriver tout en ne sachant comment il me serait donné de le vivre, était donc venu !

Je m'efforçai de respirer avec calme malgré les battements sourds de mon cœur et la petite sueur qui perlait à la racine de mes cheveux crêpés, relevés sous l'attifet brodé de perles. Je recommandai mes intentions à Dieu et pris ma fille par la main.

Mon mari nous avait quittées pour aller coqueter avec Gabrielle de Cintré que je ne saluais plus depuis qu'on m'avait rapporté les horribles ragots colportés par elle à mon sujet à la publication des *Folastreries*. Apparemment cette volonté de me porter préjudice n'avait en rien entamé l'intimité qui existait toujours entre Jean et sa vieille maîtresse. A présent qu'elle était veuve, libre et bien décidée à profiter avec frénésie des quelques années qui lui restaient pour se donner du bon temps, les deux complices de mes malheurs conjugaux se fréquentaient à la face du monde, sans même chercher à dissimuler tant soit peu leur liaison. Enduite de fards comme une prostituée, vêtue de soieries brochées d'or aux teintes extravagantes, Gabrielle flamboyait de ses derniers feux sous une perruque rousse qui symbolisait assez justement les ultimes rutilements d'un automne talonné par l'hiver...

Pour que Jean m'eût laissée sans surveillance, il fallait qu'il eût un grand désir de rejoindre une femme dont l'âge et les appas croulants ne semblaient en rien le rebuter. Il fallait aussi qu'il comptât sur l'attention que je portais à ma fille car il savait que je ne me séparerais d'elle sous aucun prétexte. Ce qu'il n'avait pas prévu, c'est que Cassandrette était incluse dans la partie que j'étais bien déterminée à entreprendre.

Suivant l'inspiration du moment, je laissai tomber à mes pieds l'éventail plié que je tenais à la place de l'ancien plumail à présent démodé. Mon manège réussit.

Pierre, qui devait m'observer du coin de l'œil sans

en avoir l'air, se précipita aussitôt afin de ramasser l'éventail aux montants d'ivoire sculpté.

Je lui souris.

— Grand merci, dis-je d'une voix moins ferme qu'il ne l'aurait fallu. Je suis heureuse de vous rencontrer. Il y a si longtemps que nous n'avons pas eu l'occasion de bavarder ensemble...

— Trop longtemps, dit-il. Une éternité. Cependant, pour moi, rien n'a changé. Rien n'est effacé. Vous me revoyez, Cassandre, dans les mêmes dispositions où je me trouvais la dernière fois que vous m'avez adressé la parole. Les mêmes, absolument !

Je faillis lui nommer Marie l'Angevine, Genèvre et quelques autres, mais j'eus la sagesse de me taire. Ne savais-je pas ce qu'il m'aurait répondu ?

— Je n'ai jamais cessé de vous lire, dis-je tout de même, et grâce à votre œuvre, j'ai pu suivre le cours de votre existence et ses péripéties.

Je serrai la main de Cassandrette qui suivait notre conversation sans en comprendre le sens caché et la poussai vers Ronsard.

— Pierre, vous ne connaissez pas encore ma fille, dis-je avec le sentiment de vivre un instant inouï. Elle aime la musique et la poésie autant que moi.

Le regard qui se posa sur l'enfant ainsi présentée contenait un monde d'interrogations. A lui non plus, mes yeux ne confièrent aucun message, n'apportèrent aucune réponse. Après cette confrontation muette, je baissai les paupières.

Nous restâmes un court instant ainsi, tous trois, figés dans nos riches vêtements d'apparat, comme de somptueux pantins dont personne n'aurait été chargé de tirer les ficelles, puis, en même temps, Pierre et moi nous mîmes à parler.

— J'admire vos poèmes, monsieur de Ronsard, dit ensuite Cassandrette, dont le trouble était beaucoup moins profond que le nôtre, quand nous nous interrompîmes aussi brusquement que nous nous étions lancés dans un échange de propos décousus. J'en connais certains par cœur.

— Vous m'en voyez flatté, demoiselle, murmura Pierre. Flatté et ravi.

Je remarquai que ses lèvres tremblaient.

— En dépit de votre blondeur, vous ressemblez tant à votre mère, reprit-il comme malgré lui, qu'à vous voir devant moi vous et elle, ensemble, j'éprouve l'impression singulière de m'adresser à une personne unique, à deux âges de sa vie !

— Vous n'êtes pas le seul à être surpris par notre ressemblance, assura ma fille. Pour tout arranger, je m'appelle Cassandre moi aussi !

Elle riait, la chère innocente, et s'amusait de voir un illustre poète pris au dépourvu comme le premier venu par une similitude qui en avait étonné plus d'un.

— Je viens d'arriver à Montoire, me précisa Pierre. Je résidais dans mon prieuré de Croixval lorsque j'ai été informé de l'arrivée ici de notre jeune duc. Je me devais d'accourir pour le saluer. Son noble père était de mes amis.

— Je sais, dis-je, je sais. Marie m'a souvent parlé de vos réunions à la Bonaventure...

A peine avais-je parlé que je m'empourprai. Ne laissais-je pas entendre à Ronsard que je n'avais cessé de me soucier de lui, de ses faits et gestes, depuis la rupture que je lui avais imposée ?

Mais il ne le prit pas ainsi.

— Il fallait bien que je tente d'oublier, soupira-t-il en détournant les yeux.

Deux jeunes femmes rieuses, fort jolies dans de larges robes de soie, l'une cramoisie, l'autre mordorée, se dirigeaient vers notre trio. Leur intention de s'entretenir un moment avec le grand homme de la soirée était évidente.

— Je résiderai quelque temps à Vendôme, lança Pierre avec précipitation. Accepteriez-vous de venir m'y rendre visite?

— Pourquoi pas? dis-je à l'étourdi. Du moins, je tâcherai, ajoutai-je en retrouvant ma prudence.

— Je vous attendrai, Cassandre!

Sur un dernier échange de regards, je m'éloignai en entraînant ma fille sur mes pas.

Ma confusion était immense. Je ne m'étais pas comportée comme je me l'étais promis. Je m'étais laissé déborder par un bouleversement beaucoup plus intense que je ne l'avais imaginé.

— Pour un poète aussi fameux, je le trouve tout à fait simple, remarqua Cassandrette comme nous nous fondions dans la foule bruissante. Si vous le connaissez si bien, ma mère, pourquoi ne jamais l'avoir reçu à Pray ou à Courtiras?

— Parce que nous avons longtemps été fâchés avec lui pour des histoires qui ont précédé votre naissance, répondis-je. Des histoires dont il est préférable de ne pas encore parler chez nous, ma fille. Sachez que depuis lors, Pierre de Ronsard est assez mal vu dans notre famille. Nous ne pouvions pas le recevoir.

Cassandrette allait sans doute continuer à m'interroger avec cette implacable logique des enfants, parfois si embarrassante pour leurs proches, quand elle aperçut une de ses amies qui arrivait avec ses parents. Il fallut sans plus attendre aller vers les nouveaux venus, ce qui me dispensa d'avoir à répondre plus longuement.

Une fois rentrée à Courtiras où nous résidions quand les événements nous le permettaient, je tentai de retrouver mon calme.

A trente-six ans, je devais pouvoir faire preuve de maîtrise et ne plus me montrer émotive comme une donzelle. Si j'étais heureuse d'avoir pu laisser entendre à Pierre que je lui avais pardonné, il ne pouvait cependant être question pour moi d'envisager une nouvelle intrigue amoureuse avec lui. Les sentiments que je lui vouais maintenant étaient nourris d'absence et de renoncement. Ils avaient survécu à douze années de séparation, de scandales, puis d'isolement, d'infidélités de sa part, mais aussi de découvertes maternelles pour moi, de maturation pour nous deux. Je savais à présent qu'un amour durable mais silencieux comme celui-là, vainqueur d'épreuves aussi diverses, était capable d'occuper mon cœur jusqu'à la fin de ma vie. La nécessité de sauvegarder la jeunesse de ma fille et son avenir, ma propre sécurité, la célébrité de Ronsard nous imposaient par ailleurs la sagesse.

Il me semblait que Pierre pourrait comprendre et admettre un tel raisonnement. Pour cela, il ne fallait pas le laisser s'enflammer de nouveau. Il ne convenait pas d'apporter à son imagination si vive des aliments capables de l'exciter. Je devais lui parler, lui exposer mes arguments, me faire clairement entendre de cet homme auquel je promettrais un amour sans faille mais aussi sans œuvres...

371

Pour parvenir à mes fins, je ne pouvais faire autrement que de me rendre chez lui ainsi qu'il m'y avait invitée. L'entrée de Courtiras lui demeurait interdite tant que Jean y résiderait ou risquerait d'y revenir à l'improviste. La présence de Cassandrette rendait en plus tout rendez-vous impossible dans le voisinage. Je me vis donc obligée, alors que mes intentions étaient pures, de rechercher un moyen détourné de me rendre à Vendôme sans éveiller les soupçons de mon entourage, tout comme si je m'étais trouvée coupable !

J'eus alors une idée. La mode des gants de peau commençait à faire fureur. Si on en portait depuis toujours, on n'avait jamais encore éprouvé un tel engouement pour cet accessoire vestimentaire. Sans avoir atteint le degré de folie qui conduit de nos jours Henri III à en enfiler dans la journée deux paires l'une sur l'autre, dont une ointe de parfum à la violette ou au muguet et doublée de satin incarnadin, ainsi qu'à mettre pour dormir des gants cosmétiques imprégnés d'un mélange de cire vierge et de saindoux, les élégants du temps de Charles IX ne sortaient néanmoins jamais les mains nues. De ce fait, des fabriques gantières s'étaient installées dans plusieurs provinces. Blois et Vendôme rivalisaient justement d'ingéniosité dans la confection de ces parures. J'avais donc été amenée à me rendre fort souvent chez une marchande de Vendôme spécialisée dans la vente des plus beaux spécimens de gants, mitaines, gantelets, maniques, qu'on pût imaginer. C'était une bonne personne, obligeante et joviale.

Elle se nommait Antoinette Marteau et ne semblait pas être pourvue d'une vertu bien farouche. Participer à une intrigue ne devait pas la gêner le moins du monde.

Je lui fis donc porter par Guillemine un billet où je lui demandais de m'écrire en prétextant la nécessité de venir essayer des gants de chevreau dont le cuir, travaillé selon un secret connu de peu de fabricants, était rendu si fin et si souple qu'on pouvait en enfermer une paire dans une coquille de noix ! Bien entendu, on ne les confectionnait que sur mesure.

Comme je m'y attendais, Guillemine me rapporta une lettre tout à fait vraisemblable. Je la montrai à mon mari qui ne fit pas de difficulté pour me laisser partir en compagnie de ma servante.

Dès le lendemain, je pris la route pour gagner Vendôme. Enveloppée dans une ample cape de velours, masquée de satin noir, je ne risquais guère d'être reconnue.

Averti en même temps que la gantière par un autre message, Pierre m'attendait. Il avait gardé en location la maison que je lui avais jadis procurée et y revenait parfois.

Quand je soulevai le marteau de cuivre qui allait m'annoncer, je me voulais ferme et tranquille. Mes jambes défaillaient pourtant sous mon vertugade de taffetas vert.

La porte s'ouvrit.

— Vous êtes toute pâle, Cassandre, remarqua Pierre.

Comme il le faisait autrefois, il avait dû se tenir derrière le vantail afin de m'ouvrir lui-même pour ne laisser à personne d'autre le soin de m'accueillir.

— Vous l'êtes tout autant, dis-je en m'efforçant de prendre un ton léger.

373

Je ne devais pas me laisser troubler par le charme insidieux des souvenirs. Je n'étais pas venue pour remettre mes pas dans mes pas. Je me trouvais rue Saint-Jacques dans le but de faire admettre au seul être qui m'eût jamais séduite, à un homme dont la sensualité était impérieuse que je l'aimais toujours mais qu'il nous faudrait désormais vivre cet amour ainsi qu'une amitié...

Laissant Guillemine à l'intérieur du logis, Pierre m'entraîna dans le jardin feuillu situé derrière sa maison, en bordure d'un bras du Loir. Nous nous assîmes sur un banc, à l'abri d'un sureau aux ombelles blanches, au bord de l'eau.

Il faisait doux sous un ciel où glissaient paisiblement de beaux nuages semblables à des édredons de duvet ; l'air sentait l'eau tiédie, l'aubépine et la fade odeur du sureau épanoui.

— Fasse l'amour que ce nouvel avril m'apporte enfin le bonheur dont je n'ai pas cessé de garder la nostalgie, commença Pierre en s'emparant d'une de mes mains qu'il baisa. J'ai tant langui de vous durant ces années d'exil où vous m'avez tenu implacablement à l'écart !

— Je vous en ai beaucoup voulu, mon ami, beaucoup. Mais ces temps sont révolus. Vous vous doutez bien que si je suis ici à présent c'est que je vous ai pardonné ?

— A travers mes poèmes, j'ai exprimé mon repentir, Cassandre, vous le savez. Vous avez également pu constater que je ne cessais d'œuvrer à dissimuler votre nom et nos joies sous mille et un artifices.

— Je vous en sais gré, Pierre, soyez-en persuadé. Le

mal qu'avaient causé vos écrits s'en est trouvé en partie réparé.

Il n'avait pas lâché ma main qu'il serrait dans la sienne.

Une question me taraudait : se comportait-il de la même façon avec les autres femmes qu'il avait eu l'occasion de courtiser ?

— Ne revenons pas sur le passé, dis-je. Non plus que sur les nombreuses présences féminines qui vous ont aidé à supporter notre séparation.

— Vous vous moquez de moi !

— Non point. Je crois avoir compris les causes qui vous poussaient à chercher ailleurs ce que je ne pouvais plus vous accorder. Tout cela est loin... Je suis venue afin que les choses soient tout à fait claires entre nous.

Pierre soupira.

— J'espérais que votre présence chez moi signifie-rait la reprise de nos amours. Le mien est sorti bien vivant de la longue épreuve que vous avez jugé bon de lui imposer. Je ressens pour vous les élans, les atti-rances, les émerveillements mais aussi les angoisses de nos jeunes années...

Je secouai ma tête couverte d'un escoffion de soie verte brodé de couleurs dont Pierre a parlé plus tard dans un sonnet.

— Soyez raisonnable, ami. Tout a changé depuis douze ans. Nous aussi. Je ne suis plus une jeune femme...

— Si l'âge qui rompt et murs et forteresses,
En coulant a perdu un peu de nos jeunesses,
Cassandre, c'est tout un ! Car je n'ai pas égard

A ce qui est présent, mais au premier regard,
Au trait qui me navra de ta grâce enfantine
Qu'encore tout sanglant je sens en la poitrine...

— Je ne connais pas ces vers...

— Je les ai composés après vous avoir quittée, l'autre soir, à Montoire... tout de suite après t'avoir revue...

— Vous êtes incorrigible !

— Je le suis !

Il souriait. Je remarquai combien la nuance violette de son pourpoint de velours mettait en valeur le teint hâlé de sa peau, combien il conservait pour moi d'attrait en dépit des rides et des mèches argentées de sa chevelure.

— Si j'ai tenu à venir vous rejoindre sans plus attendre, Pierre, ce n'est pas pour recommencer l'existence instable et menacée que nous avons connue voici douze ans. C'est pour vous dire que si je ne vous en veux plus le moins du monde, c'est en partie parce que je n'ai jamais cessé de vous aimer...

— Cassandre !

— Non, Pierre, non ! Ecoutez-moi. Je vous aimerai jusqu'à mon dernier souffle, il est vrai, mais à distance. Vous fréquentez la Cour. Notre jeune Roi vous nomme son conseiller intime et même, à ce qu'on m'a dit, vous appelle parfois son père. C'est très bien ainsi. En plus de mon inaltérable tendresse, sachez, ami, que vous possédez aussi mon admiration. L'admiration d'une femme qui goûte davantage sa solitude provinciale que les mondanités proches du pouvoir, d'une femme qui a décidé de renoncer à la vie de Cour pour se consacrer au seul objet qui remplit sa vie : son

376

enfant ! Mais qui n'en est pas moins sensible à l'éclat de vos triomphes, à la grandeur de votre gloire !

— Ce n'est pas de votre admiration que je ressens le besoin, ma chère âme, c'est de vous... c'est de toi !

Il posa ses mains sur mes épaules et me considéra un instant avec au fond des yeux une lueur que je retrouvais non sans une surprise émerveillée après douze années où j'étais restée si complètement sevrée d'hommages. Il m'était donc encore donné d'éveiller le désir... de susciter un regain de passion chez un homme que son génie et sa position à la Cour mettaient à même de choisir parmi les plus courtisées !

Une onde de joie brûlante me monta au visage.

Pierre m'attira contre lui, m'embrassa longuement, savamment... trop savamment. Que de bouches avaient dû lui être offertes avant de lui transmettre une telle science ! Je ne goûtais plus sur ses lèvres la fraîcheur violente et neuve de nos baisers d'antan...

Je savourai pourtant celui-ci comme le dernier présent de l'amour, puis me dégageai, repoussai Pierre, me levai.

— Voilà, dis-je. C'est fini. Je ne reviendrai plus chez vous. C'est beaucoup trop dangereux ! Ma décision est irrévocable. Ce sera mieux pour nous deux, Pierre, croyez-moi.

— Pour nous deux ou pour nous trois ? demanda-t-il en esquissant un mouvement afin de se mettre debout.

Je secouai la tête en serrant les lèvres. Il ne me ferait pas dire ce que je ne voulais pas !

— Ecoutez-moi, Pierre, écoutez-moi ! suppliai-je en appuyant à mon tour mes mains sur ses épaules dans l'intention de le maintenir assis. Je vous offre une occasion de dompter vos passions, de les soumettre, de vous imposer à vous-même comme votre propre maître, de dépasser les bornes ordinaires des attachements humains pour atteindre à la fusion éternelle de nos âmes !

Je relâchai mon étreinte et me redressai.

— J'ai connu une petite Cassandre de quinze ans qui ne parlait guère autrement, soupira Pierre en se relevant du banc où je l'avais contraint à rester. Décidément, mon cher amour, vous tenez à me rendre meilleur que je ne suis !

— Non pas ! Je veux seulement vous aider à extraire le fragment le plus précieux de votre être pour le mettre en lumière. N'arrache-t-on pas à sa lourde gangue un diamant de prix pour le faire étinceler au soleil ?

— Ne craignez-vous pas de tailler ainsi dans le vif ?

— Le vif n'est pas notre chair mortelle, non plus que nos sentiments communs ! Le véritable vif c'est ce qui ne peut pas mourir, c'est notre part de divin !

— Vous me souhaitez parfait.

— Par votre art, vous êtes déjà un être d'exception. Pourquoi ne le deviendriez-vous pas aussi par votre quête spirituelle ?

— C'est une conversion à l'amour désincarné que vous me proposez là, Cassandre !

— Et si c'était la plus grande preuve d'amour que je puisse vous demander ?

Touché, Pierre se troubla. Il resta un moment silencieux, les yeux baissés, puis, en soupirant, il mit un genou en terre devant moi.

— Bénissez-moi, dit-il d'une voix rauque, bénissez-moi ! Si je parviens jamais à être sauvé, c'est à vous que je le devrai. Vous m'aurez fait gagner malgré moi mon salut éternel.

Je me penchai et le baisai au front.

— Nous parviendrons peut-être à nous rencontrer de temps à autre, dis-je en manière d'adieu, mais ce ne sera pas facile. Cependant, où que nous soyons et quoi qu'il puisse advenir, nous saurons tous deux que nos vies demeureront liées à jamais. Cela seul importe !

Quand je me retrouvai dans la rue avec Guillemine, avant de passer chez la gantière, je marchai d'un pas affermi. Il me semblait être déchargée d'un lourd fardeau. Je me sentais triste, mais aussi en paix avec moi, avec les autres, avec l'univers, comme après une confession. Je venais enfin de parvenir au but que je m'étais fixé au temps de ma jeunesse et vers lequel les circonstances m'avaient ramenée de force.

Clerc et tonsuré, Pierre n'avait pas voulu renoncer à l'unique source de revenus qui lui restait accessible depuis qu'il avait dû abandonner tout espoir de carrière militaire. Il ne le pouvait pas. Mon mariage était venu ajouter une nouvelle entrave à la première. Les trois mois d'amour fou que nous avions connus par la suite n'avaient rien changé. Que concevoir de durable, de stable en de telles conditions ? A présent comme jadis, il n'y avait qu'une façon de faire : bâtir sur la fidélité à une affection pure, sur la certitude que cet attachement durerait, une union intemporelle, protégée par son caractère même des périls inhérents à tout ce qui est périssable.

J'avais réussi à convaincre de cette évidence un homme sensuel et toujours tenté par le désir. J'étais parvenue à me faire un ami de cœur de celui qui ne pensait un moment plus tôt qu'à me posséder charnellement. Je ne pouvais rien espérer de mieux.

Je n'avais plus à trembler pour l'avenir de ma fille. Je le savais assuré. Aucune menace, aucun nouvel accroc, ne risquaient désormais de compromettre ou de briser un destin dont j'aurais contribué par mon attitude à rendre possible l'épanouissement. Il était en effet clair que, cette fois-ci, rien ne viendrait remettre en question l'engagement pris par Ronsard. Son acquiescement final aussi bien que sa gloire l'entraîneraient toujours davantage vers des chemins fort divergents des miens.

Je venais de livrer mon dernier combat...

Cette assurance m'apporta une sérénité qui ne cessa d'éclairer ensuite les années qui nous restaient à vivre, Pierre et moi, sous le même ciel, séparés mais cependant unis...

4

Pour n'être plus que deux corps en une âme...
RONSARD.

Comme je l'avais prévu, nous n'eûmes pas l'occasion de nous revoir seule à seul dans les semaines qui suivirent le rendez-vous de Vendôme.

Mon mari resta à Courtiras et continua à m'accabler de sa suspicion.

Je vis Ronsard de loin, durant la messe. Je le croisai deux ou trois fois dans les rues marchandes de notre ville. Il m'envoya des fleurs que la gantière s'arrangea pour me remettre. Ce fut tout.

Lassé d'une attente vaine, il repartit vers ses prieurés de Saint-Cosme ou de Croixval...

Durant l'été suivant, je le retrouvai à Paris.

Profitant de la venue dans la capitale de la princesse Claude et de son époux le duc de Lorraine, la reine mère donna une fête à la mi-juillet.

Il s'agissait aussi d'inaugurer un des corps de bâtiment de ce palais des Tuileries que Catherine de

Médicis faisait élever dans les jardins du Louvre. Une fois encore, les fonctions de mon mari et le rôle de poète officiel tenu par Ronsard auprès de la famille royale, contribuèrent à nous rapprocher.

Pierre avait été chargé de composer deux cartels où il opposait les amours de passage et l'amour constant. Il en profita pour brocarder la légèreté des premières alors qu'il exalta la beauté du second.

Je découvris avec ravissement que mon ami reprenait à son compte certains de mes propres arguments.

> *Qui voudra donc soi-même se dompter,*
> *Et jusqu'au Ciel par louage monter,*
> *Et qui voudra son cœur faire paraître*
> *Grand sur tous, de soi-même le Maître,*
> *Soit amoureux d'une dame qui sait*
> *Rendre l'Amant vertueux et parfait.*

En entendant ces affirmations, au sein de la brillante assemblée qui m'entourait, je goûtai une joie sans pareille. Ainsi donc, mes exhortations n'avaient pas été sans écho dans le cœur de celui que j'aimais ! Il avait extrait le suc de mes propos pour en faire son miel.

Ces deux cartels m'apparurent comme un mélange troublant de confession, de repentir pour les fautes passées, et d'une exaltation, pour moi infiniment émouvante, de l'amour pur. J'y découvris des accents dignes de la meilleure époque de notre poésie courtoise. Constante, vertueuse, méritant tous les respects, la femme y était donnée en exemple :

> *Les Dames sont des hommes les écoles,*
> *Les châtiant de leurs jeunesses folles...*

On voit toujours la femme de moitié
Surpasser l'homme en parfaite amitié...
Car toujours règne au monde le malheur,
Quand on n'y voit les Dames en honneur.

A la face du monde, Pierre reconnaissait le bien-fondé de mon comportement envers lui, s'en félicitait, et m'offrait en hommage l'assurance d'un attachement éternel en affirmant « *Que bien aimer est une chose sainte* ».

Pouvais-je espérer plus belle déclaration ? Conversion plus totale ?

Je me souviens avoir fermé les paupières sur mon bonheur intime, être demeurée, au milieu de cette Cour où tant d'intrigues et d'intérêts contraires se conjuguaient, comme isolée dans un bloc de cristal. Rien ni personne ne pourrait désormais me retirer cet ultime don que Pierre venait de me faire : la douceur de savoir que j'avais concouru à la transfiguration de son âme, que j'avais réussi une gageure jugée par tous impossible, que j'avais conduit l'homme que j'aimais à ne plus se laisser aveugler par ce qui était seulement visible...

Le reste dépendrait de la bonne ou de la mauvaise fortune et suivrait le cours des choses...

Ce reste devait durer dix-huit ans ! Dix-huit années qui forment dans ma mémoire un chaos, un étrange enchevêtrement de guerres civiles, sans cesse dénouées, sans cesse reprises, toujours menaçantes, de disettes récurrentes, de massacres, de tueries. La folie meurtrière triomphait. Au milieu de ce flot de malheurs, des édits de pacification, des paix boiteuses apportaient, avec le calme passagèrement revenu, une frénésie de jouissances exacerbée. Bals, fêtes, débauches inouïes, désordres de toute espèce, se succédaient. L'odeur du sang répandu devenait inséparable de celle de l'amour. Stupre et carnage cohabitaient dans tout le royaume.

Notre jeune Roi, Charles IX, épousa un beau jour Elisabeth d'Autriche, fille de l'empereur Maximilien.

Chantre officiel et adulé du règne, Pierre fut chargé d'établir le programme des festivités données en l'honneur de l'entrée solennelle du Roi et de la Reine à Paris.

Une fois de plus, nous nous revîmes au milieu des réjouissances et des rivalités farouches qu'offrait la Cour. Transportée ensuite à Blois, cette Cour étala devant nos provinciaux une dépravation dont l'impudeur frappa les esprits. Orgies, mascarades, dévergondages éhontés voisinaient avec de cruelles expéditions punitives ou des exécutions en place publique qui semblaient affreusement contribuer au plaisir des spectateurs. Dans un climat de haine jalouse et de soupçon, le Roi et son frère, le duc d'Anjou, donnaient l'exemple de la discorde.

Vint ensuite l'union de la princesse Marguerite, sœur de Charles IX, avec notre duc de Vendôme, Henri de Bourbon, roi de Navarre. Mariage d'une catholique avec un réformé qui aurait dû apporter avec lui apaisement et tolérance mais qui ne précéda que de six jours la Saint-Barthélemy !

Commencée à l'aube, la tuerie continua bien après que le soir fut tombé sur la ville ensanglantée !

Affamé et fanatisé, le peuple transforma en boucherie ce qui n'avait été au départ qu'un règlement de comptes entre factieux. La famine sévissait en effet depuis longtemps chez les pauvres gens, la haine du huguenot sans cesse attisée s'y ajoutant, ce fut la curée... Pendant trois jours, on égorgea, pendit, éventra, noya tous ceux qui avaient le malheur de se trouver sur la route de la coulée démente qui tenait le pavé. Saccages et pillages allaient de pair avec l'assassinat...

Jean, Cassandrette et moi n'eûmes que le temps de nous enfuir de la capitale où nous étions venus participer aux fêtes nuptiales qui avaient de si peu devancé l'hécatombe. Mais on n'échappait pas aisément à cette folie. La province s'embrasa à son tour. Comme une tache de sang sur un linge blanc, la démence meurtrière s'étendit, s'élargit peu à peu, s'étala, et finit par souiller le tissu entier de notre pauvre pays...

Retranchée entre les murailles de Pray, je tremblais pour Pierre, pour Marie, pour mes frères et sœurs, pour tous les miens. Quant à ma fille, j'étais déterminée à assurer son salut, quoi qu'il advînt !

En novembre de cette fatale année 1572, un nouvel astre, étincelant comme la plus brillante des étoiles, apparut dans le ciel. Chacun en fut frappé. On rappela l'étoile qui, à la naissance du Christ, avait conduit les mages jusqu'à Bethléem. Dans les deux camps, on en tira des conclusions contradictoires... Ce signe céleste se manifesta pendant dix-sept mois. Sa clarté néfaste échauffa encore un peu plus nos pauvres cervelles qui n'avaient pourtant nul besoin d'incitation !

Peu après, le duc d'Anjou, frère haï de Charles IX, fut proclamé roi de Pologne et s'en alla sans enthousiasme vers son royaume du nord... Il ne devait pas y rester bien longtemps! La mort de notre Roi, à peine âgé de vingt-cinq ans, précipita son retour...

Dieu! Quand j'y songe, quel siècle est le nôtre! Quelle époque de fureur et de confusion! Mais aussi combien déconcertante... Elle vit s'élever des constructions admirables, enfanta de grands artistes, assista à la découverte de mondes nouveaux, mais ne cessa de mêler le bruit des batailles, les cris des victimes, les hurlements des meurtriers à tant de beauté et de grâce! Jamais le raffinement et le luxe ne furent aussi prisés, jamais les dissensions et le mépris de la vie d'autrui ne furent poussés à ce point... Pour nos contemporains, chefs-d'œuvre de l'art et de la violence vont de pair...

Ronsard vécut, éprouva, traduisit chacun de ces fléaux, chacune de ces détresses. Sa grande voix avertit, éclata, tonna...

Charles IX, qui l'aimait et le révérait tant, aurait peut-être fini par l'entendre. Sa fin prématurée ne lui en laissa pas le loisir...

Lors des noces, à Reims, au cœur de l'hiver, du nouveau roi Henri, troisième du nom, avec Louise de Vaudémont, cousine des Guise, qui appartenait à la maison de Lorraine, j'eus, comme de coutume quand il s'agissait d'unions royales, l'occasion de rencontrer Pierre.

En dépit de la surveillance maniaque de mon mari, je parvins à donner rendez-vous à mon ami en prétextant une visite à une abbaye des environs. Nous nous retrouvâmes à mi-chemin de la ville et du lieu saint, dans une métairie dont une de mes femmes connaissait le propriétaire.

Je nous revois, dans la lumière blafarde et humide

d'un matin de février, assis tous deux devant la cheminée noircie de la salle où on nous avait laissés seuls pour un court moment. Enveloppés dans nos manteaux fourrés, les pieds sur les chenets, nous nous tenions la main en parlant des événements qui déchiraient la France, d'Henri III qui ne semblait pas apprécier les œuvres de Pierre autant que son frère défunt, des derniers poèmes publiés, de notre amour aussi durable que discret...

Entraînés par le dégel, de lourds paquets de neige glissaient du toit pentu de la bâtisse rustique qui nous abritait. Avec un bruit mou, ils tombaient sur le sol de la cour où ils s'écrasaient comme de blanches bouses hivernales.

En dépit de la cruauté des temps que nous vivions, nous nous sentions presque heureux parce qu'en paix avec nous-mêmes.

Peu de temps après son mariage, Henri III réorganisa l'Académie de poésie et de musique déjà existante depuis le règne de Charles IX. Il donna à cette docte assemblée le nom d'Académie du Palais.

Ronsard en fut tout de suite le plus beau fleuron. Il y rencontra Agrippa d'Aubigné dont la passion pour Diane, ma nièce si chère, devait se terminer tragiquement.

Antoine de Baïf, Amadis Jamyn, secrétaire de Pierre, Ponthus de Thiard, Pibrac et Desportes en faisaient également partie. Bénéficiant encore de la tradition établie par les anciennes cours d'amour, certaines grandes dames s'y virent admises.

Je ne suivis que d'assez loin ces événements mondains. J'avais d'autres préoccupations. La duchesse de Lorraine, protectrice de mon époux, était morte dans

387

les semaines qui avaient suivi le sacre de son frère. Sa disparition entraîna pour mon mari la perte de sa charge sans que se dessinât la possibilité d'en obtenir une autre.

Revenu à Pray où je résidais avec Cassandrette, Jean se montra de plus en plus difficile à vivre. Désœuvré, aigri, toujours aussi méfiant et agressif à mon égard, aussi froid et distant envers ma fille, il parvint à me rendre odieuse toute promiscuité avec lui. Mon existence était tissée de reproches, de criailleries, de scènes, qui me laissaient meurtrie et remplie de dégoût. Saturée de rebuffades et décidée à soustraire Cassandrette à une malveillance dont je craignais pour elle les effets destructeurs, je résolus enfin de me retirer à Courtiras de façon définitive. En prévision de l'insécurité toujours menaçante, j'achetai alors à Blois une demeure où nous réfugier toutes deux en cas de danger grave. Cette maison est demeurée la mienne jusqu'à aujourd'hui.

Un événement domestique m'aida à réaliser mes intentions. Jean s'amouracha sur le tard d'une jeune veuve des environs. Délaissant enfin ses autres maîtresses, dont Gabrielle de Cintré, qui se vit réduite après cet abandon à payer des jouvenceaux désargentés pour apaiser ses derniers feux, mon mari se désintéressa de tout ce qui n'était pas sa nouvelle passion. On racontait dans la province que cette personne menait une vie fort libre sous le couvert d'une fidélité scrupuleuse à la mémoire d'un conjoint tué durant la dernière guerre civile. Je ne sais si c'était vrai. Ce qui est certain c'est qu'elle tourna la tête de mon sot époux. Cette folie dernière l'éloigna de moi à tel point qu'il me vit préparer mon départ sans rien tenter pour m'obliger à rester à Pray.

Libérée d'un servage détesté, je pus m'en aller avec mon enfant loin de la forteresse où j'avais si long-temps été traitée en prisonnière. Je laissais derrière moi avec soulagement une belle-sœur toujours aussi hypocrite et un conjoint de marbre.

Ce fut donc comme une esclave affranchie éprouvant la griserie d'une liberté toute neuve, que je me réinstallai à Courtiras dans l'espoir de n'en plus bouger. J'y retrouvai la souvenance des plus douces heures de ma vie.

Quand je me promenais au bord du Loir, quand je m'inclinais sur les eaux vertes de la fontaine miraculeuse, quand je jouais du luth dans le pavillon de musique, le passé se penchait sur mon épaule et me parlait tout bas d'un certain printemps où le bonheur avait nom Pierre... La belle saison était loin, il est vrai, et nous nous trouvions au début de l'automne. Je n'en profitais pas moins de mon jardin, de mes prés, de mes bois retrouvés pour herboriser avec ma fille, pour lui transmettre ce que je savais, ce qu'un certain poète vendômois m'avait appris, des ressources et des dons de la nature.

Il faisait beau. Un air léger baignait la vallée du Loir. Le ciel lumineux tendait une toile de soie bleue au-dessus de nos arbres qui commençaient à blondir. Un panier au bras, nous allions cueillir des champignons, ramasser des mûres, des noisettes, des faines, gauler les noix et composer d'immenses bouquets de fleurs et de feuillage dont nous remplissions la maison.

Nous invitions quelques amis triés sur le volet, nous

faisions de la musique, nous lisions, nous apprenions par cœur des poèmes de Ronsard et de quelques autres... bref, nous cherchions à oublier les malheurs du temps.

Hélas, plusieurs deuils vinrent rompre le cours de ces jours innocents dérobés à une époque sans pitié.

Mon frère Jean fut emporté par la peste en 1574, lors d'un voyage qu'il accomplissait dans le nord de la France. Devenue veuve, Jacquette se révéla une redoutable procédurière qui ne cessa de nous chicaner, mes frères, mes sœurs et moi, pour le règlement d'une succession plus épineuse que nous ne l'avions imaginé.

Mais ce fut surtout la mort de Diane, survenue un peu avant celle de son père, qui nous éprouva ma fille et moi.

J'avais toujours ressenti une grande tendresse pour l'enfant que j'avais vue naître puis pour l'adolescente douce et rêveuse qu'elle devint par la suite. De son côté, Cassandrette aimait sa cousine de tout son cœur. Sa nature plus vive, plus ardente, en avait fait la meneuse d'un jeu fraternel qui les avait conduites à une intimité de cœur sans aucune ombre. Les malheureuses amours de Diane et d'Agrippa d'Aubigné, ce jeune poète de génie dont ma nièce s'était éprise avec toute la sincérité et la fidélité d'une nature mal faite pour la lutte, plongèrent ma fille dans l'affliction. Elle plaida leur cause devant mon frère qui resta intraitable et refusa de marier sa fille à un huguenot.

Après une rupture qui blessa Diane beaucoup plus profondément que nous ne l'avions imaginé, il nous fallut assister, impuissantes, au lent mais irrémédiable étiolement de celle qu'Agrippa ne tarda d'ailleurs pas à remplacer. Sans que notre affection ni nos soins y pussent rien, elle agonisa sous nos yeux comme un oiseau en cage dont le compagnon s'est envolé. La mort la prit entre nos bras et nous laissa vidées d'une tendresse qui n'avait plus d'objet.

Pour joindre sans doute l'angoisse au chagrin, les troubles reprirent un peu partout dans le royaume. Selon une pratique qui semblait, hélas, spontanée chez les fils de France au point de leur devenir habituelle, le plus jeune frère du Roi et dernier enfant de Catherine de Médicis complotait à son tour contre le souverain. Il allait jusqu'à armer les réformés contre lui.

La famine, la misère, les épidémies, faisaient un lamentable cortège à ces divisions intestines. On mourait de faim dans les campagnes et je recommençai, accompagnée de Cassandrette, encadrée par de solides valets, à parcourir la vallée du Loir pour soigner et alimenter ceux qui n'avaient plus rien.

Pendant ce temps, Henri III, habillé en femme, couvert de poudre et de mouches, décolleté comme une catin, portant trois collets de dentelle sur un autre de brocart, dix rangs de perles au cou et d'énormes diamants enchâssés dans une toque de velours, présidait à des bals masqués.

Sur un fond de guerres civiles et de calamités, et à la suite d'une série de victoires sur les réformés, la reine mère, qui ne savait rien refuser au fils qu'elle avait toujours préféré à ses autres enfants, organisa à Chenonceaux, jadis repris à Diane de Poitiers, une fête scandaleuse, sommet de débauche et de dépravation.

A la fin d'un des plus atroces printemps jamais vécus par ses sujets, on vit la reine offrir dans ses jardins un banquet qui se termina en orgie. Cent jeunes femmes, demi-nues, les cheveux épars sur les épaules, servaient les convives parmi lesquels le Roi, vêtu d'une robe de damas, couvert de pierreries, se distinguait également par ses fards et ses cheveux enduits d'une épaisse couche de poudre violette...

Ronsard assistait lui aussi avec horreur à la décomposition du royaume qu'il vénérait. Il en souffrait et le disait. Je retrouvais dans ses vers l'écho de mes propres tourments. Pour échapper à l'air maléfique que nous respirions, il tenta, une dernière fois, d'échapper par la galanterie à tout ce qui l'oppressait.

Il avait rencontré quelques années auparavant, lors d'une réception à la Cour, une jeune fille appartenant à une très ancienne et noble famille de Saintonge. Elle était alors fiancée à un autre et n'avait pas retenu outre mesure l'attention de Pierre. Il la revit à Amboise plusieurs années après. Tué au siège de Mussidan, le fiancé laissait Hélène de Surgères libre d'elle-même et de son cœur.

Devenue fille de chambre de la Reine, elle faisait partie du fameux escadron volant qui n'était composé que de femmes dont l'esprit ou la beauté s'imposait à l'attention. Ronsard raconta par la suite qu'il fut intéressé lors de cette deuxième entrevue par la manière dont cette jeune personne parlait de poésie. Cultivée, brillante, elle commença à attirer sa curiosité.

Catherine de Médicis, qui aimait et admirait en Pierre l'illustre poète qu'avait tant recherché son fils défunt, intervint en personne pour l'inciter à chanter un nouvel amour sur un mode également rajeuni.

Après trois mois de tergiversations, d'hésitations et de doutes, Ronsard accepta. Il sentait la nécessité impérieuse de renouveler son style, son inspiration, de changer de muse, de proposer à ses lecteurs des œuvres qui leur fourniraient l'impression de ne pas relire sans cesse les mêmes poèmes dédiés aux mêmes élues. Il savait être parvenu à ce moment dangereux et délicat d'une carrière où un homme célèbre doit veiller à donner de son propre personnage l'image inhabituelle dont ses admirateurs souhaitent sans trop le dire l'apparition. On commençait à lui reprocher son manque d'invention créatrice.

Devant moi, certains beaux esprits s'étaient, plusieurs fois, avoués lassés des redites, des reprises, des ressassements qu'ils avaient relevés dans les derniers livres de Pierre. Bien entendu, je l'avais défendu de mon mieux, mais je n'étais pas sans comprendre le bien-fondé de ces critiques, ni redouter pour mon ami les effets de l'âge ainsi que ceux de l'accoutumance à une gloire si bien établie désormais qu'elle ne pouvait que le conduire à l'engourdissement.

On parlait beaucoup — trop à mon avis — d'un jeune poète, Philippe Desportes, qui avait une vingtaine d'années de moins que Ronsard et dont la Cour s'était engouée depuis quelque temps. Il m'apparaissait comme un dangereux rival pour Pierre qui ne pouvait se permettre de le laisser s'affirmer à ses dépens.

Grâce à de fraîches amours, à une muse récemment découverte, à des chants inaccoutumés, ses écrits, reverdis, l'imposeraient derechef à tous comme le premier, comme l'unique !

Ces différentes raisons conduisirent Ronsard à se lancer en une aventure tardive qui devait, en fin de compte, lui laisser un goût amer.

Au début, cependant, il parvint à se persuader que tout était encore possible. Avec cette fougue et cette crédulité que son penchant pour les femmes préservait, quoi qu'il advînt, des expériences passées, il joua le jeu. Aucun de ses déboires précédents ne semblait jamais parvenir à entamer sa foi en l'avenir éblouissant des successives aventures amoureuses qui avaient jalonné sa vie.

Toujours sur l'instigation de la reine mère, il consentit même à se lier par un simulacre de mariage mystique à Hélène de Surgères. C'est ainsi que j'appris par la rumeur publique que Pierre avait juré à cette jeune femme un amour éternel, que des rites d'envoûtement avaient suivi ce serment et que l'étrange cérémonie s'était terminée par une promenade en coche dans le jardin royal, sous l'œil bienveillant de la souveraine.

Pour se livrer ainsi ouvertement à des rites magiques, fallait-il que celle-ci fût désireuse de distraire la Cour encore bouleversée par les déchaînements sanglants de la Saint-Barthélemy ! Fallait-il, aussi, que Pierre eût senti le besoin d'attirer l'attention de son public pour se laisser entraîner à une manifestation dont l'exhibitionnisme devait pourtant lui paraître humiliant...

Hélène est mon Parnasse : ayant telle Maîtresse,
Le Laurier est à moi, je ne saurais faillir...

proclama-t-il alors dans un sonnet, comme pour se justifier à ses propres yeux d'une mascarade dont seul le résultat lui importait.

Pour moi aussi, ces vers furent utiles. Ils m'éclairèrent sur la réalité d'un entraînement dont l'expression était tellement parfaite, à cause de l'art consommé acquis avec l'âge par son auteur, que cette beauté même aurait pu me faire douter de la survie de notre pacte secret. La caricature des liens si précieux qui nous unissaient tous deux, me blessait et me fut très difficile à supporter. En dépit des assurances écrites d'une fidélité de principe que mon ami multipliait à mon égard, je traversai encore bien des moments de détresse durant la période des amours de Ronsard et d'Hélène...

Pendant près de sept ans, il accepta de connaître les affres d'un homme sur le retour aux prises avec une femme jeune, froide, donneuse de leçons et plus portée sur les doctes discussions que sur les simples joies de la chair.

> *En choisissant l'esprit vous êtes mal aprise,*
> *Qui refusez le corps, à mon gré le meilleur...*
> *Vous aimez l'intellect, et moins je vous en prise :*
> *...*
> *Aimer l'esprit, Madame, est aimer la sottise.*

lui dit-il avec sévérité dans un sonnet. Cette demi-lucidité ne suffisait cependant pas à le tirer de son aveuglement volontaire. Comment l'aurait-il pu ? Ne tenait-il pas à se persuader à n'importe quel prix que le temps d'aimer n'était pas encore clos pour lui ?

Je sentais pourtant le découragement, la lassitude, s'infiltrer peu à peu dans ce cœur dont je n'ignorais aucun des ressorts. Quand je tombais sur de tels aveux, j'étais partagée entre une tendre compassion pour la lutte d'arrière-garde à laquelle se livrait ainsi un homme dont je suivais depuis des années le poignant combat contre le vieillissement, et l'irritation de le trouver toujours aussi déraisonnable.

> *Je m'enfuis du combat, ma bataille est défaite,*
> *J'ai perdu contre Amour la force et la raison :*
> *Ja dix lustres passés, et ja le poil grison*
> *M'appellent au logis et sonnent la retraite.*

assurait-il en un moment de clairvoyance, mais, très vite, de nouveaux espoirs l'en éloignaient.

Il suffisait d'un sourire, d'une lettre, d'une pression de main, pour le livrer sans défense aux chimères qui lui permettaient de poursuivre son rêve...

La cour quasi officielle que Pierre continuait contre toute sagesse à faire à cette Hélène dotait la jeune femme d'un prestige qui lui valait les hommages de tous les poètes à la mode.

Comme il l'avait voulu, Pierre donnait toujours le ton. Pourtant, il s'en irritait :

« *Votre plus grande gloire un temps fut de m'aimer!* » lui lancera-t-il un jour avec rancune.

Mécontent de lui et des autres, il repartait alors pour Croixval ou pour Saint-Cosme, y résidait un temps, s'occupait de ses jardins, de ses fruits, de ses salades, puis revenait à Paris où la Cour l'appelait.

Vint le moment où il se lassa de relations comparables aux giboulées de mars. L'indifférence, le manque de tendresse, la pédanterie de son Hélène achevèrent de décourager Ronsard.

Il lui fallut enfin se rendre à l'évidence : c'en était fini pour lui de l'amour. Du moins tel qu'il l'entendait, tel qu'il l'avait en vain poursuivi tout au long de ses jours.

> *Amour, je prends congé de ta menteuse école*
> *Où j'ai perdu l'esprit, la raison et le sens,*
> *Où je me suis trompé, où j'ai gâté mes ans,*
> *Où j'ai mal employé ma jeunesse trop folle...*

Déçu, blessé, écœuré, il décida de se délivrer de l'envoûtement qui avait présidé à son mariage mystique avec une personne dont il ne voulait plus. Il procéda donc, sur le mont Valérien, à des incantations destinées à l'en délivrer. Partant du principe qu'on ne peut défaire la magie que par la magie, il brûla du soufre et de l'encens, versa de l'eau d'une aiguière sur la pente de l'éminence afin que son ensorcellement s'écoulât loin de lui comme l'onde sur la terre, délivra des oiseaux captifs pour être libéré comme eux, et incinéra finalement tout ce qu'il tenait d'Hélène : mèches de cheveux, gants, portrait, lettres..

J'appris la réalité de ces pratiques par une ode intitulée *Magie ou Délivrance d'Amour*, insérée dans l'édition suivante des *Œuvres*.

Tout en sachant combien notre époque est superstitieuse, dans l'exacte mesure où la foi s'est affaiblie en ces temps où l'on se massacre au nom de la religion, je fus consternée de constater à quel point Pierre était contaminé par cette peste de l'âme... Pour être tout à fait sincère, je dois avouer que je fus aussi navrée de découvrir dans ces écrits la preuve d'un attachement assez puissant à l'égard d'une autre pour avoir nécessité pareilles manœuvres. Même en portant au compte de sortilèges imposés les sentiments de Ronsard envers Hélène, il ne lui en avait pas moins fallu recourir à des opérations magiques avant d'en être débarrassé !

En dépit de ce nouveau désappointement, je fus surtout sensible au cri déchirant qui terminait son poème :

> Adieu Amour, adieu tes flammes,
> Adieu ta douceur, ta rigueur,
> Et bref adieu toutes les dames
> Qui m'ont jadis brûlé le cœur.

Dans ma belle chambre soyeuse de Courtiras, au fond du grand lit où je dormais solitaire depuis des lustres, entre ces draps blancs où je n'avais jamais reçu Pierre, je pleurai longtemps sur le gâchis irrémédiable de nos vies...

Contraint et forcé, mon pauvre amour avait donc renoncé une fois pour toutes aux délices amoureuses dont il avait tant espéré et qui l'avaient si durement déçu !

S'il conserva jusqu'à la fin une forte rancune envers Hélène qui n'avait pas pu ou pas voulu répondre à son désir, c'est sans doute parce qu'étant la dernière, elle incarnait à ses yeux toutes les autres figures féminines qui avaient traversé son existence sans jamais apporter de réponse à l'attente émerveillée de sa jeunesse...

Grâce aux confidences de Jean Galland, je sais maintenant que Pierre n'éprouva en réalité pour Hélène de Surgères que le suprême sursaut d'un cœur lassé, semblable au dernier reflet d'un soleil déclinant. Il me faut néanmoins admettre que cette passion sur commande ne lui déplut pas. Elle lui permit une ultime fois de jouer le jeu d'amour avec une femme, même si elle le dépouilla des quelques pauvres illusions qui lui restaient.

Au dire de son ami, il ressentit une sorte de soulagement après avoir quitté le service d'une belle qui lui avait si peu accordé, mais ce soulagement devait se doubler d'une immense nostalgie...

Nostalgie comparable à celle que j'éprouve à présent. Ne suis-je pas à l'origine de tant de désillusions ? Si Pierre a fini par abandonner la course, par renoncer avec une telle amertume à poursuivre la quête qui était à ses yeux le plus désirable des biens, n'est-ce pas en majeure partie à cause de moi ? De moi qui fus la première, de moi dont il avait tant attendu, tant espéré !

Je n'ai pas été capable de lui faire le don total, le don sans réserve de mon être. J'ai toujours mesuré mes offrandes.

Un sanglot me monte à la gorge.

Pierre ! Je n'ai pas su t'aimer ! Par timidité, par pusillanimité, je suis passée au large de tes bras ouverts !

En revivant depuis ce matin chaque étape de notre long parcours, de ton pèlerinage éperdu vers l'Amour, j'en suis parvenue à une vision plus exacte de mon propre cheminement : j'ai tout gâché, tout perdu ! Je n'étais pas celle que tu aurais dû aimer. J'étais bien trop raisonnable, bien trop prudente, bien trop peureuse !

Je renverse la tête sur le dossier de mon siège et laisse les larmes affluer.

Seule avec moi-même, je me trouve confrontée à une évidence qui me tord le cœur : j'ai manqué ma vie et fait manquer à Pierre la sienne !

Il m'aura fallu sa mort pour comprendre que cet amour qu'il m'a voué tout au long de son existence, que cette passion fougueuse, repentante, puis, enfin, si attentive, l'aura empêché de trouver ailleurs la femme qui aurait partagé bravement sa destinée, la femme qui n'aurait pas craint, en vivant avec un tonsuré, d'affronter réprobation et anathème...

Voici un moment, je me félicitais d'avoir amené Pierre à se dépasser lui-même en renonçant à tout commerce charnel entre nous. Je me croyais justifiée parce qu'il m'avait rendu hommage en reconnaissant la suprématie de l'esprit sur le corps... Mais ai-je seulement songé un instant à m'oublier, moi aussi, en m'élançant à sa suite vers les cimes qu'il me désignait ? Ai-je jamais pensé à rejeter mes peurs pour prendre la main qu'il me tendait dans l'espoir que je le suive là où il entendait me conduire ?

N'ai-je pas péché par égoïsme autant que par tiédeur ?

J'essuie mes larmes et ferme les yeux afin de mieux réfléchir. Allons, il faut aller maintenant jusqu'au bout de cette exploration douloureuse de moi-même, il faut sonder mes abîmes ! A présent qu'il s'en est allé, je n'ai plus le droit de me payer de mots comme je le faisais du temps où Pierre était proche, facile à joindre, bien vivant !

Lui ai-je été néfaste ?

Aussitôt formulé, le mot est rejeté. Je ne le supporte pas. Il me révolte. Il me blesse de façon intolérable. Si j'ai fait souffrir Ronsard, ce ne fut jamais par cruauté mais parce que les circonstances ne nous étaient pas favorables. Non seulement il n'y eut jamais en moi volonté de lui nuire, mais désir sincère, aimant, de le seconder. Je sais bien qu'on peut faire du mal sans l'avoir voulu. Il ne me semble pas que les choses se soient ainsi passées entre Pierre et moi. Mon tort, mon unique tort est de ne pas avoir su forcer le destin, de ne pas avoir eu le courage de mes sentiments...

Devant les difficultés qui se dressaient contre nous, je ne me suis montrée ni mauvaise ni traîtresse mais faible, incertaine, influençable.

Il lui aurait fallu une compagne bien différente de moi, différente aussi de toutes celles qu'il s'est acharné à courtiser. Je comprends soudain que Pierre s'est trompé d'inspiratrices tout au long de ses jours. Il aimait les adolescentes graciles, sentant encore leur enfance, alors que c'était d'une femme faite, un peu maternelle, sensuelle aussi, bien entendu, mais protectrice et vigilante qu'il avait besoin. D'une femme qui l'aurait aimé non pas comme l'homme fort dont son aspect imposait bien à tort l'image rayonnante, mais comme l'être fragile et trop sensible qui se dissimulait sous son masque altier.

Aurait-il accepté de se voir traité de la sorte? Ce n'est pas sûr. Son orgueil se serait cabré. Il aurait secoué ainsi qu'un carcan les bras tendrement noués à son cou...

En réalité, Pierre pouvait-il connaître le bonheur? Etait-il créé pour être simplement heureux?

En admettant qu'il y eût jamais réussi, lui aurait-il été possible de devenir un aussi grand poète? La quiétude journalière n'assoupit-elle pas le génie?

Il demeure que je n'ai pas eu l'audace nécessaire

quand il aurait fallu franchir l'obstacle de la cléricature, mais était-il nécessaire que je le franchisse ?
Qu'une autre y parvînt ?

Sans lutte et sans déchirement, peut-on concevoir
une œuvre comme la sienne ? En définitive, Pierre n'a-
t-il pas puisé le meilleur de son inspiration dans le
désespoir qui n'a jamais cessé de succéder en lui à des
bouffées d'espoir ?

La satiété n'aurait-elle pas tari la source jaillissante
qui s'élançait de son âme exigeante, toujours plus
exigeante parce que toujours insatisfaite ?

... Un apaisement meurtri fait place à la très
affreuse découverte de ma culpabilité que j'ai cru faire
tout à l'heure. Pierre n'était pas né pour connaître un
sort paisible. Son génie l'entraînait loin de nos petits
bonheurs, en des régions où soufflent les grands vents
de l'inspiration et de la gloire... Avec moi ou sans moi,
il se serait heurté aux limites étroites de nos pauvres
joies. Elles n'étaient pas à sa taille. Seule, la démesure
lui convenait.

Je respire à fond, comme pour chasser loin de moi le
doute et le sentiment de ma faute.

Si Pierre m'a reproché parfois ma prudence, une
sagesse qu'il lui est arrivé de qualifier d'inexorable, il
n'a cessé par ailleurs de louer la tendre attention que
je lui portais, d'exalter le rôle que j'avais tenu dans sa
vie, de vanter les bienfaits de l'influence exercée sur
son esprit et sur son cœur.

Non, non, je n'ai pas été coupable envers lui !

Nous n'étions pas faits pour couler ensemble des
jours de soie et de miel, je l'ai compris depuis
longtemps, mais nous avions besoin l'un de l'autre et
je n'ai pas failli à ma tâche.

Dans le comportement de Ronsard, tout témoigne qu'il m'a conservé jusqu'au bout foi et respect. Il m'écrivait, m'envoyait ses derniers poèmes, m'adressait les éditions successives de ses œuvres... remaniées, retouchées, transformées inlassablement afin de brouiller les pistes, d'éloigner de moi calomnie ou malveillance. Infatigable ouvrier occupé à réparer les accrocs faits jadis à mon honneur, il effaça, modifia, supprima, fit disparaître mon image, changea de dédicataire, remodela jusqu'aux portes de la mort ces vers qui m'avaient exposée aux injures des envieux.

N'est-ce pas là la meilleure des preuves qu'il pouvait m'offrir de son amoureuse estime, de sa confiance en rien trahie ?

Sans y avoir jamais réfléchi aussi durablement qu'aujourd'hui, j'ai toujours pensé que j'étais restée digne de ce premier amour fait d'entraînement et de déraison, tombé sur moi comme la foudre. Les jours ont pu couler, les événements nous séparer, j'étais marquée par le feu du ciel et je le suis restée...

Voici trois ans, mon mari est mort à la suite d'une chute dans un trou d'eau gelée alors qu'il chassait le canard en plein mois de janvier. On le retrouva raidi sous la croûte de glace qui commençait à se reformer... Je fus troublée par la pénible et étrange fin d'un homme auquel j'étais restée unie pendant trente-six longues années sans partager avec lui autre chose que reproches, tracasseries et infidélités.

Dieu réchauffe en Son sein une âme aussi froide que l'eau qui l'a engloutie !

Peut-être ai-je tort de le reconnaître, et plus encore de l'éprouver, mais, depuis mon veuvage, j'ai connu la paix.

Je suis revenue à Blois. Près de mes sœurs et de Marie, à l'abri des solides murailles de la ville! En effet, une fois Cassandrette mariée à Guillaume de Musset, il y a cinq ans, j'ai cessé de me sentir en sécurité à Courtiras. La solitude m'inclinait aux alarmes. Sans doute est-ce l'âge. Autrefois, je ne craignais rien pour moi, je ne tremblais que pour ma fille. A présent, je me sens fragile. La peur s'est insinuée entre les murs, au bord des eaux, sous les ombrages que j'avais tant aimés... Les convulsions qui n'en finissent pas de secouer notre malheureux pays et certaines difficultés financières survenues à la suite de la mort de Jean, m'ont poussée à me défaire de ma chère maison. Je me suis refusée à m'attendrir sur cette séparation... De nos jours, il est de plus grands malheurs!

Par ailleurs, l'affection de mes enfants et la tendre sollicitude que Pierre n'a jamais manqué de me témoigner depuis la fin de ses tumultueuses aventures, m'ont apporté assez de joies pour compenser la perte d'un logis...

Je frissonne. Il est grand temps de remettre du bois dans la cheminée où ne rougeoient plus que quelques braises. Plongée dans mes souvenirs, j'ai failli oublier d'entretenir le feu!

Marie dort sans trêve. La tête inclinée sur l'épaule. Elle ne ronfle plus mais ses lèvres, entrouvertes et à demi collées par le sommeil, laissent échapper avec régularité un bruit de bulle éclatée qui retentit dans le calme de la pièce ainsi que le martèlement monotone d'une goutte d'eau... et qui résonne soudain à mes oreilles comme l'écoulement sonore ponctuant la fuite du temps...

La porte de la chambre s'ouvre sans bruit. Cassandrette entre avec précaution. Elle s'est enveloppée à la diable dans une cape de laine fourrée qui appartient à son époux.

— Je me suis réveillée en sursaut. Il me semblait que François m'appelait, dit-elle d'une voix blanche. Comment va-t-il ? Comment se passe la nuit ?

ÉPILOGUE

29 décembre 1585

Le temps s'en va, le temps s'en va, ma Dame,
Las ! Le temps non, mais nous nous en allons...

Continuation des Amours, 1555.

Au petit matin, la guérisseuse pénètre dans la chambre. C'est au tour de Marie d'assurer la veille. Après avoir insisté pour que ma fille retourne prendre un reste de repos auprès de son mari, je me suis allongée sur le lit.

L'arrivée de Madeleine, accompagnée de Cassandrette et de mon gendre, me tire d'un sommeil aussi pesant que tardif.

Aucun d'entre nous n'a le courage de parler pendant que la petite femme noire et blanche s'approche du berceau, prend l'enfant endormi, le pose sur un gros oreiller qu'elle a placé au préalable sur la table de chêne tirée devant la fenêtre.

La gorge nouée, suspendus à ses gestes, nous l'entourons.

Avec des mouvements précis, assurés, elle déplie le drap qu'on a choisi usagé pour sa douceur, l'écarte, dénude François.

Ma fille pousse un cri. La chair de son petit est fraîche, nette de toute cicatrice. Aucune croûte, aucune trace sur la peau si fragile.

— Il y a là-dedans quelque chose de miraculeux...,
murmure Guillaume.

— J'en suis moi-même chaque fois émerveillée,
reconnaît la guérisseuse. C'est un pouvoir qui m'a été
confié et qui me dépasse. Je n'en suis que la détentrice
provisoire...

— Il est guéri, guéri, guéri ! répète comme une
antienne Cassandrette penchée sur le nourrisson qui
l'observe gravement.

Trop longtemps angoissée pour se réjouir du premier coup, encore sous l'emprise d'une anxiété qui ne
l'a pas quittée depuis l'accident, il lui faut un certain
temps pour parvenir à se convaincre d'une réalité
qu'elle n'ose pas admettre.

Peu à peu, comme un lever de soleil, je vois la joie
monter en elle, s'installer d'abord avec réserve, puis
éclater, rayonner.

Ma fille pleure enfin de bonheur en embrassant
comme une folle les épaules, le torse, le ventre intacts
de son enfant.

— Il est sauvé, bien sauvé, redit Guillaume, lui
aussi partagé entre l'incrédulité et le ravissement.

Mains jointes, tête inclinée sur la poitrine, yeux
clos, Marie est absorbée dans une action de grâce.

— Vous pouvez l'habiller comme d'habitude et
appeler sa nourrice pour qu'elle l'allaite, reprend la
guérisseuse que je vois sourire pour la première fois. Il
doit être affamé après une telle aventure !

Cassandrette se redresse, se jette dans les bras de
son époux. Ils s'embrassent tous deux comme on
communie, puis ma fille se retourne vers moi. Elle
m'attire, me serre contre son cœur, appuie son front
au creux de mon épaule et demeure un moment ainsi,

abandonnée, en signe de tendresse, afin de m'associer le plus étroitement possible à sa félicité.

Pendant qu'elle s'occupe ensuite de l'enfant que notre agitation semble amuser, Guillaume va quérir la nourrice.

Je m'approche à nouveau de la table sur laquelle est posé mon petit-fils et me penche vers lui.

Qui sera cet enfant ? Devant un nouveau-né, je me suis toujours sentie prise de vertige. Tout est possible en une créature si neuve. Il peut être saint François d'Assise ou Gilles de Rays. Il peut être Ronsard...

Là-bas, à Saint-Cosme, étendu et rigide, Pierre doit recevoir les derniers honneurs funéraires. On va ensevelir à jamais sous un drap ce visage que j'ai connu tour à tour animé, gai, ardent, ému, malheureux, amer, pacifié et qui, à présent n'exprime plus rien. Personne ne reverra ses traits. Jamais. On le déposera ensuite dans son cercueil et l'on clouera les planches...

Si j'avais consenti à vivre avec lui après mon veuvage ainsi qu'il m'en avait priée :

> *Vous êtes déjà vieille et je le suis aussi.*
> *Joignons notre vieillesse et l'accolons ensemble,*
> *Et faisons d'un hiver qui de froidure tremble,*
> *Autant que nous pourrons un printemps adouci.*

si j'avais accepté cette dernière proposition (mais il était trop tard, je ne pouvais aller le rejoindre dans ses prieurés !), j'entendrais réellement les coups de marteau retentir sur le bois qui l'enferme. En dépit de mon éloignement, chacun des coups frappés pourtant à des lieues de moi, heurte mon cœur, résonne dans ma tête...

411

— Qu'avez-vous, ma mère ? Vous voici toute pâle !
Je me redresse avec lenteur.

— Ce n'est rien. Un peu de fatigue.

La nourrice arrive alors. Elle a encore le visage
meurtri par les larmes versées et un air fautif qui me
fait peine.

— Allons, allons, dis-je. Ce n'est plus le moment de
gémir. François est guéri.

— Faisons comme si rien ne s'était passé, Mathurine, propose Cassandrette. Je ne veux pas voir de
tristesse sous mon toit aujourd'hui !

J'approuve de la tête et me détourne pour caresser
mon petit chien que notre agitation déconcerte et qui
s'est réfugié contre mes jambes. Marie me prend alors
par le bras.

— Venez, Cassandre, dit-elle avec fermeté. Venez.
Vous avez besoin de vous restaurer. Moi aussi. Faisons
comme notre petit-fils : mangeons !

Elle m'entraîne hors de la chambre. Turquet
emboîte le pas.

— Je me suis endormie alors que vous vous apprê-
tiez à me conter vos dernières entrevues avec Ronsard, continue-t-elle comme nous nous rendons vers la
salle. Il faudra que vous acheviez une autre fois votre
récit.

— Il tient en peu de mots. Du vivant de mon mari,
Pierre et moi nous sommes assez rarement vus. Après
sa disparition, bien davantage. Durant les trois années
qui viennent de s'écouler, nous nous écrivions, nous
nous retrouvions chaque fois que c'était possible, soit
à Blois, soit dans un des prieurés qu'il aimait. Une
amitié sans faille nous rapprochait. Elle nous apportait réconfort et tendresse. Nous parlions bien tous

deux. Les temps troublés qu'il nous est donné de vivre, nos fins dernières, ses poèmes, remplissaient nos conversations. Il attachait une extrême importance à la publication de ses œuvres complètes. Jusqu'à la veille de sa mort, il a veillé au perfectionnement de ses ouvrages. L'an dernier encore, pour la nouvelle et dernière édition de l'ensemble de ses *Œuvres*, il n'a pas cessé de travailler au remaniement de ses poèmes.

— Avouez que vous étiez le principal sujet de ses préoccupations et qu'une fort importante partie de son labeur a consisté à effacer vos traces à travers sonnets et élégies.

— Sans doute, mais il avait une autre matière à réflexion. Il voulait se préparer à une bonne mort. Vers la fin de sa vie, sa foi s'est dégagée de tout un fatras de superstitions et de réminiscences mythologiques qui l'avaient encombrée jusque-là. J'ai assisté à cette évolution d'aussi près que notre situation à tous deux le permettait. Par souci de sa renommée, mais aussi, pour être franche, par crainte des commérages, puis par besoin de tranquillité, je me suis tenue à distance. J'ai préféré demeurer en retrait. Pierre a admis et compris mon attitude.

— Quoi qu'il puisse vous advenir désormais, Cassandre, vous puiserez, me semble-t-il, une immense consolation dans la certitude que Ronsard vous aura bien aimée !

Je prends Turquet dans mes bras pour pénétrer dans la salle où flotte une bonne odeur de pain frais, de rôties, de miel et de lait chaud.

Pierre ne humera plus jamais ces simples exhalaisons familières...

Lui qui goûtait les humbles plaisirs d'un bon repas,

d'un grand cru, d'un logis propre et net, d'un jardin ordonné, s'en est allé au royaume où ces agréments ont perdu toute importance. Il a poussé les portes mystérieuses d'un autre pays...

Quel souvenir a-t-il pu enclore en son âme insatisfaite pour l'emporter comme viatique durant le voyage qu'il vient d'entreprendre ?

Un vers me remonte du cœur à la mémoire :

« *Votre affection m'a servi de bonheur...* »

Le Platane.
Le 8 janvier 1987

REMERCIEMENTS

Longtemps Cassandre Salviati est restée inconnue et elle n'était même qu'une figure légendaire pour certains. Peu à peu sa personnalité se précisa. Des recherches lui furent consacrées. En particulier par Pierre Champion et Gustave Cohen, plus récemment par le docteur Lesueur et Louis Bodin *(Nouveaux Documents sur la Cassandre de Ronsard)* et par Roger Sorgue *(Cassandre ou le secret de Ronsard)*.

En 1985, pour le quatrième centenaire de la mort de Ronsard, François Hallopeau, propriétaire du château de La Possonnière où naquit le poète, nous donna, après dix années de labeur, la première véritable biographie de Cassandre *(A la recherche de Ronsard *)* en s'appuyant sur les travaux érudits, mais laissés inachevés, d'Henri Longnon.

Sans tous ces ouvrages, je n'aurais pu suivre Cassandre pas à pas dans ce roman, et je tiens à rendre ici hommage à la mémoire de leurs auteurs.

Je veux aussi témoigner ma gratitude à René Lepallec et à Jean-Marie Berbain, dont les conseils, les informations et l'aide constante m'ont été fort précieux, ainsi que leur étude encore inédite *(Le Miroir de*

415

Ronsard). Qu'ils en soient tous deux vivement remerciés.

Les ouvrages de Michel Dassonville *(Ronsard, étude historique et littéraire**)* m'ont également apporté de nombreuses lumières sur la psychologie et la carrière du poète.

Enfin l'œuvre d'Ivan Cloulas, grand spécialiste du seizième siècle, et notamment ses deux biographies de *Henri II* et de *Catherine de Médicis****, ainsi que sa *Vie quotidienne dans les châteaux de la Loire au temps de la Renaissance***** m'ont fourni maints détails et une information d'une minutie parfaite sur l'époque évoquée dans mon roman. Qu'il trouve ici le témoignage de ma reconnaissance et de mon amitié.

J. B.

* Libraidisque (Vendôme).
** Champion-Slatkine.
*** Fayard.
**** Hachette-Littérature.

DU MÊME AUTEUR

LE BONHEUR EST UNE FEMME (Les Amants de Talcy), *Casterman (épuisé)*.

LA DAME DE BEAUTÉ (Agnès Sorel), *Éditions de La Table Ronde*.

TRÈS SAGE HÉLOÏSE, *Éditions de la Table Ronde*.
Ouvrage couronné par l'Académie française.

LA CHAMBRE DES DAMES *(préface de Régine Pernoud)*, *Éditions de La Table Ronde*.
Prix des Maisons de la Presse, 1979.
Grand Prix des lectrices de « ELLE », 1979.

LE JEU DE LA TENTATION (tome II de LA CHAMBRE DES DAMES), *Éditions de La Table Ronde*.
Prix Renaissance, 1982.

LES RECETTES DE MATHILDE BRUNEL, *Flammarion*.
Prix de la Poêle de fer.
Prix Charles Moncelet.

LE SANGLIER BLANC (Conte pour enfants), *Éditions Grasset*.

LE GRAND FEU, *Éditions de la Table Ronde*.

Impression Bussière à Saint-Amand (Cher),
le 20 décembre 1989.
Dépôt légal : décembre 1989.
1er dépôt légal dans la collection : avril 1989.
Numéro d'imprimeur : 10441.
ISBN 2-07-038119-6./Imprimé en France.

48266